民國文化與文學 研究文叢

七 編

第 11 冊

重審中國新詩的發生
——以「新詩集」的出版、接受與評價爲線索

姜 濤 著

國家圖書館出版品預行編目資料

重審中國新詩的發生——以「新詩集」的出版、接受與評價為
線索／姜濤 著 -- 初版 --- 新北市：花木蘭文化事業有限公
司，2017〔民106〕
序 4+ 目 2+284 面；19×26 公分
（民國文化與文學研究文叢 七編；第 11 冊）
ISBN 978-986-485-054-9（精裝）
1. 新詩 2. 詩評
820.9   106013217

ISBN-978-986-485-054-9

9 789864 850549

民國文化與文學研究文叢
七 編 第十一冊   ISBN：978-986-485-054-9

重審中國新詩的發生
——以「新詩集」的出版、接受與評價為線索

作　　者　姜　濤
總 編 輯　杜潔祥
副總編輯　楊嘉樂
編　　輯　許郁翎、王　筑　美術編輯　陳逸婷
出　　版　花木蘭文化事業有限公司
社　　長　高小娟
聯絡地址　235 新北市中和區中安街七二號十三樓
　　　　　電話：02-2923-1455 ／傳真：02-2923-1452
網　　址　http://www.huamulan.tw 信箱 hml 810518@gmail.com
印　　刷　普羅文化出版廣告事業
初　　版　2017 年 9 月
全書字數　272008 字
定　　價　七編 31 冊（精裝）新台幣 58,000 元

重審中國新詩的發生
——以「新詩集」的出版、接受與評價爲線索

姜濤 著

作者簡介

姜濤，1970 年生於天津，1989 年考入清華大學攻讀生物醫學工程專業，後棄工從文，2002 年畢業於北京大學中文系，獲得博士學位，現任教於北京大學中文系，研究領域爲 20 世紀中國新詩及中國現代文學。出版有專著《公寓裏的塔：1920 年代中國的文學與青年》、《巴枯寧的手》、《新詩集與中國新詩的發生》、《圖本徐志摩傳》，編著《20 世紀中國新詩總系》（第一卷）、《北大文學講堂》、譯著《現實主義的限制──革命時代的中國小說》等。另，出版詩集《我們共同的美好生活》、《好消息》、《鳥經》，曾獲「全國優秀博士論文獎」、「王瑤學術獎優秀青年著作獎」、「唐弢青年文學研究獎」等。

提　要

　　本書以早期「新詩集」──《嘗試集》、《女神》、《草兒》、《冬夜》、《蕙的風》等爲討論對象，通過考察「新詩集」的出版、接受、編撰及歷史評價等環節，重新審視「新詩的發生」這一歷史命題。在結構上，本書分爲上下兩編：上編主要從「文學社會學」的視角出發，討論五四前後一個自足新詩發生空間的形成，涉及報刊傳播的影響、新的讀者群的召喚、新書局的支持、閱讀程序的養成等諸多方面；下編則關注在「新詩集」的成書、接受和歷史定位過程中，新詩歷史形象及合法性的塑造與追尋，從而對新詩發生的線性歷史想像，提出自己的質詢。

中國現代文學史研究中的「民國文學」概念——《民國文化與文學研究文叢》第七編引言

李　怡

與政治意識形態淵源深厚的文學學科

　　大陸中國現代文學研究，最近 10 來年逐漸失去了 1980 年代的那種「眾聲喧嘩」、「萬眾矚目」的熱烈景象，進入到某種的沉靜發展的狀態，如果說，在這種沉靜之中，有什麼值得注意的現象的話，那就是「民國文學」概念的提出以及引發的某些討論。

　　對於海外中國文學研究者而言，現代中國很自然地分作「民國時期」與「人民共和國時期」，這是一種相當自然的歷史描述，作爲文學史的概念，也完全有理由各取所需地採用不同的概念：現代中國文學、中國現代文學、中國文學（民國時期）、中國文學（中華人民共和國時期）等等，這裡有思想的差異或者說審美意識形態的分歧，但是卻基本不存在嚴重的政治較量和衝突。站在海外漢學的立場上，人們難免困惑：現代文學也好，民國文學也罷，不過就是一種文學史的稱謂而已，是不是有如此鄭重其事地加以闡發、討論的必要呢？

　　這裡就涉及到對大陸中國現當代文學學科存在格局的認識。其實，嚴格的學科意義上的「中國現當代文學」並不是在 1949 年以前的民國時期建立的，儘管那時已經出現了「中國現代文學」的大學教育，也誕生了爲數可觀的「中國現代文學史」著作，但是主要還是講授者（如朱自清）、著作者的個人選擇，體系化的完整的知識格局和教育格局尙不完整。眞正出現自覺的「學科建設」的意識是在 1949 年中華人民共和國成立以後，各學科教育大綱的編訂、樣板

式教材的編寫出版乃至「群策群力」的從思想到文字的檢討、審查，都意味著「中國現代文學」學科由此納入到了政治意識形態的一體化架構之中，因此，討論「中國現代文學」學科的任何問題——從內容、結構到語言、概念都是非同小可的「國家大事」，在此基礎上的任何一次新的概念的設計和調整，都不得不包含著如何面對政治意識形態以及如何回答一系列「思想統一」的結論的問題，這裡不僅需要學術思想創新的智慧，更需要政治突圍的勇氣和決心。

回頭看大陸新時期以來的每一次文學史概念的提出，都兼有如此的「智慧」和「勇氣」：例如最有影響的概念——二十世紀中國文學。提出這一概念，其意義主要不是重新劃分晚清——近代——現代——當代的文學史時間，不在於從過去的歷史分段中尋找歷史的共同性；而是為了從根本上跳脫政治化的「現代」概念對於文學的捆綁。

作為學科史意義的「中國現代文學」的「現代」概念，其實已經與它在五四文壇出現之初就有了巨大的差異，完全屬於一種政治意識形態的產物。眾所周知，最早的「現代」概念與「近代」概念一樣都來自日本，最早用「近代」更多，到1930年代以後「現代」的使用頻率則超過了「近代」——在那時，中國的「現代」基本上匯通著世界史學界的理解框架，將資本主義發展、傳統世界自我封閉格局得以打破的「現時代」當作「現代」；但是，1949年以後作為學科史意義的「中國現代文學」的「現代」概念卻又不同，它更多地師法了前蘇聯的歷史觀念：由斯大林親自審查、聯共（布）中央審定、聯共（布）中央特設委員會編的《聯共（布）黨史簡明教程》和由蘇聯史學家集體編著的多卷本的《世界通史》重新認定了歷史的意義和分段方式，〔註1〕馬列主義的五種社會形態進化論成為劃分歷史的理論基礎，1640年英國資產階級革命由於「階級局限性」屬於不徹底的「現代」，只能稱作是「近代」的開始，而「現代」演進關鍵點是十月社會主義革命的重大勝利，中國的歷史劃分是對蘇聯思維的仿傚：1840年的鴉片戰爭被當作「近代」的開端，而標誌著「工人階級登上歷史舞臺」、「馬克思主義開始傳播」的「五四」運動則被當作了「現代」，後來考慮到「五四」之時，中國共產黨尚未成立，無法認定

〔註1〕《聯共（布）黨史簡明教程》於1938年在蘇聯出版，人民出版社1975年正式出版中譯本。《世界通史》於1955～1979年出版，全書共13卷。中譯本《世界通史》（1-13卷）於1978～1987年分別由三聯書店、吉林人民出版社和東方出版社出版。

其十月革命式的政治勝利，所以又在「現代」之外另闢 1949 年以後為「當代」，以彰顯社會主義與共產主義社會的到來，由此確定了中國文學近代／現代／當代的明確格局——這樣的劃分不僅時間分段上不再模糊，而且更具有明確的思想的內涵與歷史文化質地：資產階級文學（舊民主主義革命文學）、新民主主義革命文學與社會主義文學就是近代——現代——當代文學的歷史轉換。

「二十世紀中國文學」是中國文學研究界學術自覺，努力排除前蘇聯「革命」史觀影響、尋求文學自身規律的產物。正如論者當年意識到的那樣：「以前的文學史分期是從社會政治史直接類比過來的。拿『近代文學史』來說，從一八四○年鴉片戰爭到一八九八年戊戌變法，半個多世紀裏頭，幾乎沒有什麼文學，或者說文學沒有什麼根本的變化。」「政治和文學的發展很不平衡。還是要從東西方文化的撞擊，從文學的現代化，從中國人『出而參與世界的文藝之業』，從文學本身的發展規律，從這樣的一些角度來看文學史，才比較準確。」「『二十世紀中國文學』這一概念首先意味著文學史從社會政治史的簡單比附中獨立出來，意味著把文學自身發生發展的階段完整性作爲研究的主要對象。」〔註 2〕

自「二十世紀中國文學」開啓歷史性的「重寫文學史」以來，中國現代文學的研究一直是富有勇氣地走在這一條「學術創新——政治突圍」的道路上，力圖讓文學回歸文學，歷史還原給歷史。可以說，「民國文學」也屬於這樣的努力，是「重寫文學史」的一種方式。

可疑的「現代性」

當然，這種方式也體現出了對既往文學研究的一種反思。

「二十世紀中國文學」這一歷史架構顯然具有重大的學術價值，直到今天依然是影響最大的文學史理念。然而，在「民國文學」的視野之中，它也存在著需要克服的問題：「二十世紀中國文學」這一概念是否已經具備了學科的穩定性？例如，在「二十世紀」業已結束的今天，它是否能有效地參照當下文學的異質性？如果說，「二十世紀中國文學」曾經闡發過的諸多概念都依然適用於今天，如果「新世紀文學」的基本性質、使命、遭遇的問題等等幾

〔註 2〕黃子平、陳平原、錢理群：《二十世紀中國文學三人談》36 頁、25 頁，北京：人民文學出版社 1988 年。

乎都與「舊世紀」無甚區別，那麼這一概念本身的內涵和外延至少也是不夠確定，需要我們重新推敲的了。對於「二十世紀中國文學」而言，其擺脫政治意識形態束縛的核心理念是文學的現代性（當時提出者稱之爲「現代化」）追求。但是，隨著 1990 年代中期以來，「現代性」話語逐漸演變成了我們文學研究的基本語彙，它內在的一系列矛盾困擾也日顯突出了。

在新時期，「現代化」與「現代性」主要指代我們打破封閉、「走向世界」的強烈渴望，在那時，「現代」的道義光芒與情感力量要遠遠重於其知識性的合理與完整，或者說，呼喚文學的現代性就如同建設「四個現代化」一樣天經地義，我們根本無暇追問這一概念的來源及知識學上的意義和限度，所以才會出現如汪暉所述的「現代」之問。在 1980 年代，汪暉曾就何謂「現代」向唐弢先生質詢，而作爲學科泰斗的唐先生也只是回答說，這是一個「很複雜」的問題。〔註3〕到了 1990 年代，中國學術界開始惡補「現代」課，從西方思想界直接輸入了系統而豐富的「現代性知識」，先是經過了短時間的「現代性終結」之論，接著便是在西方學術的鼓勵之下，迅速舉起「未完成的現代性」旗幟，對各種文化現象展開檢視分析，我曾經借用目前收錄最豐富、檢索也最方便的中國期刊網 CNKI 對 1979 年以後中國學術論文上的一些關鍵詞作數理統計，下面就是「現代性」一詞在各年的出現情況：

	79	80	81	82	83	84	85	86	87	88	89	90	91	92
按篇名統計	0	0	0	0	0	0	0	0	0	2	0	0	0	0
按關鍵詞統計	0	0	0	0	0	0	0	0	0	0	0	0	0	0

	93	94	95	96	97	98	99	00	01	02	03	04
按篇名統計	4	16	26	28	48	60	108	128	166	213	268	381
按關鍵詞統計	0	0	5	11	11	20	69	109	165	225	287	443

表格說明：

1. 統計單位爲「篇」。

2. 檢索的學科涵蓋「文史哲」、「經濟政治與法律」、「教育與社會科學」。

3. 自動檢索中有極少數詞語誤植的情形，如「現代性愛小說」「現代性」統計，另外個別長文（如高遠東《未完成的現代性》分上中下發表，被統計爲三篇，爲了保證檢索統計的統一性，以上數據有意識忽略了

〔註3〕 汪暉：《我們如何成爲「現代」的？》，《中國現代文學研究叢刊》1996 年 1 期。

這些情形。

研究一下以上的表格我們就可以知道，從 1979 年到 1987 年整整九年中，中國人文社科的學術論文中沒有出現過一篇以「現代性」爲題目的文章，1988 年出現了兩篇，但很快又消失了，直到 1993 年以後才連續出現了「現代性」論題。這些論文的代表作包括張頤武的《對「現代性」的追問──90 年代文學的一個趨向》（《天津社會科學》1993 年 4 期）、《「現代性」終結──一個無法迴避的課題》（《戰略與管理》1994 年 3 期）、《重估「現代性」與漢語書面語論爭──一個 90 年代文學的新命題》（《文學評論》1994 年 4 期），韓毓海的《「現代性」與「現代化」》（《學術月刊》1994 年 6 期），韓毓海與李旭淵《第三世界的現代性痛苦與毛澤東思想的雙重含義──兼說中國當代文學》（《戰略與管理》1994 年 5 期），汪暉的《傳統與現代性》（《學術月刊》1994 年 6 期），彭定安《20 世紀中國文學：尋找和創造現代性》（《社會科學輯刊》1994 年 5 期），文徵《後現代性與當代社會思潮》（《國外社會科學》1994 年 2 期），趙敦華《前現代性、現代性與後現代性的循環關係》（《馬克思主義與現實》1 年 4 期）等。

對概念的提煉和重視反映的是一種學術目標的自覺。當然，按照中國學術期刊的學術規範，由作者列舉「關鍵詞」的慣例是 1992 年以後才逐漸推行開來的，整個 20 世紀 80 年代的中國學術論文之前都不存在這樣的標誌性的「關鍵詞」，這也給我們通過統計來顯示中國學者概念的提煉製造了難度，不過即便如此，分析表格中作爲「篇名」的「現代性」話題的增長與作爲關鍵詞的現代性概念的增長，我們也依然可以十分清晰地看出：隨著 1993 年以後中國學者對「現代性」話題的越來越多的關注，「現代性」理念作爲重點闡述的對象或立論的主要依託才逐漸堂皇地進入學術文本，構成其中的關鍵詞語，大約在 1995 年以後開始「傲然挺立」起來。到新世紀第一個十年的中期，無論是作爲論題還是語彙的「現代性」都達到了空前的規模，對西方文化意義的「現代性」含義的追溯和「考古」業已成爲了我們的學術「習慣」。同時，在中國文化範圍之內（包括古代與現代）所進行的「現代性闡釋」更層出不窮，幾近成爲了現代中國文學與文化研究的基本語彙。到 2004 年，我們的統計已經可以見出歷史的重要轉變。可以說至此，「現代性批評話語」眞的正在實現著對於 20 世紀 80 年代一系列基本概念的置換。

這樣的置換當然首先還是得力於同一時期西方文學理論與文化理論的引

入，1990 年代中期以後，活躍在中國理論界的主流是後現代主義、解構主義、後殖民批判理論與西方馬克思主義，而「現代性」則是這些理論的核心概念之一，正是借助於這些西方理論的輸入，中國現代文學界可以說是獲得了完整的「現代性知識」。在這個知識體系中，人們對現代、現代性、現代化、現代主義的辨析達到了前所未有的深入和細緻，對文學的觀照似乎也獲得了令人激動不已的效果和不可估量的廣闊前程，中國現代文學史至此有望成爲名副其實的「現代性」或「現代學」意義的文學敘述。

應當承認，1990 年代對「現代」知識的重新認定的確是爲我們的文學史研究找到了一個更具有整合能力的闡釋平臺，借助福柯式的知識考古，我們固有的種種「現代」概念和思想得到了清理，現代、現代性、現代化，這些或零散或隨意或飄忽的認識都第一次被納入到了一個完整清晰的系統當中，並且尋找到了在人類精神發展流程裏的準確的位置。最近 10 年，「現代性」既是中國理論界所有譯文的中心語彙，也幾乎就是所有現當代文學史研究的話語支撐點。

但是，從另一方面來看，我們的「現代」史學之路卻難以掩飾其中的尷尬。追溯「現代性」理論進入中國的歷史，我們都會發現一個有趣的轉折：在 1990 年代初期，恰恰也是其中的一些論斷（後現代主義對社會現代性的批判）導致了我們對現代文學存在價值的懷疑和否定，而到了 1990 年代中後期，當外來的理論本身也發生分歧與衝突的時候（例如哈貝馬斯對現代性的肯定），我們竟又神奇地獲得了鼓勵，重新「追隨」西方理論挖掘中國文學的「現代性價值」——中國文學的意義竟然就是這樣的脆弱和動搖，只能依靠西方的「現代」理論加以確定？！這足以提醒我們，中國學者對「現代性」理論的理解和運用在多大的程度上是以自身的文學體驗爲依據的？同樣，在「現代性」視野下的中國現代文學研究當中，中國現代文學的種種現象也一再被納入到全球資本主義時代的共同命題中，例如「兩種現代性」、「民族國家理論」、「公共空間理論」、「第三世界文化理論」等等……跨越了歷史境遇的巨大差異，東西方文學的需要是否就這麼殊途同歸了？他者的理論是否眞讓我們的文學闡釋一勞永逸？中國文學的現代之路難道就沒有自成一格的更豐富的細節？

較之於直接連通西方「現代性」闡釋之路的言說，「民國文學」這一概念首先試圖表達的就是擺脫先驗的理論、返回歷史樸素現場的努力。

　　1997 年，陳福康借助史學界的概念，建議中國文學的現代／當代之名不妨「退休」，代之以中華民國文學／中華人民共和國文學之謂。後來，張福貴、湯溢澤、張中良、李怡等人都先後提出這一新的命名問題，〔註4〕我將這樣的命名方式稱之為「還原」式，就是因為它所指示的國家社會的概念不是外來思想的借用——包括時間的借用與意義的借用——而是中國自己的特定生存階段的真實的稱謂，借助這樣具體的國家社會形態框架，我們的文學史敘述有可能展開為過去所忽略的歷史細節，從而推動文學史研究的深入。

　　在多少年紛繁複雜的理論演繹之後，中國文學研究需要在一種相對樸素的歷史描述中豐富起來，自我呈現起來。

「民國文學」研究的幾種可能

　　當然，「民國文學」概念提出來以後，各方面也不無爭論和質疑，這些爭論和質疑的根本原因有二：長期以來「民國」概念的陰影不去，至今仍然以各種「成見」干擾著我們的思想，或者對我們的自由探索構成某種有形無形的壓力；新概念的倡導者較長時間徘徊在概念本身的辨析之中，文學史的細節研究相對不足，暫時未能更充分地展示新研究的獨特魅力，或者其他的同行業也未能從林林總總的研究中發現新思路的廣闊空間。

　　關於「民國文學」研究，有這樣幾個方面的問題可以澄清和深發。

　　一、「民國文學」是民國時期的現代文學，可以涵蓋絕大多數的現代文學現象。不僅可以對傳統的新文學傳統深入解釋，而且可以將舊體文學、通俗文學等等「新文學」之外的文學現象有效納入，在一個更高的精神性框架中理解古今中西的複雜對話關係；不僅可以包括從北洋政府到國民黨政府控制區域的文學現象，而且也能有效解釋紅色蘇區文學、抗戰解放區文學，因為後兩者也發生在民國歷史的總體進程當中，民國文學的概念不僅可以解釋後

〔註4〕參看張福貴《從意義概念返回到時間概念——關於中國現代文學的命名問題》（香港《文學世紀》2003 年 4 期）；湯溢澤、郭彥妮《論開展「民國文學史」研究的必要性與可行性》（《當代教育理論與實踐》2010 年 2 卷 3 期）；湯溢澤、廖廣莉：《論開展「民國文學史」研究的迫切性》（《衡陽師範學院學報》2010 年 2 期）；趙步陽、曹千里等：《「現代文學」，還是「民國文學」？》（《金陵科技學院學報》2008 年 1 期）；張維亞、趙步陽等：《民國文學遺產旅遊開發研究》（《商業經濟》2008 年 9 期）；楊丹丹「現代文學史」命名的追問與反思》（《長春師範學院學報》2008 年 5 期）。

者，甚至是擴大了後者研究的新思路，解放區文化不是靠拒絕「人民之國」（民國）的理想而生存，它恰恰是以民國理想真正的捍衛者自居，最終通過批判了國民黨政權贏得了在「全民國」範圍內的聲譽；對於投降賣國的汪偽政權，它也不敢輕易放棄「民國」之號，在這裡，民國的「名與實」之間存在一個值得認真分析的張力，並影響到南京偽政府統治下的寫作方式；到華北、蒙疆特別是東北淪陷區，日本文化與偽滿洲國文化大行其道，但是，我們能不能斷定淪陷區文學就理所當然屬於滿洲國文學、蒙古文學或者日本文學呢？當然也不能，近幾年的淪陷區文學研究，相當敏銳地發掘出了存在於這些殖民地的「中華情結」，而民國文化作為現代中華文化的一種形態，依然對人們的精神發揮著根深蒂固的作用——雖然不是名正言順的「民國文學」，但是「民國文學」研究的諸多視角卻依然有效。

　　二、「民國文學」本身不是一個政治性的概念，就如同「民國」本身既有政權性含義，但同時也有政權政治所不能涵蓋的民族、社群等豐富的內涵一樣，而作為精神文化組成部分的「民國文學」更具有超越政治的豐富的意義空間。我同意張中良先生的分析：「民國作為一個國家，在政黨、政府之外，還有軍隊、司法機關、民間社團等社會組織，除了政治之外，還有新聞出版、學校教育、宗教信仰、民族傳統、地域文化、文學思潮、百姓生活等等，民國文學是在多種因素交織的社會文化背景下發生、發展起來的，因而其歷史化研究的空間無比廣闊。」〔註5〕事實在於，越是在一個現代的形態中，國家政權的強制力越有限，而作為社會文化本身的力量卻越大，包含文學藝術在內的社會精神文化，恰恰努力在民國時期呈現出了自己的獨立性和自主性。所以，「民國文學」並不等於就是國民黨的文學，自由主義文學與左翼文學都是民國文學的主體，而且由左翼文學所體現的反抗、批判精神也可以說是民國文學主要的價值取向，「民國批判」恰恰是「民國文學」的基本主題。曾經有大陸學者擔心「民國文學」研究會重新推動中國現代文學研究走入政治的死胡同，相反，也有臺灣學者對大陸「民國文學」研究刻意切割文學與政權制度的關係有所不滿，〔註6〕我覺得這兩方面的意見雖然有異，但都是出於對民國時期文學獨立性、自主性的認知不足。民國文學本身就是知識分子追求

〔註5〕張中良：《民國文學歷史化的必要與空間》，《文藝爭鳴》2016年6期。
〔註6〕王力堅：《「民國文學」抑或「現代文學」？——評析當前兩岸學界的觀點交鋒》，《二十一世紀》2015年第8期。

政治自由的體現，對政治自由的嚮往當然是將我們的精神帶離了專制政治的陷阱；而民國政權在文學政策上的某些讓步和妥協從根本上講並不來自統治者的恩賜，恰恰也是民國的社會力量、民間力量蓬勃發展、持續抗爭的結果，現代國家出現之後，其文化發展最可寶貴之處就是「明君」與「賢臣」文化的逐步消失（雖然政治家的開明和理性依然重要），同時社會性力量不斷加強、民間力量日益發展，後者才是最值得我們注意和總結的文化傳統，只有在後者被充分發掘的基礎上，政治制度的種種歷史特徵才有可能獲得真實的把握。

三、「民國文學」研究其實有別於隸屬於大眾文化、流行文化的「民國熱」。作爲對長期以來「民國史」的粗暴化處理的背棄，「民國熱」已經在大陸中國流行有年，民國掌故、民國服飾、民國教育，還有所謂的「民國範兒」等等，這本身不難理解，而且我以爲在「各領風騷三五年」的各種「熱」當中，「民國熱」依然保留了更多的自我反省的因素，因而相對的「健康性」是明顯的。儘管如此，我認爲，當代中國社會出現的「民國熱」歸根結底屬於大眾文化潮流，而「民國文學研究」則是中國學術多年探索發展的結果，是文學研究「歷史化」趨向的表現，兩者具有根本的不同。其實，「民國文學」研究雖然與當今的「民國熱」差不多同時出現，但中國學界本著實事求是的精神，努力救正「以論代史」的惡劣現象、盡可能尊重民國史實的努力卻是由來已久了。在大陸中國，雖然因爲政治原因，「民國」一詞一度包含了某種政治禁忌，需要謹慎使用，但總體來看，除了「文化大革命」這樣的極端的文化專制時期之外，對「民國史」的關注和研究一直有學人勉力進行。從新中國成立到1980年代初，「民國史」的考察、研究一直都得到來自國家層面的高度重視，並不斷被納入各種國家級的科研計劃與出版計劃。《中華民國史》的編修工作早於《劍橋中國史》的編寫計劃，「民國史」的研究也早在 1956 年就已經列爲了國家科學發展十二年規劃，民國史的出版也在 1971 年就進入了國家出版規劃。呼籲「民國史」研究的既包括董必武、吳玉章這樣的「民國老人」，又包括周恩來總理這樣的黨和國家領導人。「民國文學」的研究借概念之便，當更能夠順理成章地汲取「民國史」的研究成果，以大量豐富的歷史材料爲基礎，對中國現代文學研究的「歷史化」進程作出堅實的貢獻。

當然，民國文學研究，一方面固然應當強調加強學術研究的自覺性，與大眾文化的趣味相區分，但是，也不是要刻意區隔和拒絕那些來自社會民間

的寶貴情懷，相反，有價值的研究總能從現實關懷中汲取力量，讓學術事業擁有的豐沛的社會情懷，本身也是在健康和積極的方向上爲中國的當代文化貢獻自己的智慧和力量。

四、「民國文學」研究可以形成與華文文學研究諸多問題的有益對話。當「民國文學」這一概念的使用跨出中國大陸，尤其是與海峽對岸學界形成對話之時，可能就會遇到嚴重的困擾：在我們大陸學界的立場來看，它理所當然就是一個歷史性的概念，「民國」在 1949 年已經結束，我們的「民國文學」研究如果不加特別說明，肯定是指 1912 民國建立到 1949 年中華人民共和國成立這一段歷史時期的文學，使用「民國文學」概念，存在著一個嚴肅的政治的界限；但是，繼續沿用著「民國」稱號的對岸，是否就是大張旗鼓地書寫著「民國文學史」呢？弔詭的現實恰恰是，當代臺灣學界似乎比我們離「民國」更遠！在經過了日本殖民文化——國民黨統治——解嚴後思想自由——政黨輪替、「去中國化」思潮這樣一系列複雜過程之後，在一個被稱作「後民國」的時代氛圍中，「民國」論述照樣承受了「政治不正確」的壓力，其矛盾曖昧之處，甚至也不是「一個民國，各自表述」就能夠概括得了的。也就是說，在海峽兩岸這最大的華人世界裏，「民國文學」都存在相當的糾纏矛盾之處。如何解決這樣的尷尬呢？如何在兩岸學術界，建立起彼此都能夠接受的論述呢？我覺得這裡有兩個可以展開的思路。

首先是集中研討那些沒有爭議的時段。例如民國成立到 1949 年中華人民共和國成立這一歷史時期，我稱之爲民國文學的典型時期，對臺灣而言，1945 年光復之後，特別是國民政府遷臺之後，民國文化與文學當然也完成了移植與建構，不過解嚴以來，本土化傾向日益強化，與「典型時期」比較，情況已經大爲不同，固有的「民國文化」發生了變異、轉換與遮蔽，只有首先清理那些「典型」的民國文化，才最終有助於發掘現存的「民國性」。目前，對於研討「民國文學典型時期」的設想，在兩岸學界已經有了基本的共識。

其次是通過凸顯「民國文學」研究方法的獨特性與華文文學的其他學術動向形成有益的對話。所謂「民國文學」研究不過是一個籠統的稱謂，指一切運用「民國文學」概念創新解釋現代文學現象的嘗試，它至少包括兩個大的方向，一是對民國時期文學發展的種種問題進行新的梳理和闡述；二是通過對於「民國是中國的現代形態」這一思路的認定，生發出關於如何挖掘、描述中國知識分子「現代追求」的種種學術思路，進而對現代中國文化獨創

性問題作出令人信服的闡發，借助這一的闡發，「現代性」視野才不至於單純流於西方的邏輯，而成爲中國現代精神生產的一種獨特形式，這些努力的背後，樹立著發現現代中國精神主體性與學術主體性的深遠目標，這可謂是「民國作爲方法」的特殊價值。對於這種「文化主體性」的重視，我們同樣可以從作爲臺灣學術主流的「臺灣文學」以及史書美、王德威等人倡導的「華語語系文學」那裡看到，彼此對話的空間值得開拓。

「臺灣文學」一度有意識與中華文學相區隔，尋求自己的獨立空間，然而身居「民國」卻是寫作者不能不面對的事實，「民國」與「臺灣」在現實中相互糾纏，在歷史中前後延續、滲透、轉化、變異，無論從哪一個方向來看，離開「民國文學」的歷史與現實，都無法清晰道出現代「臺灣文學」的脈絡與底蘊，這一理念，似乎已經爲越來越多的臺灣學者所認可，臺灣文學研究者如陳芳明、黃美娥都多次出席兩岸舉辦的「民國文學研討會」，發表了梳理民國文學與臺灣文學關係的重要論文。

「華語語系文學」（Sinophone literature）是當今華文文學界的最有代表性的命題。儘管其倡導者史書美、王德威、石靜遠等人的具體觀念尚有不少的差異，但是突破華文文學的「中國中心」立場，在類似於英語語系、法語語系、西班牙語系的多樣化格局中建立各華人世界的文化獨立性和主體性，確實是他們的共同追求：「中國內地各種討論海外華文文學的組織、會議、出版，其實存在著一個不可摒除的最後界限，即要歸納在一個大中國的傳承之下，成爲四海歸心的一個象徵。很多海外學者會覺得這種做法是過去的、老派的、傳統的帝國主義的延伸，於是提出華語語系文學，使之成爲對立面的說法。」〔註7〕擺脫「西方中心主義」來談論「全球文學」，去「中心」、解「權力話語」，不再將華語文學當作某種「中國」本質的「離散」，而是始終在流動性、在地化、變異與重構中生成，這是「華語語系文學」的基本追求。應當說，「民國文學」的研究理念剛好可以與之構成有趣的對話：作爲文化主體性與學術主體性的建構，兩者顯然有著共同的意願，

不過，在不斷表述擺脫西方理論模式束縛的同時，「華語語系文學」卻將主要的批判矛頭對準了「中國性」與「中國文化」，史書美甚至爲了執著地對抗「中國」，將中國文學排除在「華語語系文學」之外。這裡就產生了一個需

〔註7〕 李鳳亮：《「華語語系文學」的概念及其操作——王德威教授訪談錄》，載《花城》2008 年第 5 期。

要認真探討的問題：阻擾現代華語世界精神主體性建構的力量是否就主要來自「中國」，而非實力更為強大的歐美？或者說，在普遍由歐美文化主導的「現代性」格局中，各種現代中華文化形態的經驗更缺少相互啓迪、相互借鑒與相互支撐的可能？如果考慮到「現代性」的言說模式迄今基本還是為歐美強勢文化所壟斷，「大華文區域」依然共同承受著這些文化壓力之時。以「在地」華文世界各自的經驗獨特性構製各自的「主體性」固然重要，在華文世界與其他世界的比照中尋找我們共同的經驗、重建華文文學本身的認同和主體價值，同樣不可或缺。而「民國文學」的經驗梳理，也就是華文世界的「現代認同」的基礎，也是華文文學主體性的主要根據，「作為方法的民國」需要在這樣共同的文化經驗的基礎上加以提煉。

這裡具有中華文化的共同傳統與民族記憶，又都在不同的條件下融入了全球現代化的過程。文學發展的背景同樣經歷了農業文明到工業文明、後工業文明的歷史過程，同樣遭遇了從威權專制到現代民主的轉變。

就文學本身而言，同樣具備了中國古典文學的修養和基礎的積澱，同樣進入到現代白話文學的時代，雖然因為政治意識形態的介入，中國新文學傳統的理解和繼承方式有別，彼此有過對新文學傳統的不同的認識——大陸以左翼文學為正統，臺灣等區域可能更認同以胡適為代表的自由主義，但是作為大的現代文學經驗依然具有相當的同一性。〔註8〕

對主體性的任何形式的尋找最終都不是為了將自身的族群從周遭的世界中分裂出來，而是為了更深刻地認識自我，發現自我的價值，最終也可以與「他者」更好地溝通與共存。大陸「中國中心」意識值得警惕和批判，但是與其徑直將大陸中國的華文文化視作對立的「他者」，毋寧將其當作既挑戰自我又激發自我的「他者」，而且這樣的「他者」也不能取代我們從歐美強勢文化的「他者」中承受的壓力，換句話說，大陸中國的華文世界並不是包括臺灣在內的華文世界的唯一的壓力，各區域華文文學的成長同時也不斷感受著來自其他文化力量的持續不斷的擠壓和挑戰。如果我們能夠面對這樣的事實，那麼，就會發現，華文文學世界的「共同經驗」的分享依然有效，依然重要，依然值得進一步挖掘和發揚，而在民國——這樣一個由華人所建立的現代意義的文化形態中，存在著值得我們共同珍惜的精神遺產。正如王德威

〔註 8〕 參見李怡：《命運共同體的文學表述——兩岸華文文學視野中的「民國文學」》，《社會科學研究》2013 年 6 期。

所意識到的那樣：「在我看來，將海外與中國內地相對立，是另一種劃地自限的做法……如果只強調海外的聲音這一面，就跟大陸海外華文文學各種各樣的做法沒有什麼兩樣，只不過站在反面而已。」「對於分離主義者來說，我覺得華語語系文學這個概念也適用……如果你不知道中國是什麼樣子的話，你有什麼樣的能量和自信來聲明你自己的一個獨立自主的自為的狀態（不論是政治或是文學的狀態呢）？〔註9〕

〔註 9〕 李鳳亮：《「華語語系文學」的概念及其操作——王德威教授訪談錄》，載《花城》2008 年第 5 期。

初版序

溫儒敏

　　姜濤的這篇論文重新審視了「新詩的發生」這個課題。本來這也不是什麼新題目，有關這方面的討論已經不少。翻開許多現代文學史，或者新詩史著述，所看到最多的還是對新詩發生發展軌跡的勾勒，諸如草創、奠基、拓展、衍變、高潮、深化等等階段的劃分，就成爲描述新詩演進過程的一種常見的「敘事策略」。儘管在這種進化描述中也會注意到不同的詩歌流派之間的互相揚棄、遞進、交錯與組合，但研究者一般都還是相信詩歌的演化總會依照一定的規律，曲折地頑強地向著某個理想的審美目標趨近。這種線性敘事對於文學史知識的積累傳授可能比較實用而奏效，但在獲得歷史敘述清晰感的同時，也往往忽略了文學史上共時情況的複雜性與多樣性。對於像詩歌創作這樣格外依仗個性、靈感等偶然因素的文學現象來說，線性描述和規律抽取的方式就會犧牲更多「文學的豐富性」。

　　姜濤這本書也是談「新詩的發生」，但多了一些對線性勾勒「盲點」的警惕。該書繞開那種從觀念到觀念，從文本到文本的套路，除了對新詩的歷史與審美的研究，又特別引人所謂「文學經驗研究」的討論，譬如新詩的結集、出版、傳播、閱讀的環節，及其在新詩「合法性」建立中的作用。該文重點考察了新詩「結集」對於現代詩歌如何形成氣候，如何站穩腳跟的實際作用，其中有關新的詩歌閱讀行爲的培養形成，以及纏繞其間的歷史複雜性，論者都有許多新的發現。這些討論的意圖是盡可能回到新詩發生原初的現場，從共時的層面展現錯雜、豐富的歷史樣貌。

　　該書不是完整的新詩發生史，作者的目光集中在「新詩集與新詩的發生」，就是要以新詩如何結集、出版、傳播、閱讀等等現象的考察，來討論新

詩發生的複雜機制，包括其背後容易被人忽略的許多文學社會學因素。當我們從書中讀到新詩自我建構和擴張背後的許多複雜的「事件」，瞭解新詩的成立除了自身觀念、內容和形式的變革，還有賴於在傳播、閱讀及社會評價中不斷塑造自己。新詩的發生不止是新詩的創作，也還有新詩對閱讀空間的開闢、讀者的「訓練」，以及「新詩經典」的打造。這樣，我們就會對以往所獲得有關新詩發生「常識性」歷史想像提出質詢。能夠引發這樣的質詢，正是這本書成功的地方。這種質詢不但豐富了對現代文學產生歷史過程複雜性的認識，也可能會啓發我們反思以往習以爲常的研究範式，開啓文學史寫作的多種可能和新的思路。對於一位初出茅廬的青年學者來說，能夠達到這種創新的「境界」實在不容易，也實在可責。

現在有關現當代文學的研究著作出版很多，但大部分都是套路雷同。有的書只要翻開目錄看看就知道，其切入的眼光與提出問題的框架到底是否在創新。我的經驗是，那種觀點排列齊整講究，線索描述流暢清晰的文章，可能是中規中矩的「好文章」，卻不見得是眞正有創意有見地的論作。文學史研究適當保持一點「模糊性」，多關注「常識」所可能掩蓋的特殊性，多一些反思與質詢，也許更能接近眞實。

這本書所討論的「新詩的發生」，也引起我一些聯想。我想起三年前，在南京參加關於「現代文學傳統研究」的學術會議時，我曾經提出這樣一個貌似普通的問題，竟引起熱烈的討論。我提的問題是：設想一位從事現當代文學的學者，自己是喜歡新詩的，但是如果他有一個五六歲的兒子，要培養孩子讀一點詩，不用說，也會是李白、杜甫、王維等等的古詩，而不大可能讓孩子去念新詩。這是爲什麼？會上大家談到許多原因，包括藝術形式、審美習慣、對於經典的崇拜，等等，但較少注意最常見的文學社會學的原因，譬如「閱讀行爲」的養成，傳播方式，以及新詩和舊體詩的「功能」差異問題，等等。新文學所造就的普遍的審美心理、閱讀行爲和接受模式，顯然都是不同於古代文學的。新詩雖然也有追求格律和音樂性的，但遠不如古典詩詞和音樂的聯繫那樣密切。舊體詩的欣賞有賴吟唱，不加誦讀，那韻味就出不來，這就決定了舊體詩的接受心理與閱讀模式。而新詩則似乎主要是「看」的詩，依賴吟唱和朗誦是越來越少了。這種以「看」爲主的閱讀行爲模式，反過來也會制約和影響到新詩的藝術發展。如果這種看法成立，那麼就不難解釋，爲什麼現代文學學者也習慣於讓孩子「誦讀」古詩，而不是「看」新詩了。

也許孩子到了高中和大學，又會有一段特別迷戀新詩的時期。這其中也有文學社會學的因素。對諸如此類現象如果不滿足於做一般的推論，而是運用文學社會學與文藝心理學的方法，對新詩的得失以及作為「傳統」在當代的延伸，進行細緻的調查和深入探討，我想也是挺有意思的。

　　姜濤原來是清華工科的學生，因為喜歡寫詩，轉人清華和北大的中文系先後讀碩士與博士學位。他有較高的文學才華，又有創作實踐，對「新詩生產」的複雜性也有切身的瞭解，這些都有助於他深入探討這樣一個涉及文學生產與傳播的課題，並取得成功。他的這篇博士論文答辯時獲得評議專家的高度評價。作為導師，我在與姜濤討論這個課題時也學到不少東西。我真心希望姜濤能夠再接再厲，寫出更多能體現新一代學人銳氣和識見的學術論作。同時我也非常樂於向讀者推薦這篇全國優秀博士論文。

　　　　　　　　　　　　　2004 年 2 月 24 日於京西藍旗營寓所

目
次

增訂版前記

　　本書初版於 2005 年，是在我的博士論文《新詩集與新詩的發生研究》的基礎上擴充而成的。這篇論文討論的雖是「新詩的發生」這個老問題，但選擇以「新詩集」為切入點，引入文學社會學的方法，梳理了在新詩集出版、傳播、評價過程中新詩形象的塑造以及合法性爭議。當年，關注出版、傳媒、讀者、及文學生產機制的作用，在文學研究界早已蔚然成風，但對新詩研究的影響，還不甚明顯。這項研究似乎帶來了一些新的視野，在學界得到了一定的好評。當然，其中存在的問題，也陸續被同行、讀者和友人指出。

　　比如，新詩作為「另一個審美空間」的生成，是這本書討論的重點，但大部分篇幅都留給了這一空間的「外部」勾勒和詩學觀念的檢討，對於早期新詩的文本形態，幾乎沒有處理，這造成了某種沒有「新詩」的「新詩史」的感覺。再有，新詩的發生一般被理解為「從舊詩的鐐銬中解放」的過程。對於這樣的線性敘述，本書也嘗試有所修正，強調新與舊、詩與非詩、現代性衝動與純文學觀念的多重對話，共同塑造了早期新詩內在的「張力結構」。這一論述包含了對早期新詩美學取向的辯護，認為胡適等人打破詩文界限的散文化構想，更多體現了新詩的可能性立場。這裡，或許存在了相當的預設性，給出整體問題構架的同時，也多少造成了論述的拘謹、封閉，不僅有可能簡化了早期新詩的複雜性，也忽略了其與五四新文化運動的整體聯動。換言之，以「新詩集」為線索，本書力圖回到歷史的現場，但如何將這個「現場」嵌入更為宏闊錯綜的歷史情境之中，這是當年未及展開的部分。

　　上述缺憾只能留待以後的研究來彌補。爲了讓讀者能更完整瞭解早期新詩的歷史，這次修訂除了文字方面的刪削、疏通，也特別加入了「新詩的發生及活力的展開：新詩第一個十年概貌」一文作爲附錄，希望借此大致呈現早期新詩的歷史概貌。最後，要感謝李怡教授還記得多年前的這本小書，將它引薦給花木蘭文化出版社，也讓我也有了一次重新自我檢視的機會。

導言：研究方法、對象的提出

一

在現代文學研究中，新詩研究一直是個相對獨立的領域。新時期以來，出於對單一政治標準的反撥，在探究歷史本來面目的呼聲下，對新詩史上眾多備受爭議的流派的挖掘、整理和重新評價，應該說是新詩研究興起的起點。一批學人突破禁忌，通過細緻的資料蒐集、作品分析，首先使被塵封的新詩歷史重新浮現出來。當「平反」式的討論漸趨沉寂，對新詩的審美追求以及新詩史內在線索的關注，便上升為研究的主要動力。在資料挖掘的基礎上，新詩的流派構成、潮流演進、內部傳承、外部影響、代表性詩人、理論批評、歷史脈絡等問題，都得到了細緻的探討。尤其是有關「現代主義詩潮」的探討，更是新詩研究中著力最多，成果最豐碩，顯露的時代特徵最鮮明的部分。某種意義上，以流派研究為框架，以語言、形式、觀念問題為核心，以中西融合的現代追求為理想的討論模式，已成為新詩研究一個主導性的「範式」，潛在地支配了大多數研究的展開，其最終指向的，是完成對新詩歷史的完整構想：它被描述為一幅由多種流派彼此交錯、具有內在的獨立展開線索的動態圖景。〔註1〕

〔註 1〕 孫玉石在 20 世紀 80 年代初撰寫的《新詩流派發展的歷史啟示》(《詩探索》，1981 年第 3 期) 較具代表性，該文將新詩劃分為十二種流派，並強調其中的四個詩派橫貫和影響了各個歷史時期的詩壇，它們的相互替代、演變顯示了對因襲勢力不斷否定的流派發展的內在規律。對內在規律的說明，不僅使一幅宏大的詩歌史圖景在流派的關係中呼之欲出，也打破了那種由詩派的階級出身和政治立場來解釋流派產生、消亡的外部機械唯物論尺度。將具體的流派分析和宏觀的詩歌史視角結合一處，構成了流派研究可能的前景。

　　「範式」的存在，使得新詩研究具有很強的歷史連續性。20 年來，新詩研究在現代文學的學科格局中，自成體系，形成一套自足的方法、問題和框架。然而，在取得豐碩成果，獲得自足性的同時，還應注意的是，「範式」的穩定，或許同時帶來了某種封閉性。一個突出的表徵是，雖然相關的研究在不斷推進，課題也在不斷細化或深化，但在知識積累的意義之外，內在的超越和突破，卻很獲得。近年來，有關新詩的論文數量仍在增加，但視角的單一、方法的陳舊，以及觀點雷同、材料重複所造成的「擁擠」，已成爲一個不容忽視的問題。當其他領域的文學研究不斷拓展邊界、重置研究的內在動力，曾一度令人激動的新詩研究，卻在某種程度上不斷向邊緣位移，在「特殊」、「獨立」的位置上，似乎愈來愈缺少與當下思想、文化對話的活力。在這種情境下，發現新的研究角度，擴張研究的領域，當然是必然的出路。近年來，新詩研究中一些新思路的引入，已體現出了超越既有「範式」的努力，如對新詩流派與雜誌傳媒、及城市文化的關係考察，從語言形式角度入手的文本細讀，新詩經典化過程的考察，以及在主流的「現代主義」詩潮研究之外提出的「現代性」框架等，都從不同的方面，拓展了研究的視野。但除此以外，對上述「範式」本身的檢討，也是應納入考慮的工作。

　　其實，從歷史實踐的角度看，任何範式、框架都不是可以脫離具體「使用」的自明性存在，其發生、展開總是受特殊的歷史條件、語境的制約或鼓勵。在 20 世紀 80 年代，伴隨著對庸俗社會學批評的擺脫，在某種抗辯的熱情中，現代文學學科的性質、品質也發生相應的轉化，無論是歷史的還原，還是對審美以及文學史規律的強調，都意在與原有政治格局的論辯中，建立起學科的自主性，而對純粹「文學性」以及「文學現代化」的嚮往，也與當年整體性的歷史邏輯相關。上述所謂新詩研究的「範式」，正是在這一背景中的，其活力和有效性，也是依託於當時的歷史要求。無論是對詩歌語言風格、詩人創作個性的關注，還是對現實主義、浪漫主義之外現代主義詩潮的「偏愛」，都呼應著當時的整體性文化邏輯，可以看作是一種廣泛的思想、文化自我建構的一部分，強有力地「還原」了被遮蔽的新詩歷史，嶄新的問題空間也由此形成。

　　然而，當「範式」的合法性被充分認可並廣泛接受，最初新銳的發現，往往也會脫離原初的政治、社會及精神氛圍，被普及爲一種「常識」。由此而來的可能結果是，原本清新、尖銳的問題意識，會在學術的生產、消費與再

生產的鏈條中悄然流失，所謂的「範式」也難免失卻了背後的現實針對性，逐漸沉積、固化爲某種學術生產的「流程」。新詩研究「封閉性」與研究「範式」的沉積、固化，無疑有緊密的關聯。因而，要重新喚起新詩研究的活力，能否在穩定的「範式」中引入反思的因素，將既定的前提、結論「歷史化」，或許就是關鍵所在。

當然，「反思」是一項很複雜的工作，需要在新詩研究與當代文化變遷的重重糾葛中展開，「反思」不意味著「推倒重設」，某種整體性的「替代」方案，在目前的情況下，不僅極其困難，而且也是無意義的。從現實的角度看，更爲有效的反思，還應體現在具體的研究中。換言之，通過一些具體的詩歌史問題的檢討，通過研究中思考角度的調整，對既有範式的「抵制」或「改寫」，才可能會更爲鮮活地呈現。這一點正是本書的研究，所試圖實現的，具體而言，這項工作將從以下兩個方面展開。

二

首先，自 20 世紀 80 年代以來，在純文學話語不斷高漲的情況下，關注文學審美品質的內部研究，成爲文學研究中被再三呼喚的思路。值得注意的是，某種內在矛盾也暗中產生。一方面，現代文學的展開，本身就是現代思想、文化、政治複雜建構的一部分，有的學者就曾這樣說：「純粹的美學興趣當著遇到了如中國現代文學這樣的對象，難免會感到了失望。這不是那種經得住一再的藝術探險的文學。」〔註 2〕另一方面，通過文學的研究來探索人的現代化、文化啓蒙、知識分子身份和使命等命題，本來就是一代學人研究的起點和抱負所在。因而，在現代文學的宏觀研究以及小說這樣的「中心文體」研究中，雖然基於敘事學理論的形式分析一度十分時興，某種由內而外，內外交錯的研究方式，還是更爲引人矚目。譬如，在趙園著名的知識分子研究中，「知識分子形象」似乎首先不是一個敘述層面上的形象學問題，而是作爲一個「精神結構」，一種「意識現象」來把握的，從中得到辨認的是二十世紀精神史、文化史的走向。由此一來，關於文學本體的內部研究，在 20 世紀 80 年代，在很多情況下，似乎更多停留在呼籲的層面，並沒有被認眞地落實。

〔註 2〕趙園：《有關〈艱難的選擇〉的再思考》，《文學評論》，1987 年 5 期。

　　然而，對於新詩研究而言，這種內外衝突帶來的「盲視」（或是「洞見」），似乎並不存在。在具體史料蒐集和歷史還原的基礎上，無論是詩學觀念的辨析、具體作品的文本分析，還是傳統與現代、西方影響與本土特徵關係的把握，「內部」的審美研究，一直是新詩探討的主要著眼點。不僅如此，「內部研究」也向研究者提出了特殊的要求：不僅傳統的印象式的審美感悟力，被看成是新詩研究者必需的素質，對複雜精微的形式、觀念的敏銳辨析力，更是被普遍呼籲的能力。這與新詩本身的藝術成就和形式複雜性相關，但某種文類之間的差異性認識，也暗含在其中。從「文學性」的角度看，在詩歌、小說、散文、戲劇等文類之中，因爲表意方式的獨特和「純粹」，詩歌似乎體現了文學性的尖端。因而，較之其他文類，「新詩」更集中地體現了現代文學的審美訴求以及在語言形式上的現代探索，它的文體獨立性也更加鮮明。如果與同一時期小說研究不斷向外拓展，容納思想史、文化史因素的傾向相比，向某種詩歌「本體」的收縮，似乎支配新詩研究的主要趨勢。

　　應當說，這一思路的確吻合了新詩的文體特徵和歷史實際，研究的合法性不容質疑，新詩的獨特價值，也恰恰表現在這一方面。況且，基於歷史還原的內部研究，尤其是擺脫印象式的鑒賞，針對新詩文本形態的深入考察，目前還有相當大的空間。但可以追問的是，特殊化、純粹性的趨向，與其說具體的文體規約，毋寧說是一種普遍的閱讀期待，一種受惠於浪漫主義──現代主義傳統的制度性想像，與之相關的公共與私人，社會與心理、政治與詩歌、社會與個人、現實主義與現代主義之間的結構性對立，則是現代文化的前提性結構。由此一來，與小說、戲劇等文體相比，詩歌似乎不適合於外部的社會學分析，因爲其處理的更多是主觀的、或情感方面的經驗，如彼埃爾・V・齊馬在談及「抒情作品的社會學」時所描述的：

　　　　許多理論家過去（和現在）認爲抒情詩傾向於「主觀性」和「情感」方面，幾乎不適於進行社會學分析：在大多數情況下，它既不表現社會也不表現歷史事件。它最常用的題材不是政治家、工會運動、罪犯或秘密組織，而是情人、大自然和孤獨。〔註3〕

如果一味地依從這樣的制度性想像，是否會帶來某種削減，暗中阻礙了思考、研究的自由擴張，是值得思考的問題。

〔註3〕彼埃爾・V・齊馬：《社會批評概論》，第74頁，吳嶽添譯，桂林：廣西師範大學出版社，1993年。

新詩，作爲新文學整體方案的一部分，其社會性和歷史性同樣不能忽略，它的生成與展開，也同樣處於20世紀中國複雜的歷史、文化進程中，在具體的「現場」中，新詩的傳播接受、文化定位，讀者樣態，以及文學史塑造等等外部環節，與其的歷史形象和內在性質，都有著深刻的關聯。單一的「內部研究」，似乎無法將這些關聯完全說明。其實，對所謂文學研究「內部」與「外部」之區分的反省，已經介入到現當代文學史寫作的思辨中，而對文學生產、體制等外部環節的考察，也正成爲文學史研究的一個重點。如果將「新詩」放回這種整體的視野中，那麼超越內外之別，打破「制度化」的單一格局，無疑是值得嘗試的方向。

其次，與內部研究的單一格局相關的，還有研究對象上的某種不均衡狀態。20世紀80年代以來，隨著研究前提的重設，那些能夠體現所謂新詩的「藝術價值」，又曾一度被歷史遮蔽的流派，諸如新月派、象徵派、現代派、九葉派等，受到了越來越多的關注，其中的「現代主義」詩潮的研究更是重中之重，幾乎佔據了目前新詩的主體。〔註4〕不均衡的狀態，也表現在研究的時段上，譬如，相對於流派迭起的三、四十年代，新詩發生的二十年代初，就似乎因只具有發生、過渡的意義，而處於被相對冷淡的狀態，較少被當下的主流研究涉及。當然，上文已言及，對「政治標準第一」的反撥，和對文學現代化的嚮往，是這種研究趨向背後的動力。有意味的是，在主次、輕重的秩序劃分背後，某種劃分的依據、尺度也被凸顯出來。這一尺度，一般被表述爲「詩」的標準。表面上看，這是一個寬泛的說法，表達的是一般讀者對「詩」的特殊期待，比如詩境的含蓄、語言的優美、鮮明的抒情意味等，但應該注意的是，所謂「詩」的標準，並非一個本質性概念，它的確立既是一般審美期待的結果，也與現代「純文學」觀念的塑造、規訓相關。如果這一「歷史化」的標準被非歷史地使用，並落實爲具體的研究、評價尺度，新詩歷史展現的多種可能性，便有可能被忽略到中心的線索之外。

更值得關注的是，在「詩」標準的頒佈中，某種「目的論」敘事也隨之被暗示，即：新詩的發展是依據一定內在規律，向著某種審美理想趨近的過

〔註4〕針對新詩「現代主義」研究的膨脹，有學者已指出：「打破了一種不平衡觀之後又出來了另一種不平衡觀。這裡涉及新詩藝術本體與新詩承擔的社會責任間出現的不平衡性的價值判斷的分歧，也涉及對於一些創作方法的理論探討的取向。」（孫玉石：《十五年來新詩研究的回顧與瞻望》，《中國現代文學研究叢刊》1995年1期）

程。在這一「目的論」敘事的支配下，從工具意義的革新，到純粹詩美的營造；從形式問題的探討，到內在體驗的發生，從與傳統的斷裂到與傳統的融合，從寫實到浪漫再到現代，一種歷時性的線發展眼光，始終伴隨著新詩研究的展開。可以說，對某種內在演進、辯證發展的邏輯的強調，已成爲新詩史描述的一個主要趨向。〔註5〕然而，需要追問的正是，邏輯的展開能否等同於歷史的本然，新詩的發展是否有內在的辯證規律，新詩史上共時的交錯、偶然和矛盾，能否在歷時的線性敘述中被有效呈現。正如韋勒克所稱，在處理文學史上的「演變」觀念時，「必須拋棄輕易得出的解決方案，並且正視現實中的全部具體濃密性與多樣性」〔註6〕。在這個意義上，檢討新詩的相關歷史敘事的起源，開掘在歷時線索構造過程中，對複雜表象的擦抹，也就成了另一個反思的指向。

　　本書的研究思路，正是在上述兩方面背景上提出的：首先，在方法上嘗試繞開從觀念到觀念、從文本到文本的既有模式，在新詩的內部研究「範式」中，引入一些對外部環節的討論，譬如發表、出版、讀者閱讀、詩集編撰和文學史的建構等，在一般的歷史研究、審美研究中加入「經驗研究」和文學社會學的因素，即「研究的客體不僅包括文本本身，而且包括文學體系中文學活動的角色，即文本的生產、銷售、接受和處理」。〔註7〕其次，儘量回到原初的現場，通過從共時的角度展現錯雜、紛亂的歷史表象，從而對一般的有關新詩的線性歷史想像，提出自己的質詢。在研究時段的選取上，本書將討論的焦點，投向在新詩發生的初期。雖然從文本成就上看，這一時期新詩的美學成就不及後來，但「新詩」的社會傳播、接受模式，以及有關其合法性的歷史想像，都在此一時奠基成形，其中包含的研究可能性，也要比一般理解的遠爲豐富。

〔註5〕　譬如，在近期出版的一本新詩史專著中，新詩流派發展的主要線索，概括爲革創、奠基、拓展、普及與深化四個階段和以郭沫若、戴望舒、艾青爲代表的三次整合過程。在這一歷史圖景背後，作者反覆強調的是各個詩潮流派間的動態組合、交錯、遞進和互補，而30年的新詩歷史內在規律也被清理了出來：它「迴圍著由合——分——合的規律，即肯定——否定——肯定的辯證發展過程」。（龍泉明：《中國新詩流變論》，第2～3頁，北京：人民文學出版社，1999年）

〔註6〕　雷內·韋勒克：《文學史上的演變概念》，《批評的概念》，張今言譯，第49頁，杭州：中國美術學院出版社，1999年。

〔註7〕　「文學經驗主義研究」的解說，見斯蒂文·托托西：《文學研究的合法化》，馬瑞奇譯，第32～33頁，北京大學出版社，1997年。

三

上述言及的，只是方法上、時段上的一些設想，而「新詩集與新詩的發生」，就是本書「鎖定」的話題。顧名思義，這項研究包含兩個層面：一是研究的對象（新詩集），一是處理的主要問題框架（新詩的發生）。從「新詩集」的角度，討論「新詩的發生」背後的社會條件和理論內涵，就是本書想要試圖解決的主要問題。

有關初期白話詩（或早期新詩）的歷史評價，一直是個聚訟紛紜的話題。最早有胡先驌、章太炎、李思純、梅光迪、吳宓等人，對白話新詩的歷史合法性進行質疑；繼而，又有成仿吾、梁實秋、聞一多、穆木天，從在新的視角出發，抨擊初期新詩違背了「詩」的原則，這種攻擊之聲一直延續到當代，鄭敏先生在著名的「世紀末回顧」中，更是將胡適等人推上審判臺。〔註8〕當然，在新詩史上，為初期新詩正名和辯護的聲音也一直存在，朱自清、蘇雪林、茅盾等人的言論就是其中的代表，80 年代以後更是出現了一系列的「重評」之作，但其價值也更多地被定位在歷史的開端和工具的過渡上，20 年代的諸種批評，已沉積成文學史的基本判斷，即：早期「新詩」雖然完成了語言工具、詩體形式的變革，但也造成了詩意的匱乏及詩美的放逐，後來的新月派、象徵派、現代派等詩歌流派的出現，才使新詩走上了藝術的正軌。從上述判斷中不難看出，「新詩的發生」主要被處理成新／舊的交替這一「線性」過程，無論是否定還是辯護，都在這一框架內展開。然而，要檢討的是，作為「原點」的豐富意義，新詩發生內部交織的微妙張力，是否有可能在「流暢」的敘述中，被悄然抹平。

近年來，也有研究者試圖突破上述框架，致力於新詩的「現代性」研究的臧棣就提出：新詩對現代性的追求本身，已自足地構成了一種新的傳統，即從根本上說，新詩的現代性不是一個繼承還是反叛傳統的問題，而是要在傳統之外提供一個越來越開闊的審美空間。〔註9〕這種提法的啟發之處在於，一種虛擬的卻絕對化的連續性，在他那裏被拒斥，臧棣將論述的重點移至新詩自身的現代性追求上，從而巧妙地繞過了僅在傳統與現代關係（或繼承或

〔註8〕鄭敏：《世紀末的回顧：漢詩語言變革與中國新詩創作》，《文學評論》1993年 3 期。

〔註9〕臧棣：《現代性與新詩的評價》，《現代漢詩：反思與求索》，現代漢詩百年演變課題組編，北京：作家出版社，1998 年。

反叛）中思考新詩前途的模式。這一提法同時也暗示了另一種考察角度，在歷時性的斷裂（或連續性）框架之外，是不是可以從一種「共時」性角度，展示「另一個審美空間」的內部構成。

當所謂的「內部構成」進入討論的視野，一個關鍵性問題也凸顯出來，即：「另一個審美空間」，不單顯現在美學、形式層面，同時也包含了更多社會、歷史因素，也顯現在某種社會建制的層面。正如伊格爾頓在談到文學形式與生產的關係時所指出的：「一個社會採用什麼樣的藝術生產方式──是成千本印刷，還是在風雅圈子裏流傳手稿──對於『生產者』與『消費者』之間的社會關係是一個非常重要的決定性因素，也決定了作品文學形式本身。」〔註10〕從這個角度看，新詩現代性的生成，其「空間」的自足與獨立，作爲一項複雜的歷史建構，是呈現於文學的現代生產、傳播、接受方式的整體變遷中。在美學的變革之外，它還涉及到詩歌在整個社會文化結構中位置轉移，以及社會傳播，讀者群塑造、閱讀方式建立等諸多環節。這意味著新詩現代性這一話題，還包含了更多的潛力〔註11〕，追問「另一審美空間」的構造過程，也可能有另外的角度。

因而，本書並不著意從新／舊交替的歷時角度，審視「新詩的發生」，而是嘗試如上文所言，從共時的層面，展現出新詩開創時期的複雜表象。同時，也不僅將「新詩的發生」只當作一場形式革命，而是採用彼德‧比格爾在研究西方先鋒派理論時所建議的視角，在具體的觀念、事實之外，從「體制」的角度入手，因爲「藝術作品不再被看作單個的實體，而要在常常決定了作品功能的體制性框架和狀況之中來考察」〔註12〕。從體制或功能的角度出發，也決定了具體的研究方法，即在一般的觀念檢討、形式分析之外，本書試圖更多採用文學社會學的方法，考察新詩發生背後的社會性因素，在審美討論的基礎上，恢復歷史應有的深度。當然，作爲一項社會、美學、及文化的整體建構，「新詩的發生」涉及到許多方面的問題，

〔註10〕特里‧伊格爾頓：《馬克思主義與文學批評》，文寶譯，第73頁，北京：人民文學出版社，1980年。

〔註11〕這一點，汪暉早已指出：「如果我們不只是把文學的現代性問題僅僅視爲文學敘事的技巧，而且把這種現代性問題視爲整個現代社會和文化變遷的一個組成部分，那麼中國文學的現代性問題就是一個極具潛力的研究課題。」（汪暉：《我們如何成爲「現代的」？》，《中國現代文學研究叢刊》，1996年1期）

〔註12〕彼德‧比格爾：《先鋒派理論》，高建平譯，第76頁，上海：商務印書館，2002年。

完整的歷史還原，個人的研究能力既不能勝任，也不是本書的目的所在。本書最終所要完成的，是在回到歷史現場的同時，探討新詩發生的奠基性機制，或用柄谷行人說法，質詢那種「一旦成形出現，其起源便被掩蓋起來了」的「認識性裝置」〔註13〕對「起源」的重新追溯，或許能使早期新詩的歷史圖景，能以另一種面貌呈現。

簡言之，這項研究的思路大致如下：在一般的文學史敘述中，新詩的「發生」，是一批新詩人理論上的宣導和寫作上的實驗的結果，從胡適開始，對此就有不厭其詳的講述。後來的文學史描述也多沿用這種套路，主要從詩歌觀念和寫作的內部，尋找「新詩」發生的歷史軌跡。但還應看到，新詩的發生與成立，同時還是一個歷史擴張與自我建構的過程，除了觀念、形式上的變革之外，它還要在傳播、閱讀及社會評價中，建立一個獨立的、具有內在自足性的「另一個空間」。1922年出版的《新詩年選》（一九一九年）編者曾稱：「胡適登高一呼，四遠回應，新詩在文學上的正統以立。」〔註14〕在這一經典性的論斷中，新詩發生的整體進程被強有力地勾勒出來。

首先是觀念上的鼓吹，「登高一呼」無疑是新詩發生的歷史起點。然而，從文學的生產、接受和歷史評價的角度看，新詩的成立至少還與以下兩個方面密切相關：首先，它是與社會層面的普及和擴張聯繫在一起的，「四遠回應」，不僅表明新詩吸引了更多的參與者，更重要的是，新詩要在舊詩之外，形成一種新的傳播、閱讀和評價機制，而發表出版、讀者群的形成，新詩壇的形成與分化，以及與新詩相應的閱讀方式的建立等等，都是這一其中重要的構成因素。惟其如此，新詩的奠基性「裝置」，才得以完整確立。

其次，在新與舊的交替間，在特殊的歷史衝動與現代知識規劃的摩擦間、在新銳的文體實驗與普遍的詩美期待的對話間，所謂新詩「正統」的成立，也是一個文學史形象的自我追尋過程，即在相關的歷史呈現、批評及文學史建構中，如何完成「新詩」的想像、如何為自身建立起歷史合法性的過程。從「登高一呼」，到「四遠回應」，再到「正統以立」，「新詩的發生」由是才成為一個完整的故事。

〔註13〕柄谷行人：《日本現代文學的起源》，趙京華譯，第12頁，北京：三聯書店，2003年。
〔註14〕《一九一九年詩壇紀略》，北社編：《新詩年選》，上海：亞東圖書館，1922年。

　　需要補充的是，在「四遠回應」與「正統以立」的交織過程中，新詩「發生空間」的某種「場域」性質也得以顯露。法國社會學家布迪厄的「場域」（或「場」）概念，正是時下文化理論界討論的一個熱點。在布迪厄看來，在高度分化的社會空間裏，總體的社會空間是由大量具有相對自主性的社會小空間構成，而這些小的社會空間就構成不同的「場域」。因而，一個「場域」可以被定義爲「在各種位置之間存在的客觀關係的一個網路（network），或一個構型（configuration）」〔註15〕。每一個社會「場域」，都是具有自身邏輯和必然性的客觀關係的空間，而這些特有的邏輯和必然性也不可化約成支配其他「場域」運作的那些邏輯和必然性，例如「藝術場域正是通過拒絕或否定物質利益的法則而構成自身場域的」。在「場域」之中，每個參與者都在進行著某種爭奪，以期改善自己的位置，「強加一種對於他們自身的產物最爲有利的等級優化原則。而行動者的策略又取決於他們在場域中的位置，即特定資本的分配。」〔註16〕對於「新詩」而言，作爲一種歷史創生物，通過傳統／現代、新／舊的二元對立，排斥其他的詩歌實踐，從而開創「另一個審美空間」，這一現代性建構本身就包含著新詩「場域」自足性的訴求，在與既有詩歌慣習與詩壇格局的碰撞中，在自身的生長和紛爭中，新詩在客觀上也形成了一種「關係空間」。「正統以立」，亦即某種「新詩」自身的「特有邏輯和必然性」的生成，藉此新詩「另一個空間」的自足性與合法性邊界才得以呈現。作爲一種分析視角，「場域」的概念已被部分引入中國現代文學的討論〔註17〕，本書也試圖有限度地借用這一視角，在描述新詩「另一個空間」建立過程的同時，也探討其運作、發生的特有邏輯，換言之，探討其「正統以立」的內在含義。

　　應當說，上述幾方面牽扯到的問題十分複雜（雜誌上的發表，詩集的出版，讀者的閱讀，新舊詩壇的糾葛相，關評論的意義生產，乃至最後進入教科書，在文學史上完成自我定位等），「新詩集」只是本書選擇的一個具體切入角度，對此還有必要作一點解說。

〔註15〕皮埃爾・布迪厄、華康德：《實踐與反思：反思社會學導引》，李猛、李康譯，第 133～134 頁，北京：中央編譯出版社，1998 年。
〔註16〕皮埃爾・布迪厄、華康德：《實踐與反思：反思社會學導引》，李猛、李康譯，第 139 頁，北京：中央編譯出版社，1998 年。
〔註17〕賀麥曉：《二十年代中國的「文學場」》，《學人》第 13 期。

四

在新詩發生的完整「故事」中，「新詩集」的出版雖然只是情節之一，但從某種角度說，卻是一個關鍵的環節，關涉到諸多方面的建構。作爲新詩的發明人，胡適在《嘗試集》自序中，就曾對印行詩集的理由，作出過如下的說明：

> 我的第一個理由是因爲這一年以來白話散文雖然傳播得很快很遠，但是大多數人對於白話詩仍舊很懷疑；還有許多人不但懷疑，簡直持反對的態度。因此，我覺得這個時候有一兩種白話韻文的集子出來，也許可以引起一般人的注意，也許可以供贊成和反對的人作一種參考的材料。第二，我實地試驗白話詩已經三年了，我很想把這三年試驗的結果供獻給國內的文人，作爲我的試驗報告。我很盼望有人把我試驗的結果，仔細研究一番，加上平心靜氣的批評，使我也可以知道這種試驗究竟有沒有成績，用試驗的方法，究竟有沒有錯誤。第三，無論試驗的成績如何，我覺得我的《嘗試集》至少有一件事可以供獻給大家的。這一件可供獻的事就是這本詩所代表的「實驗的精神」。〔註18〕

在這一段話雖是夫子自道、個人表白，但「新詩集」最重要的兩方面功能，也被明確的傳達出來，即：作爲新詩作品的集結（「一種參考資料」），「新詩集」的出版，在傳播上提供一種有效、集中閱讀的可能，從而在讀者和寫作之間，拓展出交流、評價的空間；與之相關的是，詩集的閱讀、接受過程，也就是新詩合法性的核對總和規劃過程，某種意義上，正是在對「試驗報告」的批評中，有關「新詩」歷史想像間的爭議才激烈發生。對「新詩集」歷史功能的自覺體認，不是胡適個人的一家專利，某種意義上，是被早期新詩集的編者、作者普遍分享的。在《嘗試集》之前，新詩史上最早的作品集結——1920 年 1 月由上海新詩社出品的《新詩集》的編者，也給出了印行詩集的幾點理由：一，彙集幾年來的試驗成績，以打消人們的懷疑；二，爲學習新詩的人提供有價值的範本；三，可使讀者的全面瞭解新詩，免除翻閱書報的困難；四，分類印好，比較、批評提供便利。〔註 19〕這一描述，似乎比胡適的「自道」更全面、更直白地說出了「新詩集」的歷史功能。

〔註18〕 胡適：《〈嘗試集〉自序》，第39～40頁，《嘗試集》，上海：亞東圖書館，1920年 3 月初版。

〔註19〕 《吾們爲什麼要印新詩集》，《新詩集》，上海新詩社，1920 年 1 月。

據《中國現代文學總書目》統計，單從 1920 年至 1922 年，「新詩集」就有 18 部出版。〔註 20〕在早期新文學出版的整體格局中，這一數字是相當可觀的，與其他文類相比（小說、散文等），「新詩」不僅在理論宣導上，在出版、傳播上也扮演了「開路先鋒」的角色，其中《嘗試集》、《女神》、《蕙的風》等詩集的暢銷，更是文學史、文化史上的獨特現象。這意味著，在「新詩集」的擴張作用中，一個由社會傳播和讀者閱讀構成的新詩發生空間已經浮現。

短短兩三年間，如此眾多的「新詩集」出現在讀者眼前，「新詩」的歷史形象也得到大致呈現，一位讀者就曾以形象化的方式，記錄了他對「新詩集」的閱讀感受：

> 讀《女神》時，頗感到莽男子的粗魯，讀《草兒》時，大有野人之風味，讀《冬夜》時，如走了荊棘裏一樣，讀《蕙的風》時，如看了電影的愛情片，讀《繁星》時，覺得閨閣的氣味太重，終不是大方之家。〔註 21〕

通過閱讀「新詩集」，普通讀者才能更集中地瞭解新詩的概貌。換言之，是「新詩集」集中地、突出地呈現了「新詩」。如果考慮到胡適等新詩人對詩集序言、編次等環節的刻意經營，以及通過書評、自敘等方式完成的巧意加工，那麼不難體味，新詩集對「新詩」呈現，也是一個自我敘述的結果，不同的編撰、定位策略，其實就參與其中。

胡適曾言：「一個文學運動的歷史的估價，必須包括它的出產品的估價。單有理論的接受，一般影響的普遍，都不能證實那個文學運動的成功」。〔註 22〕作爲主要的出產品，「新詩集」在社會傳播、形象呈現這兩方面功能外，更是引發了新詩的歷史評價，有關新詩合法性的最初爭議，也往往圍繞「新詩集」展開。無論是舊派文人、新式學者的反對，還是另一代新詩人站在新的歷史起點上的發難，「新詩集」往往是火力指向的標靶：胡懷琛對《嘗試集》的修改，胡先驌的《評〈嘗試集〉》，聞一多、梁實秋的《〈冬夜〉〈草兒〉評論》，成仿吾的《詩之防禦戰》等，都是其中代表。「將當代

〔註 20〕 具體目錄參見本書第一章後的附錄。

〔註 21〕 頌平：《新詩之將來》，《京報・文學週刊》14 號，1923 年 11 月 17 日。

〔註 22〕 胡適：《〈中國新文學大系・建設理論集〉導言》，第 1 頁，趙家璧主編、胡適編：《中國新文學大系・建設理論集》，上海：良友圖書出版印刷公司，1935 年。

詩壇中已出集的諸作家都加以精審的批評」〔註 23〕，似乎已成爲早期新詩論爭的主要「戰略」。這一戰略並不局限於「詩集」評價的本身，它還關聯著「新詩」的合法性辯難、「新詩」發明權的爭奪、新詩壇的「場域」劃分等多方面問題，如胡先驌所稱：「評胡君之詩，即可評胡君論詩之學說，與現實一般新詩之短長，古今中外名家論詩之學說，以及眞正改良中國詩之方法。」〔註 24〕由此可見，在「新詩集」接受和評價背後，發生的是一整套「新詩」合法性建構的奠基性機制，這一點甚至投影到後來的文學史寫作上，不同詩集的升沉起伏與歷史定位，也像座標一樣，標記出了新詩發展的線索和圖像。

通過上面的簡要勾勒，「新詩集」的歷史功能被部分揭示出來，它像一條無形的線索勾聯起「新詩發生」的諸多方面，本書的研究思路，也由此顯露，即：通過對早期「新詩集」的出版、傳播、編撰、自我定位、接受和歷史評價等諸多環節的考察，來探討「新詩的發生與成立」這一命題的社會文化內涵。大致上說，具體的寫作可分爲以下幾個部分：

首先，從文學社會學的角度，對「新詩集」的出版、流佈和閱讀狀態，做出一個基本的歷史描述。在此基礎上，討論在新的傳播空間中，新詩的功能、形象、與讀者的關係，新詩「場域」的構成、以及相應的閱讀程式的塑造等環節。

其次，具體考察在「新詩集」中，新詩的歷史形象是如何呈現的，這種「呈現」體現了怎樣的自我建構邏輯，怎樣規劃了人們對新詩的認識，詩集的序言，編撰、及自我篩選等問題將成爲主要的切入點。

再次，從「新詩集」的接受和批評入手，詳細考察早期詩學論爭中「新詩集」的位置，由此透視不同的新詩構想間的對話，以及新詩歷史合法性的確立。最後，延伸討論的視野，關照「新詩集」在文學史上的投影，從新詩集的歷史評價和歷史定位入手，梳理早期新詩歷史線索的形成，以及由此形成的有關新詩發生的歷史想像。

需要說明的是，在研究時段上，本書框定在 1919～1922、23 年之間，這一時段是新詩「最興旺的日子」，按照朱自清在 1927 年的說法，當時所能見

〔註23〕聞一多：《〈冬夜〉評論》，孫黨伯、袁謇正：《聞一多全集》2 卷，第 62 頁，武漢：湖北人民出版社，1993 年。

〔註24〕胡先驌：《評〈嘗試集〉》，《學衡》1 期，1922 年 1 月。

到的詩集，「十之七八是這時期內出版的」〔註25〕。新詩的發生及「正統」的確立，也基本上完成於這一時段。另外，在討論過程中，具體「新詩集」的選擇是有所側重的，不可能面面俱到，那些在新詩史上影響較大、與新詩歷史形象關聯十分密切的出品（如《嘗試集》、《女神》、《草兒》、《冬夜》、《蕙的風》、《新詩年選》等），將是討論的重點。

最後要交待的一點是，作爲一種方法上的嘗試，本書力圖將外部的文學社會學討論，與內部的詩歌形態、觀念辨析結合在一起。一個不容忽視的問題也隨之產生，即兩種方法的差異難免會帶來敘述中的斷裂、衝突，爲了避免不必要的誤解，所以本書劃分爲上、下兩編，以便在明確的區分中，更方便讀者的閱讀。

〔註25〕 朱自清：《新詩》，朱喬森編：《朱自清全集》4卷，第 208 頁，南京：江蘇教育出版社，1996 年。

上　編

第一章 「新詩集」與新詩「傳播空間」的生成

　　在一般的文學史敘述中，「新詩的成立」是一批新詩人主動宣導的結果，作爲新詩的發明人，胡適對此更有不厭其詳的講述，在這個「故事」中，有主角（胡適自己），有配角（美國的梅光迪、任叔永以及北大的陳獨秀、錢玄同等），有與反對派的激烈論戰，有個人的「實地實驗」，更有一批新詩人的響應〔註1〕。後來的文學史描述也多沿用這種套路，主要從詩人、批評家的言論和實踐中，尋找「新詩」發生的歷史軌跡。這種描述方式意味著，「新詩」的發生，只是一場美學的革命，是基於個人實驗的純粹形式變化，而「發生」背後更多的社會性條件，則有可能被忽略，新詩發生的複雜性，由此也被暗中簡化了。其實，在詩學論爭和寫作實驗之外，新詩的歷史合法性——「文學上的正統」的確立，與一個自足的新詩傳播、閱讀和討論空間的誕生，有著緊密的關聯。正如本書導言中所談及的，這些外部關聯並非是次要的，它們構成了新詩現代性，即「另一個審美空間」成立的前提，甚至還影響、決定著新詩的內部形態，如有學者在討論文學史研究方法時所指出的：「確切地說，社會政治、經濟、社會機構等等因素，不是『外在』於文學生產，而是文學生產的內在構成因素，並制約著文學的內部結構和『成規』的層面。」〔註2〕因此，從傳播的層面討論「新詩的發生」，就成爲本項研究的起點。

〔註1〕有關新詩的發生史的經典描述，可參見胡適的《嘗試集》自序，《逼上梁山》等文。

〔註2〕洪子誠：《問題與方法——中國當代文學史研究講稿》，第192頁，北京：三聯書店，2002年。

　　從文學社會學的角度看，文本的製作與傳播方式，往往制約著文學的生產，以及作者與讀者的關係等，有關現代出版、傳媒對現代文學的發動作用，前人也多有論及。羅貝爾・埃斯卡皮就稱，現代的出版使「文學不再是一些文人墨客專有的特權。地位發生了變化的資產階級，要求一種符合他的規範的文學：當讀者大衆的數目大大增加時，一場革命即在他們的欣賞趣味中發生：現實主義的或感傷的長篇小說，浪漫主義前期的和浪漫主義的詩歌從此成爲發行面廣、發行量大的作品。」〔註3〕對於中國近現代文學研究而言，這樣的論述角度也並不鮮見，阿英在解釋晚清小說的繁榮時，舉出的事實方面的原因，第一條：「當然是由於印刷事業的發達，沒有前此那樣刻書的困難，由於新聞事業的發達，在應用上需要多量產生。」〔註4〕這一思路，在後來的文學史研究中多有生發，現代傳播以及稿費制度確立帶來的作家身份變化、文學商業化、以及作者與讀者關係的改變等問題，都得到了深入討論，具體的成果這裡不再一一列舉。然而，一個值得注意的現象是，有關傳播與文學關係的研究，一般都集中在小說領域，這倒爲詩歌方面的討論，留下了有意味的空間。

第一節　從書信到成集：新詩傳播空間的形成

　　在新詩出現之前，傳統詩歌乃至傳統文學的傳播，擁有一套相對自足的體系，文人間的酬唱應和，民間的口頭流傳，以及詩文的傳抄、刻印和編撰，都是重要的傳播方式，從「物質文化」的角度切入的文學史探討，也成爲一條可資開掘的思路。晚清以降，現代報刊的出現，以及出版業的興盛，也塑造著新的詩歌形態。《申報》創刊號上，編者就稱：「如有騷人韻士願以短什，長篇惠教者，如天下各地區『竹枝詞』及長歌紀事之類，概不取值。」〔註5〕因爲有詩文取仕的漫長傳統，詩文寫作在中國有廣闊的社會基礎，《申報》免費發表文藝作品，不僅爲自己贏得了市場，「廣而告之」的徵稿，也爲傳統詩文的傳播，闢開了新的領域。傳統文人詩詞，大多逢場作戲，散場後如過往雲煙，大多不能刊行，「自從《申報》上刊出徵稿啓示後，這些所謂文人雅士

〔註3〕　羅貝爾・埃斯卡皮：《文學社會學》，第41頁，于沛選編，杭州：浙江人民出版社，1987年。

〔註4〕　阿英：《晚清小說史》，第1頁，北京：作家出版社，1955年。

〔註5〕　《本館條例》，《申報》創刊號，1872年4月30日。

的詩歌,才有機會得以刊於報端。」〔註6〕在晚清民初出現的各類報刊雜誌上,新聞、論說之外也常見文人詩詞,「提倡風雅,發揮文墨」,成爲報章之上一道重要的風景。

　　商業報刊上的發表,帶來的詩文傳播的擴張,而傳播媒介的有無,還影響、決定著詩歌潮流的形成。譬如,晚清的「詩界革命」,在所謂的「新詩」時期,「撏扯新名詞以表異」的探索,只集中在夏、譚、梁「吾黨二、三子」間,當梁啓超在主編的《清議報》、《新民叢報》上,闢出「詩界潮音集」專欄,吸引眾多作者,「詩界革命」的口號才有了落實。「南社」詩人之所以熱鬧一時,也與其成員掌握了大量傳媒不無關聯〔註7〕,《南社叢刊》的不斷刊刻,起到的傳播作用也不容低估。這一點對於當時統領詩壇的「同光體」詩人,似乎同樣有效。作爲近代宋詩運動的代表,「同光體」的出現,其最重要的闡釋人陳衍可謂功不可沒。但應當指出的是,正是由於陳衍所撰《石遺室詩話》,自1912年開始連續發表於梁啓超主編的《庸言》雜誌上,引領風氣,標榜友朋,「同光體」一名才產生了廣泛的影響〔註8〕。《詩話》之外,陳衍後來還編選《近代詩鈔》出版,理論與實例,正如鳥之兩翼,「又以印刷和交通的進步,流播愈廣,故其沾漑也愈深。」〔註9〕從形式上看,舊體詩文仍然未脫傳統窠臼,但在內部的社會運行機制上,變化已然發生。

一

　　無論是報紙發表,還是詩集刊刻,舊體詩文的既有傳播空間,構成了新

〔註6〕徐載平、徐瑞芳:《清末四十年申報史料》,第63頁,北京:新華出版社,1988年。

〔註7〕包天笑曾回憶:「當時,南社中人散佈於上海各報者甚多,如《民立報》之宋教仁、范鴻仙,《民權報》之戴季陶、汪子實,《神州日報》之黃賓虹、王無生,《天鐸報》之李懷霜、汪亞雲,《大共和報》之汪旭初,《民聲日報》之黃季剛,《時報》之包天笑等等,也都是南社中人。」(包天笑:〈辛亥革命前後的上海新聞界〉,《辛亥革命回憶錄》四冊,中國人民政協全國委員會文史資料研究委員會編,第89頁,北京:中華書局,1963年)

〔註8〕錢仲聯就稱:「由於《石遺室詩話》在民國以後的廣泛傳佈,『同光體』也就約定俗成地作爲近代宋詩運動的代稱。」(錢仲聯:《論同光體》,《夢苕盦論集》,第418頁,北京:中華書局,1993年)

〔註9〕勞無施:《論〈石遺室詩話〉》,原載《京滬週刊》1947年1卷34期;引自牛仰山編:《中國近代文學論文集概論·詩文卷》第575頁,北京:中國社會科學出版社,1988年。

詩發生的基本背景。曾在商務編輯《學生雜誌》的沈雁冰，就回憶當年學生投稿中佔絕大多數的，是文言的遊記、詩詞，而詩詞的內容，「頗多感傷牢騷，老氣橫秋」〔註10〕。羅家倫在對 1919 年雜誌界作分類考察時，也單挑出「最時髦」的「課藝派」進行重點批判，說上面「無病呻吟的詩」最令人討厭。〔註11〕激烈的言辭，當然出自新文學的立場，但也從側面說明，舊體詩文在報刊中的勢力。直至後來，「新詩的正統以立」的 1920 年代，有人還針對「舊詩生命已消滅」的說法提出異議，說當時最暢銷的報紙雜誌上，如《申報》、《時報》、《新申報》、《新聞報》、《中華新報》、《新聲》、《小說新報》等，皆登載舊詩，以證明「做文言詩的人，並不少見」〔註12〕。在後來的文學史上，「新詩」佔據了主流，但它在多大程度上取代了舊詩的閱讀空間，仍是個值得探討的課題。有意味的是，「新詩」最初的「公開」，也正是以對舊詩發表空間的搶奪爲發端的。

1915 年《青年雜誌》3 號上，發表了南社詩人謝无量的長律《寄會稽山人八十四韻》，編者推爲「希世之音」。胡適讀到後致信陳獨秀，不僅力闘南社詩人，還對「發表」行爲本身提出異議，言：「足下論文學已知古典主義之當廢。而獨嘖嘖稱譽此古典主義之詩，竊謂足下難免自相矛盾之誚矣」。〔註13〕胡適的潛臺詞似乎是：新雜誌與舊文學不應相容。這一質疑讓陳獨秀有點猝不及防。雖然作出辯解，但此後「偶錄一二詩」的《新青年》上便再無舊詩的蹤跡，並在 2 卷 6 號上刊出了胡適的八首白話詩，新詩正式登臺〔註14〕。

在《新青年》刊載白話詩詞之前，胡適的「詩國革命」雖然只發生在若干友人的討論中，範圍同樣不出「吾黨二、三子」，傳播的方式也不過書信的往來，酬唱、應和中的詩藝切磋，乃至打油詩中的相互戲謔，都不過是傳統文人積習的延續，並沒有獲得外部的閱讀和影響。作爲對照，胡適的論敵任

〔註10〕 茅盾：《商務印書館編譯所生活》，《我走過的道路》（上），第 123 頁，北京：人民文學出版社，1981 年。

〔註11〕 羅家倫：《今日中國之雜誌界》，《新潮》2 卷 1 號，1919 年 10 月。

〔註12〕 薛弘猷：《一條瘋狗》，《文學旬刊》21 號，1921 年 12 月 1 日。

〔註13〕 胡適：《通信》，《新青年》2 卷 2 號，1916 年 10 月。

〔註14〕 朱自清不知由於疏忽，還是出於對「新詩」的特殊理解，在《中國新文學大系・詩集》導言中說：「新詩第一次出現在《新青年》四卷一號上。」起點雖然有誤，但至少也說明，新詩的發生要從《新青年》上的發表算起。（朱自清：《〈中國新文學大系・詩集〉導言》，第 1 頁，趙家璧主編、朱自清編選：《中國新文學大系・詩集》，上海：良友圖書出版印刷公司，1935 年）

鴻雋、楊杏佛、梅光迪、胡先驌等人，當時卻都曾在《南社叢刊》上發表詩詞，而胡適的「詩國革命」雖然叫得很響，但可以說只發生在日記、書信中，雖然部分探索之作也曾在《留美學生季報》上刊載，但社會影響有限，私人的實驗仍是其基本性質。《新青年》的刊載，無疑打破了以「書信」爲主的閱讀，爲「私人討論」提供了一條社會化的途徑，使個人的詩歌構想得以進入公共的閱讀，並吸引一批北大教授參與到實驗中來。從 4 卷 2 期開始，到 1919 年的 6 卷 5 期，《新青年》上共發表創作 66 首，譯詩 24 首，詩論 3 篇，作者 15 人，如胡適所言：「白話詩的實驗室裏的實驗家漸漸多起來了」。〔註 15〕與此相伴隨的是，剛剛出現的「新詩」也引來了最初的讀者的關注，在社會上獲得了一定的回饋，〔註 16〕所謂「白話詩的實驗室」向社會的公共參與敞開了大門。

二

當然，這種最初的發表、閱讀空間，仍具有強烈的「同人」性質，新詩的作者大體穩定，圈子不大，主要作者無非胡適、劉半農、沈尹默、周作人等三四人，同人之間以白話詩相互唱和，多次寫作「同題詩」的現象〔註 17〕，更是說明了一種寫作和閱讀上呈現出的封閉性。作爲一項激進的實驗，「新詩」還是北京一批新潮教授、學生們的專利。

新詩傳播空間的大幅度擴張，應是伴隨五四前後新出版物的激增而實現的，〔註 18〕隨著各類新式雜誌的大量湧現，「新詩」在報章之上也演成一種風氣，如胡適所說：「報紙上所載的，自北京到廣州，自上海到成都，多有新詩

〔註 15〕胡適：《〈嘗試集〉自序》，第 42 頁，《嘗試集》，上海：亞東圖書館，1920 年 3 月。

〔註 16〕「白話詩」在《新青年》上發表之後，一些讀者就在來信中表達了自己的觀感，譬如：當時「以評戲見稱於時」的北京大學法科學生張厚載，就致信胡適，「謂沈、劉兩君及我之《宰羊》、《人力車夫》、《鴿子》、《老鴉》、《車毯》等作皆爲『西洋式的長短句』，又言《嘗試集》「輕於嘗試」，胡適也有相應的回覆。（載《新青年》4 卷 6 號，1918 年 6 月）

〔註 17〕《新青年》4 卷 1 號上（1918 年 1 月），就有胡適和沈尹默的兩首同題詩《鴿子》和《人力車夫》；4 卷 3 號上（1918 年 3 月），則有沈尹默、胡適、陳獨秀、劉半農四人的同題詩《除夕》。

〔註 18〕胡適在《五十年來中國之文學》中稱，有人估計在 1919 年一年中出現白話報 400 餘種。（見《胡適文存二集》卷二，第 206 頁，上海：亞東圖書館，1924 年）

出現。」〔註19〕某種意義上，在新文化運動的整體中，「新詩」首當其衝，成爲標誌性符碼，在新式報刊之上佔有顯著位置。流風所及，即使是一些舊派文人也緊跟新潮，連《禮拜六》雜誌就登載過「新體詩」，以迎合時潮。後來，一位批評者就諷刺說，當時「無論什麼報章雜誌，至少也得印上兩首新詩，表示這是新文化。」〔註20〕《新青年》外，《新潮》、《少年中國》、《每週評論》、《星期評論》等成爲新的發表機關，進一步培養出更多的讀者和作者。

　　本章開頭已述及，現代報刊、出版的興盛，已潛在地改變了文學運行的機制，作品傳播、接受方式的轉化，在暗中重新塑造著作家、文本和讀者的關係。公共化的呈現不僅起到文化普及的功效，也打破了固有的文學發生模式，加速了「文本」與「閱讀」間的回饋。在摹習經典、口傳心受與私人交往之外，一個讀者可以與當下的文學寫作發生及時的關聯。胡適就回憶，早年閱讀《時報》上的《平等閣詩話》一欄，讓他受益匪淺，引發了他的文學興趣，「我關於現代中國詩的知識差不多都是先從這部詩話裏引起的」〔註21〕。因而「報刊」不僅是發表的空間，也同時是文學教化、趣味塑造的空間，尤其是新文學，更是與現代傳媒、出版緊密伴生的一項實驗，報刊雜誌甚至替代了傳統經典，成爲新文學者獲得文學教化的主要源泉。何其芳在回顧自己的詩歌道路時，也曾談到這一點：「解放以前，許多初學寫作的人主要是從當時的少數流行的文學刊物、文學書籍得到一點修養。」〔註22〕更有意味的是，在公共的傳播中，作者與讀者之間的界限，往往隨時會被打破。對於早期新詩而言，這一點似乎尤爲緊要。很多新潮的文學青年，都是通過報刊閱讀，進而積極仿傚，最後走進了新詩的「實驗室」。1919年的郭沫若，就是因爲在《學燈》上讀到了康白情的新詩，而投身於「新詩」寫作的。他後來的一段話頗值玩味：「假如那時訂閱的是《申報》、《時報》之類，或許我的創作欲的發動還要遲些」。〔註23〕「發表」對新詩的「發動」作用，由此可見一斑。

〔註19〕　胡適：《談新詩》，《星期評論》「雙十專號」，1919年10月10日。

〔註20〕　張友鸞：《新詩壇上一顆炸彈》，《京報‧文學週刊》2號，1923年6月16日。

〔註21〕　胡適：《十七年的回顧》，姜義華主編、沈寂編：《胡適學術文集‧新文學運動》，第91頁，北京：中華書局，1993年。

〔註22〕　何其芳：《我的寫詩的經過》，易明美編：《何其芳研究專集》，第189頁，成都：四川文藝出版社，1986年。

〔註23〕　郭沫若：《創造十年》，《學生時代》，第56頁，北京：人民文學出版社，1979年；《我的作詩的經過》，王訓昭編：《郭沫若研究資料》上冊，第281頁，北京：中國社會科學出版社，1986年。

　　有關當時發表新詩的報刊以及新詩人的具體數字，由於材料有限頗難統計，但是從 1920 年代出現的一些新詩的選本中——1920 年出版的《新詩集》《分類白話詩選》、1922 年出版的 1919 年《新詩年選》，也可大致看出基本的狀況〔註 24〕。這些選本，大都選取當時報刊上的「新詩」作品，編輯而成，因此對新詩「傳播空間」的構成，有一定的呈現作用：

　　1920 年 1 月出版的《新詩集》，共收入詩作 103 首，作者 56 人，所選報刊雜誌 24 種，選詩最多的為《新青年》（25 首），《新潮》（17 首），《時事新報》（12 首），《星期評論》（10 首），《新生活》（8 首），《平民教育》（5 首）。《分類白話詩選》（又名：《新詩五百首》）比前集出版晚 7 個月，而且正處於新詩寫作的高峰期，選錄詩作自然更多。阿英曾言：「此集為初期新詩之完備的選集，各主要雜誌，主要報紙上的著作，網羅靡遺。」〔註 25〕該集選詩 232首（並非 500 首），超出上集一倍有餘，詩人 68 家，與上集大致持平。上面兩集，分類歸納，力求全備，與之相比，1922 年由康白情等新詩人策劃的《新詩年選》則注重在「選」上，體現選家的眼光和思路，似乎比單純的抄錄更為重要。此集共選詩 90 篇，詩人 40 家，報刊 13 種，與上兩集不同的是，所選詩作不只出自報刊，胡適、郭沫若、康白情三人的作品直接錄自他們的新詩集，而報刊上選詩最多的是《新青年》（25 首）、《新潮》（13 首）、《覺悟》（6 首）、《學燈》（6 首）、《少年中國》（4 首）。

　　上述三種選本，雖然編選的時間、角度和標準，都會有所差別，但所呈現的詩壇面貌，卻大致相近：一個以《新青年》、《新潮》為中心，以上海的《星期評論》、《覺悟》、《少年中國》、《學燈》等報刊為側翼，向四外發散的「新詩」傳播空間，已經形成。當然，在這一「空間」的獲得是有具體過程的，除新文化的整體影響外，新詩人的積極投稿，以及報刊編者的有意扶持，都對「空間」的爭取有所貢獻，郭沫若與《學燈》的關係，就是一個可資討論的個案。

〔註 24〕據《現代文學總書目》的記錄，1922 年以前出現過的新詩選本一共有四種：1920 年 1 月上海新詩社出版的《新詩集》（第一編），1920 年 8 月上海崇文書局出版的《分類白話詩選》，1922 年 6 月上海新華書局出版的《新詩三百首》，以及 1922 年 8 月上海亞東圖書館出版的《新詩年選》（一九一九），其中第三種現在很難查到。（《現代文學總書目》，賈植芳、俞元桂主編，福州：福建教育出版社，1993 年）

〔註 25〕趙家璧主編、阿英編：《中國新文學大系·史料索引》，第 296 頁，上海：良友圖書出版印刷公司，1935 年。

三

有關郭沫若投稿《時事新報・學燈》，被編輯宗白華發現的故事，已是人所共知的文壇佳話，最近還有學者從「讀者影響」的角度，分析了宗白華對郭沫若寫作的激勵作用，結論頗具啓發性。〔註 26〕但是，有一點值得注意，一般敘述所依據的當事人回憶，如稍加對照，就會發現其中存在著歧義：在宗白華的追溯中，是他在接受《學燈》之後慧眼獨具，在前任編輯郭虞裳積壓的稿件中發現了郭沫若的詩作，從而將這個「抒情天才」挖掘出來〔註 27〕；郭沫若的記述則是：「宗接事後，他有一個時期似乎不高興新詩，後來通信，才將存積的詩一起發了。」〔註 28〕兩人的回憶間，存在明顯的出入。

郭沫若投稿《學燈》是在 1919 年 9 月，當時宗白華雖已參與《學燈》的編輯，但主要還是起輔助作用，正式接手是 11 月中旬。在 9 月，宗白華的前任郭虞裳，仍是《學燈》的主要編輯，也是他最初發表了郭沫若的詩作。察《學燈》的「新文藝」欄，此年 9 月，共發表新詩 15 首，其中郭詩 2 首；10 月共發詩 23 首，而郭詩的數量已達 9 首，儼然已成爲「新文藝」欄的主力，這說明在郭虞裳的任期內，郭詩不僅一炮打響，後續的發表也較爲順利〔註 29〕。

然而，到 11 月宗白華接手後，「新文藝」欄中的新詩一下子銳減到 4 首和 3 首，而且在 11 月 10 日，宗還登出一則啓示，言「新文藝」及「青年俱樂部」欄，「本收讀者書感抒情之作」，取消稿酬，「改贈本報」酬答作者。〔註 30〕在民國初年的報章之上，雖然也登載小說、雜錄、詩詞等文藝類作品，但一般的情況是，「除小說之外，別無稿酬，寫稿的人，亦動於興趣，並不索稿酬的」〔註 31〕。在文學商品化的趨向中，不同的文類所扮演的角色還是不同的，「書感抒情之作」似乎仍是商品之外的興趣寄託，《學燈》取消此類作品

〔註 26〕 劉納：《創造社與泰東圖書局》，第 9～26 頁，南寧：廣西教育出版社，1999年。

〔註 27〕 陳明遠記：《宗白華談田漢》，《新文學史料》1983 年 4 期。

〔註 28〕 郭沫若：《我的作詩的經過》，王訓昭編：《郭沫若研究資料》上冊，第 281～282 頁，北京：中國社會科學出版社，1986 年。

〔註 29〕 郭沫若的回憶也證實了這一點：「那時的《學燈》的編輯是郭紹虞」（應爲郭虞裳），郭的詩作「寄去的大多登載了出來」。（《我的作詩的經過》，王訓昭編：《郭沫若研究資料》上冊，第 281 頁，北京：中國社會科學出版社，1986 年）

〔註 30〕 《本欄啓示》，《時事新報・學燈》，1919 年 11 月 10 日。

〔註 31〕 包天笑：《釧影樓回憶錄》，第 394 頁，香港：大華出版社，1971 年。

稿酬，本來也是正常現象。但是，稿酬從「有」到「無」的變化，還是說明「欄目」本身的地位升沉，宗白華對新詩的「不高興」也可見一斑。當時的《學燈》主要以「學術」爲主，一般以分量較重的論文作頭條，文藝只佔邊緣位置，更多是順應當時的雜誌風尚，屬於陪襯的性質，如朱自清所說在當時報刊上，大約總有新詩「以資點綴，大有飯店裏的『應時小吃』之概。」〔註32〕用宗白華自己的話來說：「本欄是學術界的出版品，本欄的能力，只能從學術上研究各種藝術、道德、倫理，學術的價值和內容，發揮而介紹之。不能直接的去做藝術或道德的運動。」〔註33〕出於這種考慮，削減詩歌的數量，取消一些欄目的稿酬，突出欄目的重點和主次，也是自然的事。

　　在這種背景下，郭沫若的記述，似乎更爲可靠。他與宗白華的交往，其實是從學術方面的討論開始的。在宗白華接手後，郭沫若還是有詩作發表，但他與白華見諸報端的首次聯繫，是 1919 年 12 月 22 日宗的一則啓示：「你的新詩將在元旦增刊中登載。評論文請寄來一讀爲盼。」〔註34〕在報上登載簡短的啓示，向投稿者報告稿件情況，是《學燈》上的慣例，幾乎每期都有，並沒有什麼特殊之處，郭此時不過是眾多作者中的一員，而且讓宗白華眞正感興趣的恐怕是那一篇以哲學問題爲中心的「評論文」〔註35〕。當時中日之間的郵政來往還是很便利的，從上海到日本的郵期只幾天時間。五天後，郭沫若讀到了這則啓示，似乎十分欣喜，當即撰寫了一封長信，表述了自己對有關墨子問題的看法。〔註36〕正是這封信促發了二人之間熱烈的通信以及整部《三葉集》的誕生。後來，郭沫若自己也說：哲學是白華與我接近的原因。〔註37〕以學術討論爲起點，暗示出宗白華的接受期待（下文會專門論述），同

〔註32〕朱自清：《新詩》，朱喬森：《朱自清全集》4 卷，第 208～209 頁，南京：江蘇教育出版社，1996 年。

〔註33〕《學燈》欄宣言，《時事新報・學燈》，1920 年 1 月 1 日。

〔註34〕《時事新報・學燈》，1919 年 12 月 22 日。

〔註35〕此「評論文」針對的是《學燈》上發表的抱一的《墨子的人生學說》（《時事新報・學燈》，1919 年 11 月 22 日），宗白華曾作《中國的學問家——溝通——調和》（《時事新報・學燈》，1919 年 11 月 27 日）進行回應。郭沫若此前肯定曾致信宗白華，談及自己也要對抱一的文章發表評論。

〔註36〕此信發表於 1920 年 1 月 3 日《時事新報・學燈》上，郭沫若在《學燈》上大量發詩，以及與宗白華的熱烈通信，也於同期開始。

〔註37〕「白華是研究哲學的人，他似乎也有嗜好泛神論的傾向。這或許就是使他和我接近了的原因。」（郭沫若：《創造十年》，《學生時代》，第 59 頁，北京：人民文學出版社，1979 年）

時也說明郭沫若的「新詩」受到青睞，還是有一番周折的。

與宗白華的通信後，郭沫若在 1920 年初進入了「爆發期」，詩作源源不斷地登載於《學燈》。在 1 月 4 日到 10 日、2 月 1 日到 7 日兩段時間內，的確實現了宗白華的期待：「我很希望《學燈》欄中每天發表你一篇新詩」。〔註38〕更有意味的是，《學燈》的欄目也發生了些變化。在宗白華接手前，原來的「新文藝」欄是發表詩歌，小說，翻譯等文藝作品的園地。但 1919 年 12 月 20 日，卻出現了一個新欄目──「新詩」欄，登載的正是郭沫若著名的《夜步十里松原》，從此很長時間內，詩歌專發在「新詩」欄，其他作品仍留在「新文藝」，成了《學燈》上文藝作品的基本格局。在 1920 年 1、2 月間，除了郭沫若激情澎湃的詩行，「新詩」欄中一度見不到其他作者，「尤其是《鳳凰涅槃》把《學燈》的篇幅整整佔了兩天，要算是闖出了一個新記錄」〔註39〕。這就給人留下一種印象：「新詩」欄是專爲郭沫若所設，而且一度幾乎成了他的「專賣店」。在一個原本以學術爲中心的副刊上，如此規模的發表新詩，在「新詩壇」上幾乎可以說是一個事件，似乎只有後來《晨報》上連續數月連載的冰心的《繁星》〔註40〕，可以相比。

作爲著名的四大副刊之一，《時事新報‧學燈》在當時的知識界和青年學生間的聲譽很高〔註41〕，與其他規模較大的出版機構一樣，擁有遍及全國的發行網〔註42〕，以如此密集的方式在《學燈》上發詩，影響力可想而知。同樣重要的是，在郭沫若的曲折努力與宗白華的大力扶植下，「新詩」在《學燈》的版面上從附屬、邊緣的狀態，上升爲一個專門的欄目，一塊重要的空間由此被「佔領」。

〔註38〕 宗白華、田漢、郭沫若：《三葉集》，第 4 頁，上海：亞東圖書館，1923 年 9 月 3 版。

〔註39〕 郭沫若：《我的作詩的經過》，王訓昭編：《郭沫若研究資料》上冊，第 282 頁，北京：中國社會科學出版社，1986 年。

〔註40〕 《繁星》於 1922 年 1 月 1 日至 26 日連載於《晨報‧副刊》，還刊於同月 18、19、20、22、23 日《時事新報‧學燈》上。

〔註41〕 最初，上海和內地的教育界所喜歡閱讀的日報，莫過於上海的《時報》，但新文化運動後，由於《時報》不肯順應潮流，《時事新報‧學燈》應時而起，「延宗白華爲主編，撰述者都是一時之選，於是學界極表歡迎。」（張靜廬：《中國的新聞紙》，第 33 頁，上海光華書局，1928 年）

〔註42〕 1919 年 9 月《時事新報‧學燈》上登出《本館添請承辦分館啓示》：「啓者奉天吉林黑龍江山西陝西甘肅新疆湖北湖南江西福建廣東廣西各省城以及九江漢口蕪湖鎭江各大埠」；另外，茅盾曾說文學研究會「名氣」大的原因之一，就是登載《文學旬刊》的《時事新報》的發行網大。（茅盾：《一九二二年的文學論戰》，《我走過的道路》上冊，第 203 頁，北京：人民文學出版社，1981 年）

報刊對「新詩」的特殊禮遇，當然不只一例，除了設立專欄外，一些新詩發表的專刊也不斷出現：《少年中國》1 卷 8、9 兩期（分別出版於 1920 年 2、3 月），就連續推出「詩學研究專號」，不僅發表新詩人的詩作，還登載長篇大論，集結了早期新詩的一批重要詩論；1922 年專門發表新詩創作與理論的《詩》雜誌的誕生，則集合一批年輕的「文研會」詩人，實現了「新詩提倡已經五六年了，論理至少應該有一個會，或有一種雜誌，專門研究這個問題」〔註43〕的願望；後來，《晨報·詩鐫》的推出，更是爲新一代詩人的詩歌實驗，提供了有效的陣地。

第二節　支撐詩壇的「新詩集」

在報刊上，新詩佔有了一定規模的版面，但這只是其「傳播空間」生成的一個環節而已。如果說報刊發表，代表了新詩的「可能性」被廣泛接受，那麼其成立的「合法性」在傳播層面，便要由新詩的成集來完成了。

自古以來，詩文的編撰、成集，一方面有積累、保存和流傳的功能，另一方面也暗中完成了價值的估定和經典的塑造，「孔子刪詩」是這一傳統最古老的象徵。對於初創的新詩來說，這種自我揀選、自我經典化的努力從一開始便存在，所謂「略其蕪穢，集其清英」（蕭統《文選序》），而這一點與「新詩壇」的穩固也息息相關。新詩史上最早的出版品《新詩集》序中稱：「我們還記得從前學做老詩的時候，什麼《千家詩》《唐詩三百首》……都要念熟，總能試作。」〔註44〕後來的《新詩年選·弁言》也提到：「自從孔子刪詩，爲詩選之祖。」從《詩經》到《唐詩三百首》，將新詩選本置於這樣的歷史線索中，無非在暗示，新詩「選本」也會像古老的經典一樣，奠定後來人們對「新詩」的想像。到了 1920 年代初，當初創的新詩壇略顯沉寂時，朱自清又借爲《冬夜》作序，「希望有些堅韌的東西」來支持詩壇，而「出集子正是很好的辦法」。言下之意，「詩集」是「詩壇」最有效的支撐。朱自清還提供了一幅最初的「詩壇」圖像：「去年只有《嘗試集》和《女神》，未免太孤零了，今年《草兒》、《冬夜》先後出版，極是可喜。」〔註 45〕在這裡，詩集不僅支撐

〔註43〕周作人：《新詩》，《晨報·副刊》，1921 年 6 月 9 日。

〔註44〕《吾們爲什麼要印〈新詩集〉》，《新詩集》，上海新詩社出版部，1920 年。

〔註45〕朱自清：《〈冬夜〉序》，朱喬森編：《朱自清全集》第 4 卷，第 45 頁，南京：江蘇教育出版社，1996 年。

了「壇」，而且也像座標一樣，標出了其輪廓。

「詩集」如此重要，新詩人自然會用心於此。胡適的《嘗試集》早早編定，1918 年就催促錢玄同爲其寫序〔註46〕，康白情的《草兒》雖然出版於 1922 年，工作則在兩年前開始。〔註47〕根據蒲梢編《初期新文藝出版物編目》，從 1919 年到 1923 年間，共出版各類詩集 18 部，包括個人詩集，同人合集與詩歌選集。其中《嘗試集》、《女神》、《草兒》、《冬夜》等，都是新詩史上的奠基之作。這個數字，現在看來並不驚人，但同一時期的小說創作出品短篇長篇加在一起只有 13 種。相比之下，不難看出，「新詩」不僅是新文學的急先鋒，在初期新文學創作的出版中也是中堅力量，在某種意義上，新詩集不僅撐起了詩壇，整個新文壇似乎也因此而顯出生氣〔註48〕。

從傳播的角度看，「新詩集」的功能是不可替代的。首先，報刊上新詩的園地雖然很多，但基本上都是散佈於其他文類、作品之中，專門發表新詩的雜誌《詩》到 1922 年才出現。對於讀者閱讀而言，顯然十分零散，不便於整體把握。再者，報刊發行的覆蓋面也有一定局限，雖有人曾言：「文學書籍的銷路，在中國至多不過一萬，而報紙行銷至四五萬，卻是很平常的。」〔註49〕但這主要是指《申報》等大報，對於五四之後風氣雲湧的新式報刊來說，發行量要小得多。《少年世界》雜誌曾對當時的新雜誌作過一翻調查，列出的 40 種雜誌，平均每期銷數都在一千到四千之間，最多是六千份左右，最少只有兩百份。〔註50〕即便是當時著名的四大副刊，銷數也不見得多麼可觀〔註51〕。銷數的稀少，與新雜誌發行管道的不暢有關，還要考慮到地域偏僻、交通不

〔註46〕 1918 年胡適致信錢玄同，奉寄《新婚詩》，並索要《嘗試集》序。見《胡適來往書信選》（一），中國社會科學院近代史研究所中華民國史組編，第 10 頁，北京：中華書局，1979 年。

〔註47〕 1920 年在寫給少年中國學會友人的信中，康白情說：「我正把我底詩匯成集子，出版一部《草兒》。」（《康白情致少中學會諸兄》，《少年中國》3 卷 2 期，1921 年 9 月）

〔註48〕 文學研究會編《星海》（《文學》百期紀念），上海：商務印書館，1924 年。

〔註49〕 化魯：《中國的報紙文學》（一），《文學旬刊》44 期，1922 年 7 月 21 日。

〔註50〕 《出版界》，《少年世界》1 卷 4 期，1920 年 4 月。

〔註51〕 依照姚申福的說法：「《晨報》只銷 9000 份左右，《京報》銷數不到《晨報》的三分之一。《民國日報》是有名的窮報，銷數自然不會多。《時事新報》的銷數可能高些，但也不可能超過《時報》。」（姚申福：《五四時期〈時報〉的副刊改革》，《新聞研究資料》總 59 輯，北京：中國社會科學出版社，1992 年）

便等因素。相對於交通便利、新思想激盪的沿海地區,內陸地區接觸新報刊的機會較少。1920 年 1 月出版的成都《星期日》上載有成都聯中學生的一封通信,稱學校「圖書室中,關於新思潮的雜誌報章一本也沒有」〔註52〕。

有意味的是,第一本新詩集《新詩集》的編選,就與傳播便利的考慮相關。編者在序言中稱:讀者因為「有經濟上,交通上,時間上種種關係,往往不能多看新出版物;那新詩自然接觸得很少了。」另外,「書報很多,翻閱起來很不便利。」〔註53〕詩集將散見的作品彙集成冊,價格又相對便宜,在傳播上自然有不可替代的優勢。當時的讀者,通過「詩集」,也更容易瞭解新詩的實績,獲得學習的範本。1920 年在中學讀書的馮至,在報紙上讀到《嘗試集》出版的消息後,便迫不及待地寫信向亞東圖書館郵購。〔註54〕蘇金傘則回憶:「當時新出的詩集,如胡適的《嘗試集》,郭沫若的《女神》康白情的《草兒集》,汪靜之的《蕙的風》,謝冰心的《春水》」等等都買來讀。〔註55〕「新詩集」閱讀的興旺,直接反映到新詩集的發行量上:《嘗試集》出版 3 年已出 4 版,印數 15000 冊;據汪原放統計到 1953 年亞東結業時,共出 47000 冊,數量驚人。〔註56〕《女神》出版兩年內也出 4 版,至 1935 年達 12 版之多,與《嘗試集》不相上下。《蕙的風》也「風行一時,到前三年止銷了二萬餘部」。〔註57〕在當時,一本文學書籍的銷量超過一萬,就屬於最暢銷之列,其他幾本早期新詩集,雖不似這三本風光,但銷數都很可觀。在新詩的歷史上,受到讀者如此的青睞,應當說是十分少有的現象。

「新詩集」的熱讀,不僅擴張了新詩的社會影響,而且也提供了歷史存留的可能,奠定了後人對「新詩」的基本認識,這一點可由新詩選本的編輯中見出:上文已經述及,20 年代初出現的幾本新詩選集,大都是雜採報章上的詩作,抄錄編輯而成,但 1922 年的《新詩年選》在篩選報章作品的同時,

〔註52〕 張秀熟:《五四運動在四川的回憶》、《五四運動回憶錄》(下),中國社會科學院近代史所編,第 878 頁,北京:中國社會科學出版社,1979 年;另外,李霽野在阜陽第三師範讀書,「那時阜陽是一個很閉塞的縣城,只有一個商務印書館代售店,賣商和的教科書和文具,新文化的書報一樣也沒有」。(李霽野:《我的生活歷程》,《新文學史料》1984 年 4 期)
〔註53〕 《吾們為什麼要印新詩集》,《新詩集》,上海新詩社,1920 年 1 月。
〔註54〕 馮至:《讀〈中國新詩〉三輯》,1992 年 9 期《詩刊》。
〔註55〕 蘇金傘:《創作生活回顧》,《新文學史料》1985 年 3 期。
〔註56〕 汪原放:《回憶亞東圖書館》,第 53 頁、82 頁,上海:學林出版社,1983 年。
〔註57〕 此說法出自汪靜之:《中學畢業前後》,上海:開明書店,1935 年。

已開始參考《嘗試集》、《女神》、《草兒》這三本剛剛出版的新詩集。到 1935
年，朱自清編選《中國新文學大系·詩集》時，原來設想規模很大，在詩集
之外，還要查閱當年重要的報刊，但遍讀刊物，至少需要一年時間，耗費的
精力難以想像。後來他只好接受周作人的建議〔註 58〕，只以「新詩集」（合
集與別集）爲主要資料，參考報刊只有以「新詩」發表爲主的《詩》月刊和
《晨報·詩鐫》兩種，而且「有了《新詩年選》和《分類白話詩選》，《新青
年》、《新潮》和《少年中國》裏沒有集子的作者，如沈尹默先生等，便不致
遺漏了」〔註 59〕。可見，正是因爲有了「新詩集」，散見於報章之上的大量
作品，才能從瞬時的消費性閱讀中保留下來，成爲後人瞭解新詩歷史最有效
的途徑。

　　從私人的書信討論到發表、成集，一個獨立的新詩「傳播空間」逐漸浮
現出來，新詩的成立也有了基本的社會性基礎。當然，建構這一「空間」的
方式並不單一，譬如，學校教育的傳播作用就不容低估。在新詩初興之際，
一些思想激進的教員，就將剛剛問世的新詩作品，選入自編的國文課本。像
葉聖陶在甪直擔任高小國文教員期間，就在自編的國文教材中選用了胡適的
《一顆星兒》、周作人的《小河》、沈尹默的《三弦》等新詩名作；〔註 60〕在
正式出版的教材中，新詩也很快佔有了一定的位置。據王中忱的調查，商務
版《新學制國語教科書》（1923～1924 年出版，初級中學用）1～6 冊所收白
話作品中，新詩的數量就極爲可觀，如胡適的《赫貞江寫景詩兩首》、《威權》，
劉延陵的《水手》、傅斯年的《深秋永定門城上晚歌》、鄭振鐸的《我是少年》
等。〔註 61〕除此之外，學校裏的「國文課堂」，也是一個重要場所。廢名就回
憶，他在武昌第一師範念書時，一位北大畢業的國文教師，在第一堂課上，
就在黑板上抄下「兩個黃蝴蝶，雙雙飛上天……」，「意若曰，『你們看，這是
什麼話！現在居然有大學教員做這樣的詩，提倡新文學！』他接著又向黑板

〔註 58〕朱自清 1935 年 7 月 22 日日記，記錄他向周作人徵詢大系散文一集的編輯方
　　　　法，「謂彼先主觀確定十七八位作家，再從中選取作品，這卻很有道理。看來
　　　　我的計劃也要加以改變。」（朱喬森編：《朱自清全集》9 卷，第 372 頁，南京：
　　　　江蘇教育出版社，1993 年）
〔註 59〕朱自清：《選詩雜記》，朱喬森編：《朱自清全集》4 卷，第 383 頁，南京：江
　　　　蘇教育出版社，1996 年。
〔註 60〕商金林：《葉聖陶傳論》，第 206 頁，合肥：安徽教育出版社，1995 年 10 月。
〔註 61〕王中忱：《五四新文化運動時期的商務印書館》（附表），《中國現代文學研究
　　　　叢刊》，1999 年 3 期。

上寫著『胡適』兩個字」〔註62〕。雖然，老師表達的是厭惡的心情，廢名卻因此接觸到了新詩，並漸漸被其吸引。與之相對照的是吳相湘的回憶，他進入湖南長沙讀初中時，國文課本中不僅有胡適之《人力車夫》等語體詩文，而且「新詩」還被列入考試題目，結果，這一題難倒了大家。〔註63〕無論是故意反對，還是有意推廣，課本、教師和課堂，都在有形與無形中，擴張了新詩的勢力。隨著新文學進入國文教育，得到普及性的傳播，新詩的歷史合法性也得到了某種確認：當初激進的實驗，也可以成爲後來的經典、一種新的「正統」，溶入一般國民的文化教養之中。

第三節　公共傳播與現代的詩歌想像

「發表」與「成集」，建構出新詩的「傳播空間」，但這絕非一個單純的載體問題，它還代表了新詩「實驗室」內的先鋒探索，有可能擴張開來，被提升爲整體性的方向，某種文學的現代形態也由此得到了塑形。簡單說，「發表」不只傳播了「新詩」，而且還可能發明了「新詩」，使它的社會及美學價值得到新的構造。

一

誠如上文所言，舊體詩文擁有一套自足的傳播體系，發表與成集也是其中的有效途徑，但無論是個人情趣的記錄、遊戲筆墨，還是友人間的酬唱應對、祝壽贈序，詩歌寫作與社會生活間有著複雜的聯繫，私人的交際是其功能的重要方面。然而，隨著現代文學觀念的興起，「美術之文」與「應用之文」的區分，正是以排斥文學的交際功能爲起點的。在「純文學」的眼光下，文人間的應和之作及其他酬世之文，「此種文學廢物，必在自然淘汰之列」。〔註64〕就「新詩」而言，其「新」也不僅僅表現在語言、體式上，

〔註62〕馮文炳：《嘗試集》，《論新詩及其他》，第2～3頁，瀋陽：遼寧教育出版社，1998年。

〔註63〕據吳相湘回憶，國文考試時「重組詩文」一項中，有胡適的詩句：「你老的好心腸，飽不了我的餓肚皮」「絕大多數同學和相湘都被這題難倒了。」老師告誡同學們：「以後必須多注意背誦白話詩文。」（《胡適之先生身教言教的啓示》，李又寧編：《回憶胡適之先生文集》2冊，第13頁，紐約：天外出版社，1997年）

〔註64〕劉半農：《我之文學改良觀》，《新青年》3卷3號，1917年5月1日。

其功能的現代轉換，也同樣蘊涵在「新」的傳播方式中。依照羅貝爾・埃斯卡皮的描述，「發表」（法文的 publier）一詞與其詞源上的鼻祖拉丁文「publicare」的語義常數，是供眾人支配的意思。「發表作品，也就是通過將作品交給他人以達到完善作品的目的。爲了使一部作品眞正成爲獨立自主的現象，成爲創造物，就必須使它同自己的創造者脫離，在眾人中獨自走自己的路。」〔註65〕從某個角度看，所謂「使一部作品眞正成爲獨立自主的現象」，「發表」帶來的作品獨立性，與現代的「純文學」想像距離並不遙遠。

　　當然，「純文學」觀念的產生，與現代媒體、出版之間的關係十分複雜。一方面，「發表」帶來文學公共化的可能，作爲一種朝向公共「發表」的寫作，文學應當脫離日常功用，在個體情感中處理普遍性、社會性的議題；但另一方面，公共「發表」又開啓了文學商品化、消費化的路徑。在依賴現代發表、出版市場的同時，又拒絕文學在市場上成爲新的消費品，也構成了新文學基本的歷史張力。像上文提及，晚清以降，傳統詩文與現代報刊結合，開闢了新的公共傳播空間，但在某種意義上，酬唱交際的傳統並未因此改變，誠如有人指謫的：「無量數斗方名士，咸以姓名得綴報尾爲榮，累牘連篇，閱者生厭，蓋詩社之變相也」〔註66〕。這自然不合於現代眞純的文藝理解，即便是對白話詩存疑的梁啓超，也認爲「往後的新詩家，只要把個人歡老嗟卑，和無聊的應酬交際之作一概刪汰，專從天然之美和社會實相兩方面著力，……自然會有一種新境界出現」〔註67〕。此種現代的詩歌想像，除了表現爲觀念的申說之外，「發表」與「成集」的公共化呈現，其實也暗中參與，完成了詩歌形象的塑造功能。胡適《嘗試集》成集中發生的「自我刪選」，就值得在這裡討論。

　　胡適的詩歌生涯開始於少年時代，自稱到美國時，已作詩兩百多首。〔註68〕在美時，也與任叔永、楊杏佛等友人唱和不斷。查胡適的《藏暉室札記》，自 1911 年 1 月至《去國集》中最後一首《沁園春・誓詩》寫作的 1916 年 4

〔註65〕羅貝爾・埃斯卡皮：《文學社會學》，第 36～37 頁，于沛選編，杭州：浙江人民出版社，1987 年。

〔註66〕雷瑨：《申報過去之現狀》，《中國近代報刊史參考資料》，第 180 頁，中國人民大學新聞系編印，1980 年。

〔註67〕梁啓超：《〈晚清兩大家詩鈔〉題辭》，《飲冰室合集・文集》15 冊，第 79 頁，上海：中華書局，1936 年。

〔註68〕胡適：《〈嘗試集〉自序》，第 19～20 頁，《嘗試集》，上海：亞東圖書館，1920年 3 月初版。

月，《札記》所載胡適詩作共四十餘首。從內容和功能上看，它們大致可分爲抒發個人感懷、描摹自然及社會風物，朋友家人之間的寄贈酬唱三類，其中以最後一類的數量最多，大致有二十幾首。本來，胡適到美後計劃心無旁鶩，專攻本業，屢有「禁詩」的決心〔註69〕，開始一兩年作詩不過幾首，但自從任叔永、楊銓來到綺色佳後，才在二人的不斷索和下開始「復爲馮婦」〔註70〕。尤其是在 1914 年至 1915 年間，胡適詩歌產量很高，其中很大一部分都是朋友間的唱和，其他如送別、留念、悼亡等，社會的交際是他寫詩的主因。在《嘗試集》成集中，上述詩作中，只有 18 首被收入《去國集》，經過一翻篩選是肯定的；在這 18 首中，寄贈酬唱之類的比重更是大幅度減少，只有 6 首，其他寫景、抒懷、說理佔據大部；即使是這 6 首「應酬」之詩，也都以傳達明確的個人志向爲主。可以看出，壓縮「酬唱之作」的意識，滲透在了《去國集》編選中，這一點也延續到《嘗試集》第一編中。

　　《嘗試集》第一編，編選的是胡適自 1916 年 7 月到歸國前的詩作，此一時期是胡適創作的高峰期，不到一年時間，日記上所載詩作近五十首，超過了以前五年的總和。然而，以往的文學史描述常忽略的是，在此一時期，胡適寫作了大量白話打油詩或遊戲詩，共有 18 首左右，佔創作總數的 1／3 還多，但《嘗試集》上一首未錄，《新青年》及《留美學生季報》上更無發表，這個現象或許別有深意。寫「打油詩」彼此打趣，這種文字遊戲的勾當本來就是文人的舊習。在晚清，罵世文、打油詩、遊戲詩等文體的發達，也是個重要的文學史現象。〔註71〕關鍵在於，「打油詩」與胡適的白話詩嘗試有著非常緊密的關聯。胡適的第一首白話詩，大概要算 1916 年 7 月 22 日寫下的《答梅覲莊——白話詩》，這首惹下一場大禍的遊戲之作，嬉笑頑皮，展示了白話的勁健活力，它本身就「一半是朋友遊戲，一半是有意試做白話詩」〔註72〕。

〔註69〕1911 年 2 月 1 日胡適日記中記：「余初意此後不復作詩，而入歲以來，復爲馮婦，思之可笑。」（《藏暉室札記》1 卷，第 2 頁，上海：亞東圖書館，1939 年）
〔註70〕1914 年 1 月 23 日，胡適在日記裏寫下：「余謂叔永君每成四詩，當以一詩奉和。後叔永果以四詩來，余遂不容食言。」（《藏暉室札記》3 卷 23，第 156 頁，上海：亞東圖書館，1939 年）
〔註71〕劉納：《嬗變——辛亥革命時期至五四時期的中國文學》，第 148 頁，北京：中國社會科學出版社，1998 年。
〔註72〕胡適：《〈嘗試集〉自序》，第 31 頁，《嘗試集》，上海：亞東圖書館，1920 年 3 月初版。

「朋友遊戲」與「有意試做」，在這裡合成了一件事。在此之前，胡適還收到楊杏佛、趙元任的二首以《科學》催稿爲題的白話打油詩，並讚歎：「此詩勝《南社》所刻之名士詩多多矣」〔註73〕。「打油詩」，或許可以說是白話「實地實驗」的起點，在最初一段時間內產量頗豐，除楊、趙二人外，還吸引了胡明復、陳衡哲、乃至白話的反對者任叔永。這讓胡適十分驚喜，其中胡明復的詩風，比胡適還要激進：「（胡）明復有一天忽然寄來了兩首打油詩，不但是白話的，竟是土白的」〔註74〕。大概是因爲打油詩寫得過多，任鴻雋竟這樣評價胡適未來的《嘗試集》：「一集打油詩百首，『先生』合受『榨機』名。」〔註75〕有意味的是，被稱爲「一集打油詩百首」的《嘗試集》，無論是抒發個人感受，表露文學觀點，還是營造含蓄詩境，處理歷史事件，卻基本上擯除了「打油氣」，「打油詩」一首未選。

對「打油詩」，胡適自己的態度是曖昧的，個人喜好是一方面，但它畢竟屬於私人間的遊戲，不足以承當賦予「新詩」之上的現代公共化期待〔註76〕，發表與成集中的自動刪除，與《去國集》對「酬唱」之詩的壓縮，同是一種邏輯所致。雖然「打油詩」未入《嘗試集》，但《答梅覲莊──白話詩》一詩，還是隨著他的《〈嘗試集〉自序》等文的流佈，而廣爲人知，尖銳的批評也隨之而來：「讀者可承認左邊這幾行是詩？大概沒有首肯的罷！……太一味胡鬧了！作的還不如自由談上的滑稽文哩！」〔註77〕將「打油詩」比作滑稽文，其在新文學系統中的「非法」身份，不言自明。這種「揀選」的機制，甚至在《嘗試集》後來的刪定中，也有顯現。在《嘗試集》四版刪詩時，魯迅就建議刪去《週歲》一詩，因爲「這也是《壽詩》之類」〔註78〕。

排斥詩歌的日常交際、遊戲功能，體現了苛刻的文學現代立場，及其對

〔註73〕《藏暉室札記》13卷23，第944頁，上海：亞東圖書館，1939年。

〔註74〕胡適：《追想胡明復》，《胡適文存三集》9卷，第1229頁，上海：亞東圖書館，1930年。

〔註75〕《藏暉室札記》15卷14，第1063頁，上海：亞東圖書館，1939年。

〔註76〕胡適1919年6月10日在致沈尹默信中，曾說「轉灣子的感事詩與我們平常做的『打油詩』」，「這兩種詩共同有一種弱點，只有個中人能懂得，局外人便不能懂得。」（耿雲志、歐陽哲生編：《胡適書信集》，第75頁，北京：北京大學出版社，1996年）

〔註77〕張友鸞：《新詩壇上的一顆炸彈》，《京報・文學週刊》2號，1923年6月16日。

〔註78〕1921年1月15日魯迅致胡適信，轉引自陳平原：《經典是怎樣形成的──周氏兄弟等爲胡適刪詩考》（二），《魯迅研究月刊》2001年5期。

新的詩歌形態的規範作用。但在傳統寫作慣習仍有強大慣性的時期,「新詩」中的交際、遊戲之作,仍十分常見,這不僅發生在北京《新青年》同仁間,酬唱的圈子甚至擴展到外地,上海《星期評論》群體的沈玄廬、朱執信、戴季陶等,也以新詩為媒介,與胡適、陳獨秀等唱和不斷,如朱執信的《毀滅》一詩,就是「讀胡適之先生的詩」,引發聯想,「戲成此詩」〔註 79〕。針對這樣的慣習,相關的批評也屢見不鮮。20 年代初,當鄭振鐸在報上讀到,一位「慣做應酬的」新詩人的詩序中,有「戲作此詩,博某人底一笑」的字樣,就大發議論,批評這種遊戲的態度。〔註 80〕康白情的《草兒》之中,贈別寄懷之詩,佔據了全集的一大部分,這也為批評者留下了攻擊的口實。聞一多在其著名的《〈冬夜〉評論》中,就指斥道:「近來新詩裏寄懷贈別一類的作品太多。這確是舊文學遺傳下來惡習」,而「《草兒》裏最多。」〔註 81〕新體式與舊功能,似乎還存在纏繞之處,這表明了在發生期,「新詩」歷史形象的複雜之處。另外,可以探討的是,上述遊戲、應酬之作,或許有違文學的自律性想像,但對現代文體規範的逾越,恰恰是早期新詩開放性活力的來源。本書第四章,將會就胡適的白話「打油詩」寫作,作進一步的討論。

二

發表、成集過程中,對遊戲、交際之作的排斥,表明了現代文學觀念在「傳播層面」的體現,與此相關的是,新詩／舊詩之間的區分,也變得耐人尋味了。在新文學史上,很多新文學家也從事舊詩寫作,這是一個被多次討論的現象。在新詩發生期,針對新詩人偶作舊詩一事,還引發過一些爭論。1922 年,吳文祺因不滿康白情《草兒》中附錄舊詩,在杭州《新浙江報》上發文,指責一班新詩人「一面既大做白話詩,一面仍舊大做五七言詩」。這引起另一位新舊兼備的詩人——劉大白的反駁,二人在報上展開了一場筆戰。〔註82〕雙方具體觀點這裡不再引述,從總體上看,爭論的焦點集中在舊詩存在的

〔註 79〕《星期評論》第 18 號,1919 年 10 月 5 日。

〔註 80〕鄭振鐸:《中國文人對於文學的根本誤認》,1921 年 8 月 10 日《文學旬刊》10 期。

〔註 81〕聞一多:《〈冬夜〉評論》,孫黨伯、袁謇正主編:《聞一多全集》2 卷,第 87 頁,武漢:湖北人民出版社,1993 年。

〔註 82〕吳文祺:《我為新文學奮鬥的經過》,鄭振鐸、傅東華編:《我與文學》,第 250 ～254 頁,上海:生活書店,1934 年。

合理性與新詩的歷史處境上，這也成爲一筆「舊賬」，直至今日還不斷被翻檢。然而，在不同觀念的碰撞、交鋒中，有一個問題卻很少被觸及，即：在由發表、成集構成的公共化「空間」中，「新詩」與「舊詩」的功能、性質是有所差別的。

毋庸贅言，「舊詩」在某些新文學家的創作中，佔有極爲重要的位置，有人的舊詩成就還相當突出，以至超出了其新文學的造詣。〔註 83〕但無論是個人情懷的記錄，還是朋友間的文字往來，「舊詩」多半具有某種「私人」性質，與「新詩」的公共性指向十分不同，差異有時直接體現於「發表」有無上。雖然「舊詩」也可見諸報端、甚至結集成冊〔註 84〕，但公共化的傳播不一定是全部。以郁達夫爲例，他早年和晚年的舊詩，也曾在國內和日本的報刊上發表，但更多的是散佈在其日記、書信中，讓後來的編輯者頗費周折，因爲「詩，對郁達夫來說，主要是『自遣』」〔註 85〕。汪靜之的一段自述，更明確地表達了上述區分：「我當時把寫白話新詩當作創作，是正經工作，偶然寫一首絕句或小令詞，只當作遊戲……寫新詩要留稿保存，寫舊體詩詞不留稿，不準備保存，更不發表。」〔註 86〕作爲「創作」的新詩朝向「公共發表」，而舊詩寫作服務於個人情趣的傳達，這種區分結構可能被廣泛分享的。

如果進一步探討，上述區分也暗示出「詩歌」功能、性質的潛在變化。對詩歌的重視，在中國有漫長的傳統。但應注意的是，在傳統社會結構中，「詩」並不是現代意義上的只具有審美價值的文學作品，「興於詩，立於禮，成於樂」，詩歌作爲社會整體教化的一個部分，它還是社會交際的工具，以及文化陶冶、薰陶的手段。在傳統知識分子的文化教養中，舊詩寫作作爲一種必須習得的技能，具有廣泛的社會基礎，對寫作成規的摹習與領會，是必須的入門途徑。這與將文學作爲一種特殊創造性活動的現代理解，是有一定距離的。

〔註83〕 譬如，郁達夫的舊詩寫作歷來爲人稱道，郭沫若就認爲「他的舊詩詞比他的新小説更好。」（郭沫若：《〈郁達夫詩詞抄〉序》，周艾文、于聽編：《郁達夫詩詞抄》，杭州：浙江人民出版社，1981 年）

〔註84〕 當然，這只是一種大致的傾向性描述，許多新文學家的舊詩寫作還是與「發表」「成集」有關的，康白情的舊詩集《河上集》，後來就從《草兒》中分出，單獨出版。

〔註85〕 周艾文、于聽：《〈郁達夫詩詞抄〉編後記》，周艾文、于聽編：《郁達夫詩詞抄》，第 284 頁，杭州：浙江人民出版社，1981 年。

〔註86〕 汪靜之：《〈六美緣——詩因緣與愛因緣〉自序》，第 11 頁，北京：十月文藝出版社，1996 年。

何其芳回憶兒時在私塾學作舊詩，「把詩當作功課來做，題目都是老師出的，叫做賦得什麼，這和創作是完全不相干的（即使是十分幼稚的創作）」〔註87〕。這段話出自新文學家的立場，包含了對「賦得」的貶抑，而「創作」則是一個與之相區分的概念，「新舊」之別落在了寫作發生機制的差異中。類似的區分，也出現在郭沫若的自述裏，他也自述早年做過「賦得體」的試帖詩，一些「舊詩的濫調」也嘗試過，但「詩的覺醒期」還是要從二十二歲時讀到朗費洛的英文詩《箭與歌》時算起，「那詩使我感覺著異常的清新，我就好像第一次才和『詩』見了面一樣」〔註88〕。

　　所謂「創作」，是新文學發生期一個相當核心的概念，1920年代初的《小說月報》，就曾圍繞「創作」問題，展開過熱鬧的討論。〔註89〕簡單說來，「創作」是指要從傳統的成規、積習中掙脫出來，表達一種獨特的、真實的、富於想像力的內在經驗。請看五四時期，新文學家是如何談論「創作」的。按照愈之的說法，「文學的價值，全在於創作；一切專事模擬沒有獨創精神的東西，都不好算做文學的作品。因為一切藝術，都是以創作的效能（Creative faculty）為基礎的。」〔註90〕葉聖陶在他的系列《文藝談》中，也專門強調：

> 我們從事創作，須牢記著這「創作」二字──單單連綴無數單字，運用許多現成的語句，湊合成篇，固然不可謂「創」；即人家已經說了的話，我用文字把它再現出來，也不可謂「創」。必須是人家不曾有過而為我所獨具的想像情思，我以真誠的態度用最適切的文字語句表現出來，這個獨特的想像情思經這麼一番工夫，就凝定起來，可以永久存留，文藝界裏就多了一件新品。這才不愧為「創」呢。〔註91〕

〔註87〕 何其芳：《寫詩的經過》，易明美編：《何其芳研究專集》，第178頁，成都：四川文藝出版社，1986年。
〔註88〕 郭沫若：《我的作詩的經過》，王訓昭編：《郭沫若研究資料》（上），第277～278頁，北京：中國社會科學出版社，1986年。
〔註89〕 賈植芳編：《文學研究會資料》（上冊）（鄭州：河南人民出版社，1985年10月），以「關於創作問題的討論」彙編了這方面的論文。
〔註90〕 愈之：《新文學與創作》，《小說月報》12卷2期，1921年2月10日。
〔註91〕 葉聖陶：《文藝談》25則，《葉聖陶集》9卷，第51頁，南京：江蘇教育出版社，1990年。

葉聖陶的解說，多少有點自我發明的性質，但他表達的的確是一種有關文學的現代理解。正如伊格爾頓所描述的，關於「文學」這個詞的現代看法是在19世紀才眞正流行，其範疇縮小到所謂的「創造性的」或者「想像性的」作品，「創造性想像」被賦予一種特殊的位置〔註92〕，而這種理解的發生，恰恰受到了現代傳播的深刻影響。雷蒙斯・威廉斯，從更整體性的視角，探討了中層階級讀者群增長、商業出版對文學傳播的改變，與19世紀藝術觀念之間的關聯。他認爲「在市場與專業生產的觀念逐漸受到重視的同一時期，一個關於藝術的思想體系也形成了，其最重要的成分是：一，強調藝術活動的特殊性質——以藝術活動爲達到『想像眞理』的手段；二，強調藝術家是一種特殊的人。」〔註93〕隨著現代文學觀念的移植和轉化，在五四新文學的理論闡發中，我們不難聽到這種聲音的迴響，「創作」的觀念也逐漸普及，成爲文學青年的必備常識〔註94〕，也滲入到具體的批評當中，演化爲某種評判、區分的標準。1921年4月，沈雁冰著名的《春季創作壇漫評》一文，開篇就拋出批評的所謂「評例」，一共有四條：一是，寫小說的人把小說當作私人的禮物，一己的留聲機，如「訂婚日記之類」，作者不承認這樣的人有「創作」的資格。二是西洋通俗雜誌上小說的換寫，也不認爲有「創作」的資格。三是表現的手段太低，或是思想不深入，屬於「未成熟的創作」。四是「本身比較好的」。在當年前三個月發表的短篇小說87篇，劇本8篇，長篇小說2篇中，沈認爲「合於第四條的只有二十篇；不夠放在第四條的一列而尙不失爲合於第三條之規定的，也只有二十四篇。」〔註95〕在他的分類取捨中，不具有「創作」資格的，主要有兩種類型：一是不能擺脫私人生活的束縛，二是對於他人的模仿。從反面推論，可知沈雁冰的眼裏，對一己之私的超越以及對獨創性的追求，構成了所謂的「創作」的內涵。

〔註92〕特里・伊格爾頓：《當代西方文學理論》，王逢振譯，第38頁，北京：中國社會科學出版社，1988年。

〔註93〕雷蒙斯・威廉斯：《文化與社會》，吳松江、張文定譯，第65頁，北京大學出版社，1991年。

〔註94〕在章克標炮製的「文壇登龍術」，「創作」就被當作一種基本的常識來介紹：「說創作，一定是創造精神的表現，一定全是創見的，決不能是東抄西襲湊攏來的東西。」（章克標：《創作與翻譯》，《風涼話和登龍術》，第116頁，許道明、馮金牛主編，上海：漢語大詞典出版社，1995年）

〔註95〕郎損：《春季創作壇漫評》，《小說月報》12卷第4號，1921年4月10日。

當「創作」的觀念，被引入詩歌的理解，新／舊之別又有了另一種表現：私人的「自遣」或教養的習得，並不以傳統規範的打破爲重點，從某種意義上講，一整套既定的、成熟的形式策略，更容易滿足功能上的需要。當然，雖然新文學家站在「創作」的立場上，抨擊舊詩寫作的「模仿性」，但作爲五四激進的文化策略的一部分，這種抨擊具有很大的擬想性，新詩中的「模仿」之作也大量存在，舊詩內部的創新活力也不容輕視。與「創作」相對立的，其實不是簡單的「模仿」，而是怎樣看待寫作「成規性」的問題。以「骸骨迷戀者」自居的郁達夫，有一段話就頗值回味，他說：「目下在流行著的新詩，果然很好，但是像我這樣懶惰無聊，又常想發牢騷的無能力者，性情最適宜的，還是舊詩，你弄到了五個字，或者七個字，就可以把牢騷發盡，多麼簡便啊」〔註96〕。他的話從一個側面表明，「新詩」與「舊詩」在經驗範疇上的差異，相對於新詩對新的美學「可能性」的追求，某種「類型化」的個人情緒，更適於用舊詩表達，它不以獨特的「創造」爲旨歸，五七言的詩體形式，能更有效地處理「牢騷」的文人經驗。郁達夫舊詩寫作的這一特徵，已有研究者進行了專門討論，認爲他舊詩寫作存在一種「世界的自我化」傾向，即：他處理的世界是一個被舊體詩思維方式、審美習慣所支配的世界，拒絕了外部時空的進入。〔註97〕與之相比，在發表、成集帶來的「公共閱讀」中，「自遣」之外，某種與傳統、與他人相區分的衝動，已成爲「新詩」內在的動力，「創作」的本質要求「詩歌」寫作要從日常功能、筆墨遊戲和表述成規中脫離出來，成爲想像力和情感的獨特運作。田漢還曾從詞源學的角度，將「詩歌」一詞解釋爲「創造」，而詩人的形象，則非「創造者」莫屬。〔註98〕

重要的不是新詩眞的屬於「獨創」，而舊詩一味「模仿」，變化主要發生在觀念以及想像的層面。當詩歌寫作被命名爲「創作」，在對自我與世界特殊關係的挖掘中，某種對「新異」「陌生」經驗的追求，便不可避免地參與到它

〔註96〕郁達夫：《骸骨迷戀者的獨語》（摘錄），王自立、陳子善編：《郁達夫研究資料》（上），第236頁，天津：天津人民出版社，1982年。

〔註97〕洪俊燊：《郁達夫文類選擇及其文學理想》，《中國現代文學研究叢刊》，2000年第1期。

〔註98〕在長文《詩人與勞動問題》中，田漢寫道：「『詩歌』這個名詞，英語叫做Poetry，法語叫做Poeme，都源於拉丁文的Poema，是『創造』to make（to compose）的意思。」（《少年中國》1卷8期，1920年2月）

的歷史命運中，新詩史上持續出現的實驗性因素，除現代文學潮流的影響外，也似乎與作爲「新詩」啓動的、特殊的「創作」觀念有關。這種動力的產生，無疑是呈現於現代「純文學」觀念興起的背景中的，但傳媒、出版所帶來的文學運行機制的變化，也有所貢獻。當「詩歌」脫離了私人的交際、自遣，公共的閱讀成爲它的最終旨歸，一種現代的詩歌想像也凸顯出來：新詩與舊詩的差別，不僅是文言／白話、格律體／自由體間的對立，作爲「創作」，它的「新」表現在功能和內在的驅動上，在公共化的呈現中，它應該從文人自遣、日常交際和教養習得中掙脫出來，成爲自律的、嚴肅的而且是「獨特」的「創作」。某種意義上，這一觀念已演變成現代詩歌的一種內在體制。

當然，這是從總體傾向上立論，在文學運行機制發生變化的時代，舊詩寫作同樣不缺乏創新的動力，但從「功能」的角度分析，許多觀念、美學上的爭議，便可獲得另一種解釋的可能。「新舊」之間的差異，不能簡單理解爲「歷時」的替代與衝突，在「自遣」與「創作」之間，在作爲文化教養、傳統積澱的經典摹習與作爲純文學的可能性探索之間，二者之間的分別，或許顯現爲不同的文化位置、功能的「共時」並存與對話。

附錄：

1920～1922 年新詩集的編目（據《現代文學總書目》，賈植芳、俞元桂主編，福建教育出版社，1993 年）：

《新詩集》（第一編），新詩社編輯部編，上海新詩社出版部，1920 年 1 月。
《嘗試集》（附：去國集），胡適著，上海亞東圖書館，1920 年 3 月。
《詩歌集》，葉伯和著，1920 年 5 月。
《分類白話詩選》，許德鄰編，上海崇文書局，1920 年 8 月。
《大江集》，胡懷琛著，國家圖書館，1921 年 3 月。
《女神》，郭沫若著，上海泰東圖書局，1921 年 8 月。
《冬夜》，俞平伯著，上海亞東圖書館，1922 年 3 月。
《草兒》，康白情著，上海亞東圖書館，1922 年 3 月，
《湖畔》，湖畔詩社，1922 年 4 月。
《新詩三百首》，新詩編輯社編，上海新華書局，1922 年 6 月。
《雪朝》，文學研究會叢書，上海商務印書館，1922 年 6 月。
《紅薔薇》，李寶梁著，新文書社，1922 年 7 月。

《蕙的風》，汪靜之著，上海亞東圖書館，1922 年 8 月。

《將來之花園》，徐玉諾著，文學研究會叢書，商務印書館，1922 年 8 月。

《新詩年選》（一九一九年），北社編，上海亞東圖書館，1922 年 8 月。

《眞結》，朱採眞著，浙江書局，1922 年 10 月。

《雨珠》，朱樂人著，回音社叢書，回音社，1922 年 11 月。

《樂園》，趙景深編譯，新教育書社，1922 年。

第二章　讀者、時尚與「代際經驗」

　　由發表、出版建構出「傳播空間」，擴張了新詩的社會影響，同時暗中形塑了新詩的文化形態。在這一「空間」的生成中，還有一個因素不可或缺，那就是新詩的讀者。眾所周知，對於任何一種文類而言，其興起、發展，都與一個讀者群的確立密切相關。黑格爾曾言：小說是市民階級的史詩，伊恩‧瓦特就 18 世紀讀者大眾與小說興起的關係的討論，也是經典的研究個案。〔註 1〕對於中國古典詩歌而言，上一章已經論及，詩歌寫作、閱讀與日常生活、社會交際、文化教育有著密切的關係，其社會基礎十分廣泛。據相關材料的估計，19 世紀末 20 世紀初，在江蘇省每百名女子中，擁有閱讀能力的估計在 10～30 人不等，「其中會作詩的可能有 1～2 人」。〔註 2〕如果百名婦女中就有一二人寫詩，那麼加上能為詩者比例更高的男子，僅江蘇一省「詩人」之眾多，乃至詩歌讀者之廣大，也就可想而知了。詩歌人口的繁盛，只是一個方面，詩人與讀者間可以共用的文化傳統和美學趣味，則更為內在支撐了古典詩歌的擴張與延續。後來的新詩人吳興華就指出了這一點：

　　　　（古典詩歌）擁有著數目極廣，而程度極齊的讀者，他們對於
　　　詩的態度各有不同，而對於怎樣解釋一首詩的看法大致總是一樣
　　　的。他們知道什麼典故可以入詩，什麼典故不可以。他們對於形式
　　　上的困難和利弊都是瞭若指掌的。總而言之，舊詩的讀者與作者間

〔註 1〕 伊恩‧瓦特：《小說的興起》，高原、董紅鈞譯，北京：三聯書店，1992 年。
〔註 2〕 徐雪筠等譯編：《海關十年報告之二》（1892～1901），上海近代社會經濟發展
　　　　概況（1882～1931）──〈海關十年報告〉譯編》，第 96 頁，上海：上海社
　　　　會科學出版社，1985 年。

> 的關係是極其密切的。他們互相瞭解，寫詩的人不用時時想著別人
> 懂不懂的問題。讀詩的人，在另一方面，很容易設想自己是寫詩的，
> 而從詩中得到最大量的快感。〔註3〕

與古典詩歌相比，詩人與讀者之間的這種融洽關係，在新詩的發生過程中卻
瓦解了。作為一種歷史創生物，新詩本身就是一種實驗的產品，對「陳言套
語」的反動，也打破了閱讀與寫作之間的成規性認同。這意味著，新詩最初
是一種缺乏閱讀的寫作，除了小圈子內的同人交流〔註4〕，它的「讀者群」還
尚待生成。由此，在新詩的發生期，當公共性的發表、出版打開了「實驗室」
的大門，如何召喚出一個新的「讀者群」，也成了一個非常重要乃至關乎新詩
能否成立的問題。

第一節　新詩讀者的構成

從「文學社會學」的角度看，在文學生活的背後，往往隱含了社會性的
分化，不同的文學取向、流派，可能對應於不同的社會群體。對於新文學而
言，這一點尤其重要，因為新文學乃至新文化的發生及「正統」確立，都離
不開一個特定社會群體的支持、參與、追捧。這個群體即為在五四前後登上
歷史舞臺，並發揮愈來愈顯著作用的青年學生。

在中國傳統的社會結構中，「士」為四民之首，廣大蹭蹬科場的士子童
生，構成了一個特殊的社會階層。據統計，19 世紀後半葉中國共有正途士
紳約 91 萬人〔註5〕，而童生的數量更為龐大，康有為曾言：「吾國凡為縣千

〔註3〕 吳興華：《現在的新詩》，原載《詩論》，夏濟安編，臺北：文學雜誌社，1959
　　　年；轉引自奚密：《詩的新向度：從傳統到現代的轉化》，唐曉渡譯：《學術思
　　　想評論》第十輯《在歷史的纏繞中解讀知識與思想》，第 415 頁，長春：吉林
　　　人民出版社，2003 年。

〔註4〕 如本書第一章所述，新詩的發生，是從朋友、同人間的討論開始的，而最初
　　　的實驗空間與閱讀空間，往往是重合的。比如，在美國與胡適爭論的梅光迪、
　　　任叔永等友人，以及支持胡適的錢玄同、陳獨秀，替他改詩的周氏兄弟，構
　　　成了新詩最初的「讀者圈」。這一「讀者圈」不只存在於胡適等北大師生間，
　　　對於其他新詩人，情況也很類似：在日本留學的郭沫若，當時雖然身處異域，
　　　但通過投稿《學燈》結識宗白華、田漢，三人的通信中很大一部分，都是圍
　　　繞郭沫若的詩歌展開。除此之外，郭的作品還在張資平、鄭伯奇等人中傳看。
　　　因此，這幾位創造社的「元老們」，也構成了另一個「讀者圈」。

〔註5〕 桑兵：《晚清學堂學生與社會變遷》，第 147 頁，上海：學林出版社，1995 年
　　　5 月。

五百，大縣童生數千，小縣亦復數百，但每縣通以七百計之，幾近百萬人矣。」由於錄取比例相當有限，「多故有總角應試，髦耋猶未青其衿者，或十年就試，已乃易業，假三十年之通，則爲三百萬人矣。」〔註6〕晚清以降，科舉制度及舊學制的廢除、瓦解，強烈衝擊了傳統的「四民」社會結構，新式學堂的興起，又吸納了原有的士紳，使得士子童生的群體，逐漸向新式學生轉變。五四之前，學生群體的人數就一直處在激增狀態：民國元年，全國學生總數爲 2,933,387 人，民國二、三、四年的遞增數量分別爲 70、40、20 萬人〔註7〕，至 1920 年代初，全國學生總數增至 500 多萬〔註8〕。據周策縱的估計，五四運動開始時，大致約有 1000 萬受過某種形式的新式教育的人。「與全國人口比較起來，新知識分子的比例是很小的，大概佔 3%」，但對中國社會產生了巨大影響。〔註9〕

　　新式學生群體的出現，不僅改變了中國社會的固有結構〔註10〕，也構成了新文化運動發生的社會前提，《青年雜誌》的發刊詞《敬告青年》，就表明了這一明確的讀者意識，有論者曾對新文化運動的展開方式，做出如下分析：「以著名學者爲領袖，以全國學生爲中心，其傳播之主要媒介則爲出版物」。〔註11〕在這樣一個由中心向「四遠」擴散的結構中，如果說陳獨秀、胡適、周氏兄弟等新知識分子扮演了的領袖角色，那新文化、新文學的主要追隨者、讀者，當然非新式教育培養出的「全國學生」莫屬。直至 40 年代，沈從文在對新文學的讀者進行分類時，仍認爲人數最多的，是 15～24 歲之間的中學生與大學生。〔註12〕對於新文學的急先鋒──「新詩」來說，這一點表現得也

〔註 6〕康有爲：《請廢八股試帖楷法試士改用策論摺》（1898 年），舒新城編：《中國近代教育史料》（上），第 38 頁，北京：人民教育出版社，1981 年。

〔註 7〕黃炎培：《讀中華民國最近教育統計》（1919 年），舒新城編：《中國近代教育史料》（上），第 363～364 頁，北京：人民教育出版社，1981 年。

〔註 8〕《教育統計資料（九份）》（1922 年 11 月），舒新城編：《中國近代教育史料》（上），第 371～373 頁，北京：人民教育出版社，1981 年。

〔註 9〕周策縱：《「五四」時期各派社會勢力簡析》，《五四運動史》（附錄一），周子平譯，第 518 頁，南京：江蘇人民出版社，1996 年。

〔註10〕對這一問題的研究，參見桑兵：《晚清學堂學生與社會變遷》，上海：學林出版社，1995 年 5 月。

〔註11〕李澤彰：《三十五年來中國之出版業》，張靜廬輯注：《中國現代出版史料》丁編（下卷），第 387 頁，北京：中華書局，1959 年。

〔註12〕沈從文：《小説作者和讀者》原載《戰國策》第 10 期，1940 年 8 月 15 日；收入《沈從文全集》12 卷，第 76～77 頁，太原：北嶽文藝出版社，2002 年。

許更爲突出，如茅盾所言：「初有寫作欲的中學生十之九是喜歡寫詩的」。〔註13〕他們既是新詩的讀者，也是主要的追隨者，許多讀者通過投稿新潮報刊，也會很快變成「作者」，一代新詩人正蘊藏在其中。當時，在中學讀書的汪靜之，就是通過新書報的閱讀，對新詩產生了興趣，並將自己嘗試的詩作，寄給新詩的「老祖宗」胡適。這封來信讓胡適大爲振奮，回信說，白話詩文原來只有三兩大學教授和大學生響應，「現在第一次發現一位中學生也寫白話詩，他很高興。」〔註14〕與汪靜之同校的曹聚仁，回憶當年在《民國日報‧覺悟》的編輯室裏，曾看見成千份的詩稿，一位詩人，十天之內寫了三百多首白話詩，可見寫作與投稿之興盛。〔註15〕

雖然有此盛況，但應當指出的是，新的「讀者群」的擴張，還是有一定邊界的，數量不可高估。另外，由新式教育培養出的知識青年，不一定就喜讀新文學，實際的閱讀狀態可能更爲錯雜，通俗小說和流行雜誌，在青年學生中仍有很大的市場。1920 年代初，著名的《學生雜誌》曾進行過當時學生生活的調查，據陳廣沅《交通大學上海學校學生生活》一文記錄，讀通俗小說是當時學生的首要娛樂，「差不多一種《禮拜六》在校內就有二百餘本」〔註16〕。雖然這只是一校的情況，但應該有一定的代表性。即便在新文化的整體閱讀中，讀者也是有所側重的，新文學的創作，或許並不佔主流。蔡元培論及新文學的傳播時，曾指出「最熱鬧的是小說」，但他列出的小說類型中，「第一是舊小說的表彰，如《水滸》，《紅樓夢》，《儒林外史》等，都有人加以新式標點，或考定版本異同」，「第二是外國小說的翻譯」，最後才是小說的創作。〔註17〕「創作」不僅不如「翻譯」，翻譯比不上「標點的舊小說」，小說如此，白話新詩的狀況，更不容樂觀。在許多校園裏，來自北京的新潮「白話詩」，並不一定得到認同。南京高等師範學校的學生，更是出版一冊《詩學研究專號》，宣導舊詩的寫作，抨擊新詩的弊病，引發過一場新、舊文學青年間的大討論。〔註18〕

〔註13〕 茅盾：《論初期白話詩》，《文學》8 卷 1 號，1937 年 1 月 1 日。
〔註14〕 汪靜之：《我和胡適之先生的師生情誼》，李又寧編：《回憶胡適之先生文集》（一），第 284 頁，紐約：天外出版社，1997 年。
〔註15〕 曹聚仁：《嘗試集》，《文壇五十年》，第 146 頁，上海：東方出版中心，1997 年。
〔註16〕 《學生雜誌》9 卷 7 號「學生生活研究號」，1922 年 7 月 5 日。
〔註17〕 蔡元培：《三十五年來中國之新文化》，《近三十五年之中國教育》，第 21 頁，上海：商務印書館，1931 年。
〔註18〕 參見《文學旬刊》1921 年 12 月間的論戰。

接受狀態的差異，與新文化傳播的不均衡有關。一般說來，在舊派人物把持的校園，學生的文學取向就趨於保守，而在新知傳播便利、思想活躍的地方，學生也往往會得風氣之先。杭州浙江一師學生對新文學的參與，就是一個典型的個案。五四前後，浙江一師成爲東南新文化的一座重鎮，學生中湧現出「湖畔」詩人等一大批新文學作家。這或許與杭州的地理位置不無關聯，杭州「地當滬杭鐵路的終點，上海、北京出版的書刊容易先看到，接觸新人物的機會也較多」〔註 19〕。交通便利，使得新思潮能夠迅速波及。更重要的是，劉大白、朱自清、俞平伯、劉延陵等新文化人物先後到這裡任教，帶動了學生的新文學熱情。其中，「新詩」更是備受關注，成爲學生們追逐的風尚，如曹聚仁所說：隨著一批新詩人來校任教，「國文教室中的空氣大變，湖上詩人的時代便到來了」。〔註 20〕同是在杭州的宗文中學，也很有名氣，但校風迥異，學校中除了教科書中的古詩詞，能看到的只不過是林紓譯的小說和鴛鴦蝴蝶派的作品。在該校讀書的戴望舒、杜衡、張天翼、施蟄存等人，就組成「蘭社」，一同在「鴛蝴」刊物上發表小說，文學起點與汪靜之們大爲不同。

或許可以說，「新詩」的讀者群或許並不龐大，只屬於一小批思想活躍、追新逐異的「意識青年」〔註 21〕。即便是在新文學陣營的內部，對「新詩」毫無興趣的讀者，也大有人在。王任叔後來在檢討新詩的發展時，就曾批評，當時新文學「還只能盤旋在幾個文學者和文學青年之間。彷彿一本新書出來，讀者的數目，大致早可決定的」。〔註 22〕表面看，新詩不夠大眾化、與廣大讀者的脫節，似乎成了它與生俱來的一個缺陷，新詩與讀者之間的緊張，「讀不懂」的爭議，也成爲縈繞在新詩史上揮之不去的問題。然而，人數的多寡並不是最緊要的，換一個角度看，讀者的穩定、忠誠，才是一個新的文學「場域」能夠自足的關鍵。這裡舉個例子，周氏兄弟編譯的兩冊《域外小說集》，在 1909 年印行後，半年後第一冊只賣出 21 本，第二冊賣出 20 本。這一「慘

〔註 19〕傅彬然：《回憶浙江新潮社》，張允侯編：《五四時期的社團》3 卷，第 147 頁，北京：三聯書店，1979 年。

〔註 20〕曹聚仁：《新詩》，《文壇五十年》，第 147 頁，上海：東方出版中心，1997 年。

〔註 21〕「意識青年」的提法出自陶晶孫，在《創造社還有幾個人》一文中，他爲張資平的小說「最能入一般青年」而辯護，認爲其他創造社作家「僅在獲取意識青年，這是一個錯誤。」（饒鴻競編：《創造社資料》，第 784 頁，福州：福建人民出版社，1985 年）

〔註 22〕屈軼（王任叔）：《新詩的蹤跡與其出路》，《文學》8 卷 1 號，1937 年 1 月。

敗」常被後人引述，以說明啓蒙事業的艱難，魯迅回憶此事時，卻有這樣的表就：「足見那二十位讀者，是有出必看，沒有中止的，我們至今很感謝。」〔註23〕人數雖少，但「有出必看」，這至少表明了讀者的忠誠。

擴展來看，「讀者群」的有限，其實頗爲吻合「新詩」最初的先鋒形象。按照先鋒的邏輯，與公眾閱讀取向的疏遠，正是反叛性文學得以成立的前提，在激進藝術不斷湧現的 20 世紀，這幾乎是一個「全球化」的現象。路易斯·科塞在分析 1912 年左右，在美國出現的各類同仁「小雜誌」時，就指出：「這些雜誌的同仁把自己視爲向著既定的文學、藝術或政治傳統開戰的先鋒。因此他們必須把自己的訴求對象局限於閱讀反常規讀物的一批較爲有限的讀者。」〔註24〕事實上，對於先鋒性的群體而言，閱讀的「邊緣」狀態不僅可以坦然接受，而且還是一種需要可以維護的狀態，正是以「邊緣」爲條件，現代文藝才發展出一系列原則，「獻給無限的少數人」，也成現代詩歌經典的「自我神話」之一。在這個意義上，幾個詩人與小眾讀者間的「盤旋」，或許是一種封閉的狀態，而封閉的「盤旋」恰恰又是新詩「空間」獨立自足的表現。作爲一種困境，這種狀態似乎無法擺脫，常常爲人指謫，但作爲一種制度化的結構，它卻很少得到眞正的反思。

第二節　作爲閱讀時尚的「新詩集」

在批評新文化運動時，章士釗曾嘲諷當時的青年「於嘗試集中求詩歌律令」〔註25〕。話說的尖刻，倒也從反面道出了新詩以及「新詩集」的號召力。在一批激進的「意識青年」中，「新詩集」不僅被熱烈接受，在一定程度上，還可能被當作是綱領性的讀物，像曹聚仁所說的：「我們所嚮往的，乃是胡適之用八不主義和他的《嘗試集》體的新詩」。〔註26〕早期新詩爲何能有這樣的吸引力？什麼是新詩「讀者群」生成的內在驅動？這都是可以探討的問題。

〔註23〕 魯迅：《〈域外小說集〉新版序》，《魯迅全集》10 卷，第 161 頁，北京：人民文學出版社，1981 年。

〔註24〕 路易斯·科塞：《理念人——一項社會學的考察》，郭芳等譯，第 130 頁，北京：中央編譯出版社，2001 年。

〔註25〕 章士釗：《評新文學運動》，趙家璧主編、鄭振鐸編：《中國新文學大系·文學論爭集》，第 197 頁，上海：良友圖書出版印刷公司，1935 年。

〔註26〕 曹聚仁：《五四運動來了》，《我與我的世界》，第 125 頁，太原：北嶽文藝出版社，2001 年。

　　首先，「白話」入詩，自然會帶來一種自然、清新活力，讓喜歡新異的年輕讀者耳目一新。許多當年的讀者，多年後仍記得新詩的活力，謝冰瑩回憶說：「像胡適的《嘗試集》和俞平伯的《冬夜》等都是我喜歡看的書。其中胡適的《除夕詩》和《我們的雙生日》，完全用通俗的國語寫成，不但易懂，而且非常有趣。」〔註27〕丁玲也有類似的經驗，她在1919年與新文學接觸，其中「一些比較淺顯的作品、詩、順口溜才容易為我喜歡」，她舉的例子就是胡適的「兩個黃蝴蝶」〔註28〕。這種清新、易懂的特點，讓白話新詩便於流傳，也適合新式學校學生的知識結構、文學素養。相比之下，舊體詩歌，由於其特殊的形式規範，無論是閱讀和寫作，都需要一定的訓練、摹習，這正是傳統教育的一個重要內容〔註29〕。但在新式教育中，這種訓練無疑是漸漸被縮減的。依照舒新城的說法，新式的教育系統發端於1902年張百熙奏定的《欽定學堂章程》，第二年由張之洞、張百熙、榮慶三人擬訂的《奏定學堂章程》對於教育行政、學校制度以及課程、教學方法等更有詳細的規定。〔註30〕在這兩部章程有關小學教育的規定中，不僅「讀經」一科佔有很大的比重，對古典詩詞的教授也做出了特殊規定。〔註31〕到了民國元年，由陸費逵、蔣維喬擬訂的《教育部普通教育暫行辦法通令》可以說是民國教育史的「開場白」，在這份《通令》中，「小學讀經科一律廢止」（袁世凱復辟後，一度恢復）〔註32〕，「國文」教育脫穎而出。而在1912年教

〔註27〕　謝冰瑩：《胡適》，歐陽哲生選編：《追憶胡適》，第366頁，北京：社會科學文獻出版社，2000年。
〔註28〕　丁玲：《魯迅先生與我》，《新文學史料》1981年第3期。
〔註29〕　龍啟瑞的《家塾課程》（1847年）描述了童子一天的課程安排，白天讀書、講字，將晚屬對，「燈下念唐賢五律詩（取於試帖相近）、或《古詩源》；上生詩時，為之逐句講解……間日出試題，試作五言絕句一首（以次增至四韻六韻）。」（舒新城編：《中國近代教育史料》（上），第85～86頁，北京：人民教育出版社，1981年）
〔註30〕　舒新城：《中華民國教育小史》，舒新城編：《近代中國教育史稿選存》，第35～36頁，上海：中華書局，1936年7月。
〔註31〕　《欽定小學堂章程》規定，高等小學第三年「讀古文詞」一課，內容為「詩詞歌賦」；《奏定初等小學堂章程》雖無「讀古文詞」一課，但也有「中小學堂讀古詩歌法」（與中學堂互見）一項，並作詳細說明，譬如：「初等小學堂讀古詩歌，須擇古歌謠及古人五言絕句之理正詞婉，能感發人者」；「高等小學堂中學堂讀古詩歌五七言均可，高等小學拓本法仍宜短篇，中學堂篇幅長短不拘」等。（舒新城編：《中國近代教育史資料》中冊，第404頁、420頁，北京：人民教育出版社，1981年）
〔註32〕　《教育部普通教育暫行辦法通令》，舒新城編：《近代中國教育史料》第二冊，第38頁，上海：中華書局，1928年。

育部訂定的「小學校教則及課程表」中，在以「使兒童學習普通語言文字，養成發表思想之能力，兼以啓發其智德」爲宗旨的「國文」科中，「詩詞歌賦」一類也不見了蹤影。〔註33〕當然，這一變化發生於從文言文教學到白話文教學的整體進程中，〔註34〕其結果無疑深刻地改變了新式學生的知識結構。與昔日的士子童生相比，接受普通日用教育的學生，往往不易參透舊詩的奧妙，對於白話新詩，則不存在這一障礙。這一點，新詩的反對者看得倒是更清楚，曹慕管的一段話，就說明了新式學校出身的青年的知識背景，如何決定了他們的文學閱讀取向：

> 凡學校出身，自初多攻散文，少讀詩句，學作對聯，更係外行。人情於其所不慣者，興味自爲之銳減。韻文少讀，律詩少做，偶而覬面，遂覺難識，亦事之常。因而「豔詩豔詞」，意象縱極深厚，比興縱極允當，而凡爲學校出身者，未能洞悉個中之深味。謹願者藏拙，倔強者鳴鼓，趨時之士相與盲從而附和之，天下則紛紛矣。此白話詩之所由來也。〔註35〕

無論怎樣，相對於舊詩的艱深繁複，直白、簡易的白話新詩更易閱讀和模仿，流風所及，自然易於接受。

其次，新詩的發生與五四時期個性主義思潮，本來就有深刻的勾聯，在表達新的觀念和經驗上，自由、粗放的「新詩」，當然更符合了時代的心理需求。譬如，引起一場道德討論的《蕙的風》，所吸引出的騷擾，由年青人看來，是較之陳獨秀政治上的論文還大。〔註36〕《女神》誇張的自我表現，對五四一代讀者的衝擊，更是文學史、文化史上反覆談論的話題。這說明，「新詩」所表達的嶄新的情感、觀念，也爲其影響力增添了不小的助益。但在上述兩個方面之外，討論新詩的讀者問題，某種社會文化心理的視角，也可以納入討論的範圍。

理查・約翰生曾將文學讀者區分爲「文本中的讀者」和「社會上的讀者」，前者對應於傳統的以文學形式、文學本文爲中心的研究方式，後者則意味著

〔註33〕《教育部訂定小學校教則及課程表》，舒新城編：《中國近代教育史資料》中冊，第451～458頁，北京：人民教育出版社，1981年。

〔註34〕鄭國民：《從文言文教學到白話文教學——我國近現代語文教育的變革歷程》，北京：北京師範大學出版社，2000年。

〔註35〕曹慕管：《論文學新舊之異》，《學衡》32期，1924年8月。

〔註36〕沈從文：《論江靜之的〈蕙的風〉》，《文藝月刊》1930年1卷4號。

要從一種文化研究的思路出發，關注文學閱讀中的歷史及社會性因素：「從『文本中的讀者』滑到『社會上的讀者』就等於從最抽象的時刻（對形式的分析）滑到最具體的客體（實際讀者，因爲他們是社會的、歷史地和文化地構成的）」〔註 37〕。將「讀者」置於具體的社會、歷史、文化結構中，能帶來一種透視性的視野，揭示閱讀背後的社會動機和文化邏輯。1923 年，爲擴展新文學的讀者群，沈雁冰呼籲要多創辦新文學的刊物，因爲「一般青年乃至一般社會並無成見，和什麼多接觸就傾向了什麼。」〔註 38〕這或許是事實，但一般青年是否眞的「並無成見」，還是具有一定的接受傾向或「偏見」，倒是可以討論的問題。事實上，在一種「新」爲價值尺度的社會語境中，「新詩」作爲一種閱讀上的「時尚」，某種意義上，也可以成爲社會認同的一種方式。

依照文學社會學的觀點，參與「文學活動」的行爲，往往伴隨了某種社會身份追尋的衝動，閱讀何種讀物，也可能暗示了何種象徵性的社會歸屬。在布迪厄那裏，這種劃分被表述爲文化上的「區隔」：「消費者的社會等級對應於社會所認可的藝術等級，也對應於各種藝術內部的文類、學派、時期的等級。它所預設的便是各種趣味（tastes）發揮著『階級』（class）的諸種標誌的功能。」〔註 39〕本書第一章已對早期新詩的「熱銷」現象，進行了相關的描述。當新詩從「實驗室」裏二三子的發明，轉變爲市場上銷行的熱點，其內在價值也發生悄然轉化，某種「區隔」性功能隱約地表現出來，不僅是新式學生，就連舊派人物也嘗試寫新詩、讀新詩，「時髦」之中包含了要成爲「新文化人」的渴望。一位發言者就諷刺說：許多人對新詩沒有十分研究，「胡湊幾句，就冒昧的刊在報上，以爲可以藉此得個新學家的頭銜，功名富貴，不難坐得」〔註 40〕。「追新」不僅是舊派人物的心理，連許多新文化的參與者，在其寫作、閱讀取向中也不乏此類動機。

胡適在《五十年來中國之文學》中評價晚清白話文運動時，曾有一個著名的說法，即這一運動最大缺點是把社會分作兩部分：一邊是應該用白

〔註 37〕理查・約翰生：《究竟什麼是文化研究》，羅鋼、劉象愚編：《文化研究讀本》，第 39 頁，北京：中國社會科學出版社，2000 年。

〔註 38〕雁冰：《自動文藝刊物的需要》，《文學旬刊》72 期，1923 年 5 月 2 日。

〔註 39〕皮埃爾・布迪厄：《〈區隔：趣味判斷的社會批判〉引言》，朱國華譯，范靜嘩校，陶東風、金元浦、高丙中主編：《文化研究》4 輯，第 9 頁，北京：中央編譯出版社，2003 年。

〔註 40〕余裴山：《給胡懷琛信》，胡懷琛編：《詩學討論集》，第 71 頁，上海：新文化書社，1934 年再版。

話的「他們」，一邊是應該作古詩古文的「我們」。這段描述大體不差，但多少也簡化了歷史的複雜之處。李孝悌就指出，在清末白話有逐漸向「中等社會」乃至「上等社會」移動的現象，不少思想開明的學生、老師也是白話報刊的讀者，因爲這些報刊與「開明」「進步」的作風有關。〔註41〕所謂「開明」、「進步」的作風，說明「白話」有一種符號性價值，能帶來微妙的自我感受。到了五四時期，這種符號性價值，更爲進一步演變爲普遍的風尙，新潮社成員顧頡剛就坦白地說，在當時「凡能寫此白話文章的，人家都覺得很了不起，我參加新潮社的主要目的，就是爲了寫文章」〔註42〕。由此可見，獲得某種文學能力──寫白話文或讀新詩、寫新詩，是被允許進入某一精英文化圈的資本。在一個以「新」爲價值尺度的社會語境中，這種心理的影響力十分普遍。下面一個例子，更戲劇性地折射出這種文化邏輯。

1922 年，退位的宣統皇帝曾打電話給新文化領袖胡適，約他見面，胡適應邀前往，演成一次歷史性的會面。後來，胡適還寫了一篇文章，生動地記敘了這次會面。在文中，有一個細節很有意味，那就是在見面時，宣統還在炕几上擺上康白情的《草兒》和亞東版的《西遊記》，並問起康白情、俞平伯及《詩》雜誌的情況，似乎有意要迎合這位新文學的領袖。〔註43〕宣統是否眞的喜歡新詩，他人不得而知，但對自己閱讀取向的有意暴露，無非是要表明自己「趨新」的身份。

胡適後來曾說，文學家的養成「決不能說是看了幾本《蕙的風》、《草兒》、《胡適文存》之類的書籍就算可以了」〔註44〕。從這句話中，也不難揣測出，「新詩集」作爲新文學的範本，在當時已被看成了獲得新的「文學能力」的入門手冊。對於很多青年來說，只要熟讀這樣幾本當代經典，就有可能操筆實踐，加入新詩人（新文學家）的行列。在 1920 年代的文藝小說中，不難讀到這樣的場面，寫寫新詩，談談戀愛，是時髦青年基本的生活點綴。彭家煌

〔註41〕李孝悌：《胡適與白話文運動的再評價──從清末的白話文談起》，《清末的下層社會啓蒙運動：1901～1911》（附錄一），第 284～285 頁，石家莊：河北教育出版社，2001 年。

〔註42〕顧頡剛：《回憶新潮社》，張允侯編：《五四時期的社團》，第 124 頁，北京：三聯書店，1979 年。

〔註43〕胡適：《宣統與胡適》，《努力週報》12 期，1922 年 7 月 23 日。

〔註44〕胡適：《新文學運動之意義》，《晨報・副刊》，1925 年 10 月 10 日。

在小說《皮克的情書》中，就借主人公之口說：「這也是汗牛充棟的青年文藝中頂爛調的；撇詩論爭，這也是青年們最流行的把戲。」〔註45〕

第三節　「代際經驗」中的《女神》

　　將參與文學活動，看成是爲了獲得某種「文學能力」，提高參與者的聲譽（汪靜之就稱：「當時青年人是否閱讀《新青年》、《新潮》，看一個青年進步還是落後」〔註46〕），這種說法有可能簡化文學生活的多樣性。從更周詳的角度看，作爲一種「文化參與」的方式，文學閱讀與多種動機聯繫在一起，其中的「交際的功能」，即：在閱讀中形成一種與「他人協作」集體性共同經驗，也是一個十分重要的面向。〔註47〕本尼迪克特・安德森就將十八世紀興起的小說和報刊，與現代「民族主義」的出現聯繫起來，認爲在小說和報刊的閱讀中，不同地域的人們會形成一種「想像的共同體」〔註48〕。哈貝馬斯在《公共領域的結構轉型》中，也探討了在資產階級公共交往網路形成過程中，文學閱讀起到的重要作用：18 世紀書信體小說的風行，一方面讓讀者參與了虛構的私人空間；另一方面，當這種「私人空間」被廣泛閱讀，「組成公眾的私人就所讀內容一同展開討論，把它帶進共同推動向前的啓蒙過程當中」。〔註49〕這些經典研究都表明，在文學閱讀在某種集體的經驗生成中，能起到重要的建構作用。

　　上文已談到，新式學堂的興起，改變了傳統的社會結構，在由士子童生向現代學生轉變的過程中，新型的群體經驗也隨之生成。比如，在科舉時代，只有少數人能夠入學修習，多數人只是在私塾讀書，或閉門自修，只有在科考時才彙聚應試。但在新式的學堂體制下，學生一開始就要離家外出，乃至

〔註45〕彭家煌：《皮克的情書》，嚴家炎編：《彭家煌小說選》，第 132 頁，北京：人民文學出版社，1987 年 8 月。

〔註46〕汪靜之：《愛情詩集〈蕙的風〉的由來》，王訓昭編選：《湖畔詩社評論資料選》，第 292 頁，上海：華東師範大學出版社，1986 年。

〔註47〕對此問題的討論，可見佛克馬、蟻布思：《機構和閱讀能力的社會分層》，《文學研究與文化參與》，俞國強譯，第 173～187 頁，北京：北京大學出版社，1996 年 6 月。

〔註48〕班納迪克・安德森：《想像的共同體──民族主義的起源與散佈》，吳叡人譯，臺北：時報文化出版企業股份有限公司，1999 年。

〔註49〕哈貝馬斯：《公共領域的結構轉型》，曹衛東等譯，第 52～55 頁，上海：學林出版社，1999 年。

漂洋過海，這爲各式各樣社會群體，提供了聚合的可能。在較大的城市裏，聚集的學生往往多達萬人，與他人交往的密切，也改變了一代青年知識與經驗的接受、整合方式：「在分散狀態下，士人之間的相互砥礪影響缺乏經常性、連續性和穩定性，加上單一向上的心理定勢，對現存社會依附有餘，震動不足。而學堂使學生聚居一處，空間距離縮短，相互聯繫密切，彼此激勵制約，養成團結之心和群體意識，圍繞小群體軸心的自轉形成大群體意識的自覺。」〔註 50〕其實，在群體的聚集之外，對於新一代知識青年來說，打破傳統的地域、血緣的聯繫，在一種新的基礎上建立經驗聯繫，更是一種主動的構想，傅斯年的一段話，可以說是這種構想的最佳闡發：「我們是由於覺悟而結合的……我以爲最純粹，最精密、最能長久的感情，是在知識上建設的感情，比著宗族或戚屬的感情純粹得多。」〔註 51〕在這一構想當中，「知識」起著重要的黏和作用，而一種逾越空間距離的知識交流，自然離不開書報、雜誌的現代流通。

談到古典中國的「溝通網」時，金耀基認爲由於交通的阻塞，「全國人民是『一盤散沙』而沒有『社會凝聚力』，各個『小社會』，有其特殊的價值系統，全國實際上尚停留在『區社』的狀態，更根本未形成全國性的社會。」只是到了近現代以來，由於教育的普及，報紙、無線電、電視之漸次出現，才形成了一個「龐大的溝通網」〔註 52〕。這種說法有一點籠統，對中國傳統社會的描述過去靜態，可能忽略了歷史的變化〔註 53〕，但的確道出了傳統中國與現代中國在社會溝通、聯繫方面的差異。晚清以降，現代出版、媒體的興起，使得書籍、報刊的傳播，打破了地域的限制，一種「非區域」化的功能得以實現。在這一過程中，各式各樣的團體、組織、學會，可以經由「閱讀」的媒介來形成。包天笑就談到，梁啓超主編的《時務報》出版時，他就與身邊的友人爭相傳閱。後來爲了閱讀日文書籍，還與在日本留學的友人聯

〔註 50〕 章開沅、羅福惠主編：《比較中的審視：中國早期現代化研究》，第 549 頁，杭州：浙江人民出版社，1993 年。

〔註 51〕 傅斯年：《新潮社之回顧了前瞻》，《新潮》2 卷 1 期，1919 年 10 月。

〔註 52〕 金耀基：《從傳統到現代》，第 108 頁，臺北：時報文化出版企業有限公司，1990 年 10 月。

〔註 53〕 臺灣學者王鴻泰對金耀基的觀點提出了異議，認爲鴉片戰爭之前的中國並非「停滯不動」，見王鴻泰：《社會的想像與想像的社會——明清的信息傳播與「公眾社會」》，陳平原、王德威、商偉編：《晚明與晚清：歷史傳承與文化創新》，武漢：湖北教育出版社，2002 年 3 月。

絡，並在蘇州與「八位志同道合的朋友」組織勵學會，開設一家「東來書店」，
專門銷售日本書刊。〔註 54〕由於共同的「閱讀」而走到一起，組織成新的團
體，這樣的經驗應具有相當的普遍性。

　　到了五四時代，新式書報的流通、閱讀，更是一個重要的文化現象。雖然
由於郵政業務的落後，穩定統一的發行系統雖然難以建立，但各報館、書局均
在各地設立代售處，形成獨立的發行網，一些報刊為了擴大銷量，還對讀者群
中的主體——「學生」提供相應的優惠。〔註 55〕雖然各地學校的圖書設施狀況，
不容高估，但從晚清開始，利用各地興建改造的圖書館藏書樓，有選擇地自購
書報然後相互交換，或由學生集資購買書報等等補救之策，也被廣泛採用。〔註
56〕在一般的發行管道之外，一些中介性機構，如由個人、團體組建的書報社，
對新書報的傳播也有很大的助益〔註 57〕；而在新文化中心與廣大內地間遊走的
教員、學生，也以個人的方式，加入了這一傳播的網路〔註 58〕。

　　在諸多方式的作用下，在新文化得以擴張的同時，一代「新青年」的交
往也多圍繞「閱讀」展開。如一位當事者所言：「報刊，書籍，已經翻閱得破
破碎碎了，還是郵寄來，郵寄去。有了新出的好書，如果不寄給朋友看，好
像是對不起朋友似的。友誼往往建築在書籍的借閱、贈送和學術的討論上。」
〔註 59〕當時，不少著名的青年社團、組織，也都奠基於閱讀帶來的特殊「友

〔註 54〕包天笑：《釧影樓回憶錄》，第 157～163 頁，香港：大華出版社，1971 年。
〔註 55〕如《時事新報》大刷新廣告中就稱：「凡學生訂閱半年以上者，照碼七折以示
　　　　優待，惟須加蓋學校圖章。」（《少年中國》1 卷 1 期，1920 年 1 月）
〔註 56〕對此問題的討論，參見桑兵：《晚清學堂學生與社會變遷》，第 286 頁，上海：
　　　　學林出版社，1995 年。
〔註 57〕在許多地方，購買新書籍相對困難，李霽野回憶說，「只能集起款來，照廣告
　　　　上所能見到的書名去郵購。」但需要匯費和寄費，而且不知內容的好壞，於
　　　　是寫信給惲代英。惲代英辦有一家書報合作社，可以按書店的折扣售書，而
　　　　且不需寄費。（李霽野：《五四時期一點回憶》，《五四運動回憶錄》，中國社會
　　　　科學院近代史所編，第 821 頁，北京：中國社會科學出版社，1979 年）
〔註 58〕曾在浙江六師讀書的許傑，回憶五四後讀到了北京的學生報紙，「是天台的一
　　　　位老師帶回家鄉的，這位老師曾在北京師大親自參加『五四』運動」。（許傑：
　　　　《坎坷道路上的足跡》（二），《新文學史料》，1983 年 2 期）魏建功也有類似
　　　　經驗：「在那些舊紳士辦『新學』的年月裏，比我們早一輩的人那時候的青年，
　　　　他們做我們的老師，在課後把自己看的進步刊物給我們閱讀。」（魏建功：《我
　　　　在五四前後所受的思想教育》，《五四運動回憶錄》，中國社會科學院近代史所
　　　　編，第 980 頁，北京：中國社會科學出版社，1979 年）
〔註 59〕欽文：《五四時期的學生生活》，《五四運動回憶錄》，中國社會科學院近代史
　　　　所編，第 984～985 頁，北京：中國社會科學出版社，1979 年。

誼」。譬如，浙江一師是五四新文化的策源地之一，也培養出一批新詩人，劉大白、朱自清、俞平伯、劉延陵等幾位教師的影響自不待言，書包閱讀也起到不容低估的促發作用：「在杭州青年學生中最早傳播新思想新文化書刊的，是省立第一師範學校部分學生所組織的書報販賣部」；而五四時期，引領風潮的雜誌《浙江新潮》的誕生，也與這個文化「傳播站」有著密切的關係。〔註60〕該校的學生夏衍回憶，五四後諸種新雜誌不僅在青年學生中起到了巨大的啓蒙作用，「還逐漸地把分散的進步力量組織起來，形成了一支目標明確的反帝反封建的革命隊伍」。杭州一些青年正是「通過閱讀《新青年》和給這個雜誌寫通訊的關係，開始聯合起來，打算出一份刊物（《浙江新潮》）。」〔註61〕通過書報的流通、閱讀，不僅在某一地區會形成了特定的青年群體，不同地區之間、不同群體之間的聯繫也能建立。北京高師附中的「少年學會」就與河南二中的「青年學會」有密切往來，「刊物」就是主要的聯繫方式。「青年學會」的刊物《青年》3期（1920年2月）上登載有《少年》（少年學會的刊物）的介紹，其廣告詞頗值玩味：「讀《青年》者，不可不再讀《少年》；已讀《少年》者，又不可不讀《青年》。」〔註62〕言下之義，在兩本雜誌之間，彷彿有一根紐帶，將讀者聯繫起來，使超越地域、血緣之上的新型人際關係成爲可能。

在上述背景中，「新詩」閱讀在標誌一種「新」身份的同時，其實也暗中參與了新型人際關係的建構，塑造著一代人在經驗上的共同聯繫。當然，新的「經驗共同體」的建立，不僅體現在社團的集結、刊物的交換等方面，更爲內在的經驗，來自一種閱讀帶來的共通的時間感、一種共同的在場感。本尼迪克特·安德森在討論「民族」這一想像共同體的起源時，引用了本雅明的話來描述現代的時間觀念。這是一種「同質的，空洞的時間」，而十八世紀興起於歐洲的小說與報紙，則爲重現「世俗的、水準的、橫斷時間的」民族想像提供了技術手段，因爲它們的基本結構呈現爲：

　　　　一個社會學的有機體依循時曆規定之節奏，穿越同質而空洞的時間的想法，恰恰是民族這一理念的準確類比，因爲民族也是被設

〔註60〕倪維熊：《〈浙江新潮〉的回憶》，《五四運動回憶錄》，中國社會科學院近代史所編，第737頁，北京：中國社會科學出版社，1979年。

〔註61〕夏衍：《懶尋舊夢錄》（增補本），第30頁，北京：三聯書店，2000年9月。

〔註62〕夏康農：《回憶少年學會》，張允侯編：《五四時期的社團》第3卷，第75頁，北京：三聯書店，1979年。

想成一個在歷史之中穩定地向下（或向上）運動的堅實的共同體。一個美國人終其一生至多不過能碰上或認識他兩億四千多萬美國同胞裏面的一小撮人罷了。他也不知道在任何特定的時點上這些同胞究竟在幹什麼。然而對於他們穩定的、匿名的、同時進行的活動，他卻抱有完全的信心。〔註63〕

安德森討論的是一個相當宏大的命題，對於五四前後的新書報閱讀而言，其基本的歷史功能也類似。通過閱讀相同（或相近）的書報，一個知識青年很容易獲得這樣穩定的時間進程感：在「我」之外，不同地域，不同的環境中，還有其他「匿名的」讀者，共同參與了「新」的歷史構造。「我」與「你」、「他（她）」並不相識，但都屬於「新青年」的群體，對這一個「想像」的共同體，「我」抱有完全的信心。

本來，當「新」的身份成為一種社會風向，其本身就暗含了一種群體認同的意識，如齊美爾所言，時尚的前提是一個特定的「圈子」，時尚的魅力也在於「顯示出這個圈子的共同歸屬性。」〔註64〕艾蕪的一段回憶，就生動地記錄這樣的感受：在小學時代，他的國文教員十分嚴厲，在學生眼裏並不親切。有一次，學生們卻看見他也在看《新青年》，「不知怎的，這一發現，使我們學生對他的感情，格外親近了好些，彷彿有什麼東西，把師生間的距離縮短了」。另一位教師打扮時髦，在休息時，「居然摸出新詩專號的《直覺》來看。我是第一次看見他，但在人叢中，他卻變為我最親近的人」。〔註65〕在這裡，是「新詩」，拉近了本來彼此陌生的師生間的距離，使他們在共同的閱讀中，找到了一種彼此的認同感。在早期的新詩出版物中，最能激發這種共同體意識的，當然要算郭沫若的《女神》。

在五四時期，《女神》的影響十分深遠，許多後來的新詩人，都是因為讀了《女神》才走近了新詩，其影響力甚至擴充到一般的文學青年之外。詩人陳南士曾在市場上看見一個小販也在捧讀《女神》，這讓他欣喜萬分，當時就寫下一首詩，記錄自己的感受。〔註66〕五四時期，有許多新詩人和新詩作品，

〔註63〕班納迪克·安德森：《想像的共同體——民族主義的起源與散佈》，第29～30頁，吳叡人譯，臺北：時報文化出版企業股份有限公司，1999年。

〔註64〕齊美爾：《時尚心理學——社會學研究》，《社會是如何可能的——齊美爾社會學文選》，林榮遠編譯，第156頁，桂林：廣西師範大學出版社，2002年。

〔註65〕艾蕪：《五四的浪花》，《五四運動回憶錄》，中國社會科學院近代史所編，第964～965頁，北京：中國社會科學出版社，1979年。

〔註66〕此詩題名為《詩人的歡喜》，發表於《詩》1卷1號。

名噪一時，但時過境遷，就被人遺忘。但《女神》的影響力卻一直持續不斷，曾有調查顯示，在二三十年代，中學生心目中最佩服的中國作家，就是郭沫若。〔註67〕這種「威望」的獲得，後人多有闡釋，什麼與「青年心理」的契合、時代精神的體現、自我的張揚等等，不一而足。值得注意的是，也有研究將目光集中於《女神》閱讀的時代氛圍上，從「閱讀場」的角度分析了《女神》的接受狀態即：《女神》的閱讀不能只從精神、思想的層面進行，它更多的是發生在某種社會心理的宣洩中。〔註68〕這一切入角度，其實也暗示了《女神》閱讀背後，某種共同的情感取向的存在，在此基礎上，讀者通過閱讀《女神》獲得了一種被普遍分享的「代際經驗」。

《女神》出版後多次再版，成為一本暢銷不衰的經典，查其 1921 年到 1935 年之間的再版週期，一個有趣的現象是，有兩個再版的高峰期：一為 1921 年到 1923 年，另一個為 1927 年到 1929 年。特定的個人及時代原因之外，這兩個時段恰恰是歷史發生巨變、社會思潮激盪的時期，《女神》閱讀與某種總體的「歷史經驗」生成之間，似乎存在了某種同步的關係。沈從文在 30 年代曾說：「郭沫若。這是一個熟人，彷彿差不多所有年青中學生大學生皆不缺少認識的機會。」〔註69〕「熟人」的說法，除了表明詩人的知名度外，也強調了讀者與郭沫若間的某種特殊親近關係。一位讀者後來回憶，當時對郭沫若的作品，「隨時都有『自家人』似的感覺。這種感覺，也許是和我同一年紀愛好文學的青年都一樣能有的罷。」〔註70〕閱讀郭沫若，不僅讓讀者接近了詩人，更重要的是，讀者之間的經驗關聯感也建立起來，「自家人」的感覺道出了一代人之間的身份連帶感。到了 40 年代，還有人說當時三十歲以上的人，他們都能像念自己的作品一樣，信口念出一首兩首郭沫若的詩。〔註71〕在這裡，

〔註67〕 美蒂在日本訪問郭沫若時說，自己在北平教書時給中學生做測試，他們「都是回答中國文學家當中最佩服的是沫若，而文藝新聞和讀書月刊調查讀者的結果，也是和上面的一樣。」（美蒂：《郭沫若印象記》，黃人影編：《文壇印象記》，上海：樂華書局，1932 年）

〔註68〕 溫儒敏：《關於郭沫若的兩極閱讀現象》，溫儒敏、趙祖謨編：《中國現當代文學專題研究》，北京大學出版社，2002 年。

〔註69〕 沈從文：《論郭沫若》，黃人影編：《郭沫若論》，第 5 頁，上海：光華書局，1931 年版。

〔註70〕 銘彝：《湊熱鬧的話》，曾健戎編：《郭沫若在重慶》，第 63 頁，西寧：青海人民出版社，1982 年。

〔註71〕 綠川英子：《一個暴風雨時代的詩人──為郭沫若先生創作活動二十五週年》，《新華日報》1941 年 11 月 16 日。

郭沫若的新詩已不僅僅是其自身，隨著讀者的參與，溶進了一種集體的歷史記憶。

　　誠如安德森的研究所表明的，對於一個「想像共同體」的形成來說，「閱讀」具有一種建構的功能。《女神》與所謂「代際經驗」的關係，也不只是反映性的（《女神》表達了青年的心理需要），同時還包含了一種「召喚」的性質，即《女神》爲其讀者，提供了一種新自我、新生活的想像。詩人柯仲平早年就是《女神》崇拜者中的一員，在《女神》的鼓舞下，他不僅開始新詩的寫作，而且離開家鄉，外出尋找新的生活方向〔註72〕。在他那裏，《女神》不單是一本詩集，更是一份嶄新的生活構想和自我構想的指南。在現代社會中，「文學閱讀」顯然有助於一種內在自我的生成，而這種「自我」往往與對既定生活環境、社會秩序的不滿或否定相關〔註73〕。依照大衛・理斯曼的理論，印刷媒介聯接了個人與新社會之間的關係，塑造了讀者的「內在導向」，鼓勵孩子們脫離家庭和同儕群體的束縛，從傳統標準中掙脫出來，也提供了自我解放的榜樣。〔註74〕如果考慮到這種自我想像，發生於一代新青年追尋新的時代身份的過程中，那麼不難理解《女神》閱讀的時代性特徵，一本新詩集牽動了五四「代際經驗」的生成。

〔註72〕馮至：《仲平同志早期的歌唱》，《立斜陽集》，第 82 頁，北京：工人出版社，1989 年。

〔註73〕正如羅貝爾・埃斯卡皮所言：「文學閱讀行爲既有利於和社會融爲一體，又無法適應社會生活。它臨時割斷了讀者個人與周圍世界的聯繫，但又使讀者與作品中的宇宙建立起新的關係。所以，閱讀的動機不外乎是讀者對社會環境的不滿足，或是兩者之間的不平衡……總一句話，閱讀文學作品是擺脫荒謬的人類生存條件的一種辦法。」（《文學社會學》，于沛選編，第 91 頁，杭州：浙江人民出版社，1987 年）

〔註74〕大衛・理斯曼：《內在導向階段印刷媒介的社會化功能》，《孤獨的人群》，王崑、朱虹譯，第 87～95 頁，南京：南京大學出版社，2002 年。

第三章 「新詩集」出版與新詩壇的分化

　　刊物發表、詩集出版及讀者群的尋求，在這幾方面因素的作用下，新詩發生的「另一審美空間」浮現了出來。無論是發表陣地的搶奪、特殊寫作觀念的凸顯，還是新的讀者群的召喚，都意味著「新詩」從既有的文學、傳播秩序裏脫穎而出，形成了一個獨立的「場域」。當然，作爲一個更大的社會文化空間中的「子空間」，這個「場域」絕非是封閉的，它存在於「自主」與「非自主」的辯證張力中，不斷吸納更多的參與者和外部資源。本章將以「新詩集」的出版爲問題切入點，結合五四之後新書局的考擦，探討早期新詩「場域」的內外關係。

第一節　「新詩集」與「新書局」

　　有關印刷資本、出版事業對新文化運動的推動，早已在學界得到充分討論，商務印書館、中華書局等出版界「龍頭」的作用，往往也是相關研究的重點。然而，新文化與出版界的關係並不總是融洽的，自新文化興起之初，對既有出版業的批評其實不絕於耳。從美國留學歸來的胡適，就在《歸國雜感》中感歎：「總而言之，上海的出版界，──中國的出版界──這七年來簡直沒有兩三部以上可看的書。」〔註1〕出語尖刻，擺出一副整體否定的姿態。宗白華在《評上海的兩大書局》一文中，將目標鎖定在商務印書館與中華書局──這兩家出版界的龍頭身上，指責商務「十餘年來不見出幾部有價值的書」，而中華則無評論價值。〔註2〕個人的言論外，《新青年》、《新潮》這兩份

〔註1〕胡適：《歸國雜感》，《新青年》4 卷 1 號，1918 年 1 月。
〔註2〕宗白華：《評上海的兩大書局》，《時事新報・學燈》，1919 年 11 月 8 日。

新文化雜誌，還掀起過對商務旗下雜誌的猛烈圍攻。〔註3〕雖然，商務、中華等大型書局後來也轉換姿態，積極跟進，力圖接軌方興未艾的新文化，但在某些新文化運動人士看來：「其實他們抱定金錢主義」，商業利益仍是第一位的考慮。直至 1923 年，還有人發表文章，認爲出版界「混亂」的原因，是「出版界的放棄職責，惟利是圖，實爲致此惡像底最大的動力」，而「本篇所論，還只是對幾家較爲革新的書店而言」，矛頭所指仍以革新後的商務，中華爲中心。〔註4〕

因而，在舊有的出版業之外，構想一種以新文化人士爲主體的新的出版方式，吸引了一部分人的注意。《時事新報‧學燈》刊載過有關「新文化書店」的討論。對出版新文化書籍的大書店，討論者紛紛表示不滿，認爲「最好這種書店，即由各種學術團體集合資本開設」，也提出了相關的具體方法、程序。〔註5〕後來，北新書局、創造社出版部、光華書局等新型書店的出現，在某種意義上，正是這種呼聲的產物。

應當指出的是，新書店的「新」，不只表現在出版者身份的變化上（由商人老闆變爲新文化人士），更重要的是，它要在出版的商業邏輯之外，別有一種新的文化抱負，張靜廬就曾對「出版商」與「書商」進行過區別：「以出版爲手段而達到賺錢的目的，和以出版爲手段，而圖實現其信念與目標獲得相當報酬者。」〔註6〕這意味著，即使同樣出版新文化書籍，書店還是有新、舊之分，具體的出版策略和營業模式也會有所不同。〔註7〕當然，商業與文化，並不是可簡單分離二元，後來北新書局、創造社出版部內部糾紛不斷，便說明新文化也不可能孤懸於商業的邏輯之外。

〔註3〕 先是陳獨秀發文抨擊《東方雜誌》反對西方文明，提倡東方文明，掀起東西方文化之爭（《質問〈東方雜誌〉記者──〈東方雜誌〉與復辟問題》，《新青年》5 卷 3 號，1918 年 9 月），既而是羅家倫在《今日中國之雜誌界》把商務旗下諸多雜誌批得體無完膚。（《新潮》1 卷 4 號，1919 年 4 月）

〔註4〕 霆聲：《出版界的混亂與澄清》，《洪水》1 卷 3 期、5 期，1925 年 10 月 16 日、11 月 16 日。

〔註5〕 參見 1920 年 3 月間《時事新報‧學燈》。

〔註6〕 張靜廬：《在出版界二十年》，第 4 頁，上海雜誌公司，1938 年。

〔註7〕 譬如北新書局發行「新潮叢書」時，魯迅建議的書要精美，售價要低廉，對作者要優待。出版的書一律採用版稅結算，版稅一般按定價抽 20%，魯迅的著譯爲 25%，其時商務，中華一般爲 12%，最高 15%，出版策略明顯傾向於作者。（李小峰：《魯迅先生與北新書局》，《出版史料》1987 年 2 期）

　　事實上，在這一構想實現之前，新文化人士已在著手進行出版活動，不然不會有眾多新潮書刊的問世，但如果沒有經濟上的考慮，並不構成嚴格意義的出版機關〔註8〕。新文化的傳播，最初主要依賴與出版商的合作：群益書社發行《新青年》；亞東圖書館代理北大出版部，銷售、代辦或印行各類新雜誌，後來又標點舊小說；而泰東圖書局則出版創造社叢書，這三家書局著稱一時，被看作是新書局的代表〔註9〕。「新詩集」的出版，無疑也正是發生在這一過程中。具體說來，早期新詩集的出版者雖有多家，但細分起來，影響較大的幾部詩集的出版還是很集中的，基本上被亞東圖書館、泰東圖書局和商務印書館三家包攬，其他書局或只偶一為之，或根本是由詩人自印。其中，商務版詩集屬於文學研究會叢書系列，在出版品中份額不大，且大出版社的價值主要體現在其他方面，所以本節主要以亞東和泰東為討論對象，在這兩家規模較小、以新文化出版為主幹的新書局那裏，「新詩集」的文化邏輯體現得最為鮮明。

一、《嘗試集》序列與亞東圖書館

　　在早期新文藝的出版領域，「新詩集」似乎是亞東圖書館的專利，並且形

〔註8〕《新潮》發行量很廣，但經濟狀況並不良好，出版經費也是北大墊發的：「本社人員向來不經手銀錢的出入，所以印刷需款若干，售書得價若干，照例是不問的。現在因為欠款太多。局方面不肯如期交貨，我們才起而打聽經濟的現狀。」後來羅志希自己經營，結果不很理想，他們自己說青年初次涉世，缺陷之一就是「缺乏管理銀錢的本領。」（羅家倫：《新潮社的最近》，《北京大學日刊》，1922年12月27日。）另外，「第一期一經出版，就很受社會的歡迎，轉眼再版；所以我們當時若託一家書店包辦發行，賠賺不管，考《新青年》託『群益』的辦法，一定可成，不過我們終不願和這可愛的北京大學脫離關係。」（傅斯年：《新潮之回顧與前瞻》，《新潮》2卷1期附錄，1919年10月）北京高等師範學校師生辦的《平民教育》，其經濟來源「主要的是由學校每月給予津貼四十元，此外就靠發賣雜誌的收入。但遇款不接濟時，尚可由社員分攤擔負；再不足時，並得向本校職教員募損。」（姚以齊：《本社四年來的回顧》，原載《平民教育》68、69期合刊，1923年10月30日；引自張允侯編：《五四時期的社團》3卷，第40頁，北京：三聯書店，1979年）

〔註9〕宗白華曾評價當時的書局：「現在上海的書局中最有覺悟，真心來幫助新文化運動的要算亞東和群益。中華，商務聽說也有些覺悟了，究竟是否徹底的覺悟，還不能曉得。」（宗白華：《復沈澤民信》，1920年1月19日《時事新報·學燈》。）另外，由毛澤東等人創辦的長沙文化書社，當時與八家正式出版社有交易協定，其中頭兩家就是泰東和亞東。（王火：《關於長沙文化書社的資料》，《中國出版史料》補編，第410頁，張靜盧輯注，北京：中華書局，1957年）

成了系列。據蒲梢的《初期新文藝出版物編目》，在 1919～1923 年間，共有
18 種新詩集出版，其中重要的基本由亞東圖書館、商務印書館和泰東圖書局
包攬：商務 3 種，分別爲《雪朝》、《將來之花園》、《繁星》；亞東 7 種，分別
爲《嘗試集》、《草兒》、《冬夜》、《蕙的風》、《渡河》、《流雲》、《一九一九年
新詩年選》；泰東兩種，爲《女神》、《紅燭》。〔註 10〕此編目並不完整，但從
中可大致看出新詩集的出版狀況。其中。亞東佔據了大部分的份額（後來還
持續出版《西還》、《蹤跡》、《我們的七月》、《胡思永遺詩》等），而且所出詩
集都相當重要，囊括了早期新詩的扛鼎之作。

　　蘇雪林曾說：「五四運動以後我們對新詩抱著異常的好奇心與期待的願
望，所以有許多草率的作品，竟獲得讀者熱烈的歡迎。」〔註 11〕亞東成爲新
詩的專賣店，書局的老闆應該說很有眼光。《嘗試集》的暢銷暫且不論，其他
詩集的銷量也都不俗：《草兒》、《冬夜》、《蕙的風》、《新詩年選》初版 3000
冊，《冬夜》據倪墨炎估計，至少有三版〔註 12〕，《草兒》修正三版改名爲《草
兒在前集》後還有四版，《蕙的風》則印行 6 版，行銷 2 萬餘冊。張靜廬曾稱
早期上海新書業，可以銷行的書一版印二三千本，普通的只有五百本或一千
本。〔註 13〕比照上面的銷量，可見新詩集在市場上還是相當熱賣。

　　市場的鼓勵，畢竟只是一個推測，新詩「專賣」更多還是與亞東特殊的
人事背景有關。陳獨秀、胡適等人與亞東關係密切，亞東也由於有了新文化
領袖的支持而興旺發展，這方面的情況汪原放在《回憶亞東圖書館》中有詳
盡論述。尤其是胡適，從提供書源，到選題指導，再到作序考證，可以說是
亞東的幕後高參，他自己重要的著作，大部分由亞東出版，由他作序的舊小
說標點本更是風行一時，讓亞東收益頗豐。〔註 14〕值得注意的是，《嘗試集》

〔註10〕 參見文學研究會編《星海》（《文學》百期紀念），上海：商務印書館，1924
　　　　年 8 月。
〔註11〕 蘇雪林：《論朱湘的詩》，沈暉編：《蘇雪林文集》3 卷，第 143 頁，合肥：安
　　　　徽文藝出版社，1996 年。
〔註12〕 倪墨炎：《俞平伯早期的詩作》，孫玉蓉編：《俞平伯研究資料》，第 252 頁，
　　　　天津：天津人民出版社，1986 年。
〔註13〕 張靜廬：《在出版界二十年》，第 127～128 頁，上海雜誌公司，1938 年。
〔註14〕 到 1922 年底，亞東出版的胡適作品《短篇小說》、《胡適文存》、《嘗試集》以
　　　　及他作序的《水滸》、《儒林外史》等，都印行三版、四版，印數爲一萬以上，
　　　　其後的銷量還要多出許多。（汪原放：《回憶亞東圖書館》，第 81～82 頁，上
　　　　海：學林出版社，1983 年）

之後，亞東出版的一系列詩集，像《草兒》、《冬夜》、《蕙的風》，都與胡適有著某種直接或間接的關聯，在某種意義上，新詩集能夠在「亞東」不斷推出，胡適的作用不能低估。

上述兩方面之外，新詩「專賣」還體現了亞東獨特的經營理念。上文已述及，與商務不斷遭受批評不同，亞東、泰東是以新書店的形象出現在上海出版界的。然而，新、舊書店的區分除了表現在「形象」上，更重要的是，其出版實力和經營範圍的差別。據王雲五統計，民 23 至 25 年三年間，商務、中華、世界三家占全國出版物的比重平均為 65%，其中商務一家平均為 48%，幾乎獨佔了一半。〔註 15〕這是從出版體量著眼的統計，而陸費逵則從出版資本上作過描述，他稱：「上海書業公會會員共四十餘家」，資本九百餘萬元，其中大書店資本雄厚，商務、中華、世界，大東分別為五百萬、兩百萬、七十萬、三十萬，此外都是一二十萬元以下的。非書業同業公會會員的還有 5 家，資本均在 10 萬元以下，其中就包括「新書店」。〔註 16〕所謂「新書店」，就應包括亞東、泰東這樣的小書店，在汪原放的統計，亞東的年收入最高時不過 7 萬多元，無疑是被排斥在資本雄厚的大書店「俱樂部」之外的。有趣的是，當亞東、泰東、北新、現代等書店組織「新書業聯合會」時，商務、中華也被有意排斥在外。〔註 17〕「小資本」與「新書局」，出版實力與文化形象之間的這種關聯，其實表明了現代出版市場分層劃分的形成。

在大書店雄厚的出版實力面前，尤其當它們也轉向新文化出版時，小書店的壓力可想而知，在發行上採取必要的措施自然有效。徐白民回憶 1923 年在上海辦書店時，代售各書店的圖書，以民智、亞東、新文化書店的書為多，而商務中華幾家大書店十分苛刻，代售可以，但不能退還。〔註 18〕在銷售策略上，小書店與大書店差異明顯，不過，更重要的應是選題策劃。還是據蒲梢《初期新文藝出版物編目》，1919～1923 年間同是創作類，短篇小說商務出 6 種，泰東出 2 種；長篇小說商務 2 種，泰東 1 種，亞東則沒有出品；翻譯類，

〔註 15〕王雲五：《十年來的中國出版事業》，張靜廬輯注：《中國現代出版史料》乙編，第 335 頁，北京：中華書局，1955 年。

〔註 16〕陸費逵：《六十年來中國之出版業印刷業》，張靜廬輯注：《中國出版史料》補編，第 278～279 頁，北京：中華書局，1957 年。

〔註 17〕沈松泉：《關於光華書局的回憶》，《出版史料》1991 年 2 期。

〔註 18〕徐白民：《上海書店回憶錄》，張靜廬輯注：《中國現代出版史料》甲編，第 62 頁，北京：中華書局，1954 年。

小說商務出品 23 種，泰東 8 種，亞東只有 1 種；戲劇類，商務 35 種，泰東 2 種；詩歌商務 2 種，泰東 1 種。上述數字顯示，除詩歌之外，在新文學的其他領域，商務都遙遙領先，泰東似乎緊跟其後（雖然數目上差距很大），而亞東似乎並不著意四面出擊。在其他門類，如文學史、文學概論、古典文學研究等，情況同樣如此，只有標點舊書一項，亞東出版 6 種，一枝獨秀，而泰東又是追隨者，出品了 1 種。

　　商務這樣的大書局在新文化領域，主要以出版大型叢書爲主，涉足創作，雖只由文學研究會叢書帶動，但還是佔了很大的份額。在此壓力下，亞東是十分注重出版重點的選取的，無論是詩集，還是舊小說標點，在效果上，都找到了市場的空隙，形成系列，創造出自己的品牌，正像埃斯卡皮所言及的：「專門化是中等規模的書店藉以對自己的商業活動加以限制和制定方向的辦法之一。」〔註19〕1923 年，亞東曾與商務共爭《努力》的出版權，此事讓胡適很頭疼，在日記裏寫道：「亞東此時在出版界已漸漸到了第三位，只因所做事業不與商務中華衝突，故他們不和他爭。」〔註20〕與商務衝突不是一件好事，出於自保，亞東後來還是妥協了。不與大書店爭奪，致力於獨立品牌的經營，成了亞東成功之道，比如在出版廣告上，就注意分類，將胡適著作合爲一個廣告，標點小說爲一個廣告，名人文存爲一個廣告，而新詩集更是排在一起隆重推出。〔註21〕有了這些品牌，再加上穩健的出版風格，在激烈的競爭中，亞東得以生存發展。譬如，亞東標點本看好後，其他出版商很快模仿，「先是群學書社，進而啓智書局，新文化書社大量出版，數量達二三百種」。有趣的是，新文化版的銷路極佳，擠跨了石印小說，但不能致亞東於死地，因爲新文化版石印小說的讀者是一個階層：小市民和富裕戶，而「亞東出版有講究的分段、標點、校勘、校對和考證，對於愛好文學者有吸引力」〔註22〕。上述出版策略的選取，當然是書局經營之道的體現，但回報率的角度看，「新詩集」卻不是賺錢的選項，其在出版、閱讀中的特殊位置，可以進行另一番的玩味。

〔註19〕羅貝爾·埃斯卡皮：《文學社會學》，第 57 頁，于沛選編，杭州：浙江人民出版社，1987 年 8 月。

〔註20〕1923 年 10 月 16 日胡適日記，《胡適的日記》（手稿本）4 冊，臺北：遠流出版事業股份有限公司，1990 年。

〔註21〕汪原放：《回憶亞東圖書館》，第 81 頁，上海：學林出版社，1983 年。

〔註22〕汪家熔：《舊時出版社成功諸因素——史料實錄》，《商務印書館史及其他——汪家熔出版更研究文集》，第 357～358 頁，北京：中國書籍出版社，1998 年。

　　亞東版的新詩集雖然好銷，在贏利上，其實遠遠趕不上亞東出品大部頭的標點本舊小說和名人文存。詩集定價只有幾角，而《水滸》、《紅樓夢》等每套要幾元錢，價格相差十分懸殊，而亞東最賺錢的書應是高語罕的《白話書信》，前後印過十萬冊以上。可以想見的是，詩集提升了品格，但不是亞東經濟上的支撐，更多體現了新書店的自我定位，「經濟考慮」之外的另一重出版邏輯在這裡顯露出來。按照布迪厄的說法，這是一個「顛倒的經濟世界」的邏輯：先鋒的文化出版正是以對「商業性利益」的疏遠爲起點的，這恰恰是其「自主性」一種表現。〔註23〕

　　談到這一點，一個有趣的現象是，晚清以降，在文學商品化的浪潮中，不同文類的命運有所不同，似乎只有小說能成爲一種可以謀生的職業。陳平原曾指出「清末民初出現了不少職業小說家，但不曾產生一個職業詩人或者職業散文家。」〔註24〕詩歌、散文不能「職業化」，報刊不付稿酬是根本原因，包天笑就說：「當時報紙，除小說以外，別無稿酬，寫稿的人，亦動於興趣，並不索稿酬的」〔註25〕。在他參與編輯的《時報》上，「餘興」一欄，吸引了許多包括詩歌在內的「雜著」投稿，爲了鼓舞投稿的興趣，雖不付酬，但改贈書局的書券〔註26〕。後來，新詩氾濫成潮，新詩作品在報章上多有刊載，但稿酬也不大可能是新詩人投稿的動力。當郭沫若的詩作在《學燈》上大量發表，報館「匯墨洋若干來」，郭沫若還在給宗白華的信中，有拒收的表態。〔註27〕在新文學諸種出品中，新「小說」仍是最能帶來市場回報的文體，詩歌似乎天然地遠離著「經濟」。以「新詩」爲符號的新文化出版，主要獲取的不是看得見的經濟利潤，而是某種看不見的「象徵資本」，這對「亞東」這一類書局自身形象的塑造，無疑至關重要。

　　當然，亞東還算不上是「先鋒」出版社，經濟利益仍是其最主要的著眼點。隨著書店地位的穩固，和閱讀市場的變化，新詩集後來在亞東，似乎不

〔註23〕皮埃爾·布迪厄：《藝術的法則——文學場的生成和結構》，劉暉譯，第98～102頁，北京：中央編譯出版社，2001年。
〔註24〕陳平原：《二十世紀中國小說史》，第90頁，北京大學出版社，1989年。
〔註25〕包天笑：《釧影樓回憶錄》，第349頁，香港：大華出版社，1971年。
〔註26〕包天笑：《釧影樓回憶錄》，第350頁，香港：大華出版社，1971年。
〔註27〕郭沫若在信中這樣寫道：「我寄上的東西，沒一件可有當受報酬的價值的。我的本心也原莫有想受報酬的意志。白華兄！你若受我時，你若不鄙我這惡晶罪髓時，我望你替我把成議取消，免使我多覺慚愧罷！」（宗白華、田漢、郭沫若：《三葉集》，第57頁，上海：亞東圖書館，1923年）

再受到重視。1923 年《渡河》的出版是由陶行之聯繫的，因稿費問題發生過一些爭執，汪孟鄒在日記裏寫道：「此後此種間接交涉，須要再三謹慎爲要。」〔註28〕言語之中，已有不耐煩之意。1929 年出的何植三的《農家的草紫》，因銷路不好，被店裏人譏爲「眞是『草紙』啊」〔註29〕。

二、《女神》與泰東圖書局

雖然同樣以「新書店」自居，泰東圖書局的情況與亞東還是有很大的不同。泰東圖書局的股東，原來多與政學系有關。民三創辦時，出版計劃注重政治。後來討袁勝利後，股東都到北京做官去了，書局由經理趙南公一手包辦，出了好幾種「禮拜六派」小說，還靠楊塵因的《新華春夢記》賺了一筆錢。到了新文化運動初興之時，趙南公看到「鴛蝴」小說不再走紅，準備改造泰東，向新文化靠攏。〔註30〕如果說亞東從一開始就借上了新文化的東風，那麼泰東或許屬於「投機」的類型。

然而，「新文化」的投機事業並不好作，泰東的一系列嘗試都不很成功，「新」總新不到點子上。劉納在《創造社與泰東圖書局》中對此有過專章描述，原因有多方面，一是缺乏新文化精英的鼎助。沒有陳獨秀、胡適這樣的強大後盾，自然沒有高品質的新文化稿源，發行的《新人》雜誌就因稿荒，常由主編王無爲一人唱獨角戲，策劃的幾套叢書也似乎難以爲繼〔註31〕。至於泰東的編輯人員，也乏善可陳，《新人》主編王無爲是上海灘上的「寄生」文人：「掛幾塊招牌，做什麼新聞記者，教員，小說家，又是什麼書局的編輯，及自命是文化運動者」〔註32〕。《新的小說》主編王靖，譯過托爾斯泰的小說，能力平平，在《創造十年》裏，郭沫若對其有辛辣的諷刺。當時的編輯張靜廬也只是個初出茅廬的小青年，心中還有自己打算。泰東麾下的「新人社」，其實是一個編輯社，編輯「新人叢書」，成員遍及

〔註28〕汪原放：《回憶亞東圖書館》，第 86 頁，上海：學林出版社，1983 年。

〔註29〕汪原放：《回憶亞東圖書館》，第 141 頁，上海：學林出版社，1983 年 11 月。

〔註30〕引述自張靜廬：《在出版界二十年》，第 91～92 頁，上海雜誌公司，1938 年。

〔註31〕1921 年 4 月 16 日，趙南公在日記裏記下了編輯精簡方案，其中叢書一項的情況爲「《新人叢書》無善稿，寧暫停；《新知叢書》已出幾種，余以該社自組出版所，自難望其繼續；《黎明叢書》已成交，而合同未立；《學術研究會叢書》本由該會自印，無關係。」（陳福康：《創造社元老與泰東圖書局——關於趙南公 1921 年日記的研究報告》，《中華文學史料》1991 年第 1 輯）

〔註32〕王無爲：《王無爲赴湘留別書》，《新人》1 卷 6 期，1920 年 9 月。

各地，十分駁雜，「有不少只不過是拿談新文化運動當作職業，自己並不信仰，更不用說身體力行了」〔註33〕。這種人員構成，自然影響到書局出品的品質，應時的白話文刊物《新的小說》，最初銷量尚可，「但到後來西洋鏡拆穿了，遭受了一般讀者的唾棄」〔註34〕。

　　這就是《女神》出版前泰東的情況，形象不佳，經營不善，可以說是一個爛攤子。面對困境，老闆趙南公也嘗試進行書局的改革。1921 年新年伊始，泰東租了上海馬霍路的房子作為編輯所，趙南公等人商議起了新的發展計劃。首先設定新的出版路線，「首重文學、哲學及經濟，漸推及法政及各種科學」，其次是編輯人員的調整和新人的聘用。對現有的編輯人員，趙南公原本不滿，曾言：「深為無為憂，因其聰明甚好，而學無根柢，前途殊危險。靜廬不及無為，而忌人同，尤危險。」〔註35〕郭沫若、成仿吾的歸國，就由此而實現。在舉目茫然時，苦於人才難覓的趙南公，把在文壇上已嶄露頭角的郭沫若，當成了書局的救星。〔註36〕1921 年 4 月，趙南公開始與郭沫若商議書局的總體規劃，五月擬訂《創造》的出版，並出資讓郭回日本組稿；到了 7 月，更是決定將編審大權交給郭沫若，並多次在日記裏表達了這種決心，甚至寫道：「即沫若暫返福岡，一切審定權仍歸彼，月薪照舊，此間一人不留，否則寧同歸於盡」〔註37〕，一度欲將泰東的支配權交給郭沫若。

　　《女神》的出版，就與泰東的改革相關。書局要革新，一開始，卻不改跟風的老路。起初趙南公提出的方案，是出中小學教科書，但又沒有充足資本，想走取巧路線，遭到郭沫若反對〔註38〕。後來，他又眼紅亞東的標點本

〔註33〕《新人社・編者說明》，張允候編：《五四時期的社團》3 卷，第 208 頁，北京：三聯書店，1979 年。

〔註34〕郭沫若：《創造十年》，《學生時代》，第 85 頁，北京：人民文學出版社，1979 年。

〔註35〕趙南公 1921 年 1 月 9 日日記，陳福康：《創造社元老與泰東圖書局——關於趙南公 1921 年日記的研究報告》，《中華文學史料》1991 年第 1 輯。

〔註36〕鄭伯奇曾說：「假使沒有沫若在新文壇的成功，趙南公是否肯找他呢？」（《二十年代的一面——郭沫若先生與前期創造社》，饒鴻競等編：《創造社資料》，第 753 頁，福州：福建人民出版社，1985 年 1 月）

〔註37〕趙南公 1921 年 7 月 28 日日記，陳福康：《創造社元老與泰東圖書局——關於趙南公 1921 年日記的研究報告》，《中華文學史料》1991 年第 1 輯。

〔註38〕趙南公 1921 年 4 月 18 日日記，陳福康：《創造社元老與泰東圖書局——關於趙南公 1921 年日記的研究報告》，《中華文學史料》1991 年第 1 輯。

熱賣，郭沫若便搪塞改編了一部《西廂》。趙南公一心想書局振興，郭沫若琢磨的是出版自己的純文藝刊物，在決策未定的五月，郭沫若編定的《女神》和改譯的《茵夢湖》，可以說一份不錯的見面禮，眞正爲泰東打開了「新書店」的局面。5 月，《學燈》上登出《女神》序詩，《女神》出版的第二天，《文學旬刊》上又出現鄭伯奇的長篇書評。此後的《創造季刊》和創造社叢書，也成了泰東的招牌，起初雖並不暢銷，但隨著創造社影響力的激增，還是爲泰東帶來了長線的回報。張靜廬對泰東的經營有如下描述：

> 說到營業，當民國九十年間，雖然有創造社的刊物：創造季刊，創造週報類似創造社叢書的：沉淪，沖積期化石，玄武湖之秋，蔦蘿行等新書出版，但是，在那時候，書的銷行卻並不暢旺；直到民國十二三年，洪水半月刊出版前後，這初期的小說書，和創造週報合訂本等等，都忽然特別的好銷起來，在這時期中泰東似乎才獲得了意外的收穫，報答他過去難艱辛的勞績。〔註 39〕

在討論亞東的經營思路時，上文提到經濟上「低回報」，包含了一個「顛倒的經濟世界」的邏輯，在泰東這裡，「長線的回報」是同一邏輯的體現。在 20 世紀，許多先鋒性的出版社都以「非贏利」爲始，隨著先鋒作品的經典化，又以最終的「贏利」爲終，「供給與需求之間的這種時間差距，有成爲有限產品的場的一個結構性趨勢」〔註 40〕。象徵性的文化邏輯，最終會返回商業的邏輯，落實爲日後的回報。在《創造十年》中，郭沫若發洩過對泰東的不滿，認爲自己受到了資本家的盤剝。實際上，是老闆趙南公經營上的混亂，導致書局經濟狀況惡化，才致使郭沫若等人生活無靠；〔註 41〕離開了創造社的支持，泰東圖書局後來自然也每況愈下。〔註 42〕

〔註39〕 張靜廬：《在出版界二十年》，第 100 頁，上海雜誌公司，1938 年版。

〔註40〕 皮埃爾・布迪厄：《藝術的法則——文學場的生成和結構》，劉暉譯，第 99 頁，北京：中央編譯出版社，2001 年 3 月。

〔註41〕 周毓英在《記後期創造社》中說：「老闆趙南公糊塗，經理人換了好幾個都是揩油聖手……同時外埠的爛帳亦放得可驚，很少收得回來。」經營不善，自然談不上優厚的報酬，但「創造社靠不到泰東圖書局的生活，卻也不受泰東圖書局的拘束，甚至反過來還可以批評書店方面的人」。（饒鴻競等編：《創造社資料》，第 792 頁，福州：福建人民出版社，1985 年）

〔註42〕 沈松泉在《泰東圖書局經理趙南公》中稱：趙南公熱心從事社會活動，但經營不善，「創造社和泰東斷絕關係後，泰東在新書出版業中不再爲文藝界所重視」。（《出版史料》，1989 年 2 期）

　　無論亞東還是泰東，雖然形象有異，但「新詩集」的出版，都發生在「新書局」自我形象的追尋過程中。在亞東，「新詩集」是象徵性的品牌；在泰東，《女神》開啓了新書局的生路。在不斷分化的出版市場上，二者都找到了自己的位置。作爲參照，新詩在力主教科書和大型叢書的商務印書館那裏，受到的待遇明顯不同。作爲佔有市場主要分額的大書店，商務雖然看看重新文化的實力，但走的是一條穩健的路線，既不求新，也不趨俗。一般說來，對於新作家的處女作很少出版，雖然推出過文學研究會叢書，但後來「不注意此條路線了」〔註43〕。在這樣的路線中，新詩自然不受重視，劉大白的《舊夢》，在商務的遭遇可以爲證：「從付印到出版，經過了二十個月之久；比人類住在胎中的月數，加了一倍。這在忙著『教育商務』的書館中一定要等到趕印教科書之暇，才給你這些和『教育商務』無關的東西付印，差不多是天經地義，咱們當然不敢有異義。」〔註44〕「新詩」所代表的新文化品牌，對商務這樣的大書局並不重要，而亞東、泰東則必須以「新」爲自己生存的出路。

　　「新書局」通過「新詩集」，在新文學的出版市場上站穩了腳跟，提升了品格，其基本文化形象也由此確立。到了40年代，還有人將亞東與泰東，兩位經理趙南公和汪孟鄒並提，認爲是當年上海四馬路上僅有的純正書商。〔註45〕反過來說，新詩集也因有了新書局的鼎助，而獲得廣泛的社會傳播。比如，在早期新詩集中，《蕙的風》與《湖畔》是十分重要的兩部，她們同是湖畔社的出品，但這對「姊妹」詩集卻因一本被書局接受，一本自費出版，出版後的命運迥異。《蕙的風》1922年8月出版，銷量驚人，一版再版。沒有書局的發行網路，《湖畔》的發行，則讓應修人等大傷腦筋，在信中向友人表露：「我幾乎到處沒熟人。代售處自然愈多愈好。亞東說，外埠寄書法，很難收得錢來。」〔註46〕1922年4月至5月間，應修人與潘漠華等人頻繁書信往來，主要話題之一就是討論代售事宜。情急之下，他們不得不找熟人幫忙，遠在北

〔註43〕張靜廬：《在出版界二十年》，第149頁，上海雜誌公司，1938年。

〔註44〕劉大白：《〈郵吻〉付印自記》，蕭斌如編：《劉大白研究資料》，第133頁，天津：天津人民出版社，1986年。

〔註45〕蕭聰：《汪孟舟——出版界人物印象之一》，《大公報》，1947年8月10日；汪原放的《回憶亞東圖書館》第204～208頁，轉引了此文及汪孟鄒的回覆，上海：學林出版社，1983年。

〔註46〕1922年4月20日應修人致潘漠華信，樓適夷編：《修人集》，第211頁，杭州：浙江人民出版社，1982年。

京的周作人，就是他們求助的一個對象。〔註47〕發行之外，自我推銷也很重要，應修人忙著四處找關係在報紙上發廣告，周作人、朱自清對《湖畔》的評論，都是求得的助銷廣告。〔註48〕雖經多方努力，《湖畔》的銷行仍然不利，潘漠華就抱怨：「《湖畔》銷路底遲滯，真出乎我們初意之外。杭州至今一共賣去二十本，寫信來買的一本也沒有」，這讓他對詩本身的品質產生了懷疑。〔註49〕其實，比起名氣和詩質，書局的發行網路要更為重要，個人推銷必然困難重重。

第二節　由詩集出版看新詩壇的分化

在新詩的「發生空間」拓展中，「新詩集」與「新書局」間的關係，顯現了文化邏輯與商業邏輯的交織：「新書局」通過出版「新詩集」，不僅獲得了經濟上的回報，更積累了「象徵的資本」，提升了自己的新文化形象；「新詩集」的印行、流佈，也離不開新書局的支持。在二者的互動中，另一個可以關注的問題是，新詩的發生空間的內在分化和「競爭」關係也在形成，涉及新詩到「場域」的邊界、純粹性、規則轉換等一系列問題。事實上，對於一個生成中的自主性「場域」的來說，外部邊際與內部差異的動態格局，正是其活力的顯現，因為「每一個場域都構成一個潛在開放的遊戲空間，其疆界是一些動態的界限，它們本身就是場域內鬥爭的關鍵。」〔註50〕

〔註47〕 周作人在《介紹小詩集〈湖畔〉》中談及：「他們寄了一百本，叫我替他們找個寄售的地方，——我現在便託了北大出版部和新知書社寄售。」（《晨報・副刊》，1922 年 5 月 18 日）

〔註48〕 應修人得知潘漠華的哥哥有朋友在《時事新報》，便設法聯繫在報上發廣告。（應修人 1922 年 5 月 1 日致雪峰、潘訓信，樓適夷編：《修人集》，第 213 頁，杭州：浙江人民出版社，1982 年）；周作人的《介紹小詩集〈湖畔〉》本身就是一份廣告，朱自清發表在《文學旬刊》上的《讀〈湖畔〉詩集》，也是在應修人的催促下，由潘漠華投寄的推介文；另外他們還計劃約請劉延陵寫文章。（1922 年 5 月 14 日應修人致雪峰、漠華信，《修人集》，第 216、218 頁）

〔註49〕 漠華致修人信，應人編：《漠華集》，第 166 頁，杭州：浙江文藝出版社，1984 年。

〔註50〕 皮埃爾・布迪厄、華康德：《實踐與反思：反思社會學導引》，李猛、李康譯，第 142 頁，北京：中央編譯出版社，1998 年。

一

　　討論這一問題之前，有必要對發表、成集所建構起的新詩空間的性質做一點補充。如上文所述，這首先是一個嶄新的不斷擴張的空間，吸納了更多的讀者和新詩人。同時，它還是一個排斥性的、不斷產生區分機制的空間，只有在與其他詩歌樣式的區分中，才能建立自己的合法性邊界。新詩／舊詩間的紛爭，這裡無需重複，對舊詩的排斥、批判，是新詩建立自身特殊性、自足性的第一步。有意味的是，在新詩發生空間的內部，某種「競爭」性，從一開始就存在。譬如，胡適被稱爲是新詩的「老祖宗」，從他的白話詩嘗試中延伸出的新詩寫作，構成了所謂的「正統」，他的新詩觀念也成爲新詩人們的「金科玉律」。但這一「正統」能否覆蓋更多的新詩人，就是一個容易引發爭議的問題。郭沫若就認爲，自己在日本開始新詩寫作，在起點上與胡適的白話詩並不關聯，後來他還曾提及自己寫新詩的實踐，比胡適還早〔註51〕。更爲年輕的詩人邵洵美，也認爲自己寫「新詩」，完全是個人的發明，「從沒有受誰的啓示，即連胡適之的《嘗試集》也還是過後才見到的。當時是因爲在教會學校裏讀到許多外國詩，便用通俗語言來試譯，……到後來一位同學借給了我一份《學燈》，才知道這類工作正有許多前輩在努力。」〔註52〕這些個人表述，不一定都能當眞，但至少也說明，新詩發生的路徑並不單一，「起點」之中已包含了紛爭。

　　儘管聲稱個人的新詩寫作，並非受胡適的白話詩影響，但郭沫若、邵洵美畢竟都是標準的新詩人，還有一些以「新」爲名的詩歌嘗試，卻難以獲得新詩的「名分」，始終被排斥在「正統」以外。像著名的白屋詩人吳芳吉，曾任《新群》雜誌「詩欄」的編輯，他創作力驚人，「每月以十頁之詩貢獻於社會者」〔註53〕，積極嘗試另外一種「新詩」：在保持既有詩歌體式的前提下，溶進新材料和新經驗。他的嘗試也取得相應成就，其詩作頗爲時人稱道，但「新詩壇」卻不能接受。他在日記中就記錄過康白情的勸告，說他的寫作「都

〔註51〕郭沫若《五十年簡譜》中稱自己在 1916 年開始寫新詩，《殘月》、《黃金梳》及《死的誘惑》爲此時之作。（郭沫若：《五十年簡譜》，張靜盧輯注：《中國現代出版史料》丙編，第 322 頁，北京：中華書局，1956 年）
〔註52〕邵洵美：《詩二十五首‧自序》，第 2 頁，上海時代圖書公司，1936 年。
〔註53〕吳芳吉：《昨年之〈新群〉紀事》，賀遠明編：《吳芳吉集》，第 1320 頁，成都：巴蜀書社，1994 年。

不合於眞正白話文學，叫我必要改良，否則甚爲《新群》雜誌抱歉」。〔註54〕
後來吳芳吉的名字也收入《中國新文學大系・史料卷》中，阿英爲他撰寫的
小傳是這樣的：「先爲雜誌《新群》幹部，旋參加《學衡》。所作新詩，實係
舊韻文之變體。著反新文學論文甚多。」〔註55〕雖然努力求「新」，但有效還
是無效，正統還是「非法」，「新」還是一個需要甄別、揀選的立場。同樣的
命運也落在了上海文人胡懷琛身上。

　　胡懷琛（1886～1938），又名胡寄塵，安徽涇縣人，民國初年和其兄胡樸
安一起加入「南社」，在當時的滬上文壇，是一個相當活躍的人物，奔波於各
大書局、報館、學院間，著述詩歌、學術、小說，筆耕不斷。對於自己的詩
歌造詣，他相當自負，曾說「自從十二歲做詩以來，到現在二十多年了，這
二十幾年裏，幾乎沒一年不在詩裏討生活」。〔註56〕雖然他實際的詩歌成就，
或許與自我期許並不相符〔註57〕。作爲南社詩人，胡懷琛的位置，似乎自然
處在新詩陣營之外，胡適在《〈嘗試集〉再版自序》中，不點名地將胡懷琛稱
爲「守舊的批評家」，這多少有點冤枉他。事實上，在新文學興起之際，這位
「守舊的批評家」，非但不是以「反對派」的姿態露面，相反，他還十分積極
地回應，曾在報上發表文章，大聲疾呼：「諸君！現在舊文學總算已破敗了」
〔註58〕，儼然一副新文學鼓動家的模樣。除了姿態上的回應，他也親身實踐，
茅盾主編的《小說新潮》欄上，就發表過胡的一首「新體詩」《燕子》〔註59〕。
《嘗試集》出版後，他則自告奮勇站出來，要爲胡適改詩，引出一場著名的
筆墨官司（本書下一章會有專門的討論）。可以注意的是，他的攻擊不是指向
「新詩」（這一點與後來的「學衡派」不同），而是指向了胡適本人。他的發
難文章《讀〈嘗試集〉》開頭就稱：「我所討論的，是詩的好不好問題，並不

〔註54〕賀遠明編：《吳芳吉集》，第 1332 頁，成都：巴蜀書社，1994 年 10 月。

〔註55〕阿英：《吳芳吉小傳》，趙家璧主編、阿英編：《中國新文學大系・史料》，第
　　　　213 頁，上海：良友圖書出版印刷公司，1935 年。

〔註56〕《胡懷琛給王崇植的信》，胡懷琛編：《〈嘗試集〉批評與討論》下冊，第 26
　　　　頁，上海：泰東圖書局，1922 年 5 月再版。

〔註57〕茅盾稱：「胡懷琛是做舊體詩詞的，在當時的舊體詩詞中，他的作品只能算是
　　　　第二、三流。」（茅盾：《我走過的道路》上冊，第 158 頁，北京：人民文學
　　　　出版社，1981 年）

〔註58〕胡懷琛：《新文學建設的根本計劃》，《時事新報・學燈》，1919 年 5 月 6 日。

〔註59〕茅盾：《我走過的道路》上冊，第 157 頁，北京：人民文學出版社，1981 年
　　　　10 月。

是文言和白話的問題，也不是新體和舊體的問題。」〔註60〕新與舊，對他而言似乎已不是問題，換言之，他也是以「新派」的姿態來發言。爲標明正確的「詩的前途」，胡懷琛還整理自己 1919～1920 年間所做的「新詩」，成一冊《大江集》，題名爲「模範的新派詩」。這本名不見經傳的《大江集》於 1921年 3 月由國家圖書館出版，從時間上說是繼《嘗試集》之後，出版的第二本個人白話詩集，在文學史上似乎還應有一定的價值。由此看來，在新與舊之間，胡懷琛的身份有些含混、曖昧了，他的一位友人就吹捧他「是舊文學的專家，也是新文學的鉅子」〔註61〕。一位讀者也曾致信給《文學旬刊》編者鄭振鐸，表示對胡懷琛這位「新派」人物的懷疑：「我很對於他有些莫名其妙，你們知道他就是胡寄塵嗎？《禮拜六》中也常有他的大著嗎？但是這種蝙蝠的行爲，我總有些莫名其妙啊！」〔註62〕

　　上文已提及，在新文化浪潮的席捲下，許多舊派文人也追趕時尚，寫一寫「新詩」以示新潮。從這個角度看，胡懷琛的「趨新」姿態之中，不乏「趨時」的意味。但熱衷自我表現的胡懷琛，不僅要「趨新」，還要有意爭鋒，搶奪「新」的發明權。這種意識，在他對《嘗試集》的批評中就已表露，他說：《嘗試集》「如存在自己家裏，不拿出初版再版的印刷傳佈，我當然不要管這閒事；他現在拿出來印刷傳佈，而且誘惑他人上當，我爲著詩的前途，不得不改。」〔註63〕言下之意，最讓他不滿的是胡適對「新詩」的個人嘗試，後來成了普遍的方向。他對《嘗試集》的批評，以及在《大江集》中對所謂「模範的新派詩」的發明，都意在與胡適的「新體詩」分庭抗禮，另闢一條「前途」，打破胡適對「新詩」一名的壟斷。至於「新派詩」究竟爲何物，胡懷琛自己從「命名」、「宗旨」、「宗派」、「體例」、「辭采」「戒律」等幾方面進行過解說，大多空洞浮泛，只有「以五七言爲正體」一句最爲著實。簡言之，「新派詩」從體式上說，就是變相的「舊體白話詩」〔註64〕。怪不得

〔註60〕　胡懷琛：《讀胡適之〈嘗試集〉》，《神州日報》，1920 年 4 月 30 日。
〔註61〕　東阜仲子：《〈大江集〉序》，第 3 頁，胡懷琛：《大江集》，國家圖書館，1921年。
〔註62〕　《許澄遠致鄭振鐸信》，《文學旬刊》14 期，1921 年 10 月 9 日。
〔註63〕　《胡懷琛致張靜廬信》，胡懷琛編：《詩學討論集》，第 99 頁，上海：新文化書社，1934 年再版。
〔註64〕　胡懷琛：《新派詩說》，胡懷琛：《大江集》（附錄），第 45 頁，國家圖書館，1921 年。

胡懷琛在批評《嘗試集》時，對尚未採用伸縮自由的散文句式的「第一編」仍表示認可。在胡懷琛及其擁護者看來，這樣的「新派詩」，出入新舊之間，又超越了新舊，「既沒有舊詩空疏和繁縟的毛病，又不像新詩率直淺露」〔註65〕。作爲模範，它應該成爲中國詩歌的正途，以區別於胡適無韻無體、自由但淺露的「新詩」。

然而，新詩的「發生空間」一方面不斷地外向擴張，另一方面，又充滿了內向的競爭性，除了通過對舊詩的批判、攻擊來區隔出自身的形象外，其內部又存在著「命名權」的爭奪和「邊界」的維護。從反思社會學的角度看，「文學（等）競爭的中心焦點是文學合法性的壟斷，也就是說，尤其是權威話語權利的壟斷。」〔註66〕在一系列的競爭中，有關「命名權」的爭奪，又是焦點中的焦點，由此才能區分等級、鑒別眞僞，樹立詩壇的「正統」。〔註67〕在這個意義上，胡懷琛有意要挑戰「新詩」的正統，而他「不新不舊」的發明，在正統的新詩壇中也得不到認同。在他挑起的《嘗試集》論爭中，胡適除了有一封書信寄給張東蓀外，就一直保持傲慢的沉默。這似乎是新文學家一致的態度，錢玄同也在書信中，勸胡適不要理睬胡懷琛的攻擊，因爲「這個人知識太淺……他的話實在『不值得一駁』」〔註68〕。「沉默」形成一種無言的壓力，最後，還是胡懷琛自己忍不住了，致信胡適，懇請他出面說一句話，結束這場越辯越支離的討論〔註69〕。胡適無奈只得出面回覆，但仍是一副不屑與之討論的態度，略帶諷刺地說：

> 照先生這話看來，先生既不是主張新詩，既是主張「另一種
> 詩」，怪不得先生完全不懂我的「新詩」，先生做先生的「合修詞物

〔註65〕 東阜仲子：《〈大江集〉序》，第 4 頁，胡懷琛：《大江集》，國家圖書館，1921年。

〔註66〕 皮埃爾·布迪厄：《藝術的法則——文學場的生成和結構》，劉暉譯，第 271頁，北京：中央編譯出版社，2001 年。

〔註67〕 布迪厄曾言：「定義（或分類）的鬥爭的焦點就是（體裁或學科之間的，或同一體裁內部的生產模式之間的）界線，及由此而來的等級。確定界線、維護界線、控制進入，就是維護場中的既定秩序。」（《藝術的法則——文學場的生成和結構》，劉暉譯，第 273 頁，北京：中央編譯出版社，2001 年）

〔註68〕 耿雲志主編：《胡適遺稿及秘藏書信選》40 卷，第 280 頁，合肥：黃山書社，1994 年。

〔註69〕 此信發於 1920 年 9 月 1 日《時事新報·學燈》上，後收入胡懷琛編：《〈嘗試集〉批評與討論》。

理佛理的精華共組織成」的，「另一種詩」，這是最妙的「最後的解決」。〔註70〕

所謂「最後的解決」，在胡適看來，其實就是將胡懷琛的「另一種詩」排除在新詩壇之外。後來，當有讀者致信《文學旬刊》編者鄭振鐸，希望《旬刊》組織一些文字，批評一下胡懷琛的「標準白話詩」。鄭振鐸在覆信中，認為「犯不著費許多工夫去批評」，同樣顯出一副不屑的樣子。〔註71〕另一位新詩人應修人，在讀到一位無名作者李寶梁的詩集《紅薔薇》，還輕蔑地稱其也屬《大江集》一類〔註72〕，似乎它已成為「偽新詩」的代名詞。《大江集》與胡懷琛的名字後來在新文學史上很少被提及（即使作為反對派似乎也不夠格）這與其藝術上的粗糙和影響力的狹小有關，但新詩壇的主動排斥也是重要的原因。〔註73〕

二

從場域的角度看，在新詩發生空間中，一個新詩人要佔據一個正統位置，如何「入場」就是一個首要問題，而發表、出版似乎是「入場」必不可少的條件，尤其是「詩集」的出版，是最為有效的方式。在新詩發生的初期，由於出版品的稀少，出版一本詩集便可使詩人暴得大名，並在文學史上佔有一席之地。有人嘲諷說：「目下幾位有集子的『詩人』，既富於傳世的勇氣，又好取兩個輕巧的字面，題為集名。」〔註74〕其具體的影射，可以大致揣測（《冬夜》《草兒》等，都是以兩個字為名）。詩集的有無、出版時間的早晚，直接影響了個人詩壇地位的升沉，蘇雪林就曾為朱湘抱怨，他的《草莽集》沒有得到應有的評價，就是因為出版得太晚了〔註75〕。

〔註70〕《胡適答胡懷琛信》，胡懷琛編：《〈嘗試集〉批評與討論》下冊，第46頁，上海：泰東圖書局，1922年5月再版。

〔註71〕《文學旬刊》19期，1921年11月2日。

〔註72〕樓適夷編：《修人集》，第264頁，杭州：浙江人民出版社，1982年。

〔註73〕同屬此類的，還有胡適中國公學舊國學謝楚楨，他曾編著一本《白話詩研究集》，在《晨報》上大作廣告，引得胡適十分不滿。（1921年5月19日胡適日記，《胡適的日記》上冊，中國社會科學院近代史研究所中華民國史研究室編，第56頁，北京：中華書局，1985年）

〔註74〕《齊志仁致沈雁冰信》，《小說月報》13卷7期，1922年7月10日。

〔註75〕蘇雪林：《論朱湘的詩》，沈暉編：《蘇雪林文集》3卷，第143頁，合肥：安徽文藝出版社，1996年。

　　上文已提到，作爲新詩的「專賣店」，亞東圖書館幾乎包攬了早期重要新詩集的出版，胡適在其中起到了相當重要的影響作用。具體而言，《草兒》、《冬夜》、《蕙的風》、《胡思永遺詩》等詩集的作者都是胡適的學生、晚輩或同鄉，《渡河》作者陸志韋也是胡適的北大同人，其稿本出版前就由胡適看過〔註76〕，其中的人事關聯不言自明，這些詩集的出版，很可能與他的推薦有關。在亞東詩集序列裏，胡適費心最多的應該汪靜之的《蕙的風》，汪靜之與胡適的關係也非同尋常〔註77〕。作爲一個中學生，汪靜之最初能夠在《新潮》、《新青年》上發詩，儼然成爲詩壇上一顆令人豔羨的新星，特殊的人脈關係起到了不小的作用。〔註78〕《蕙的風》當初是汪靜之直接投寄亞東，但並不順利，〔註79〕他轉而寄給胡適，請他作序，並「又請你隨即將詩集轉寄介紹給汪原放先生」〔註80〕。得不到回音時，他還寫信催促，在1922年4月9日給胡適信中抱怨：「我們居於小學生地位的人要想出版一本詩集這點小事情竟遭了這許多波折，我實在不耐煩了。」〔註81〕可以說，《蕙的風》能夠被亞東接受，多虧了胡適的介入，胡適似乎成了汪靜之的蔭庇人。1935年春，汪靜之將自己在暨南大學講義的一部分，整理成《作家的條件》一書，仍請胡適題了封面，再寄書稿給商務的王雲五。結果，不僅順利出版，還得到了很高的稿費。〔註82〕

　　相比之下，《蕙的風》的姊妹集《湖畔》，不僅出版後銷行阻滯，出版之前也命運多舛。最初，《湖畔》計劃是由應修人帶回上海，「準備找一個書店

〔註76〕 胡適1923年9月12日日記寫道：亞東寄《渡河》來，「我初讀他的稿本，匆匆讀過，不很留意」，今細讀此冊，盡多好詩。(《胡適的日記》手稿本，四冊，臺北：遠流出版事業股份有限公司，1990年版)

〔註77〕 胡、汪二人既是安徽績溪的鄉親近鄰，汪未婚妻的小姑曹佩聲（也是汪靜之少時的戀人）還是胡適的女友。在曹佩聲的引薦下，汪靜之開始與胡適頻繁交往。

〔註78〕 參見黃艾仁：《同路同鄉未了情——胡適對汪靜之的關懷及其他》，《胡適與著名作家》，合肥：安徽大學出版社，1998年。

〔註79〕 1922年1月12日，汪靜之寫信給胡適說：「拙詩集起先也是直接寄給原放先生的；現在因爲種種困難，竟破例請你介紹，實有不得已的苦衷！」(耿雲志主編：《胡適遺稿及秘藏書信》27冊，第632頁，合肥：黃山書社，1994年)

〔註80〕 1922年1月20日汪靜之致胡適信，耿雲志主編：《胡適遺稿及秘藏書信》27卷，第632頁，合肥：黃山書社，1994年。

〔註81〕 1922年1月20日汪靜之致胡適信，耿雲志主編：《胡適遺稿及秘藏書信》27卷，第639頁，合肥：黃山書社，1994年。

〔註82〕 汪靜之：《我和胡適之先生的師生情誼》，李又寧編：《回憶胡適之先生文集》（一），第288頁，紐約：天外出版社，1997年。

出版」〔註83〕。應修人最先找到的書店就是亞東圖書館，但遭到拒絕，理由是「因爲詩集一般銷路不大，無利可圖」〔註84〕。「無利可圖」，大概只是《湖畔》遭拒的一個原因。雖然，湖畔詩人與他們的老師朱自清、葉聖陶等人關係密切，應修人在20年代初詩壇上的活動能力也相當可觀，但還是缺少胡適這樣能影響書局的大人物出面，最後只能由應修人自費出版。後來，後期創造社的小夥計痛斥出版界的黑暗時，舉出的一條罪狀就是「看情面收稿」：「你的著作，只要經過名流博士介紹吹捧，哪怕是糟粕臭屎，定令幫你出版」〔註85〕。言語之中，明顯是在影射胡適與亞東的關係。

　　胡適對後起之秀的提攜是很著名的，不僅推薦出版，還積極推介、評論，爲《蕙的風》、《胡思永的遺詩》作序。梅光迪就諷刺：「每一新書出版，必爲之序，以盡其領袖後進之美」。〔註86〕《冬夜》、《草兒》出版後，他又寫了重要的書評，在《談新詩》、《嘗試集》自序等文中，也不忘一一點評新銳的詩人們。然而，稍加留意就會發現，點到的基本上都是他的朋友和北大的師生，「自家的戲臺」裏沒有一個「外人」。唐德剛曾說胡適改良派有一項弱點，「便是那千餘年科舉制所遺留下來的，中國知識分子看重籍貫的『畛域觀念』，和傳統士子們對個人出身和學術師承的『門戶之見』。」〔註87〕海外學者賀麥曉曾從「場域」的角度，分析了汪靜之與胡適之間的關係，認爲中國傳統的師生、同鄉關係，是中國「文學場」形成的特殊方式。〔註88〕這一結論成立與否，還有待討論，但確定無疑的是，胡適是將「亞東詩集」當成了「自家戲臺」，並有意無意地將「自家戲臺」放大成正統的「新詩壇」。

　　這一正統的新詩壇，還可以從20年代初出版的三本詩歌選集（《新詩集》、《分類白話詩選》、1919《新詩年選》）中見出。如果考察一下這三本集子中詩人及發表刊物的入選情況，能看出一個基本相似的分佈：以胡適、周作人、沈尹默、康白情、傅斯年等北大師生爲主的「北方詩人群」佔據著詩壇的中

〔註83〕馮雪峰：《〈應修人潘漠華選集〉序》，王訓昭編選：《湖畔詩社評論資料選》，第185頁，上海：華東師範大學出版社，1986年。
〔註84〕汪靜之：《修人致漠華、雪峰、靜之書簡注釋》，樓適夷編：《修人集》，第240頁，杭州：浙江人民出版社，1982年。
〔註85〕霆聲：《出版界的混亂與澄清》，1923年《洪水》1卷3期、5期。
〔註86〕梅光迪：《評提倡新文化運動者》，《學衡》1期，1922年1月。
〔註87〕唐德剛：《回憶胡適之先生與口述歷史》，歐陽哲生選編：《追憶胡適》，第267頁，北京：社會科學文獻出版社，2000年。
〔註88〕賀麥曉：《二十年代中國「文學場」》，《學人》13期。

心。〔註89〕當時就有人對此提出批評，說《新詩年選》「所選的都是幾位常在報章裏看見的名字，因為他要應酬到所有出名的詩人，於是對於不出名的人底好詩，就不能容納」〔註90〕。遭到責難的「選人」方式，恰恰也說明了，上述選本對「詩壇」構成的反映。

三

新文學的發生，建立在現代出版、媒體的基礎之上，新的「文壇」格局和出版機構之間，也有著微妙的同構關係。後來，高長虹就曾這樣說：「我現在問你：『文壇建立在何處？』思想界在三界的那一層？則你必瞠目不能對答。因為這本來都是些錯誤的說法。即如你說文壇，實則說的只是這本詩集呀，那本小說呀，又一本雜感呀之類，你說說思想界，其實也只說的幾本書，或幾種定期刊物，此外便什麼沒有。」〔註91〕在高長虹的眼裏，出版界就等於新文壇。如果以他的眼光打量新詩壇，可以看出，以亞東圖書館和亞東詩集為中心，一個正統的新詩壇隱約呈現，出版《女神》的泰東圖書局的位置也頗有意味。

上文已經分析，雖然同為「新」的書店，亞東、泰東的形象還是有所不同的。如果說「亞東」依靠的主要是北方的新文化精英，「泰東」周圍聚攏的則是上海及周邊地區的城市文人，這種人員構成勢必影響到了其出版品的傾向。王無為主編的《新人》雜誌，曾闢出專號進行新文化運動調查，但主要目的是藉此攻擊陳獨秀和北京大學，雄心勃勃，好像也有意爭奪新文化領導權，指責北京最高學府出現不久，「就發生了包辦文化運動，壟斷學術等事實」

〔註89〕《新詩集》入選56位詩人，入選詩作最多的是胡適（9首），周作人（7首），康白情、劉半農、玄廬（三人都是6首）；其他顧誠吾、辛白、王志瑞、沈尹默、郭沫若、俞平伯、王統照、戴季陶、傅斯年等均為二三首；《分類白話詩選》選詩人68家，與上集大致持平。入選詩作最多的是胡適（35首），康白情（17首），玄廬（15首），沈尹默（14首），劉半農（12首），郭沫若、田漢（9首），俞平伯、羅家倫、傅斯年、戴季陶等為4、5首；《新詩年選》選詩人40家，入選最多的是胡適（16首），周作人（8首）、傅斯年、劉半農、沈尹默、郭沫若（5首），康白情、羅家倫、俞平伯（4首），玄廬（3首）。

〔註90〕猛濟：《〈湖海詩傳〉式底〈新詩年選〉》，《民國日報 覺悟》，1922年9月18日。

〔註91〕高長虹：《1925，北京出版界形勢指掌圖》，董大中：《魯迅與高長虹》，第392頁，石家莊：河北人民出版社，1999年。

〔註92〕。愛與胡適爲難的胡懷琛，其《〈嘗試集〉批評與討論》一書，也是由
張靜廬安排，在泰東出版。當吳芳吉在《新群》雜誌上發表「以舊文明的種
子，入新時代的園地」的另一種新詩，招致「反對之聲四起」，泰東新人社的
王無爲等人，還爲他深抱不平。〔註93〕給人的印象是，泰東在迎合新文化潮
流的同時，其聚攏的文人中多有意要在「新文化」中爭風，並且與出版《嘗
試集》的亞東隱隱形成對峙〔註94〕。《在後來的回憶中，郭沫若多次表達過對
泰東的不滿，但《女神》能夠在「泰東」的出版，還是與某種相似的「場域」
位置相關。

　　《女神》出版之前，郭沫若已通過《學燈》上的新詩發表，確立了自己在
詩壇上的地位。但這種「成功」並不一定意味著，他已進入「新詩壇」的中心，
以下幾方面的情況值得考慮。首先，在討論新文化的展開過程時，一個被較少
論及的問題是，初興的新文化陣營的內部也包含著論辯，其中《時事新報》，作
爲研究系的刊物，從政治背景上看，恰與北方的「新文化」精英們較爲疏遠。《時
事新報》和《新青年》間還發生過若干次衝突。譬如，宗白華曾在《少年中國》
1卷3期上發文批評「時髦雜誌」，引起陳獨秀的不滿，批評與反批評在南北之
間隨即展開；傅斯年也曾與《時事新報》主筆張東蓀在《新潮》1卷3號上圍
繞「建設」與「破壞」問題進行過論戰，傅斯年當時就指出《時事新報》的意
思不過是：「只有我們主張革新是獨立的，是正宗的，別人都是野狐禪。」〔註
95〕在這種的論爭背景中，在《時事新報》上發表文字，本身就有點敏感〔註96〕，
而郭沫若在《學燈》上大量發表，給他人留下的印象如何，或可想像。

〔註92〕 王無爲：《最高學府——萬惡政府》（「新人之聲」之一），《新人》1卷5號，
　　　　 1920年8月。
〔註93〕 賀遠明編：《吳芳吉集》，第543頁，成都：巴蜀書社，1994年。
〔註94〕 1921年，亞東標點本小説出版後，有人撰文攻擊，攻擊者之一就有胡懷琛的
　　　　 兄弟胡懷瑾。汪原放在寫給胡適的信中稱：「胡懷瑾，我起先只曉得他和泰東
　　　　 接近，卻不曉得他便是勇於批評人的胡懷琛的兄弟。他罵我的那書信，我好
　　　　 好的把他保存起來了；因爲裏面有些話著實可以作參考的資料。」（耿雲志主
　　　　 編：《胡適遺稿及秘藏書信》27卷，第508頁，合肥：黃山書社1994年）從
　　　　 這段話中，不難體味出「和泰東接近」與攻擊亞東，在態度上的牽連。
〔註95〕 傅斯年：《答時事新報記者》，《新潮》1卷3號，1919年3月1日。
〔註96〕 鄭伯奇在談到這一點時，就表示過自己的看法：「《時事新報》是研究系的機
　　　　 關刊物。五四時代的青年對於這樣有關政治的問題一般還是比較嚴肅認眞
　　　　 的。」（鄭伯奇：《憶創造社》，饒鴻兢等編：《創造社資料》，第842頁，福州：
　　　　 福建人民出版社1985年）

　　其次，郭沫若基本上只在《學燈》上發詩，其他重要的「新詩園地」中卻見不到他的名字。即使是在宗白華、田漢、鄭伯奇都有所參與《少年中國》上，郭沫若發表的文字，也只是一兩次的通信轉載、文後札記〔註 97〕，沒有正式作品發表。相比之下，當時比較活躍的新詩人，一般都在多家刊物上發詩，南北兩方也多有交流。像上海的《星期評論》與北方的新詩人群體就來往密切，《星期評論》及《晨報》上，南北兩地的詩人名字都會出現；而《新潮》、《少年中國》的詩欄，幾乎是被康白情、俞平伯、田漢三人包攬。與他們相比，郭沫若「出鏡率」明顯不夠。

　　再有，從交遊上看，郭沫若與正統的新詩壇也有一定的距離。從 1919 年至 1921 年回到上海，郭沫若逐漸打開了自己的交遊圈子，但除了與宗白華、田漢的通信，及在日本與創造社元老們積極往來外，他與國內的文學界並沒有太多接觸。郭沫若自己曾說，包括創造社元老們在內，大家「對於《新青年》時代的文學革命運動都不曾直接參加，和那時代的一批啓蒙家如陳、胡、劉、錢、周，者沒有師生或朋友的關係……」〔註 98〕。還有一個現象值得注意，那就是郭沫若與「少年中國學會」的部分成員關係十分密切，宗白華還曾向學會成員建議：「若果遇有英傑純潔之少年，有品有學，迥出流俗者……則可積極爲之介紹」〔註99〕。但作爲少中骨幹的他和田漢，爲何沒有推薦「精神往來、契然無間」的朋友郭沫若加入這個精英群體呢？況且郭與少中成員曾琦、王光祈、魏時珍、周太玄等還是成都分設中學的同學。據陳明遠的記錄，晚年的宗白華曾談起此事，說 1920 年郭曾有意入會，但遭到了一些會員的反對（大約正是他那般中學同窗），理由是郭早年有過多種不良行爲。〔註100〕當然，他人的記述不能當作確實的史料，但郭沫若始終被這一青年團體排斥在外，卻是個事實。倒是不滿於新文壇的吳芳吉、陳建雷等人，〔註101〕與

〔註97〕郭沫若：《〈歌德詩中所表現的思想〉附白》，《少年中國》1 卷 9 期，1920 年 3 月。

〔註98〕郭沫若：《文學革命之回顧》，王訓昭編：《郭沫若研究資料》上冊，第 260 頁，北京：中國社會科學出版社，1986 年。

〔註99〕宗白華：《致少年中國學會函》，《少年中國》1 卷 2 期，1919 年 8 月。

〔註100〕見陳明遠：《郭沫若的懺悔情結》，《忘年交——我與郭沫若、田漢的交往》，第 108 頁，上海：學林出版社，1999 年。

〔註101〕吳芳吉對曾經批評過他的康白情十分不滿，多次指謫，如在譏彈北大學生，記取一二時新話頭，「便可自命爲文化運動之健將」時，就稱「康白情輩之所謂學問，即自此產生者也」。（賀遠明編：《吳芳吉集》，第 1329 頁，成都：巴蜀書社 1994 年）陳建雷是泰東「新人社」的成員，也與吳芳吉相識，他加入

他有著非同一般的交往。〔註102〕

　　上述幾方面情況，或許不能完全說明郭沫若的文壇位置，但至少暗示，遠在日本的郭沫若，其文學活動與「正統新詩壇」是相對有些游離的。作為新詩人，他的聲名已遠播四方，但「異軍突起」卻是其基本的形象。從這個角度看，《女神》由同樣位於某種「邊緣」的泰東圖書局出版，並引起巨大反響，顯然打破了以胡適及亞東為中心的新詩出版格局，在亞東詩集序列之外別立一家，重設了「正統詩壇」的座標系。〔註103〕《女神》出版後，對新詩集十分關注的胡適也讀到了，在日記中寫道：「他的新詩頗有才氣，但思想不大清楚，功力也不好。」〔註104〕寥寥數語，表明了他最初的傲慢與不滿。雖然他曾說也要如對待《草兒》、《冬夜》那樣，為《女神》寫一篇評論，但一直並未見下文，〔註105〕「自家戲臺」內外有別，也可能是原因之一。與胡適態度的曖昧相比，劉半農的態度更為清晰表明了《女神》的位置，他曾在信中勸胡適多作新詩，擔心其「第一把交椅」被他人占去，「白話詩由此不再進步，聽著《鳳凰涅槃》的郭沫若輩鬧得稀糟百爛」〔註106〕。在劉半農眼裏，對胡適「第一把交椅」地位構成威脅的，正是郭沫若。

　　　　「泰東」的「新人社」的理由就與對文壇的不滿有關：「我贊美《新人》的地方，是肯罵新派」，並「立志想專做攻擊假新人的文章」。（《陳建雷致王無為》，《新人》1卷3期，1920年6月）

〔註102〕吳芳吉與郭沫若、陳建雷有通信來往。歲庚申6月14日日記中記錄郭沫若日本福岡來書，「評吾《龍山曲》、《明月樓》諸詩為有力之作，而《吳淞訪古》一律最雄渾可愛」。（賀遠明編：《吳芳吉集》，第1355頁，成都：巴蜀書社1994年月）另有1920年7、8月郭沫若致陳建雷信，見黃淳浩編：《郭沫若書信集》上冊，北京：中國社會科學出版社，1992年。

〔註103〕如布迪厄所說：「在一個既定時刻，在時常上推出一個新生產者、一種新產品和一個新品味系統，意味著把一整套處於合法狀態且分成等級的生產者、產品和趣味系統打發到過去。」（皮埃爾·布迪厄：《藝術的法則——文學場的生成和結構》，劉暉譯，第196頁，北京：中央編譯出版社，2001年）

〔註104〕1921年8月9日胡適日記，《胡適的日記》上冊，中國社會科學院近代史研究所中華民國史研究室編，第180頁，北京：中華書局，1985年。

〔註105〕胡適1923年10月13日日記中記錄和創造社諸人吃飯，席間「我說起我從前要評《女神》，曾取《女神》讀了五日。沫若大喜，竟抱住我，和我接吻。」（《胡適的日記》手稿本，四冊，臺北：遠流出版事業股份有限公司，1990年）

〔註106〕1921年9月15日劉半農致胡適信：《胡適來往書信選》，中國社會科學院近代史研究所中華民國史組編，第132頁，北京：中華書局，1979年。

　　果然，隨著《女神》的熱讀，郭沫若的詩壇地位不斷上升，很快就從開始時的一個普通詩人，躋身於最重要的詩人行列，形單隻影地與北大詩人們平起平坐。〔註 107〕更為重要的是，在讀者眼裏，《女神》與其他早期新詩集——尤其是亞東系列——的反差也漸漸形成，遙遙構成了新詩壇的另一極。

四

　　泰東的《女神》與《嘗試集》及亞東詩集序列的對峙，象徵著新詩「發生空間」的內在分化，這也影響到了其他詩集的出版。對於郭沫若而言，在「正統新詩壇」上，他雖以「異軍」的形象突起，但《女神》的出版，畢竟在胡適的「自家戲臺」之外，確立了一個新的位置。那些與他同時起步、又同樣處於「正統」邊緣的新詩人相比，郭沫若無疑是十分幸運的。對胡適一派早期白話詩頗多微詞、而對《女神》無比佩服的聞一多，其第一本詩集《紅燭》的出版，就值得在這裡討論。

　　本書第一章曾論及發表與成集，對「新詩」現代內涵的發明，而發表與成集二者之間，也有著特殊的關聯。對於一個新詩人來說，只有靠「發表」贏得詩壇聲譽，他的「詩集」才有望出版，這是進入「新詩壇」的一般性「入場」步驟。《女神》之所以能夠出版，就與郭沫若在《學燈》上的成功發表，有著直接的關係。由此看來，「發表」似乎是「成集」之前的一個必要條件。譬如，20 年初，文學青年王任叔曾寫下一冊新詩集《惡魔》，投給《文學旬刊》的編者鄭振鐸，請求出版。該願望沒有達成，鄭振鐸只是選擇其中部分詩作，在《文學旬刊》上發表。〔註 108〕這種困境，聞一多也遭遇過，在決定出版《紅燭》時，「沒有發表」也是他面臨的難題。

　　其實，聞一多的新詩寫作，與郭沫若幾乎同時開始，其最早的詩作可能

〔註 107〕 在 1920 年 1 月出版的《新詩集》中，郭沫若詩歌入選 2 首，在眾多詩人中並不突出，在 1922 年的《新詩年選》中，其詩作的數目僅排在胡適，周作人之後、與傅斯年、劉半農、沈尹默、康白情、羅家倫、俞平伯等北大詩人大致相同。

〔註 108〕 王任叔將《惡魔》寄給西諦，在信中說：「先生看了些詩如謂藝術林中可占一位的，那就不妨為我出一專集。如謂藝術手段還差，內中或有好的，那麼不妨擇好發表。」（《文學旬刊》39 期，1922 年 6 月 1 日）西諦答書說：「此集我必盡力為謀出版。現在且先在《旬刊》上陸續選登出來。」（《文學旬刊》40 期，1922 年 6 月 11 日）

是 1919 年 11 月的 14 日的《月夜》、《月亮和人》等。對其十分器重的教師趙瑞侯還勸他罷手，認爲「生本風騷中後起之秀，似不必趨赴潮流。」〔註 109〕但與郭沫若不同的是，聞一多的新詩除在校刊《清華週刊》上不斷發表外，沒有露面於其他報刊。換言之，作爲成集必要條件的「有效發表」是缺乏的，這使得他在《紅燭》出版前，還未被「新詩壇」認識。這一點在籌畫詩集時，已經成了他的一塊心病，在與家人信中，聞一多就顧慮重重地說：「什麼雜誌報章上從未見過我的名字，忽然出這一本詩，不見得有許多人注意。」爲了在詩壇上「打出一條道來」，計劃中的評論集《新詩論叢》，成爲他出版自己詩集的一個前奏：「把我的主張給人家知道了，然後拿詩出來，要更好多了。」〔註 110〕沒有「發表」的鋪墊，只有靠評論來確立自己的「詩壇」位置，聞一多的方式是相當特殊的。他與梁實秋合著的《冬夜》《草兒》評論，就是這一策略的產物，對亞東出品的新詩集進行了細緻深入的批判。評論集的出版，從總體上看，似乎是個失敗：一方面，由於是自費出版，無書局的支持，發行自然不利，新詩壇上除了郭沫若的熱情回應外，只是招徠了一些譏諷。〔註 111〕但聞、梁的名字，還是由此逐漸爲人所知，《紅燭》經多方聯絡，最終也自費在泰東印行。無名的「新詩人」，往往會遭遇到輕視，詩集印製品質之低劣，讓初出茅廬的聞一多大爲感歎：「排印錯誤之多，自有新詩以來莫如此甚。如此印書，不如不印。初出頭之作家宜不在書賈眼裏。人間乃勢利如此，夫復何言！」〔註 112〕

　　爲了出版一冊詩集，在新詩壇上「打出一條道來」，聞一多的努力表明，在新詩壇上獲取一個「場域」位置的艱難。然而，更值得關注的是，《紅燭》與《女神》間的某種聯繫，也從中隱約顯現。在《〈冬夜〉〈草兒〉評論》中，

〔註 109〕聞黎明、侯菊坤編：《聞一多年譜全編》，第 89～90、95 頁，武漢：湖北人民出版社，1994 年。

〔註 110〕《致聞家駟》，孫黨伯、袁謇正主編：《聞一多全集·書信》，第 33 頁，武漢：湖北人民出版社，1993 年。

〔註 111〕聞一多在致家人信中說：「《冬夜草兒評論》除了結識了郭沫若及創造社一般人才外，可說是個失敗。」（孫黨伯、袁謇正：《聞一多全集·書信》，第 157 頁，武漢：湖北人民出版社，1993 年）「但北京胡適之主持的《努力週刊》同上海《時事新報》附張《文學旬刊》上都有反對的言論。」（《聞一多全集·書信》，第 131 頁）

〔註 112〕聞一多致家人信，孫黨伯、袁謇正：《聞一多全集·書信》，第 194 頁，武漢：湖北人民出版社，1993 年。

聞一多對亞東出品的詩集大肆攻擊，不留情面，但又一次次將《女神》奉爲新詩的典範，態度的反差已暴露了「新詩壇」的裂隙。《紅燭》最終交由泰東，與《女神》同在一家書局出版，這一併非「偶然」的巧合，或許恰好說明新詩「發生空間」的重新分化，與新書局的微妙關係。

第四章 「新詩集」與新詩的閱讀研究

　　隨著傳播的擴張、讀者群的形成以及新詩壇的分化，一個自主的新詩「發生空間」的構成，在前面兩章得到了部分討論。而在這個空間裏，「新詩」是如何被閱讀的，也是一個需要討論的命題。在談論「文學改革」的程序時，胡適曾說：現在首要的任務，是要「養成一種信仰新文學的國民心理」，這似乎是新文學的關鍵之關鍵。〔註1〕所謂「信仰心理」，是一個相對抽象的說法，它的養成，最終還要落實在讀者的具體閱讀中，詩歌、小說、戲劇，概莫能外。本書第二章，已從「文學社會學」的角度，討論了新詩讀者的構成及文化心理，對新詩具體閱讀狀態的考察，則是本章討論的重點。

第一節　讀者分類與新詩的「讀法」問題

　　在新詩討論的初期，最早關注讀者問題的，應該是新潮社詩人俞平伯，他曾以分類的方式細緻地勾勒出新詩讀者（包括反對派與讚同派）的諸多面貌。其中，反對派分三類：受古典文學薰染的遺老、遺少；中外合璧的古董家（始終信仰古典主義、浪漫主義為文學的正宗），不滿一般新詩人者；贊成派又分兩類：盲目的贊成（時髦的投機），有意識的贊成派。〔註2〕這一分類方式，相當細緻地揭示新詩接受的複雜性，主要著眼於對待「新詩」的不同態度，事實上，如果從構成的角度看，對於新詩的讀者，還可進行另外一種分類。

〔註 1〕　胡適：《答盛兆熊書》，《新青年》4 卷 5 號，1919 年 5 月。
〔註 2〕　俞平伯：《社會上對於新詩的各種心理觀》，《新潮》2 卷 1 號，1919 年 10 月。

　　如前文所述，新詩的發生，是從朋友、同人間的討論、實驗開始的，而實驗空間與閱讀空間，往往是重合的，比如，在美國與胡適爭論的梅光迪、任叔永等友人，以及支持胡適的錢玄同、陳獨秀，替他改詩的周氏兄弟，作爲後輩的俞平伯、康白情等，都可算得上胡適最重要的讀者。無論是贊成還是反對，他們一般都擁有相對自主的觀念和趣味，身份也多以能夠公開發表意見文人、批評家爲主，或本人也是新詩人，寬泛地說，可以算得上是一類「經驗讀者」。胡適自己就說，最初提倡新詩時：「讀者圈不大，但是讀者們思想明白而頗富智慧」〔註 3〕。作爲「經驗讀者」，他們的閱讀不僅是單向的接受，也能主動介入實驗的進程，其閱讀感受有可能見諸報章，形成對創作的有效回饋。譬如，魯迅就曾致信新潮社，談及他對《新潮》上詩作的觀感：「《新潮》裏的詩寫景敘事的多，抒情的少，所以有點單調。」此信發表在《新潮》1 卷 5 號上，信後還有傅斯年的附言，表示接受批評。

　　這一「讀者圈」不只存在於胡適等北大師生間，對於其他新詩人，情況也很類似。在日本留學的郭沫若，當時雖然身處異域，但通過投稿《學燈》結識宗白華、田漢，三人的通信結集成《三葉集》出版，其中很大一部分篇幅，都是圍繞著對郭沫若詩歌的解讀、評價而展開。宗白華、田漢也可以看作是標準的「經驗讀者」。除此之外，他的作品還在張資平、鄭伯奇等人中傳看，創造社的元老們由是形成了另一個「讀者圈」。那時他們還嘗試過一種「回覽式」的同人雜誌，即將某人的作品訂成小冊子，在友人中傳閱，每人都在後面的空白上寫一些讀後的評語和感想。〔註 4〕然而，需要注意的是，相對於小圈子內的「經驗讀者」，對於「文學」並無太多觀念和經驗，受風向驅使、處於「無名」狀態的「一般讀者」，卻可能構成了新詩接受的眞正主體。

　　當然，「經驗讀者」與「一般讀者」之間無法做清晰的劃分，許多「文學青年」也可投稿報章，發表自己的見解，成爲「經驗讀者」中的一員，批評家的言論也能在一定程度上，反映一般讀者的觀感。上述區分，與其說對應著具體的讀者群落，毋寧說對應著兩種不同的關注重點，相對於「思想明白而頗富智慧」的閱讀，一般受固有審美慣習支配的接受，可能同樣值得討論。

〔註 3〕　唐德剛譯注：《胡適口述自傳》，第 161～162 頁，上海：華東師範大學出版社，1993 年。

〔註 4〕　參見鄭伯奇：《二十年代的一面——郭沫若先生與前期創造社》、《憶創造社》，饒鴻競編：《創造社資料》，第 752、844 頁，福州：福建人民出版社，1985年。

　　毋庸贅言，新詩發生於「四面八方反對之聲」中，即便是在持歡迎態度的讀者那裏，打破既有詩歌規範的白話詩，同樣也是一種令人困惑的存在。曹聚仁就說過：「當年，新文學運動圈中人，贊成語體詩而對新詩沒興趣的很多。」〔註5〕早期新詩具體的接受狀況，更是說明了這一點，胡適的《嘗試集》引起的爭議暫且不論，郭沫若的《女神》最初也遭遇過讀者的拒斥。在後人的印象中，《女神》出版後，立刻風行一時，因激昂揚屬的詩風頗能投合五四時代的「閱讀心理」，但事實上，一些讀者的反應，卻不盡然如此。聶紺弩的回憶就生動記錄了他初讀《女神》時的困惑：

> 　　一位老書記官拿著一本「怪書」給他看，嘴裏說著：「不通不通，這算詩麼？」「我呢，看著聽著，漸漸走進一種高度的迷惑的情境……這是詩麼？這詩好麼？我一點也不曉得，如果一定要我發表意見，也很簡單：豈有此理。」〔註6〕

或許是《女神》誇飾的想像和泛神論背景，讓老少兩位讀者感覺困惑，但「這是詩麼」一類疑問，也暗示了既有詩歌觀念的反彈：「我」不能將《女神》有效納入到「詩」的閱讀期待中。俞平伯曾說過，讀者反對新詩，是因不明「文學是什麼？文學的作用是什麼？詩是怎樣一種文學？」而這三個問題「本是有文學常識的人都該能解答的」。〔註7〕有意味的是，這三個問題，恰好勾勒出新詩閱讀的一個常識性的框架。換言之，懂與不懂，接受與不接受，要取決於新的「詩」觀念的有無。更進一步說，「詩」的觀念調整，也聯動了詩的「讀法」。

　　從接受的角度看，決定文學如其所是的「文學性」，不僅僅是文本的自身屬性，它的存在還有賴於與讀者達成的一種閱讀協定。喬納森・卡勒就認為，具有某種意義和結構的作品，之所以能夠被讀者當作文學來閱讀，就在於讀者擁有一種「文學能力」，而這種「能力」是落實在某種無意識的、基於「約定俗成」的「閱讀程式」之上的。〔註8〕對於一種新興的文學體式而言，既有的「閱讀程式」往往失效，能否在讀者中建立一種新的「閱讀程式」，是其成

〔註5〕曹聚仁：《補說汪詩人》，《我與我的世界》上冊，第260頁，太原：北嶽文藝出版社，2001年。

〔註6〕聶紺弩：《〈女神〉的邂逅》，《文藝生活》1卷3期，1941年10月。

〔註7〕俞平伯：《社會上對於新詩的各種心理觀》，《新潮》2卷1號，1919年10月。

〔註8〕喬納森・卡勒：《結構主義詩學》第六章《文學能力》，盛寧譯，北京：中國社會科學出版社，1991年。

立的關鍵所在。在晚清新小說的浪潮中，一位署名無名氏的論者，就在《讀新小說法》一文中敏銳地指出這一點：

> 竊以爲諸書或可無讀法，小說不可無讀法；小說或可無讀法，新小說不可無讀法。既已謂之新矣，不可不換新眼以閱之，不可不換新口以誦之，不可不換新腦筋以繡之，新靈魂以遊之。〔註9〕

「新小說不可無讀法」，這一論斷言簡意賅，卻切中了問題要害。最近，也有學者從這一角度，探討了新文學中「寫實小說」與「閱讀」之間的關係。〔註10〕同樣，「新詩」的「正統」確立，也不單是寫作和理論的問題，它還是一個閱讀的問題，即能否在一般讀者那裏，形成一種有效的「讀法」（或曰「閱讀程式」）。

具體說來，雖然無論「新詩」，還是「舊詩」，都含有普遍的文學共同性，同樣可以引發讀者的文學感受。〔註11〕但是相對於舊詩，新詩仍然是對另一種審美可能的追求，在形式特徵上迥然不同。然而，在新詩的發生期，一個基本困境就是：很多讀者仍是以舊詩的「閱讀程式」，來接受新詩的，詞句的精美，詩意的含蓄，音律的和諧，都是這一「程式」包含的因素。譬如，在諸多因素中，「音節」的有無，就是一個關鍵問題，如胡適所言：「現在攻擊新詩的人，多說新詩沒有音節。」〔註12〕報章之上一些讀者的反應，更是說明了這一點。一位名爲鄭重民的讀者，曾致信西諦，說稍有舊式文學根底的青年，都不十分反對新詩，「但他們有個共通的不滿意於新詩的地方，就是舊詩可以上口吟誦而新詩不能。」〔註13〕閱讀的「失效」與「不滿」，就與「閱讀程式」的錯位相關。另一位讀者，在寫給胡適的信中，更爲準確地談出了

〔註9〕 原載 1907 年《新世界小說月報》第 6、7 期；引自王運熙主編，鄔國平、黃霖編：《中國文論選‧近代卷》（下），第 144 頁，南京：江蘇文藝出版社，1996年。

〔註10〕 戴燕：《文學史的權力》第五章《「寫實主義」下的文學閱讀》，北京：北京大學出版社，2002 年 3 月。

〔註11〕 當時反對獨尊「新詩」一家的學衡派，就是站在普遍性的文學立場，反對新舊之說。吳宓曾稱：「詩者，以切摯高妙之筆或筆法，具音律之文或文字，表示勝任之思想情感者也」，是世界古今的通例。（吳宓：《詩學總論》，《學衡》9 期，1922 年 9 月）吳芳吉也說：「文學惟有是與不是，而無所謂新與不新。」（吳芳吉：《再論吾人眼中之新舊文學觀》，原載《湘君》2 號；引自賀遠明編：《吳芳吉集》，第 451 頁，成都：巴蜀書社，1994 年）

〔註12〕 胡適：《談新詩》，《星期評論》「雙十」紀念專號，1919 年 10 月 10 日。

〔註13〕 見《文學旬刊》24 期，1921 年 1 月 1 日。

這種感受：「到底是我沒有讀新詩的習慣呢？還是新體詩不是詩，另是一種好玩的東西呢？抑或兩樣都是呢？這些疑問，還是梗在我心頭。」〔註14〕是不是「詩」的觀念，與讀詩的習慣，在這裡是互爲表裏的。

　　因此，在既有的詩歌閱讀程式之外，建立一種相應的閱讀習慣，就成爲新詩成立的又一個關鍵，有人曾言：「中國新文學創造者的第一職務，是在改變讀者的 taste」〔註15〕。從這個角度看，「經驗讀者」與「一般讀者」的影響關係，也就顯露出來了，即少數新詩人和經驗讀者間的先鋒性探討，必須從「同人圈子」向外擴散，影響、甚至塑造一般讀者的閱讀程式，新詩的廣泛接受，也就顯現爲一個「教化」和普及的過程。這一過程包括許多環節：利用文學觀念的建構、正確「文學常識」的普及、新詩作品的廣泛閱讀、書報上的批評闡釋、詩集的序言，以及國文課堂上的教學實踐，都有所貢獻。作爲一個「超級經驗讀者」，胡適的作用就不容小覷，喜愛「戲臺裏叫好」的他，不僅忙於爲自己的《嘗試集》定位〔註16〕，還熱衷於爲他人作序（《蕙的風》序）或評介（《草兒》、《冬夜》書評）。如此熱心，目的無非是要爲讀者指點閱讀新詩的門徑。

第二節　對三本詩集的討論：從「讀法」的角度

　　在「新詩的成立」的問題中，「讀法」雖然是一個關鍵環節，但它又是一個相對含混的概念，包括多種因素，如要界定其具體的內涵，需要進行另外專門的研究，尤其是在新舊交替、相互纏繞的複雜歷史階段，要想清晰地區分和描述，恐怕會捉襟見肘、相當困難。因此，與其抽象地清理「讀法」的變遷，不如將其作爲一個概括性的策略提法，在具體的閱讀實踐中，探討新詩「閱讀」的歷史狀態，而下面三本新詩集，恰好爲這種討論提供了有效的個案。

〔註14〕友人致胡適信，見 1923 年 10 月 7 日胡適日記：《胡適的日記》（手稿本）4冊，臺北：遠流出版事業股份有限公司，1990 年。

〔註15〕傅東華對「冰」的《我對於介紹西洋文學的意見》一文的補充意見，見 1920年 1 月 23 日《時事新報・學燈》。

〔註16〕譬如，在《嘗試集》再版自序中，針對守舊的批評家「一面誇獎《嘗試集》第一編的詩，一面嘲笑第二編的詩」，胡適親自指出真正的「白話新詩」，以免讀者「誤讀」了自己的努力。

一、爲胡適改詩：胡懷琛的「讀法」

作爲第一本新詩集，《嘗試集》在未出版以前，就已經引起很多爭議，但零星的批評大都是針對個別的詩作而發，較少全面的把握，最先對《嘗試集》進行整體批判的，當屬上章論及的上海文人胡懷琛。〔註 17〕胡適的《嘗試集》出版與 1920 年 3 月，當年 4 月 30 日的上海《神州日報》上，就發表胡懷琛的《讀〈嘗試集〉》一文，對集中的詩作大加指謫，並自告奮勇爲胡適改詩。胡適自然要出面回應，而劉大白、朱執信、朱僑、劉伯棠等人也紛紛撰文參與討論，一場沸沸揚揚的筆墨官司由此引發。此事塵埃未定，胡懷琛又在《時事新報‧學燈》上拋出《〈嘗試集〉正謬》，繼續攻擊胡適詩中的種種「謬誤」，招來更多的批評，將討論引入新的階段。這場討論從 1920 年 4 月起，一直持續到 1921 年 1 月，歷時半年有餘，參加討論的有十數人之多（按照胡懷琛的弟子王庚的說法，胡適派 7 人，胡懷琛派 3 人）〔註 18〕，發表文章的報刊有《神州日報》、《時事新報》、《星期評論》等三四種，轉載的也有五六種，在 20 年代初的上海文壇上，可以說熱鬧一時。論爭結束之後，胡懷琛收集相關文章書信，編成《〈嘗試集〉批評與討論》一書，交由泰東圖書局印行，一些後續的討論，則編成另一冊《詩學討論集》出版。如此用心整理，胡懷琛目的無非是要讓這場爭論傳諸後世，留下應有的歷史痕跡。

有意味的是，對這一場討論，似乎沒有引起後人的太多關注，〔註 19〕即便在當時，也被新文學的精英們有意冷落，周作人就說：「近來有人因爲一部詩集，大打筆墨官司……我都未十分留心，所以沒有什麼議論。」〔註

〔註17〕爲《嘗試集》改詩，似乎是胡懷琛文人生涯中的一件大事。鄭逸梅在爲他作傳時，對此大書了一筆：胡適以新詩聞名於世，「而君嘗持其缺點，爲之改削，而揚之報端，於是君之詩名，益大著於時」。（原載 1923 年 1 月 31 日《小說日報》，引自芮和師編：《鴛鴦蝴蝶派文學資料》，第 352 頁，福州：福建人民出版社，1984 年）

〔註18〕王庚：《〈嘗試集批評與討論〉的結果到底怎樣》，胡懷琛編：《詩學討論集》，第 76 頁，上海：新文化書社，1934 年再版。

〔註19〕譬如趙家璧主編的《中國新文學大系》，爲「學衡」等新詩的反對派留夠了篇幅，胡懷琛這位上海「詩學大家」的名字卻從未出現。後來的文學史家即便提到這場爭論，也多一筆帶過，直至最近，才有人專門撰文談論這椿舊事，見黃德生：《給胡適改詩的筆墨官司》，《讀書》，2001 年 2 期。

〔註20〕子嚴：《批評的問題》，《晨報‧副刊》，1921 年 5 月 14 日。

20）胡適本人雖然在《嘗試集》再版自序中，對這場論爭作出過總答辯，找機會還要諷刺一下胡懷琛的寫作〔註 21〕，但從未正面點出其姓名。後來，魯迅在作一首「反動歌」以嘲諷胡懷琛的新詩《兒歌》不通時，也不忘挖苦他為胡適「改詩」一事：「胡先生夙擅改削，當不以鄙言為河漢也。」〔註 22〕備受冷落的命運，當然與求新卻不得法、欲要爭風又受排斥的尷尬角色相關，而他對《嘗試集》的批評，更是十分雜亂，大多是針對具體作品的細枝末節，與後來胡先驌高屋建瓴的批判迥然相異。尤其是討論第二階段拋出的《〈嘗試集〉正謬》一文，抓住詩中具體的措辭、用字準確與否，吹毛求疵，以致有論者奉勸他，要進行批評，先要考慮上下文的關係和作者的本意，「似乎不便即貿貿然對於上面私意的某字某詞抽出來作零碎的拼擊」。〔註 23〕由此看來，「改詩」事件只是新詩史上的一個插曲，在詩學的層面沒有深入討論的必要。但是，如果仔細考察論爭雙方論點的來往交插，會發現在瑣碎支離的見解中，還是暴露出新詩發生的某種基本困境，即新詩的「讀法」問題。

一

表面上看，胡懷琛的《讀胡適之〈嘗試集〉》一文並沒有什麼明確的詩學觀點，他只是列出集中 7 首詩作，從具體的修辭角度，一一評點，斤斤計較於詞句準確、詩行的齊整與否，並越俎代庖地改詩，絲毫不顧及「長短無定」的追求。但值得注意的是，莫名其妙的修改中，還是貫穿了某種基本的尺度，即：詩「讀」得是否順口。譬如，他將《蝴蝶》中「也無心上天」一句，改為「無心再上天」，理由是「讀起來方覺得音節和諧」；對《小詩》一首，幾乎重寫。胡適的原詩是這樣的：「也想不相思／可免相思苦／幾次細思量／情願相思苦」。胡懷琛則改為：「也要不相思／可免相思惱／幾度細思量／還是相思好」。理由是「讀起來很不順口，所以要改」。與原詩相比，胡懷琛的修

〔註21〕　胡適在《〈夢與詩〉自跋》中嘲諷的「今日蠶一眠，明日蠶二眠」一詩，就是胡懷琛的手筆。（胡適：《〈嘗試集〉增訂四版》，第 93 頁，上海：亞東圖書館，1922 年 10 月）
〔註22〕　魯迅：《兒歌的「反動」》，《魯迅全集》第 1 卷，第 390～391 頁，北京：人民文學出版社，1981 年。
〔註23〕　吳天放：《評胡懷琛的〈嘗試集正謬〉》，胡懷琛編：《〈嘗試集〉批評與討論》下編，第 38 頁，上海：泰東圖書局，1922 年 5 月再版。

改版或許讀來更順口〔註24〕，但仔細體味，原詩所傳達的那種痛苦中無奈的感受，在修改版中已經消失了。換言之，在胡懷琛的「讀法」中，「音節」的好壞似乎是唯一的標準，而詩歌具體的「意義」卻不是他關注的重心。

胡適的回應文章，其他一概不論，僅僅針對有關這首《小詩》的修改，展開辯駁。有意味的是，雖然他在一開始就否認對方「改詩」的合法性，認爲胡懷琛沒有搞清詩歌的原義。但他的自我辯護，從某種角度看，卻順應了胡懷琛以「音節」爲中心的讀法，親自指出自己這首《小詩》中，「『想相思』三個字是雙聲，『幾次細思』四個字是疊韻」，第二句的第二個字「免」與第四句的第二個字「願」是句中押韻。〔註25〕表面是反駁，但在根本上，其實已承認了胡懷琛「讀法」的合理性，即「音節」的好壞，確是新詩評價的尺度，自己的新詩「音節」之妙處，正在「雙聲疊韻」「句中押韻」等聲音的組合上。胡懷琛抓住了這一機會，再次撰文，指斥胡適詩中「音節」處理的失當，一場圍繞「雙聲疊韻」和「押韻方法」的大討論由此展開了。尤其是參加討論的劉大白，與胡懷琛進行了多次長篇筆戰，雙方都在古典文獻和詩歌中搜尋了大量範例，作爲自己立論的佐證。討論中確實涉及到了一些具體問題，但由於拘泥於細節問題的爭辯，多數文章都瑣碎牽強，不值得引述。後來連胡懷琛自己也覺得「大半是枝節的枝節、愈說愈遠、無聊極了」，在報上文終止「零零碎碎」的討論。〔註26〕相對於具體的觀點，如此多的人投入到討論，爲一首小詩中，韻押在哪裏，字與音如何搭配，咂摸斟酌，這個現象本身倒頗值探討。無論是胡懷琛，還是其他討論的參與者，主張儘管各異，但一個共同的態度是，都將「讀的順不順口」的問題當成《嘗試集》乃至新詩成立的關鍵，這恰恰表明了，新詩發生時，某種普遍的「閱讀程式」存在的樣態。

上文已經提及，在既有的詩歌閱讀程式中，「音節」的有無是最關鍵的問題。在觀念上圍繞詩的有韻無韻，有過多次爭論，〔註27〕而觀念的背後起支

〔註24〕 在討論中，一位名爲朱僑的論者就認爲胡懷琛的修改合理，在致胡適的信中稱：「你這個『次』字，委實覺得太硬，也不順口，他改了一個『度』字，好極好極。」（《朱僑致胡適之函》，胡懷琛編：《〈嘗試集〉批評與討論》上冊，第54頁，上海：泰東圖書局，1922年5月再版）

〔註25〕 《胡適致張東蓀信》，《〈嘗試集〉批評與討論》上冊，第14頁。

〔註26〕 《胡懷琛致李石岑》，《〈嘗試集〉批評與討論》上冊，第73頁。

〔註27〕 章太炎在《答曹聚仁論白話詩》中以「詩之有韻，古無所變」爲文體的區分標準，即如《百家姓》等，也被列入「詩之流」。在這種標準下，章太炎的說

撐作用的，還有作爲慣習的詩歌誦讀方式。對於傳統詩歌而言，吟唱或誦讀是重要的接受方式〔註28〕，這一「讀法」似乎也延續到「新詩」的接受中。魯迅小說《端午節》，所描寫的一個教師捧著《嘗試集》搖頭晃腦、咿呀誦讀的滑稽場面，就是閱讀慣習的生動寫照〔註29〕。一位名叫敷德的讀者，在給《文學旬刊》編者的信中，也說詩不須有韻，但以爲「『詩』必須能吟誦，這是『詩』與『散文』的區別」〔註30〕。由此看來，「吟誦」的讀法，在讀者那裏是頗有勢力的「閱讀程式」。從某一個角度說，正是這種「讀法」的延續，才導致對所謂「詩」形式規定的捍衛：「可歌」與否或韻之有無，成爲自由體新詩最初面臨的最大「合法性」疑問。對於新詩的歷史命運，魯迅曾作出過「交倒楣運」的著名判斷，其立論的依據，也源於這種接受的困境：新詩「沒有節調，沒有韻，它唱不來；唱不來，就記不住，記不住，就不能在人們的腦子裏將舊詩擠出，佔了它的地位。」〔註31〕胡懷琛對《嘗試集》的批評看似隨意，但背後隱含的正是「詩與歌實一物也」的基本尺度。在《詩與詩人》一文中，胡懷琛就依據《尚書》中「詩言志，歌永言」的提法，認定「詩是可以唱的東西」，並立下標準，無論新詩、舊詩，「但有一件要緊的事，便是要能唱，不能唱不算詩。」〔註32〕

　　依據上述以「音節」爲中心的吟誦讀法，新詩中的注重韻律、聲調的

法有其自足性：「僕非故欲摧折之，只以詩本舊名，當用舊式。若改作新式，自可別造新名，如日本有和歌俳句二體。」這段話從所謂的「舊」立場，抓住了問題的關鍵，雖同樣以「詩」爲名，舊詩與新詩其實分屬兩個文類範疇了。（章太炎：《答曹聚仁論白話詩》，《華國月刊》1卷4期）曹聚仁也稱：「太炎先生主張『新詩不是詩』，是先確立了『有韻爲詩』的前提，理論上並無錯誤」，他舉《嘗試集》等作品，稱新詩有韻，態度的含混，但又提出「詩有別妙，不關韻也。」（1922年6月13日《民國日報·覺悟》）

〔註28〕包天笑在開筆作文之前，曾旁聽先生爲兩位大世兄講唐詩，「先生教他們讀詩時，我覺得音調很好聽，於是咿咿唔唔也哼起來了。先生也教我買了一部《唐詩三百首》來教我讀，先讀了五律：『夫子何爲者？棲棲一代中。……』高興得了不得，從睡夢中也高吟此詩，好似唱歌一般。」（包天笑：《釧影樓回憶錄》，第63頁，香港：大華出版社，1971年）

〔註29〕魯迅：《端午節》，《魯迅全集》1卷，第540頁，北京：人民文學出版社，1981年。

〔註30〕《文學旬刊》25期，1921年1月8日。

〔註31〕魯迅：《致竇隱夫》，《魯迅全集》12卷，556頁，人民文學出版社，1981年。

〔註32〕胡懷琛：《詩與詩人》，《〈大江集〉附錄》，第4頁、19頁，《大江集》，國家圖書館印行，1921年。

一類還是受到歡迎。胡懷琛等人雖挑剔《嘗試集》音節不好，但據胡適自稱，其中除《看花》一首外，都是押韻的。〔註33〕因而，不管胡懷琛認同與否，還是有讀者據此對《嘗試集》表示了一定程度的接受：「其實胡適先生提倡白話，還不廢詞調，不廢韻，雖然誤會了些，卻還未誤會到底。」〔註34〕而胡懷琛、劉大白、沈玄廬等融舊體詩音節入新詩的詩人，更爲某些讀者歡迎。《晨報》1922 年 10 月 16 日發表式芬（周作人）的《新詩的評價》一文，其中有言：「從南邊來的朋友說，那裏的中學生（中了他們的復辟派的國文教員的餘毒）很歡迎胡寄塵劉大白沈弦廬的（新）詩，以爲與古詩相近所以有趣。」又言復辟派的老師們，「恰巧在這國學家門牆之下的門人又多是歡迎《大江集》一派的詩……他們要是說懂詩，也只懂舊詩，——念著仄仄平平，領略一點耳頭的愉樂罷了。」〔註35〕「耳頭的愉樂」，從一個側面說明了既有「閱讀程式」的一個特徵。

二

　　圍繞《嘗試集》的討論，之所以糾纏於「雙聲疊韻」，關注「耳頭的愉樂」的普遍「閱讀程式」，是一個重要的原因。但在討論中，還是有發言突破了這一程式，這就是朱執信的《詩的音節》一文。在文中，朱執信不僅駁斥了胡懷琛，還對胡適的回覆提出異議。在他看來，胡適對「音節」的談論存在含混之處，「似乎詩的音節，就是雙聲疊韻」，這樣只能徒生「誤解」。「誤解」在於，如果新詩也津津樂道於這種「音節」的諧美，那麼新詩與舊詩在根本上的差異將被抹去。朱執信敏銳地捕捉到了這一差異，「音節是不能獨立的」這一說法的提出，表明了另一種有關「詩」的認識，即：意義開始替代音節，成爲新詩表現力的中心，「有的時候，是應該注重在這一個字義的效能，就把音的效能，來放在第二或者竟犧牲掉了。」〔註36〕

〔註33〕胡適：《答胡懷琛的信》，《時事新報・學燈》，1920 年 9 月 12 日。

〔註34〕許文聲：《論文》，《時事新報・學燈》，1921 年 7 月 11 日。

〔註35〕1920 年 1 月 27 日《民國日報・覺悟》，登載朱鳳蔚：《我對於新體詩的意見》一文，主張「新體詩」不應念作白話詩，京滬各欄新體詩「只排一個『詩』字，最爲得體」。在詩的標準上，他搬出「能唱爲第一，詞意淺而質味醇爲第二」。巧合的是，他最佩服的詩人恰恰是沈玄廬。

〔註36〕朱執信：《詩的音節》，胡懷琛編：《〈嘗試集〉批評與討論》上冊，第 35 頁，上海：泰東圖書局，1922 年 5 月再版。

　　朱執信的論斷，在早期新詩討論中，具有相當重要的價值，得到不少的回應，在《嘗試集》再版序中，胡適就言：「我極力贊成朱執信先生說的『詩的音節是不能獨立的』」。〔註37〕許德臨的《分類白話詩選》與《中國新文學大系・建設理論卷》還全文收錄，作爲一份白話詩的綱領性文獻，可見此文的影響力不容忽視。之所以受如此的重視，原因在於，它傳達出對「新詩」基本特徵的某種洞見。由文言到白話，由古典詩體向現代自由詩體的轉化，雖然在某種理解中，是基於文體連續性的一種韻文體系內部的變化〔註38〕，但「合於自然的追求」，帶來的卻是表述體系本身的整體打破：邏輯化的語言開始瓦解封閉的意象展現，與聲韻的優美相比，「意義」的邏輯關聯和轉換，成了新詩更爲重要的表現力。這種變化的軌跡，恰好呈現於胡懷琛認可的《嘗試集》「第一編」與他不認可的「第二編」間：從保持五七言句法的「洗刷過的舊詩」，到以「自然的音節」爲基礎的「詩體的大解放」，變化的結果是詩歌表意可能性的極大擴張。用胡適的話來說，就是有了「詩體的解放」，「豐富的材料，精密的觀察，高深的理想，複雜的感情，方才能跑到詩裏去」〔註39〕。這段話的潛臺詞，也無非是現代複雜「意義」的傳達，取代「聲音」的程式化安排，應當是新詩成立的根據。這種觀點，後來不斷得到理論的展開，朱自清1925年3月作的《文學的美—讀Puffer〈美之心理學〉》一文，就從文字的特殊性出發，論述文學「只是『意義』的藝術，『人的經驗』的藝術」〔註40〕。後來，葉公超在《音節與意義》一文中，對此有更明確的解說：「文字是一種有形有聲有義的東西，三者之中主要的是意義……詩便是這種富有意義的文字所組織的。」〔註41〕這一說法，其實不過是朱執信論斷的重複。

〔註37〕胡適：《〈嘗試集〉再版序》，《胡適文存》卷一，第290頁，上海：亞東圖書館，1921年。
〔註38〕新詩的發生，是以拒絕傳統的姿態出現，但新詩的自我建構的方案中，傳統的詩歌觀念、體式仍是其調動的資源之一，一個主要的表徵，就是胡適等人對「詩體」的探索，很大程度上依賴的，是傳統韻文系統內部的調整。無論是胡適對詞調的偏愛，還是劉半農提出的「破壞舊韻重造新韻」、「增多詩體」的主張，都是在「韻文」的前提下，期待新詩（長短無定之韻文）的前途。即便是反對填詞、力主白話詩爲韻文正宗的錢玄同，也未脫這種思路。他對白話詩有過一個定義：「此『白話』，是廣義的，凡近乎言語之自然者皆是。此『詩』，亦是廣義的，凡韻文皆是。」（《通信》，《新青年》4卷1號，1918年1月25日）「詩」的定義，在這裡放寬爲韻文。
〔註39〕胡適：《談新詩》，《星期評論》「雙十」紀念專號，1919年10月10日。
〔註40〕朱喬森編：《朱自清全集》4卷，第161頁，江蘇教育出版社1996年8月。
〔註41〕1936年4月17、5月15日《大公報・文藝》。

三

　　針對胡懷琛「詩與歌實一物」的說法，郭沫若當時就發表文章，指出其立論的失誤在於，沒有分清隨著「言語進化爲文字」「詩」與「歌」分離的歷史，並從近代心理學的角度提出，無論是「平上去入，高下抑揚」，還是「雙聲疊韻、句中押韻」，都是外在的韻律，而詩之精神在於內在的韻律，即：「情緒底自然消漲」〔註 42〕。稍加留意就可發現，郭沫若的文字不僅批駁了胡懷琛，而且也暗中指向了「改詩」事件中胡適的發言，進一步澄清了「雙聲疊韻、句中押韻」之爭的無效性。但在理論上的辨析之外，還應指出的是，對「意義」的強調，不只是一個趣味的問題，這與「詩歌」存在、傳播的不斷「書面化」趨向，也密不可分。隨著現代印刷文化的興起，私人性的閱讀越來越多地衝擊著傳統的「吟誦」方式，書籍報刊的傳播，使「新詩」更多的是發生在孤獨個體的閱讀中的。當詩歌變成紙面上的文字，對「視覺」的依賴甚至超過了「聲音」的需求。以宣導朗誦詩聞名的詩人高蘭就指出，自從詩逐漸脫離了語言而成爲文字的藝術：「有時欣賞一首詩，在某種情形下，幾乎和欣賞一幅畫是沒有什麼特殊區別的。所以郭沫若先生說『近代文藝，是大規模的油畫』，誠然是慨乎言之。」〔註 43〕對於新詩而言，雖然「話該怎樣說，詩就怎樣寫」是它理論上的理想，但事實上，「白話」與「文言」的區分，主要也是「書面語」的變化。胡適的「有什麼話，說什麼話；話怎麼說，就怎麼說」，到了趙元任筆下，卻成了「有什麼話，寫什麼話；話怎麼說，就怎麼寫。」在趙元任看來，胡適的白話文只是明白清楚的書面文字，並不是眞正的「語體」。白話文實際上是「不可說的」〔註 44〕。這意味著，以「話」爲旨歸的新詩無法脫離「書面化」「文字化」的命運。當「眼睛」代替「耳頭」，成爲主要的接受方式，一個自由的、豐富的冥想空間、意義空間也由此打開了。有西方學者在研究從「誦讀」到「默讀」的閱讀方式變遷時，便指出：

　　　　借助默讀，讀者終於能夠與書本及文字建立一種不受拘束的關
　　　係。文字不再需要佔用發出聲音的時間。它們可以存在於內心的空

〔註 42〕《郭沫若給李石岑的信》，胡懷琛編：《詩學討論集》，第 2～6 頁，上海：新
　　　　文化書社，1934 年再版。
〔註 43〕高蘭：《詩的朗誦與朗誦的詩》，《時與潮文藝》4 卷 6 期，1945 年 2 月。
〔註 44〕對此問題的討論見周質平：《胡適與趙元任》，《胡適論叢》，臺北：三民書局，
　　　　民 81 年 7 月。

間，洶湧而出或欲言又止，完整解讀或有所保留，而讀者可以用其
思想從容地檢視它們，從中汲取新觀念……〔註45〕

當然，這不等於說「音節」和「聲律」在新詩中已喪失存在的理由（作為一種重要的詩藝手段，聲音的配置仍是新詩探索的一個重要的方面），但新詩中的聲音應訴諸的，是一種「內在的節奏」或「說話的節奏」。這種區別，在20年代被葉公超一語道破：「新詩是為說的、讀的，舊詩乃是為吟的、哼的。」由此，「新詩的節奏是從各種說話的語調裏產生的，舊詩的節奏是根據一種樂譜式的文字的排比做成的」〔註46〕。詩人卞之琳，後來在談論新詩格律化的時候，也基本重申了這一看法，認為中國詩歌本來只有為了「哼唱」（或稱「吟」）的傳統，可是「五四」以後，一種基於說話節奏的「念」的傳統也應運而生。〔註47〕這意味著，尋求「耳頭的愉悅」的「吟誦」讀法，已無法有效容納新詩帶來的變化，重構「詩」的觀念（針對新詩不是詩的說法），就成為新詩建構自身合法性的一個環節。與觀念重構相伴隨的，是一種新的「讀法」的建立。針對鄭重民指謫新詩不能吟誦的說法，鄭振鐸就迴文說「現在抱這種思想——新詩不能吟誦——的人太多了。不可不把他們的疑惑打破」，新詩的不好，「決不是有韻無韻的關係」。〔註48〕由此可見，「讀法」的建立和觀念的普及，是同一的過程。1920年代初鄭振鐸等人對「散文詩」概念的大力解說，就是要在知識上為「新詩」提供新的依據。有趣的是，出有一冊《渡河》、專心致力於詩歌「音節」發明鍛造的陸志韋，就只承認自己的詩作是「白話詩」，而「不是新詩」〔註49〕。

　　從上述角度看，胡適對胡懷琛的答辯，也迎合了「音節」中心的閱讀程式，表明了新詩發生期的曖昧性。一方面，它是舊詩規範之外的一種發明，從語言方式到閱讀方式，都改變了傳統詩歌的表意模式；但另一方面，新詩

〔註45〕阿爾維托・曼古埃爾：《閱讀史》，第61頁，吳昌傑譯，北京：商務印書館，2002年。
〔註46〕葉公超：《論新詩》，《文學雜誌》創刊號，1937年5月。
〔註47〕卞之琳：《對於新詩發展問題的幾點看法》，江弱水、青喬編：《卞之琳文集》中卷，第433頁，合肥：安徽教育出版社，2002年。
〔註48〕鄭振鐸：《論散文詩》，《文學旬刊》24期，1921年1月1日。
〔註49〕在《渡河》自序中，陸志韋稱：「我信我的白話詩不是毫無價值。其中有用舊詩的手段所說不出來的話，又有現代做新詩而迎合一時心理的人所不屑說不敢說的話。」（陳紹偉編：《中國新詩集序跋選》，第113頁，長沙：湖南文藝出版社，1986年5月）

的構想仍受制於「韻文」的讀法。矛盾也由此發生，因爲在既有「閱讀程式」的前提下，新詩的特異之處無法得到澄清。對此，論爭中胡適的反對者們倒看得很清楚：胡懷琛就指出：雙聲疊韻，作爲一種文字技巧，是爲增加「優美」。胡適詩中，卻不必利用，「他卻特別說出來，這是雙聲、這是疊韻、所以我不贊成」。他甚至比胡適更理解新詩的現代品質，說「雙聲疊韻」這類花招是文字遊戲，「我想新體詩裏決不許如此」〔註50〕。劉伯棠在給胡適的信中說：「我不反對白話詩，我只對於你這種押韻的法子，有些懷疑，我以爲不押韻，就不押韻罷了，那也是一種自然的天籟，何必把他這樣押法。」〔註51〕這些看法與朱執信的質疑，已經十分接近。

二、「選本」中的新詩評價：讀者的眼光

　　據《現代文學總書目》的記錄，1922 年以前出現過的新詩選本一共有四種：1920 年 1 月上海新詩社出版的《新詩集》（第一編），1920 年 8 月上海崇文書局出版的《分類白話詩選》，1922 年 6 月上海新華書局出版的《新詩三百首》，以及 1922 年 8 月上海亞東圖書館出版的《新詩年選》（一九一九年）。在某種意義上，最初的幾本詩選均產生於「中心詩壇」之外，雜湊式的抄錄體現不出「選」的意義。但「選詩」一事，並非沒有引起當時活躍的新詩人的關注。1921 年，朱自清和葉聖陶談起新詩之盛，也「覺得該有人出來淘汰一下，印一本詩選，作一般年輕創作家的榜樣」。在他們心目中，理想的選家是周作人，對於已經出現的兩種選本，他們當時也並不知曉。〔註52〕在朱、葉那裏，這個構想後來不了了之，但卻由另外幾位新詩人──康白情及他的追隨者應修人等〔註53〕──實現了，成果就是 1922 年由「北社」編輯的《新詩年選》（一九一九年）。

〔註50〕《胡懷琛致李石岑》，胡懷琛編：《〈嘗試集〉批評與討論》，第 23～24 頁，上海：泰東圖書局，1922 年 5 月再版。

〔註51〕《劉伯棠致胡適之函》，胡懷琛編：《〈嘗試集〉批評與討論》，第 59 頁，上海：泰東圖書局，1922 年 5 月再版。

〔註52〕朱自清：《選詩雜記》，朱喬森編：《朱自清全集》4 卷，第 379 頁，南京：江蘇教育出版社，1996 年 8 月。

〔註53〕1920 年 8 月 28 日，應修人曾慕名拜訪當時在上海的康白情，未遇，寫下《歸途》一詩，其中有這樣的詩句：「兩番未遇也何妨呢？──／他所做的總是我所望的。」可見他對康白情的信任和仰慕。（樓適夷編：《修人集》，第 20 頁，杭州：浙江人民出版社，1982 年）另外，在 1922 年 5 月 15 日致周作人信中，應修人也說到「白情哥哥改了我些詩」。（《修人集》，第 225 頁）

　　《新詩年選》（一九一九年）最突出的特徵，是「選詩」（而非「編」）中
滲透的評價。《年選》的編輯，大概是在 1922 年春啓動。1922 年 5 月 2 日，
應修人在寫給潘漠華、馮雪峰信中說：「白情信上說的《新詩年選》，第一期
稿已將到上海，一切當予靜之說，請勿外揚。」〔註 54〕知情人似乎只有湖畔
詩人和他們的老師朱自清。〔註 55〕這樣保密，當然與康白情的詩人身份有關，
詩人選詩難免會留下「戲臺裏叫好」的口實，但選者態度的審愼，也可見一
斑。阿英說：「中國新詩之有年選，迄今日為止，也可謂始於此，終於此。北
社編輯此書，頗是愼重，逐人均有按語。」〔註 56〕對前兩種新詩詩選本頗為
輕視的朱自清，對此集也十分看中，認為它「像樣多了」：「每篇注明出處，
並時有評語按語。」〔註 57〕不難看出，《年選》詩後的評語、按語，引起了阿
英、朱自清二人共同的關注，這似乎是《年選》的價值所在。評語、按語，
執行的功能是有所不同的：按語署名為編者，主要是交待詩歌的編選、刪改
情況，起到一般性的說明作用；而評語則有具體的署名，四位評者分別為愚
庵、溟泠、粟如和飛鴻，作用在於具體詩人、詩作的評價和解讀。前者，可
以說是編者身份的體現，後者則傳達了編者「北社」成員的另一種身份認定。

　　據《新詩年選》後附錄的《北社的旨趣》一文，「北社」發起於 1920 年，
主要由喜歡鑒賞文藝的同志組成，成員包括教育家、學生、公司職員、記者
等，其宗旨是一個讀書的社團，並講讀書的結果發表出來：「北社重在讀書；
而讀書是為己的，不是為人的。有時候也把讀書的結果，總括的發表點出來。」
〔註 58〕換言之，四位評者同時又是四位「經驗讀者」，他們的目的是要將自己
的「閱讀」發表出來，《年選》的功能，恰好體現在「經驗讀者」對一般讀者
「讀法」的影響和塑造上。編者與讀者身份的重疊，「選」與「讀」的結合，
應是《年選》的特色所在。選家的眼光，主要體現在作品的選擇上，按語的

〔註 54〕樓適夷編：《修人集》，第 214 頁，杭州：浙江人民出版社，1982 年。

〔註 55〕應修人在 5 月 11～13 日的信中說：「年選第一期已到，是 1919 年的，所選不
　　　　多，大半後續短評」，並請漢華說給朱先生。（樓適夷編：《修人集》，第 215
　　　　頁，杭州：浙江人民出版社，1982 年）

〔註 56〕阿英：《中國新文學大系・史料・索引》，第 301 頁，上海：良友圖書出版印
　　　　刷公司，1935 年。

〔註 57〕朱自清：《選詩雜記》，朱喬森編：《朱自清全集》4 卷，第 379 頁，南京：江
　　　　蘇教育出版社，1996 年。

〔註 58〕《北社的旨趣》，北社編：《新詩年選》（附錄），上海：亞東圖書館，1922 年
　　　　8 月。

功能只是輔助性的，相比之下，體現讀者旨趣的評語，則傳遞出新詩閱讀的某些內在歧義。

《年選》中的評語一共有 36 條，四位評者的份額分別爲：愚庵 19 條、滇泠 10 條、粟如 3 條、飛鴻 4 條。據胡適的說法，愚庵就是康白情〔註59〕，從評語數量上看，他佔據絕對的主導作用，其他三人大概是參與編選的湖畔社詩人。如果仔細分析，四位評者（讀者）的聲音在《年選》中交替起伏，在相同中又有差異，構成一種微妙的「混響」效果。

具體說來，36 條評語大致指向以下幾個方面：第一類是隨意寫下的閱讀感受，或是印象式的風格把握，或是對詩的主題、背景作簡要評述，在評價上沒有鮮明的傾向性，目的都在爲讀者提供「閱讀」的門徑。如飛鴻評李大釗的《山中落雨》：「此詩音節意境，融成一片，讀者可於言外得其佳處。」〔註60〕如作簡單統計，這一類評語大約有 14 條。另一類側重於「新詩」特殊品質的解說，推重具體、清新等新的美學可能。如滇泠評傅斯年的《老頭子和小孩子》：「這首詩的好處在給我們一種實感，使我們彷彿身臨其境」，認爲其創造力「更有前無古人之概」（187 頁）。評價雖然有點誇張，但爲的是向讀者強調新詩的「新異」所在，這一類評語有六七條左右。

上面兩類評語，大都針對作品的本身，點到爲止，沒有更多的展開。與之相比，第三類評語更令人關注，這一類評語試圖在與古典詩歌或外來資源的比較中，尋求「新詩」的價值定位，古典詩詞的美學成就，在這些評語中構成了新詩評價的主要參照系。予同的《破壞天然的人》讓粟如聯想起李清照的詞調（20 頁），滇泠認爲傅斯年的《咱們一夥兒》與屈原的《九歌》異曲同工（190 頁）。愚庵（康白情）在這方面也著墨甚多，他的 19 條評語中，除少數幾條對詩歌主旨發表感想外，大部分都依照上述思路展開：評玄廬的《想》一詩，他說：「讀明白《周南》的《芣苢》，就認得這首詩的好處了」（29 頁）；稱贊周作人《畫家》「具體的描寫」時，也作大幅度跳躍：「勿論唐人的好詩，宋人的好詞，元人的好曲，日本人的好和歌俳句，西洋人的好自由行子，都尚這種具體的描寫」（86 頁）。這種「讀法」的目的十分明確，無非是要爲「新詩」的接受找到歷史的參照，將新詩的追求放大成爲普遍的價值。這是從美

〔註59〕 胡適：《評新詩集〈草兒〉》，《讀書雜誌》1 期，1922 年 9 月 3 日。

〔註60〕 北社編：《新詩年選》，第 64 頁，上海：亞東圖書館，1922 年 8 月版。以下引文頁碼均出自此書，不再另注。

學效果上著眼的，另一種比較則試圖發掘新詩中傳統的延續，像稱沈尹默「大有和歌風，在中國似得力於唐人絕句」（55頁），「俞平伯的詩旖旎纏綿，大概得力於詞」（109頁），「康白情的詩溫柔敦厚，大概得力於《詩經》」（154頁）。這些說法被後來的文學史家屢屢引用，當作新詩中傳統價值的明證。然而，與其將這些說法結論化，不如將其作爲一種特別的話語策略，關注其特定的功能。在傳統的脈絡中的談論新詩，在傳遞美學上的判定外，目的更在於以傳統爲參照，幫助讀者辨識新詩的價值。換言之，它指向的是新詩的閱讀。

　　本書前文已論及，既有閱讀程式的延續，造成了新詩接受的某種困境，但《年選》評語所體現出的，則是另一種邏輯，即借用「傳統」的權威，爲新詩提供閱讀上的參照，對新詩合法性的追求也包含在其中，從某種意義上說，這也是一個新的「讀法」。無論「斷裂」的鼓吹，還是「延續」的強調，在新詩史上，一直是爭論不休的話題，但換個角度看，這兩種話語，都是新詩在自身合法性和獨立性尋求過程中，產生的不同的技術方案。〔註61〕這樣一來，某種歷史宿命也隨之發生，即：無論是「斷裂」還是「延續」，新詩的形象，必須是在傳統文類規範的參照中，才能得到辨認。上一節提到的胡適對音節的解說，也就體現了這一邏輯中，由此帶來了矛盾，也折射於《年選》提供的「讀法」中。

　　作爲一個經驗讀者，公共的閱讀趣味自然是愚庵的標準，在自評時就說「其在藝術上傳統的成分最多，所以最容易成風氣」。然而，作爲一個熱衷「新詩」實驗的詩人，他又不得不對公共習見以外的「嘗試」，抱充分的同情和期待。在評價自己「淺淡不及」的胡適時，他說胡適的詩以說理勝，然而說理「不是詩的本色，因爲詩元是尙情的。但中國詩人能說理的也忒少了」（130頁）。「本色」的期待與寫作的追求，在句中造成了前後的斷裂。說到自己「深刻不及」的周作人，曖昧的語調也暗藏其中：「他的詩意，是非傳統的；而其筆墨的謹嚴，卻正不亞於杜甫韓愈」（80頁）。一爲普通讀者的代表，一爲觀念激進的新詩人，兩種角色交織一處，身份的歧義形成表達上的悖謬、盤曲，但評者自身的態度還是勉強地表達了出來。在承認

〔註61〕這種邏輯是有普遍性的，20世紀文學史上的諸多運動（種種「主義」），均是爲了從整體上表現過去與未來的對抗關係而設置的技術綱領。（斯班特：《現代主義是一個整體觀》，袁可嘉主編：《現代主義文學研究》，第157頁，北京：中國社會科學出版社，1989年）

「大抵傳統的東西比非傳統的容易成風氣」的同時，愚庵也強調「各發展其特性，無取趨時」的重要性，因爲「若干年後，非傳統的東西得勝也未可知」（90頁）。比起另外三位評者，《年選》中愚庵的聲音尤其曖昧、複雜，豐富的張力就來自「讀者」與「作者」這兩種身份以及普遍「閱讀」與新銳的實驗之間。

這種矛盾狀態，在許多新詩人身上都有顯現。新詩作爲歷史的創生物，是對另一種美學可能的追尋，但既有的詩歌「期待」往往仍是閱讀的前提，某種「標準」的錯位悄然形成。胡夢華對胡適等人整理舊文學的態度，提出過這樣的異議：「用白話的標準去估量詩詞歌曲的價值，以爲白話化的程度越高，這作品的價值越大，那就失去了評量藝術的正當的態度了。」〔註62〕用「白話的標準」去估量古典文學，自然有不正當之嫌，同樣，用舊詩的標準提去衡量新詩，也忽視了二者表意體系的差異，某種意義上，這種「錯位」一直貫穿在新詩的歷史評價中。

然而，正是在閱讀、評價標準的纏繞中，新詩的成立，受到了兩種衝動約束的：一是對既有的詩歌想像的衝擊，在文類規範外追尋表意的可能；一是某種與傳統詩藝競技的抱負，即要在白話中同樣實現古典詩歌的美學成就，這就造成了「新詩」合法性的基本歧義。歧義不僅抽象地存在於構想層面，它還會具體化爲詩歌作者與讀者間期待之間矛盾：當詩人嘗試新的可能性，讀者更歡迎熟悉的品質。在一般的論述中，某種妥協（或言融合）似乎是值得鼓勵的傾向，有關傳統與現代、新與舊融合匯通的訴求，也是新詩史上最具勢力的一種話語。但寫作自身的擴張與閱讀期待的矛盾，又在內部反覆發生。這也就是《年選》之中評詩者的處境。

作爲一個參照，另外一些閱讀實踐，卻體現出不同的邏輯，俞平伯對朱自清《毀滅》一詩的閱讀，就是一個代表。在《讀〈毀滅〉》一文中，他提出了這樣一種評價標準：「我們所要求；所企望的是現代的作家們能在前人已成之業以外，更跨出一步」，「以這個論點去返觀新詩壇，恐不免多少有些慚愧罷，我們所有的，所習見的無非是些古詩的遺脫譯詩的變態」，當不起「新詩」這個名稱。這種論述，顯然已將「新詩」成立的合法性，放在了「新」的審美空間的開拓上。有意味的是，此文也不斷將這首長詩《毀滅》與《離騷》《七發》等古詩比較，目的卻不在建立其間連續性的同一，而是說明不同和差異，

〔註62〕胡夢華：《整理舊文學與新文學運動》，《學燈》5卷2冊10號。

認爲「這詩的風格意境音調是能在中國古代傳統的一切詩詞曲以外，另標一幟的」〔註63〕。在俞平伯的「讀法」裏，「新詩」是不能由既有的詩歌規範來評判的，相反，他所關注的恰恰是「另標一幟」的可能性。朱湘在評價郭沫若時，將這種邏輯更推進一了步，說郭沫若的詩歌貢獻「不僅限於新詩，就是舊詩與西詩裏面也向來沒有見過這種東西的」〔註64〕。這一判斷能否成立，暫且不論，但它卻揭示了新詩史上另一種話語：無論新詩與傳統詩歌或西方詩歌的資源有多少千絲萬縷的影響、滲透關係，其根本的歷史合法性，還是要靠自己來提供。

三、從《三葉集》到《女神》

從胡懷琛的改詩，到《年選》中評價的含混，上面兩個個案，顯示了在新詩「閱讀」程式的建立與傳統的複雜糾葛關係。在這種糾葛之中，新的「讀法」也在不斷生成、塑造之中，圍繞《女神》展開的閱讀，就顯示了新詩「讀法」的另一種面向。

上文已提及，暢銷不衰的《女神》，最初在某些讀者那裏，接受起來並不如後來想見的順暢，這不僅是個別讀者的反應，《女神》最早的評論者也注意到了。鄭伯奇就談到：「郭沫若君的詩，據上海的朋友們講，一般人不大十分瞭解。」〔註65〕謝康也說：「沫若的詩，頗有些人不大瞭解。」他自己 1919 年初讀郭詩時，就感到「如此雄放，熱烈，使我驚異，欽服，但是不大懂得」，並認爲要讀懂郭沫若，至少要受過中等教育，因而「瞭解者是不及其他詩人的普遍的」。這表明，要讀懂《女神》，某種通過教育得來的「文學能力」是必不可少的。有意味的是，兩位評論者都看似無意地提到了另一本書，這就是《三葉集》。謝康就認爲讀者對於郭詩不大瞭解，大概是未曾讀過《三葉集》的緣故，並直接挑明了兩本書在閱讀層面的關聯：「《三葉集》是《女神》Introduction 啊！」〔註66〕

〔註63〕俞平伯：《讀〈毀滅〉》，《小說月報》14 卷 8 號，1923 年 8 月。
〔註64〕朱湘：《郭君沫若的詩》，《中書集》，第 193 頁，中國文聯出版公司據生活書店 1934 年初版排印。
〔註65〕鄭伯奇：《批評郭沫若的處女詩集〈女神〉》，連載於 1921 年 8 月 21、22、23 日《時事新報・學燈》。
〔註66〕謝康：《讀了〈女神〉以後》，《創造季刊》1 卷 2 期，1924 年 2 月。

在新文學的發軔期，《三葉集》與《女神》一樣，都是最初的創作實績，在當時就產生了廣泛的影響〔註 67〕。它與《女神》在出版時間上，相隔一年有餘，表面上看是彼此分離、各自獨立的兩本書，但《三葉集》可以看作是是宗白華、田漢這兩位「經驗讀者」對《女神》的先期閱讀。五四前後，在一代知識青年新的「經驗共同體」生成過程中，書信起到的作用不容低估。〔註68〕這也帶動了某種閱讀風向的形成，新刊物上一般也都設有通訊欄，宗白華就回憶，在《少年中國》諸欄目中，「據聞讀者尤受看會務消息及會員間的通信，這也可以窺見當時一般青年讀者興趣所在」〔註69〕。配合著這種風氣，《三葉集》的「熱讀」自然不足爲奇，而對於《女神》來說，「閱讀」是先於「寫作」結集問世的，這無形中爲其他讀者提供了某種鋪墊。李初梨回憶當年他在東京田漢小屋裏與友人「爭著讀以後在《三葉集》上所發表的那些信」，還有郭沫若的詩歌名篇。〔註70〕可以想像，當 1920 年代一位讀者捧起《女神》時，他（她）的閱讀視野裏可能首先會浮現出另一本書——《三葉集》。

與同一時期動輒冠以「長序」的其他新詩集相比，《女神》「無序」似乎是個例外，但從上述角度看，作爲「Introduction」（介紹）的《三葉集》，似乎可以看作是它的一份提前出版的長序。1920 年代初的文學青年馮至，已開始接觸新詩，但不滿足於當時的樣本，處於迷惑之中。在閱讀《女神》之前，他讀到了這份「長序」：

> 正在這時期，我讀到了郭沫若、田漢、宗白華三人的通信集《三葉集》……當時對我卻起了詩的啓蒙作用。我從這三個朋友熱情充沛的長信裏首先知道了什麼是詩……」

閱讀《三葉集》時，馮至住在故鄉的小城，沒有一個朋友，「這個小冊子便成

〔註67〕《三葉集》1920 年 6 月由亞東圖書館出版，當時「引起了青年們的興趣和社會的關注，書銷售得很快，幾次重印」，還被田漢稱爲中國的《少年維特的煩惱》。（宗白華：《秋日談往》，林同華編：《宗白華全集》1 卷，第 316 頁，合肥：安徽教育出版社，1994 年）；另外，據汪原放統計，至「亞東」結業時，《三葉集》前後共銷出兩萬二千九百五十本。（《回憶亞東圖書館》，第 53 頁，上海：學林出版社，1983 年）

〔註68〕鄭伯奇描述過當時的這種風氣：「素不相識的青年，只要是屬於一個團體或者有人介紹，便可以互相通信往來，成爲親密的朋友。」（《憶創造社》，饒鴻競等編：《創造社資料》，第 840 頁，福州：福建人民出版社，1985 年）

〔註69〕宗白華：《少年中國學會回憶點滴》，林同華編：《宗白華全集》3 卷，第 580 頁，合肥：安徽教育出版社，1994 年。

〔註70〕李初梨：《我對於郭沫若先生的認識》，1941 年 11 月 18 日《解放日報》。

為我的伴侶」,「直到第二年《女神》出版了,我的面前展開了一個遼闊而豐富的新的世界。」〔註71〕從《三葉集》到《女神》,對馮至來說,是一個「閱讀程式」塑造的過程,更是一個「詩」的啟蒙過程,是一個「什麼是詩」的問題獲得解答的過程。當對新文學所知不多的聶紺弩,面對《女神》大呼「這是詩麼」「豈有此理」時,閱讀了《三葉集》的馮至則知道了「什麼是詩」,這種比照本身就意味深長。換言之,《三葉集》或許為《女神》起到了閱讀導引的作用。

　　討論其導引作用之前,有必要先對《三葉集》作簡要的分析。表面上看,三人通信你來我往,十分默契,但田漢、宗白華二人對郭沫若詩歌的閱讀反應是有所不同的,形成了微妙的「雙聲」現象:對於傾心於哲學研究的宗白華來說,他最感興趣的是,是郭沫若詩中「清妙幽遠的感覺」,自然玄思是他主要的「閱讀焦點」,對「泛神論」因素的著名解說,就由此發生。〔註72〕郭沫若對此十分認同,但他真正關心的是「人格公開」的表白,這其實偏離了宗白華的閱讀焦點,形成某種對話的錯位〔註73〕。相形之下,在《三葉集》中,郭沫若與田漢更是一拍即合,首先吸引田漢的,正是郭沫若有關自己「人格」的講述:「我最愛的是真摯的人。我深信『一誠可以救萬惡』這句話。」(30頁)郭似乎找到了一個可以傾訴的對象:「我現在深悔我同白華寫信的時候,我不曾明明快快地把我自身的污穢處,表白了個乾淨。」(35頁)由此,郭、田的通信便以「人格公開」、「懺悔的人格」為契機展開了,田漢的介入改變了《三葉集》的重心,使它從詩歌觀念的討論移至詩人的自我。當「懺悔的人格」成為討論的重點,它也同時成為詩歌閱讀的前提。〔註74〕如果說

〔註71〕馮至:《我讀〈女神〉的時候》,《詩刊》1959年第4期。

〔註72〕宗白華、田漢、郭沫若:《三葉集》,第3～4頁,上海:亞東圖書館,1923年3版。以下引文頁碼均出自此書,不再另注。

〔註73〕對於宗提出的「詩人人格」的說法,郭沫若的反應十分強烈:「可是,白華兄!我到底是個什麼樣的『人』,你恐怕還未十分知道呢。」接著,便講述起自己「比Goldsmith還墮落,比Heine還懊惱,比Baudelair還頹廢」的真實人格。(8～9頁)這種「引申」其實已偏離了宗的重點,形成了對話的「錯位」。因為後者關注的並非是真實生活中的詩人,而首先是一種觀念領域中的人格造型。果然,宗白華對郭的坦率,似乎也不很積極:「你的舊詩,你的身世,都令我淒然,更不忍再談他了」(24頁)。後來,當郭四川的同窗魏時珍將郭過去的劣跡向宗和盤托出後,他也只是在信中敷衍了一下而已(28頁)。

〔註74〕田漢將自己的詩作《梅雨》與自己的家事聯繫起來(59頁),郭沫若也順著如此的思路,把《獨遊太宰府》一詩解讀為靈魂困境的寫照(72頁)。在讀到郭

宗白華欣賞的是郭的「抒情天才」，那麼田漢卻說：「與其說你有詩才，無寧說你有詩魂，因爲你的詩首首都是你的血，你的淚，你的自敍傳，你的懺悔錄啊。」（79 頁）

「泛神論」的哲理討論與「人格公開」爲自我坦白，形成了《三葉集》中微妙的「雙聲」現象，隱隱包含著「情感」與「理智」的對立，並對後來的閱讀都發生了或隱或顯的影響。將《三葉集》說成是《女神》的「Introduction」的謝康，就說到自己讀過了《三葉集》，才知道「泛神論」是重點，沫若的詩「全是以哲理打骨子的」，由此解開了初讀時的困惑。〔註75〕顯然，這裡迴響的是宗白華的聲音。「泛神論」的哲理解說，也成爲《女神》閱讀的一個重要切入點，宗白華的聲音迴響在後來的文學史中。

然而，宗、田二人的「聲音」在《三葉集》中並不是對等的：在 186 頁中，郭沫若的書信佔84頁，田漢的書信佔68頁，而宗白華只佔了14頁。顯然，宗白華的文字所佔比重很少，其聲音是相對微弱的，《三葉集》中主要的篇幅都留給了郭田之間的「人格公開」。相對於哲理的解釋，「人格公開」似乎更具影響力。聞一多就說：「我平生服膺《女神》於五體投地，這種觀念，實受郭君人格之影響最大，而其一生行事就《三葉集》中可考見」〔註76〕。郭沫若自己也向友人推薦《三葉集》，在致陳建雷的信中說：「不知道曾經蒙你鑒識過麼？我的信稿大概是赤赤裸裸的我，讀了可以看出的大概。」〔註77〕不難看出，基於一種內在感性的「人格公開」，由是成爲《女神》的閱讀參照，這其實是一種有效的「讀法」（「閱讀程式」）。鄭伯奇就認爲，郭詩不大受人瞭解，「這原因大概就由於不曉得沫若君的境遇和個性所致」。他自己對郭沫若狂暴的詩歌形式，一開始不太能接受，在閱讀田、郭間的書信，「知道我所愛讀的那位詩人的身世」後，才改變了態度，因爲「不久我很懷疑我對於詩形的那種成見」〔註78〕。謝康更是向讀者建議：「作者是一個 passional，我希

的《抱兒浴博多灣》與《鷺》後，田漢說尤喜愛前首，「因爲既知道了你的 career 就知道你的詩，都是你的生之斷片啊！」（79 頁）。

〔註75〕謝康：《讀了〈女神〉以後》，《創造季刊》1 卷 2 期，1924 年 2 月 28 日。

〔註76〕《致顧一樵》，孫黨伯、袁謇正主編：《聞一多全集·書信》，第 41 頁，武漢：湖北人民出版社，1993 年。

〔註77〕見《新的小說》2 卷 1 期，1920 年 9 月。

〔註78〕鄭伯奇：《批評郭沫若的處女詩集〈女神〉》，1921 年 8 月 21、22、23 日《時事新報·學燈》。

望讀者須用 passion 去讀才可以。要是求知識的根據，理性（狹小的）的滿足，讀這書的只有墮於不可解之淵而大叫失望罷了。」

　　將「境遇個性」或「身世」作為有效閱讀的前提，這一方式無太多特別之處，甚至還是傳統「知人論詩」之批評模式的延伸，但重要的是，從《三葉集》到《女神》，某種「閱讀導引」被建立了起來。在《女神》天馬行空的體式面前茫然不解的讀者，找到了一種途徑和這本詩集間建立聯繫，即：詩歌閱讀首先要從內在的主體性話語開始。這種「閱讀」上的導引，與新詩觀念的建立和普及，有密切的關聯。

　　如果說胡適等新詩宣導者們，主要是從一種特殊的歷史意識出發（新／舊、文言／白話），去論述「新詩」的合法性的，那麼，在後起一代對現代學術的專業分工有了更清晰的自覺的新詩人那裏〔註 79〕，利用現代西方文藝理論，為「新詩」建立知識基礎的訴求（而非新與舊的歷史衝突）上升為中心〔註 80〕。梁實秋曾將「型類的混雜」，當作五四新文學浪漫主義特徵的一個表現，比如「用散文的方式寫詩」「用詩的方式寫小說」等。〔註 81〕但其實，「型類的混雜」，不過是「型類重建」的一個環節而已。對「詩」而言，當外在的格律形式，不再成為合理的規定，其本質以及邊界，必須重新獲得詮釋。在相關的詩論中，詩的文類規定不是僅僅停留在字句、音律、章節之美的強調上，從發生學角度進行的，有關詩歌的「主體性」論述大幅度擴張，「情感」與「想像」代替形式上的規約，成為詩的根據，譬如，曹聚仁在反駁章太炎「有韻為詩」的提法時，就重設了詩文關係：「情意作用發達的是『詩』，理智作用發達的是『文』。」〔註 82〕頗有意味的是，當新的「詩」觀念建構集中於發生學層面，作為詩歌的發生源泉的「詩人人格」，往往會被當作最終歸結點。俞平伯聲稱：「至於怎樣才能解放做詩底動機？這關於人格底修養，是另外一個

〔註79〕羅家倫就呼籲：最要緊的「就是要找一班能夠造詣的人，拋棄一切事都不問，專門研究基本的文學、哲學、科學。」（《一年來我們學生運動底成功失敗和將來應取的方針》，《新潮》2 卷 4 期，1920 年 5 月）

〔註80〕康白情的《新詩的我見》、宗白華的《新詩略談》、俞平伯的《詩的自由與普遍》，發表在《學燈》上的郭沫若與宗白華的論詩通信、葉聖陶《詩的源泉》、王統照的《對於詩壇批評者的我見》、鄭振鐸的《論散文詩》《何謂詩》等是其中代表。

〔註81〕梁實秋：《現代中國文學之浪漫的趨勢》，徐靜波編：《梁實秋批評文集》，第 41 頁，珠海出版社，1998 年。

〔註82〕曹聚仁：《新詩管見》（二），1922 年 6 月 18 日《民國日報·覺悟》。

問題。」〔註83〕康白情的《新詩底我見》稱：「要預備新詩的工具，根本上就要創造新詩人；——就是要作新詩人底修養。」可以說對一種具有豐富內在感性的「詩人人格」的嚮往，構成了新詩討論的一個前提，以至有人抱怨：近來國人的討論，「都偏重於詩的作用價值，及詩人的修養……卻於詩的形式，大概存而不論」〔註84〕。

「主情」的轉向與「詩人人格」的討論，二者互爲表裏，水乳交融，共同交織在新的「詩」觀念建構中。但是，觀念的普及必須與讀者的閱讀方式結合起來，由《三葉集》及相關評論爲《女神》閱讀所作的導引，所起到的正是「詩」觀念的常識化功能，即：它的成立，不只是理論層面的問題，而必須在「經驗讀者」對「一般讀者」的影響中，轉化成某種普遍的「閱讀程式」。

上述三個個案，顯示了一種相應的「讀法」的有無，對新詩成立的重要性，而新詩的不斷展開，也就伴隨著「讀法」的不斷重構，其基本的歷史困境也發生於上述「讀法」的轉換中。應當指出的是，所謂有效「讀法」的建立，不是一蹴而就的，相反，它一直伴隨著新詩的展開，也延伸到後來的詩學探討中。譬如，三十年代圍繞現代詩歌「晦澀」問題的討論，就更爲深入地切入了這個問題，而朱自清等人嘗試的「解詩」實踐，其實也是在爲更爲新銳的探索，提供新的閱讀導引。「讀」和「寫」的錯位與銜接，這一過程的反覆發生，從某種意義上說，表明新詩的活力，恰恰來自與普遍閱讀規範持續的挑戰性對話。

〔註83〕俞平伯：《作詩的一點經驗》，《新青年》8 卷 4 號，1920 年 12 月。
〔註84〕李思純：《詩體革新之形式及我的意見》，《少年中國》2 卷 6 期，1920 年 12月。

下　編

第五章 「新詩集」對新詩的呈現（一）

　　新詩集的出版、流佈和閱讀，從傳播的角度看，使一個自足的新詩「空間」得以形成，其中不僅有閱讀的擴張、讀者的參與，更有新詩壇的「場域」分化、新／舊「讀法」的交替。「新詩的發生」，作為「對另一種審美空間」的追求，因而有了另一重社會學的內涵。這是本書上編（前四章）主要討論的內容，從本章開始，本書的討論視角會發生一些變化，要從前面的文學社會學層面的討論，落回到詩學觀念、形態的內部辨析。這或許會造成閱讀上的某種斷裂之感，但「新詩集」仍是討論的焦點。

　　上文已經述及，在新詩的發生過程中，除了空間的建構作用，「新詩集」更為重要的功能，還表現在「新詩」內涵、形象的呈現上。「詩集」不僅僅是單純的作品集結，它還滲透了對「新詩」歷史合法性的不同想像。「新詩集」的編撰、成集和自我定位過程，也就是一個「新詩」形象的塑造和追尋的過程。換言之，在某種意義上，是「新詩集」呈現了「新詩」，並且規劃著「新詩」的內涵。對這一問題的討論，無疑要從「新詩的老祖宗」胡適的開山之作——《嘗試集》開始。在進入論題之前，有必要先檢討一下胡適的新詩構想，只有在相應的參照中，《嘗試集》對「新詩」的塑造，才能得到辨識。

第一節　胡適新詩構想的三個層面

　　有關白話詩或白話文學的個人發明史，胡適自己有過不厭其詳的講述，在這個故事中，他似乎有意要將發明的起點，與文字問題相連：「新文學的問

題算是新詩的問題，也就是詩的文字問題」。〔註 1〕為了使這一「發端」更加生動可感，他還在《逼上梁山》等文中，故意從一份有關文字問題的「傳單」說起，製造了一個「文字」問題引起「文學」改革的修辭效果。〔註 2〕然而，在 1916 年二、三月間，胡適的思想起了一個「根本的新覺悟」，認清了「歷史上的『文學革命』全是文學工具的革命」之前，「文字」與「文學」兩方面的思考還未明確聯繫起來，他早年激進的實驗態度和「作詩如作文」的方案，應該是他新詩構想的起點。〔註 3〕

一

胡適對文學革新熱情很早就顯露〔註 4〕，到美留學後，受到西方文學潛移默化的影響，在詩歌問題上更是持激進的「實驗」態度。查 1911 年至 1915 年「詩國革命」提出前的《藏暉室札記》，有關「詩歌」的實驗多有記錄，譬如詩體上對「三句轉韻體」的嘗試〔註 5〕，在詩中引入「說理」「寫實」因素〔註 6〕，以及以「文之文字」入詩的努力等〔註 7〕，都體現了這種精神。

〔註 1〕 胡適：《新文學・新詩・新文字》（1956 年 6 月在紐約白馬文藝社的講話），姜義華主編、沈寂編：《胡適學術文集・新文學運動》，第 280 頁，北京：中華書局，1993 年。

〔註 2〕 「傳單」事件如此重要，但胡適的《藏暉室札記》裏卻沒有相應的記載。

〔註 3〕 在 1915 年 9 月 21 日《戲和叔永》一詩中，胡適提出了：「詩國革命何自始？要須作詩如作文」的方案，「從這個方案上，惹出了後來做白話詩的嘗試。」（胡適：《逼上梁山》，陳金淦編：《胡適研究資料》，第 231 頁，北京：十月文藝出版社，1989 年）

〔註 4〕 胡適曾自言：從民國前六、七年到民國前二年，「這個時代已有不滿意於當時舊文學的趨向了」。（胡適：《〈嘗試集〉自序》，第 20 頁，《嘗試集》，上海：亞東圖書館，1920 年 3 月初版）

〔註 5〕 在 1914 年 1 月 29 日的《久雪後大風寒甚作歌》，胡適稱此詩：「在吾國詩中，自謂此為創見矣。」（胡適：《藏暉室札記》3 卷 40，第 174 頁，上海：亞東圖書館，1939 年）

〔註 6〕 在詩中「說理」，是胡適早年嘗試的實驗之一，如 1914 年 7 月 7 日所做《自殺篇》後，自言：「吾國詩每不重言外之意，故說理之作極少。……全篇為說理之作，雖不能佳，然途徑俱在。」（《藏暉室札記》5 卷 1，第 288 頁，上海：亞東圖書館，1939 年）用詩歌「寫實」，是另一項實驗，如 1913 年 12 月 26 日戲作《耶穌誕日歌》後自言：「此種詩但寫風俗，不著一字之褒貶。」（《藏暉室札記》3 卷 18，第 153 頁）；又如 1915 年 7 月遊紐約港，詢問友人是否可以詩紀之，「亦皆謂可以入詩」，遂做英文詩《夜過紐約港》。（《藏暉室札記》10 卷 13，第 701 頁）。

〔註 7〕 如 1915 年 4 月 26 日《老樹行》末二句採用邏輯性散文句法，胡適自誇：「決

誠然，這些做法有的由於所見不多，根本稱不上創新〔註8〕，大部分方案也不出晚清詩界革命「以舊風格含新意境」，「撏扯新名詞以自表異」的軌範。但如果考慮到其發生的特殊西方背景，對「實驗」的理解，便應與彌漫於 20 世紀初的先鋒精神聯繫在一起。有關胡適與西方現代派文學的關係，如美國的「印象派」詩歌，歷來都是一個討論不休的話題。〔註9〕無論是「拾一般歐美詩人之唾餘」的「影響說」，還是「此派所主張與我所主張多相似之處」的「平行說」〔註 10〕，一個不能忽略的事實是，某種追求新異的先鋒精神，貫穿在「實地實驗」的態度中的。對「新的美學」原則的渴求，是 20 世紀藝術潮流的一個中心特徵，如大詩人帕斯所說：「關鍵不在於傳統準則——包括浪漫派、象徵派和印象派的變種和分支——被新奇的文明與文化準則所取代，而在於對『另一種』美的尋求」，這是一種打破文學連續性的質變。〔註 11〕在美留學的胡適，不僅對新的事物十分渴望，也間接感染了美國藝術界的先鋒氛

非今日詩人所敢道也」。（《藏暉室札記》9 卷 38，第 620 頁，上海：亞東圖書館，1939 年）再如，1915 年 9 月 17 日所作《送梅覲莊往哈佛大學》，胡適自己解釋：「此詩凡用十一外國字：一為抽象名，十為本名。人或以為病。其實此種詩不過是文學史上一種實地試驗。」（《藏暉室札記》11 卷 32，第 785～786 頁）

〔註 8〕　胡適自己十分得意的「三句轉韻體」，就不是新發明，他的友人張子高曾指出：「山谷之詩亦有三句一轉韻。」（《藏暉室札記》4 卷 27，第 244 頁，上海：亞東圖書館，1939 年）

〔註 9〕　有關胡適與美國「印象派」詩歌的關係，最初是由梅光迪、胡先驌等反對者提出，朱自清、梁實秋等人也曾論及。後來，有關該問題的討論一直持續，周策縱、夏志清、周質平、王潤華、相浦杲、沈衛威等人都有論述。目前，被一般接受的觀點是，胡適的主張與印象派的關係，是「平行」的參照而非具體的「影響」。但換一個角度看，胡適的嘗試與當時「新潮流」的大背景不能說無關。雖然，胡適自己曾否認受印象派的影響，但依照王潤華的解釋，這種否認有主客兩方面原因：一方面，當時印象派等新潮流還未被肯定，是被排除在學院之外的異端；另一方面，既然梅光迪斥責胡適剽竊新潮流，因而胡適自然不能以此撐腰，他更多地是要在傳統中尋找自己的理論依據。（王潤華：《從「新潮」的內涵看中國新詩革命的起源——中國新文學史中一個被遺漏的注腳》，《中西文學關係研究》，臺北：東大圖書公司，1978 年）

〔註 10〕　上述兩種說法分別見胡先驌：《評〈嘗試集〉》（《學衡》1、2 期，1922 年 1、2 月）與胡適：《〈嘗試集〉自序》（《嘗試集》，上海：亞東圖書館，1920 年 3 月初版）

〔註 11〕　奧·帕斯：《詩歌與現代性：決裂與匯合》，《批評的激情》，趙振江譯，第 32 頁，昆明：雲南人民出版社，1995 年。

圍。1916 年 7 月，胡適與梅光迪、任鴻雋等友人激辯白話詩的可能性，梅光迪在信中就提醒他：「今之歐美，狂瀾橫流，所謂『新潮流』『新潮流』者，耳已聞之熟矣。有心人須立定腳跟，勿為所搖。誠望足下勿剽竊此種不值錢之新潮流以哄國人也」。這些「不值錢之新潮流」，梅光迪也列舉如下：

> 文學：Futurism, Imagism, Free Verse.

> 美術：Symbolism, Cubism, Impressionism

> 宗教：Bahaism, Christian Science, Shakerism, Free Thought, Church of Social Revolution, Billy Sunday.

> 〔文學：未來主義，意象主義，自由詩。

> 美術：象徵派，立體派，印象派。

> 宗教：波斯泛神教，基督教科學，震教派，自由思想派，社會革命教會，星期天鐵罐派。〕

在回覆中，胡適反駁說：「即如來書所稱諸『新潮流』，其中大有人在，大有物在，非門外漢所能肆口詆毀者也」，並指出「新潮流」並非「通行」於世，因為很多人和梅光迪一樣，將其看作「人間最不祥之物」，這種保守態度最讓人憂慮。〔註12〕

　　對於當時歐美的「新潮流」，胡適或許並沒太深的瞭解，只是一個旁觀者，受到了先鋒的實驗精神的鼓舞。〔註13〕另外，他的「嘗試」態度的背後，作為方法論支撐的實驗主義，也有必要在此提出。杜威的「實驗主義」，胡適終生服膺，並自稱「我的決心試驗白話詩，一半是朋友們一年多討論的結果，一半也是我受的實驗主義的哲學的影響。……我的白話詩的實地試驗，不過是我的實驗主義的一種應用」〔註14〕。在胡適自己的闡釋中，這種方法要求「不單是從普遍的定理裏面演出個體的斷案，也不單從個體的事物裏面抽出一個普遍的通則」，而要以「使人有真切的經驗來作假設的來源」。他的闡釋究竟是否準確，

〔註12〕 胡適：《留學日記》14 卷 4，《胡適全集》28 卷，第 421～423 頁，合肥：安徽教育出版社，2003 年。（2017 年補注）

〔註13〕 胡適對女友韋蓮司的先鋒繪畫雖不能瞭解，對其實驗性卻十分贊賞，曾在日記裏寫下：「吾友韋蓮司女士所畫，自闢一徑，……其所造或未必多有永久之價值者，然此『實驗』之精神大足令人起舞也。」（1917 年 5 月 4 日記，《藏暉室札記》16 卷 17，第 1136～1137 頁，上海：亞東圖書館，1939 年）

〔註14〕 胡適：《逼上梁山──文學革命的開始》，《胡適全集》18 卷，第 126 頁，合肥：安徽教育出版社，2003 年。（2017 年補注）

姑且不論。重要的是，胡適的新詩構想，恰恰潛在地呼應著這一立場：他也不是從某種文學、詩學的教條出發，而是將思考的起點放在寫作的現實問題上（如「文勝之弊」）。相比之下，梅光迪、胡先驌等人對胡適的反對，則往往依據某種制度化的文學「定理」，如自稱以文學為「一種學問」的梅光迪，就稱「鄙意『詩之文字』問題，久經古人論定，鐵案如山（Alden's Introduction to Poetry〔《阿頓的詩歌導讀》，P128～154〕），至今實無討論之餘地」〔註15〕。

二

　　如果說「實驗」涉及的是一種開放的態度，那麼1915年提出的「作詩如作文」主張，可以說是胡適早年「實驗」抱負的一種總結。從詩學的角度看，「作詩如作文」的說法即使了無新意，還是意味了對詩歌語言特殊性的某種廢黜。無論是使用非詩意的日常辭藻（「文之文字」），還是用古文句法溶解律詩的形式結構，都表明這樣一種寫作衝動：要打破詩歌語言與散文語言間的界限，在既有的審美積習之外，開放詩歌表意的空間與活力，包容歷史遷變中嶄新的事物和經驗。如胡適自己所言：「我的第一條件便是『言之有物』。……故不問所用的文字是詩的文字還是文的文字。」〔註16〕從晚清詩界革命以來，這種歷史衝動一直支配著對一種嶄新詩歌構想，胡適的「新詩」實驗，最初也呈現於這一背景中。當與「物」的特殊關聯，成為詩歌實驗的主旨，這就意味著要在傳統的詩美空間之外，尋找新的想像力素材，即如胡適所說，很多人「只認風花雪月、娥眉、朱顏，銀漢、玉容等字是『詩之文字』……但仔細分析起來，一點意思也沒有。」〔註17〕1916年4月，他在《沁園春》一詞中的誓言：「更不傷春，更不悲秋，以此誓詩」〔註18〕，就表達了對以自然為中心的傳統審美空間的疏遠。在「文學改良八事」中，「務去爛調套語」一事，目的也在「惟在人人以其耳目所親見親聞所親身閱歷之事物，一一自己鑄詞以形容描寫之」〔註19〕。

〔註15〕見1916年3月14日梅光迪致胡適信，羅崗、陳春豔編：《梅光迪文錄》，第161頁，瀋陽：遼寧教育出版社，2001年。
〔註16〕胡適：《〈嘗試集〉自序》，第25頁，《嘗試集》，上海：亞東圖書館，1920年3月初版。
〔註17〕同上。
〔註18〕《藏暉室札記》12卷46，第891頁，上海：亞東圖書館，1939年。
〔註19〕胡適：《文學改良芻議》，《新青年》2卷5號，1917年1月。

　　應當看到，「作詩如作文」背後對外部經驗的包容性追求，不只是胡適的個人旨趣，同時也是某種普遍性的文學衝動。晚清詩界革命中，「新名物」與「古風格」的矛盾，就體現了這種衝動對古典詩歌體系的衝擊。在後來的新潮社詩人那裏，對傳統詩意空間的反動，以及對現實社會經驗的關注，也是論詩的主旨。羅家倫就言：「又如新詩，以中國目前的社會，苟眞有比較眼光的詩人，沒有一種材料不可供給他做成沉痛哀惋，寫實抒情的長詩的。」對於寫景詩的氾濫，他分析原因在於「中國詩人是最好『嘯傲風月』『興而比也』的」〔註20〕。傅斯年甚至提出「人與山遇，不足成文章；佳好文章終須得自街市中生活中」的說法，以表示對以自然爲中心的審美空間的疏遠。〔註21〕即便是對新詩持反對態度的「學衡派」詩人，也以峻急的「歷史意識」爲立論發端，吳宓稱：「中國五千年之局，及今一變。近二三十年來，幾於形形色色，日新月異，刹那萬象，泡影蜃樓。詩人生性多感，其所受刺激爲何如」。〔註22〕吳芳吉也批評傳統審美空間的失效：「一詩之中，凡清風明月，長江大海，春雲秋樹，紅豆綠蕉，愁思綺夢，雁爪魚鱗，無不齊備。曰言情可也，曰述懷可也，曰紀事可也，曰即景可也，窮其底細，則索然無味。」〔註23〕這樣的表述與胡適對「陳言套語」的批評，其實十分接近，「鎔鑄新材料以入舊格律」追求，顯然不出晚清以來詩界革命的思路。〔註24〕在批評者看來，這正是《學衡》詩學的落伍之處〔註25〕，但這又何嘗沒有表明在基本歷史衝動上，《學衡》詩學與新詩的某種一致性。

〔註20〕羅家倫：《近代中國文學思想的變遷》，《新潮》2卷5號，1920年9月。

〔註21〕傅斯年：《中國文藝界之病根》，《新潮》1卷2號，1919年2月。傅斯年在文中援引布萊克的詩：「Great things are done when men and mountains meet, Nothing is done by jostling in the street」（「奇蹟生於人與山遇，市井之中一無所成」），並轉換了結論：「此爲當時英國風氣言之。如在中國惟有反其所說」。

〔註22〕吳宓：《餘生隨筆》之九，呂效祖編：《吳宓詩及其詩話》，第190頁，西安：陝西人民出版社，1992年。

〔註23〕吳芳吉：《讀雨僧詩稿答書》，賀遠明編：《吳芳吉集》，第372頁，成都：巴蜀書社，1994年。

〔註24〕吳宓曾坦言，他的詩說「實本於黃公度先生，甚願鄭重聲明者也。」（吳宓：《空軒詩話》之十八，呂效祖編：《吳宓詩及其詩話》，第241頁，西安：陝西人民出版社，1992年）

〔註25〕陳子展就認爲吳宓的主張，「比較二十年以前黃遵憲梁啓超諸人宣導的新派詩和詩界革命說，進步了不許多。」（陳子展：《中國最近三十年之文學》，《中國近代文學之變遷‧最近三十年中國文學史》，第298頁，上海：上海古籍書社，2000年）

三

　　有意味的是，先鋒的實驗態度與「作詩如作文」的方案，恰恰是新詩發生的導火索。對前者，梅光迪等人十分反感，斥責其剽竊「新潮流」；後者，更是遭到力主「詩文兩途」的梅光迪的激烈反對，胡適與任、梅之間的爭論也由此開始。在兩面夾擊中，胡適認定了自己的實驗方向：「單純的目標只有一個，就是用白話來作一切文學的工具。」〔註26〕應當說，從「作詩如作文」到「白話做詩」，在內部是有推論性關聯的，這一點梅光迪看得很清楚：「足下初以爲作詩如作文，繼以作文可用白話，作詩亦可用白話，足下之 Syllogism即『亞里士多德』亦不能難。」〔註27〕從邏輯上講，「白話做詩」是以「作詩如作文」爲大前提的，而且二者互爲推進，只有語言層面的「白話化」和詩歌文法層面的「散文化」的結合，才能使現代的白話自由詩體眞正浮出地表。〔註28〕然而，仔細分析，詩／文、文言／白話，這兩種衝突在本質上，還是有距離的。「詩與文的衝突」不僅是詩體形式上的問題，它還關涉到上文所說到的，對一種特殊詩歌經驗方式的追求，即從傳統風花雪月的詩美空間轉向對「現實經驗」的包容，以散文化的分析、邏輯性因素瓦解「意象展示」的審美呈現，以表達複雜曲折的現代經驗。在這個意義上，「白話是否可以作詩」無法涵蓋「作詩如作文」的全部內涵。突破口找到了，焦點清晰了，但早年對「詩」的多重實驗和構想，也被相對窄化了。胡適自己也指出：「白話作詩不過是我所主張『新文學』的一部分」。〔註29〕

　　一方面，將「白話」設定爲實驗的方向；另一方面，又承認它只是主張的一部分。胡適對「新詩」構想的複雜性，在這裡表露出來了。同一時期的「文學八事」（1916年8月在寫給朱經農的信中提出）更加凸顯了內在的歧義。相對於「白話作詩」，「文學八事」是一個有些含混、甚至是陳舊的主張，但它仍然代表了胡適對某種文學表意能力的整體嚮往，不僅有語言、形式的變

〔註26〕胡適：《〈中國新文學大系·建設理論集〉導言》，第18頁，趙家璧主編、胡適編選：《中國新文學大系·建設理論集》，上海：良友圖書出版印刷公司，1935年。

〔註27〕1916年8月8日梅光迪致胡適信，羅崗、陳春豔編：《梅光迪文錄》，第170頁，瀋陽：遼寧教育出版社，2001年。

〔註28〕康林：《〈嘗試集〉的藝術史價值》一文，細緻分析了「詩與散文」、「文言與白話」，這兩種衝突如何共同造就了「新詩」的發生。（《文學評論》1990年第4期）

〔註29〕《藏暉室札記》14卷14，第1002頁，上海：亞東圖書館，1939年。

革，還包括文學經驗範圍的擴張、獨創精神的強調等，它與美國「印象派」詩人主張的「暗合」，更表明了其包含的實驗性和先鋒性。在某種意義上，「八事」似乎是前期「作詩如作文」主張的延續，並被綱領化、具體化了。

由此說來，作爲個人實驗的「白話作詩」與作爲整體構想的「文學八事」，兩種向度互有包含，並存於 1916 年胡適的思考中。早期詩／文間的衝突，引發了此時文言／白話的對立，但這兩種衝突似乎還是纏繞在一起的。然而，隨著討論的空間轉移到國內，美國友人的激烈反對被北大諸公的鼎立支持替代，胡適的新詩構想從含混、纏繞的狀態進一步變得明確。陳獨秀從文學史角度對「白話文學正宗」強調〔註 30〕，錢玄同「寧失之俗，毋失之文」的忠告〔註 31〕，以及讀者討論中對「形式」問題的「側重」〔註 32〕，以形式上的「白話」爲中心的討論氛圍，無形中使胡適的「白話」主張接受了「悍化」：「所以我回國後，決心把一切枝葉的主張全拋開，只認定這一中心的文學工具革命論是我們作戰的『四十二生的火炮』。」〔註 33〕更重要的是，國內發生的「國語問題」的討論，也對胡適論文主旨的變動產生了關鍵影響〔註 34〕，《建

〔註30〕 譬如，在胡適的《文學改良芻議》一文發表時，陳獨秀就在文後還做了一條有趣的編者附識：「余恒謂中國近代文學史，施、曹價值，遠在歸、姚之上，聞者咸大驚疑。今得胡君之論，竊喜所見不孤。白話文學，將爲中國文學之正宗。余亦篤信而渴望之。」（《新青年》2 卷 5 號，1917 年 1 月 1 日。）本來，胡適爲了使文章更少爭議性，謹慎地調整了八事的順序，「白話文學」的說法只是在篇末齣現。關注文學進化的陳獨秀，一下子抓住了「八事」中眞正具有衝擊性力量的所在，有意無意地將最後「白話文學正宗」說突出在讀者的視野裏，他的回應文章《文學革命論》也主要從文學史的角度展開，加之態度的決絕，胡適的「八事」在某種程度上，被化約爲「白話文學正宗」說，並拉伸成進化論意義上文學史必然。

〔註31〕 1917 年 10 月 31 日錢玄同致胡適信，耿雲志主編：《胡適遺稿及秘藏書信選》40 冊，第 252 頁，合肥：黃山書社，1994 年。

〔註32〕 談論「八事」的書信剛剛發表，常乃惠就寫信給陳獨秀，對其中「不用典」「不講對仗」「不避俗字俗語」等項表示疑義；《文學改良芻議》發表後，陳丹崖、李濂堂等人就來信爲「駢體」「用典」辯護。無論是贊成，還是反對，「八事」中語言形式的問題最有爭議性，似乎是當時讀者關注的焦點。上述幾文分別見《新青年》2 卷 4 號（1916 年 12 月 21 日），2 卷 6 號（1917 年 2 月 1 日），3 卷 2 號（1917 年 4 月 1 日）。

〔註33〕 胡適：《〈中國新文學大系·建設理論集〉導言》，第 22 頁，趙家璧主編、胡適編選：《中國新文學大系·建設理論集》，上海：良友圖書出版印刷公司，1935 年。

〔註34〕 對此問題的研究見王風：《文學革命與國語運動之關係》，《中國現代文學研究叢刊》2001 年 3 期。

設的文學革命論》一文就是重要的成果。當文學革命與國語運動合流一處,「白話文學」的主張便上升爲旨在建構現代民族國家語言的白話文運動,其歷史價值得到了空前的提升,並最終獲得了國家的制度保證。在這篇「將來一定很有勢力」〔註35〕的大文中,過去破壞的「八事」被壓縮成「有什麼話,說什麼話;話怎麼說,就怎麼寫」等建設的「四條」〔註36〕。雖然「八事」被巧加整合,一條不落地塞進新頒佈的「四條」裏,但不難看出,對「物」的強調已被對「話」（白話）的鼓吹替代。

四

通過上述分析,胡適新詩構想的三個層面呈露出來:「實驗」的態度,表達的是一種先鋒可能性立場;「作詩如作文」的方案,涉及的是詩歌與變動歷史經驗的關聯;白話的提倡,則主要表現爲語言、形式的變革。應該說,這是新詩發生處於多重歷史壓力下的表徵。有趣的是,「三個層面」的劃分也曾出現在錢基博那裏,他說:胡適「所以自號於天下者有三:曰八不主義也。曰歷史的文學進化觀念也。曰文學的試驗精神也。」〔註37〕這一說法與上述劃分,不乏暗合之處。重要的是,隨著三個層面的漸次過渡,胡適由詩歌問題展開的文學構想愈來語向語言、形式方面傾斜,並最終演化成具有宏大歷史建構功能的「國語文學」論。這首先是一個擴張的過程,讓文學與文化、語言接軌,獲得歷史的意義;同時,這也是一個收縮的過程,當「枝節的主張全拋開」,最初的整體改革不斷被化約、窄化,形成明晰的策略,對詩歌表意能力的實驗性構想,便無形中受到了一定的擠壓〔註38〕。新詩發生的歷史壓力,似乎由是也從實驗／規範、詩／文、文／白的多重交織,變成以文言／白話的衝突爲中心了,胡適的「工具革命」論者的形象也隨之確立。

〔註35〕 1918年3月17日胡適致母親信,耿雲志、歐陽哲生編:《胡適書信集》（上）,第140頁,北京大學出版社,1996年。
〔註36〕 胡適:《建設的文學革命論》,《新青年》4卷4號,1918年4月15日。
〔註37〕 錢基博:《中國現代文學史》,第441頁,上海:世界書局,1933年。
〔註38〕 在《新青年》上「白話詩」形成了勢力,但忙於「國語文學」建設的胡適對「詩」卻無暇發言了。當俞平伯的《白話詩的三大條件》發表時,胡適在編後中說「我當初本想做一篇《白話詩的研究》」,但「幾個月以來,我那篇文章還沒有影子」。（《新青年》6卷3號,1918年10月16日）

誠然，無論是「作文如作詩」，還是「實驗」的態度，在文學史上都不是什麼新見，但需要考慮的是，它們是在一個文化、觀念、詞彙都處於急遽變化的時代產生的，並與一種特殊的歷史意識相關，在某種意義上，也體現了一種典型的現代性衝動：要在既有的審美規範之外以新異的形式探索，把捉到變動中的現代經驗。有關新詩「對現代性的追求」〔註39〕，是一個內涵頗爲寬廣的議題，不是這裡討論的重點，但簡單說，依照波德賴爾的命名，審美領域的現代性表現爲「一種發展變化的價值」，「可以稱爲現代性的那種東西」，是一種從變化、短暫、偶然的「現時」中「提取它可能包含著的在歷史中富於詩意的東西」〔註40〕。這一經典命名，點出了19、20世紀以來諸多文藝思潮的發生機制，瑪律科姆‧布雷德伯里與詹姆斯‧麥克法蘭也稱，「現代」一詞雖然在不同的領域或層次，指涉不同的內涵，但它保持著確切意義「它與當代特有的情感相聯繫：歷史主義的情感，也就是感到我們生活在全然新奇的時代，當代歷史是我們重要的源泉……現代性是人類思想的一種新的意識，新的狀態」〔註41〕。因而，文學中的「現代性」或可從一種動力的角度去把握，它被兩種衝動所支配，一是關注「現時的歷史」，一是爲「未來的面貌」所吸引〔註42〕。誠然，上述描述是針對西方現代文學潮流而言的，但對於在現代進程中強烈感受到經驗、觀念劇變的中國詩人來說，對「現時的歷史」的關注，以及對未來可能性的嚮往，同樣交織在新的詩歌方式的構想中，詩體、語言的變化，也正是在此前提下產生的。在梁啓超等人那裏，「新名物」（現代歷史經驗）與古典詩歌體式間存在著矛盾，在某種文學史進化的眼光中，這就是胡適之前諸多詩歌改良失敗的原因所在，語言的「白話化」與詩體的散文化，可以說解決了上述矛盾，也爲現代性的表意衝動找到了一個出口。但詩體、語言上的變革並不能替代上述歷史衝動，二者既相互推動，又有所差異，構成了胡適新詩構想的內在張力。

〔註39〕 臧棣：《現代性與新詩的評價》，《現代漢詩：反思與求索》，現代漢詩百年演變課題組編，北京：作家出版社，1998年。

〔註40〕 波德賴爾：《現代生活的畫家》，《波德賴爾美學論文選》，郭宏安譯，第484～485頁，北京：人民文學出版社，1987年。

〔註41〕 瑪律科姆‧布雷德伯里、詹姆斯‧麥克法蘭：《現代主義的名稱和性質》，瑪律科姆‧布雷德伯里、詹姆斯‧麥克法蘭編：《現代主義》，胡家巒等譯，第7頁，上海：上海外語教育出版社，1992年。

〔註42〕 對這一問題的討論，見伊夫‧瓦岱：《文學與現代性》，田慶生譯，北京：北京大學出版社，2001年。

第二節　《嘗試集》對「新詩」的塑造

　　在理論上，胡適享有了「新詩」的發明權，他的《嘗試集》也是新詩最初的創作實績，理論上的闡述與作品的展現，共同完成了「新詩」的形象塑造。在這樣的形象塑造中，胡適新詩構想中的內在張力，留下了怎樣的痕跡，詩集的編撰又對這種「張力」發生了怎樣的扭轉，同樣是一個值得考察的課題。

　　按照一般的理解，文學的「形象」主要來自作品的文本本身，但作品的呈現形態，其實也一定程度上參與了「形象」的塑造。譬如，詩人冰心的新詩寫作，就肇始於一篇小文章發表時偶然的排列形態。1921 年 2 月，在文壇上已嶄露頭角的冰心，將一篇短小的散文《可愛的》投寄給《晨報・副刊》，在「雜感欄」發表時，編輯卻有意以「分行的詩的形式排印了」，並在按語中，表明打通「雜感欄」與「詩欄」界限的意圖。〔註 43〕由此，冰心的詩人生涯才得以開始，而「詩欄」與「文欄」的跨越，以及散文的分行排印，也恰好說明「詩／文」對話中特殊的新詩形象。由此可見，發表、成集等媒介因素，執行的不只是載體的功能，它們也可能是作品重要的構成因素，完成著另一種文學想像。從這個角度關照，新詩集的標題、編次、序言，以及作品的篩選，也對新詩的形象現呈有所貢獻，這正是本節要討論的重點。

一、序言與編次：「詩體解放」的定位

　　作為一本新詩創作集，從構成上看，《嘗試集》是十分特殊的，真正體現「新詩」實力的，只有一小部分，如胡先驌所描述的：

> 今試一觀此大名鼎鼎之文學革命家之著作。以一百七十二之小冊。自序他序目錄已占去四十四頁。舊式之詩詞、復占去五十頁。所餘之七八十頁之嘗試集中。似詩非詩似詞非詞之新體詩復須除去四十四首。至胡君自序中所承認為真正之白話新詩者。僅有十四篇。而其中「老洛伯」、「關不住了」、「希望」三詩尚為翻譯之作。〔註44〕

〔註43〕冰心：《我是怎樣寫〈繁星〉和〈春水〉的》，李保初、李嘉言選編：《冰心選集》6 卷，第 70 頁，石家莊：河北教育出版社，1992 年。
〔註44〕胡先驌：《評〈嘗試集〉》，《學衡》1 期，1922 年 1 月。

指出詩集選目上的雜湊之感，似乎是要爲了揭示新詩初期理論宣導與實際寫作間的不均衡。換一個角度，胡先驌其實誤解了《嘗試集》的眞實意圖，它不僅是作品的展現，更爲重要的是，由序言、舊體詩詞、「似詩非詩似詞非詞之新體詩」、「眞正之白話新詩」的並置方式，它所要提供的一個「新詩」發生的全程展示，如胡適自言：「這本書含有點歷史的興趣」。〔註45〕

　　首先，錢玄同的序言，以及胡適的自序，兩篇長文佔據了44頁，起到的「閱讀導引」作用肯定不容忽視。書前有序，本身沒有什麼希奇，但對於初生的「新詩」來說，序言卻擔負著概念解說、合法性辯護和歷史描述等使命。最早出版的幾部個人新詩集，如《嘗試集》、《冬夜》、《草兒》、《蕙的風》前均有自序、友人序或師長序，多的竟達三篇之多。眞如梅光迪譏諷的那樣：「今則標榜之風加盛，出一新書，必序辭累篇，而文字中又好稱『我的朋友』某君云云。」〔註46〕序的有無，表面上似無深意，但事實上功能和影響卻是多方面的，也引發了先關的爭議。俞平伯就因爲在自序中鼓吹自己的詩觀，而招致責難，他感歎：「詩集有序，意欲以祛除誤解，卻不料誤解由此繁興。」〔註47〕《冬夜》前冠以兩序，「如象之巨座，蛇之贅足」〔註48〕，俞後來認爲詩集「不宜有序」。《草兒》的遭遇要好些。1921年春，康白情爲待出的詩集準備了一篇長序，但到了秋天，「半年來思想激變，深不以付印爲然，覺自序不太好了」〔註49〕，於是刪掉原序，保留了俞平伯一年前的序文，並改寫一篇「低調」的短序。身爲中學生的汪靜之，其詩集前卻有胡適、朱自清、劉延陵三位名家的序言，很難不令人生出「攀附權威」的印象，一位讀者當時以「仗著新偶像賺錢的著作家」爲題，撰文譏諷。〔註50〕

　　自我塑造也罷，闡發觀點也罷，提攜新秀也罷，上述序文還是有某種一致性的，即都在闡明或辯護「新詩」的歷史合法性，完成其最初的自我想像。

〔註45〕　胡適：《〈嘗試集〉再版自序》，《胡適文存》卷一，第283頁，上海：亞東圖書館，1921年。

〔註46〕　梅光迪：《評今人提倡學術之方法》，《學衡》2期，1922年2月。

〔註47〕　俞平伯：《致汪君原放書》，《俞平伯全集》1卷，第16頁，石家莊：花山文藝出版社，1997年。

〔註48〕　俞平伯：《〈西還〉書後》，《俞平伯全集》1卷，第295頁，石家莊：花山文藝出版社，1997年。

〔註49〕　康白情：《〈草兒〉自序》，諸孝正、陳卓團編：《康白情新詩全編》，第207頁，廣州：花城出版社，1990年。

〔註50〕　1922年10月5日《時事新報·學燈》。

值得注意的是，這些序言雖然爲詩集服務，但往往都可以脫離詩集作單獨的論文看待，像《嘗試集》的兩篇序文在詩集出版前，就已經在《新青年》上發表，流佈於世。

　　胡適請錢玄同作序，大概是 1917 年 10 月的事情〔註51〕，此序於 1918 年 1 月 10 日完成，歷時三月，似乎頗費了一翻苦心。在此之前，錢玄同在其「二十世紀十七年七月二日」長書中，曾對胡適的白話詩作出了著名評論，認爲胡適的白話詩「未脫文言窠臼」。此言對一度「以爲文言中有許多字盡可輸入白話詩中」的胡適震動頗大，以至「在北京所做的白話詩，都不用文言了」〔註52〕。「白話詩」的最終實現，錢玄同可以說功不可沒，由他來做序也順理成章。錢的序言一開頭，就高屋建瓴地把《嘗試集》定位於「白話文學」運動的整體背景中，對於文學改良的「八事」也只談「不避俗語俗字」一項，看似漫不經意，在效果上卻爲《嘗試集》框定了基本的價值取向，即：它主要體現的是語言工具的變革。有意味的是，下面的文章將「詩集」拋在了一邊，轉而大談文言分離與白話文學的歷史，將《新青年》上的文學史建構討論移植爲《嘗試集》的發生背景。這種談論方式，顯然與錢玄同對語言問題的特別關注有關，對他以及後期的胡適而言，「文學」已經是解決語言問題的切入點了。〔註53〕雖然在序言後面，具體詩作也得到了評論，但錢玄同的解說也不是針對胡適的特殊詩藝，而是抄錄與胡適間的「詩體」討論，主要是爲了勾勒新詩由「未脫盡文言窠臼」到「用『長短無定』，極自然的句調」的軌跡。在這樣的呈現，《嘗試集》所體現的「新詩」形象自然落在了「文言合一」的歷史必然上。〔註54〕

　　對錢玄同序言的特色，胡適自己看得很清，說它「把應該用白話做文章的道理，說得狠痛快透切」，他自己的序言則重在描述「我個人主張文學革命

〔註51〕錢玄同曾說：「一九一七年十月，適之拿這本《嘗試集》第一集給我看。」（錢玄同：《〈嘗試集〉序》，第 1 頁，《嘗試集》，上海：亞東圖書館，1920 年 3月初版）

〔註52〕胡適致錢玄同信，《新青年》4 卷 1 號，1918 年 1 月 15 日。

〔註53〕在「二十世紀十七年七月二日」信中，錢玄同坦言自己論文的主旨：「玄同年來深慨於吾國文言之不合一。」後來錢、胡的通信也多以文字問題展開，胡適就說過：「中國文字問題，我本不配開口，但我仔細想來，總覺得這件事不是簡單的事。」（耿雲志、歐陽哲生編：《胡適書信集》上冊，第 162 頁，北京大學出版社，1996 年）

〔註54〕錢玄同：《〈嘗試集〉序》，《嘗試集》，上海：亞東圖書館，1920 年 3 月初版。

的小史」。從早年的詩歌趣味，到在美的討論，再到「詩體大解放」，新詩從舊詩中一步步的脫繭歷程，第一次被勾勒出來。〔註55〕如果將序言與不久後寫成的《談新詩》相比，會發現自序裏更多強調的是「詩體大解放」的前因後果，而沒有涉及新詩帶來的美學可能。錢序與自序，兩文分工明確，又配合完美，一爲白話文的歷史展開，一爲個人的故事講述，組合一個完整的「新詩」發生的歷史敘述。

　　序言給出了鋪墊，詩集的編次又從構成上驗證了序言中的「解放」歷程：一編，二編，以及作爲附錄的《去國集》，恰好對應於胡適的新詩發明史，一條以「純用白話」爲最終目的個人進化線索，清晰可見。《去國集》是舊詩的化石，「一編」與「二編」爲白話詩嘗試的兩個階段，這樣的編次方式，也成爲《嘗試集》一個最重要的標誌。亞東的出版廣告，也選錄自序中的一段話做宣傳：「書分兩集：到北京以前的詩爲第一集，以後的詩爲第二集。在美國做的文言詩詞刪剩若干首，合爲去國集，印在後面作一個附錄。」〔註56〕兩篇序言在《新青年》上的發表，早早地造出了氣氛，隨著《嘗試集》的暢銷，「這兩篇序言都有了一兩萬份流傳在外」〔註57〕，「新詩」的形象漸漸遍及人心，其中「編次」方式所呈現的「進化」線索也廣爲接受。李思純在談到胡適「嘗試的 Programme」時就說：「他原想以文言創新體，進一步而以白話來做舊式的歌行及詞曲，再進一步打破舊形式作自由句。」〔註58〕胡適的自我講述，已變成了公共化的常識。

　　一方面，有了文言合一的歷史目的論作支撐，另一方面，新詩的構想也聚焦到語言工具的變革這一點。胡適新詩構想中，那些並非不重要的「枝葉的主張」自然被剪除在外，《嘗試集》中對傳統審美慣習造成衝擊的散文化風格〔註59〕，在這樣的「呈現」中，也就沒有任何位置了。

〔註55〕 胡適：《〈嘗試集〉自序》，《嘗試集》，上海：亞東圖書館1920年3月初版。

〔註56〕 《少年中國》1卷10期，1920年4月。

〔註57〕 胡適：《〈嘗試集〉增訂四版序》，《胡適文存二集》卷4，第292頁，上海：亞東圖書館，1924年。

〔註58〕 李思純：《詩體革新之形式及我的意見》，《少年中國》2卷6期，1920年12月。

〔註59〕 比如，《嘗試集》中有《月夜》一詩，任鴻雋1917年6月24日就曾致信胡適，說自己也有一詩與其同意，「唯吾月詩中無王充，仲長統……等耳。」(《胡適來往書信選》上冊，中國社會科學院近代史研究所中華民國史組編，第13頁，北京：中華書局，1979年)

　　當然，「命名」的工作並非是一蹴而就的，《嘗試集》對「新詩」的呈現本身就處於流動之中。「戲臺裏叫好」，雖是胡適的老毛病，卻有他一定的理由：「我自己覺得唱工做工都不佳的地方，他們偏要大聲喝彩，我自己覺得眞正『賣力氣』的地方，卻只有三四個眞正會聽戲的人叫一兩聲好。」《嘗試集》再版自序，或許就是這樣一聲叫好，目的是爲觀眾指明新詩「唱做俱佳」在何處。《嘗試集》出版後，非議和爭論也隨之而來，在再版自序中，胡適說：「守舊的批評家一面誇獎《嘗試集》第一編的詩，一面嘲笑第二編的詩；說《中秋》，《江山》，《寒江》，……等詩是詩，第二編最後的一些詩不是詩」。〔註60〕胡適的這段話，是有具體所指的，針對的是由上海「詩學大家」胡懷琛的《嘗試集》批評，爲了糾正種種誤解、偏見，胡適不得不在這篇再版自序中，結合作品細緻地指出自己詩歌的進化軌跡以及音節上的嘗試：「老著面孔，自己指出那幾首是舊詩的變相，那幾首是詞曲的變相，那幾首是純粹的白話詩」，並挑出其中的十四首。只承認它們是「眞正的白話新詩」。如果說初版序言完成的是「新詩」的命名工作，那麼再版序言就是從詩體的角度進行的「正名」活動，糾正那些「叫錯好」的理解，再一次強化「新詩」與舊詩、詞曲的區別所在。

　　《嘗試集》剛剛再版，胡適就忙著下一個關鍵的環節，請一批友人幫助他「刪詩」，結果就是作爲經典性定本的《嘗試集》增訂四版。〔註61〕從最初的「命名」，到爲自己叫好的「正名」，再到刪詩中的「經典化」努力，《嘗試集》的自我定位大致完成，誠如陳平原所言：《嘗試集》經典地位的獲得，主要不是依據詩歌本身的成就，而是從文言與白話、新與舊對話的產物，其中胡適自己的積極闡釋起到了重要的作用。可以補充的是，對《嘗試集》的定位，也同時是對新詩的主動構想，在文白對峙中，「新詩」的合法性主要顯現在了「白話」上，形式、工具的革命，成了它的唯一內涵。但可以追問的是，上文提到的「新詩」發生背後特殊的歷史衝動，已退入了後臺，從某種角度說，胡適新詩構想中三個方面的內在張力，在這裡也似乎由此，被暗中消除了。

〔註60〕　胡適：《〈嘗試集〉再版序》，《胡適文存》卷一，第 285 頁，上海：亞東圖書館，1921 年。
〔註61〕　對這一問題的深入討論，參見陳平原：《經典是怎樣形成的——周氏兄弟等爲胡適刪詩考》，《魯迅研究月刊》2001 年 4、5 期。

　　《嘗試集》的問世，正「當那新舊文學爭論最激烈的時候」，胡適的願望也是「社會對於我，也很大度的承認我的詩是一種開風氣的嘗試」，因而他似乎此時還無暇展開他對「新詩」完整構想〔註62〕，其中包含的「張力」，在不斷地命名無形中消解了，窄化爲「白話」一條。在這種窄化過程中，別人指斥他「能作白話而不能作詩」〔註63〕，似乎也就理所當然了。具有反諷意味的是，《嘗試集》對新詩發生史的刻意呈現，後來恰恰成爲其遭受詬病的理由，批評者往往根據他自己的指認，譏笑《嘗試集》中沒有幾首眞正的新詩，只是一種不成功的「嘗試」〔註64〕。

二、成集中的「自我淨化」

　　《嘗試集》的序言、編次，不僅爲整部詩集確立了一個基本的形象，對「新詩」的呈現也發生其中。但是，詩集的另外一些構成因素，也加入了「呈現」的過程，成集中作品的篩選也是重要的一環。〔註65〕本文第一章曾從現代詩歌觀念的發生角度，對此問題進行探討，分析了在「純文學」的原則下，《嘗試集》對應酬交際之作、以及作爲白話詩試驗起點的「打油詩」的排斥。然而，「排斥」的產生，不僅出於現代純文學觀念，某種對新詩歷史形象的構想，也是考慮的一重尺度，這同樣表現在《去國集》與《嘗試集》第一編的編選中。

〔註62〕　胡適：《〈嘗試集〉增訂四版序》，《胡適文存二集》卷四，第 298 頁，上海：亞東圖書館，1924 年。

〔註63〕　胡先驌：《評〈嘗試集〉》，《學衡》1 期，1922 年 1 月。

〔註64〕　譬如，在草川未雨就稱：「我們把《嘗試集》打開，在這一共四編裏，第一編和第四編的《去國集》都是舊詩詞。第二第三編也不完全是新詩，並且裏面還攙雜著幾首譯詩，」並認定它只有「提倡時的價值，沒有作品上的價值」。（草川未雨：《中國新詩壇的昨日今日和明日》，第 51～52 頁，北京：海音書局，1929 年，上海書店 1985 年影印）

〔註65〕　在《嘗試集》版本的流變中，增訂四版時發生的「刪詩」事件，對「新詩」的塑造都有關鍵作用。但如果考慮到《嘗試集》收錄的，只是胡適早期詩作中的一部分，「刪詩」其實也發生在初版的編定中。初版《嘗試集》（包括《去國集》）共收錄了胡適新體、舊體詩作 68 首，《去國集》、一編、二編分別對應於三個階段：1916 年 7 月以前，1916 年 7 月到 1917 年 9 月，1917 年 9 月到 1919 年。其中，「二編」收詩 25 首，作爲長短無定的詩體解放的成果，回北京後所作白話詩基本全錄，因而「篩選」的問題並不明顯，而對於像化石一樣存留了新詩從文言格律體到白話自由體的發生、脫繭軌跡的《去國集》與「第一編」，某種自我「刪選」的目光還是貫穿其中。

　　站在所謂「活文學」的立場，胡適判定文言作品爲「死文學」，這種區分
對他自己的詩作同樣適用。《去國集》自序稱：「今余此集，亦可謂之六年以
來所作『死文學』之一種爾」。將其作爲附錄列於《嘗試》二集後，意圖也無
非是襯托「白話作詩」的活力。但是，如果考察一下《去國集》中的詩作，
會發現它不只是一片承載舊詩亡魂的化石，某種變化的活力還是展現在其
中。根據本書第一章的統計，自 1911 年 1 月至 1916 年 4 月，胡適作詩四十餘
首。從詩體上看，它們可分爲古體詩，律詩，長篇歌行，詞，翻譯詩和英文
詩等。但《去國集》中，其他詩體都有所收錄，惟有律詩一概不取，這當然
與胡適對律詩的反感相關〔註 66〕，但「律詩」不入《去國集》的策略，也表
明了胡適的看中詩體自由的「解放」立場。相比之下，其他詩體更受胡適青
睞，因爲它們都在一定程度上符合了胡適關於「詩體進化」的想像：「詞乃詩
之進化」，能達曲折之意。胡適於 1915 年 6 月後，便對詞十分關注，所作 5
首有 4 首選錄，可見其重要；《哀希臘》一詩的翻譯，選用騷體，「恣肆自如」，
「自視較勝馬、蘇兩家譯本」〔註 67〕；古體歌行敘事說理，在表達時代生活
和個人經驗上，靈活自如，《去國集》中最引人注目的就是此類詩章，占一半
以上數目，而且胡適對長度還有一定的追求，在《送梅覲莊往哈佛大學》詩
後沾沾自喜地說：「此詩凡六十句，蓋四百二十字。生平做詩，此爲最長矣」，
還將此詩的長度與其他「長詩」進行比較。有意味的是，他所提到的「長詩」
都收入《去國集》中〔註 68〕。詩篇的長短，表面無關緊要，但較之短詩，古
體歌行的長度保證了一種伸縮自如處理複雜經驗的可能性。由是可見，作爲
「死文學」代表的《去國集》非但不死，反而構成了「新詩」呼之欲出的前
奏，通過詩體上的排斥性選擇，有效地參與進了序言、編次確定的整體想像
中。

　　如果說《去國集》中對「律詩」的排斥，從正面呼應了「詩體大解放」
的敘事，那麼《嘗試集》第一編中對「打油氣」的擯除，也是另一種塑形的

〔註 66〕　胡適從少年時代起就不喜律詩，偏愛古體歌行。（胡適：《四十自述》，第 136
　　　　　頁，上海：亞東圖書館，1933 年）在美時寫作律詩，也無非是用於朋友間的
　　　　　應酬，譬如 1914 年 5 月 25 日，在和任叔永的律詩三首後，在日記中記下：「久
　　　　　不作律詩，以爲從此可絕筆不作近體詩矣，今爲叔永故，遂復爲馮婦。」（《藏
　　　　　暉室札記》4 卷 20，第 238 頁，上海：亞東圖書館 1939 年）
〔註 67〕　《藏暉室札記》3 卷 42，第 192 頁，上海：亞東圖書館 1939 年。
〔註 68〕　《藏暉室札記》11 卷 32，第 786 頁，上海：亞東圖書館 1939 年。

方式。本書第一章提到，寫「打油詩」彼此打趣，此類文字遊戲與「新詩」的現代形象不符，但新詩發生時期某些特別的美學活力，也未嘗沒有包含在其中。

具體而言，他人參與「打油」，或是爲了好玩，或是出於挖苦，但對胡適來說，卻大有深意，曾言「此等詩亦文學史上一種實地實驗也，遊戲云乎哉？」〔註69〕「遊戲」與「實驗」，在他那裏似乎是合二爲一的，除了白話的試練，「打油詩」還暗中勾連了胡適特定的寫作趣味。出於「作詩如作文」的立場，在重視說理、寫實的同時，胡適對諷刺性因素也很看中，後來在談及鄭珍、金和等詩人時，就對他們「嘲諷的詼諧」大加獎掖。〔註70〕當任叔永來信說其《答梅覲莊》一詩完全失敗時，他也據理力爭：「此詩乃是西方所謂『Satire』者──乃是嬉笑怒罵的文章。」〔註71〕和諧之音調，審美之詞句，一般來說是詩美之所在，但嬉笑怒罵的狂歡因素，未嘗不構成另一種「審美」，在現代藝術中，與現實保持活潑張力的「諷刺」還是一種相當重要的風格。打油詩中的諷刺性，不僅是「博人一笑」而已，它也體現了寫作與現實之間的強勁關聯。本來，胡適就對風俗世象感很有興趣，在留學日記中曾剪貼報章之上的歐戰諷刺畫，並「戲爲作題詞……亦殊有雋妙之語，頗自喜也。」〔註72〕1916 年 10 月，他在日記中還抄錄某華人的「英倫詩」，認爲「其寫英倫風物，殊可供史料，蓋亦有心人也」。受此啓發，先後戲作了 5 首「紐約詩」，其中一首爲：

> 一陣香風過，誰家的女兒？裙翻鴕鳥腿，靴像野豬蹄。密密堆鉛粉，人人嚼肯低（Candy，糖）。甘心充玩物，這病怪難醫。（《藏暉室札記》14 卷 43）

雖是遊戲性的打油之作，但辛辣的諷刺，令人噴飯的比喻，還是傳達了對社會現象的敏銳感知，後來劉半農在《初期白話詩稿》序中，就引用「裙翻鴕鳥腿」一句，可見其在友人中，還是相當有名的〔註73〕。或許可以說，「打油

〔註69〕《藏暉室札記》13 卷 23，第 944 頁，上海：亞東圖書館 1939 年。

〔註70〕胡適：《五十年來中國之文學》，《胡適文存二集》卷 2，第 109 頁，上海：亞東圖書館，1924 年。

〔註71〕《藏暉室札記》14 卷 4，第 986 頁，上海：亞東圖書館，1939 年。

〔註72〕《藏暉室札記》10 卷 11，第 700 頁，上海：亞東圖書館，1939 年。

〔註73〕劉半農：《〈初期白話詩稿〉序》，陳紹偉編：《中國新詩集序跋選》，第 248 頁，長沙：湖南文藝出版社，1986 年。

詩」不只是遊戲而已，遊戲之中還包含了新詩發生的歷史衝動，怪不得胡適自己「寧受『打油』之號，不欲居『返古』之名也」。〔註74〕

　　然而，被稱爲「一集打油詩百首」的《嘗試集》一首「打油詩」未錄，除現代文學觀念的作用外，某種審美上的規約，似乎也是一個重要的原因。對於第一首白話詩《答梅覲莊》，胡適曾滔滔不絕進行捍衛，列出其中的「粗俗」之句，說：「此諸句那一字不『審』？那一字不『美』？」〔註75〕從所謂「審美」的標準出發，一個可以探討的假設是，友人們對胡適白話詩嘗試的最初反感，在很大程度上可能是出於對白話詩鄙俗、粗糙的打油之氣的不適之感。1917年，吳虞在《與柳亞子論文學書》中就稱胡適的白話詩，「不免如楊升菴所舉的張打油」〔註76〕。如果這個假設成立，可能的結論便是：胡適的反對者們，不單單反對「白話」，反對的還有有違「詩美」期待的打油之氣，前者是對語言形式的問題，後者則涉及文學風格的評價，二者結合在一起，共同落實爲對「白話詩」的否定，朱經農就稱「蓋白話詩即打油詩」，將二者混爲一談。

　　對「打油氣」的反感，不能說沒有對胡適發生作用，這直接關係到白話詩能否被眾人接受。因此，在打油詩外，胡適也開始試寫的一批「雅正」的白話詩，如收入《嘗試集》的《孔丘》，《朋友》，《他》，《贈經農》等。詩風純正了，態度嚴肅了，果然獲得了友人的認可，在1916年9月15日日記中，胡適寫道：實地實驗之結果，雖無大效，「然《黃蝴蝶》、《嘗試》、《他》、《贈經農》四首，皆能使經農、叔永、杏佛稱許，則反對之力漸消矣」〔註77〕。朱經農還認爲《孔丘》一詩「乃極古雅之作，非白話也」〔註78〕。要爲「白話詩」苦苦爭取審美合法性的胡適，不能不顧及這種普遍的詩美規範，即使「打油詩」作保留了「新詩」的活力和包容力，《嘗試集》不錄「打油詩」，自然順理成章了。

　　「打油詩」的價值高低，不是最主要的問題，關鍵在於，對「打油詩」的排斥，有助於「文言／白話」之間的「詩體大解放」敘事的成立。表面上看，這二者之間似乎沒有明顯的關聯，但摒除了「打油氣」，可能會「白話詩」

〔註74〕《藏暉室札記》14卷10，第998頁，上海：亞東圖書館，1939年。
〔註75〕《藏暉室札記》14卷4，第986頁，上海：亞東圖書館，1939年。
〔註76〕吳虞：《與柳亞子論文學書》，1917年5月16～17日《民國日報》。
〔註77〕《藏暉室札記》14卷38，第1032～1033頁，上海：亞東圖書館，1939年。
〔註78〕《藏暉室札記》14卷10，第998頁，上海：亞東圖書館，1939年。

更符合了一般的詩美規範，「詩體大解放」也就更易於被廣泛接受。這其中的邏輯有些微妙，爲了「白話」的接受，「打油詩」不得不被自覺或不自覺地排斥，爲了「詩體大解放」的想像，新詩發生中特殊（也是非法）的活力，也不得不被抑制。這似乎是一個必要的代價。

　　無論是律詩的排斥，還是「打油氣」的擯除，《去國集》與《嘗試集》「第一編」中的編選過程中，某種自我「純化」的機制被悄然啓動，在「純化」的過程中，「詩體大解放」的敘事或被正面呼應，或是得到了曲折的助益。

三、題名：「嘗試」的申說

　　「嘗試」一詞，被用來作爲新詩史上第一本詩集（個人詩集）的題名，當然是大有深意的。1916 年 9 月 3 日，胡適在《嘗試歌》及自序中，首次對「嘗試」進行了個人解說，這兩個字出自陸游的詩句：「嘗試成功自古無」，含義與胡適信奉的「實驗主義」正相反背，胡適在詩中反用其意：「自古成功在嘗試」〔註79〕，且「因爲不承認放翁這句話，故用『嘗試』的兩個字做我的白話詩集的名字」〔註80〕。其後，胡適一有機會就會宣講「嘗試」的用意，1917 年 4 月 9 日，在寫給陳獨秀信中，談到自己的《嘗試集》時，就說：「嘗試者，即吾所謂實地試驗也」，並號召他人齊來嘗試。〔註81〕《嘗試歌》一詩後被錄入初版《嘗試集》中，被排在第一編第一首的位置，開宗明義，顯然爲全書定下了基調，即：它體現了「實地實驗的精神」，《嘗試集》也可稱爲「實驗集」。

　　「嘗試」的解說，是胡適的個人發明，後來還有人撰文糾正，恢復放翁的本意。〔註82〕作爲嘗試的內容，「白話作詩」是從「文的形式」入手的一條具體途徑，但如上文所述，「白話作詩」並不能覆蓋「嘗試」的全部：「白話」是具體的實踐方案，「嘗試」涉及的主要是一種態度、一種在定義、規範外保持對可能性的開放。1918 年朱經農投書胡適，對胡的白話詩表示了認可，並提議「白話詩應該立幾條規則」。胡適則斷然反對，認爲「規則」與「詩體解

〔註79〕《藏暉室札記》14 卷 26，第 1020 頁，上海：亞東圖書館，1939 年。
〔註80〕胡適：《〈嘗試篇〉序》，《嘗試集》（第一編），第 2 頁，上海：亞東圖書館，1920 年 3 月初版。
〔註81〕《新青年》3 卷 3 號，1917 年 5 月 1 日。
〔註82〕天放：《嘗試二字的解釋——爲陸放翁呼冤》，《民國日報·覺悟》，1923 年 10 月 14 日。

放」的宗旨不符之外，「還有一層，凡文的規則和詩的規則，都是那些做《古
文筆法》、《文章軌範》、《詩學入門》,《學詩初步》的人所定的。從沒有一個
文學家自己定下做詩做文的規則」〔註83〕。不立「規則」，不僅是「解放」的
需要，還是一種開放的寫作倫理的體現，表達的正是不預設普遍「定理」的
「嘗試」立場。後來，不講規矩也成了胡適一大罪狀，但「可能性」對他而
言，比起「詩的規則」似乎更應成爲新詩的規定。1931 年，胡適讀到了《詩
刊》第一期，對其中「各位詩人的實驗態度」大爲讚賞，在 12 月 9 日給徐志
摩信中說：

> 這正是我在十五年前妄想提倡的一點態度。只有不斷的試驗，
> 才可以給中國的新詩開無數的新路，創無數的新形式，建立無數的
> 新風格。若拋棄了這點試驗的態度，稍有一得，便自命爲「創作」，
> 那是自己畫地爲牢……〔註84〕

由此可見，在胡適那裏，除了用「白話」表達現代經驗這一充滿張力的內涵
外，新詩還與一種態度相關：「新詩」之新不只表現在白話上，也表現在對新
的寫作向度的不斷「試驗」、開拓上，這也是《嘗試集》留在新史上的投影之
一。〔註85〕

　　可以作爲補充的是，作爲「詩體大解放」化石的《去國集》，不僅參與了
詩體解放的想像，對「嘗試」態度的呈現，似乎也更爲全面。詩體的偏重以
外，收入《去國集》的詩作，除少部分具有特殊意義的，〔註86〕其他諸首在
不同程度上，都可以說是胡適的革新之作，留下了他多方面探索、實驗的痕
跡。他在日記中給予過專門解說的就有 8 首，其中有「但寫風俗，不著一字
之褒貶」的《耶穌誕節歌》，有「不依人蹊徑」大膽說理的《自殺篇》，有試

〔註83〕 胡適：《答朱經農書》,《胡適文存》卷一，第 119 頁，上海：亞東圖書館，1921
年。

〔註84〕 耿雲志、歐陽哲生編：《胡適書信集》上冊，第 560 頁，北京：北京大學出版
社，1996 年。

〔註85〕 陳子展的說法值得在這裡提出：「其實《嘗試集》的真價值，不在建立新詩的
軌範，不在與人以陶醉於其欣賞裏的快感，而在與人以放膽創造的勇氣。」（陳
子展：《中國近代文學之變遷・最近三十年中國文學史》，第 293 頁，上海：
上海古籍社，2000 年）

〔註86〕 如《秋柳》一詩是胡適留美前的舊作，錄入《去國集》是因爲其以弱抗強的
主題與「一戰」的現實相合，「兩年來余往往以是之故，念及此詩，有時亦爲
人誦之」。（胡適：《去國集》，第 49 頁，《嘗試集》，上海：亞東圖書館，1920
年 3 月初版）

用「三句轉韻體」的《大雪放歌》，有「寫景尚真」的《有影飛兒瀑泉山作》，有「凡用十一外國字」的「實地實驗」之作《送梅覲莊往哈佛大學》，更有誓不「傷春悲秋」的《沁園春》。無論是長篇的描摹寫實，智性的哲理論辯，還是「文之文字」的引入，都使胡適早年對詩歌的構想──尤其是「作詩如作文」的抱負，得到較全面的展示。與《嘗試集》中的白話詩相比，《去國集》雖然只構成了一個發生的環節，但在某種意義上，它包含的可能性因素或許相當豐富。在這裡，白話／文言的衝突還未發生，早年「作詩如作文」的構想以及實驗的態度，卻能更為舒展地呈現。在《新詩年選》（一九一九年）中，康白情點評胡適，稱其詩作「意境大帶美國風」時，所指就是《去國集》和《嘗試集》第一編，而不是純用白話詩體的第二編〔註 87〕，這種指向本身就值得重視。

結語　「新／舊邏輯」中的新詩

隨著《嘗試集》的廣泛流佈，不僅青年人紛紛「於《嘗試集》中求詩歌律令」，就連它的編選、題名方式，也隨之被他人模仿。康白情的《草兒》中就學《嘗試集》的方式，附上自己的舊詩；朱自清在 1920 年自編詩集時，也模仿「嘗試」的題名，將詩集命名為《不可集》〔註 88〕。胡懷琛在編選「模範白話詩」《大江集》時，也採用《嘗試集》「雜湊」的方式，當時就有讀者批評：「全集共計一百零六頁。附錄汗漫無稽之論文占去六十四頁，序與目錄又占去十二頁，所譯短詩十一首及英法原文又占去二十頁，創作品乃只占十頁而已。即是創作品之篇幅不及全集篇幅十分之一。」〔註 89〕這樣的說法與胡先驌對《嘗試集》的描述十分相似。

對編選方式的模仿，只是《嘗試集》影響力的一個方面，更為關鍵的是，《嘗試集》體現的「新詩」形象深入人心。在由其序言、編次所完成的「歷史呈現」中，「新詩」形象，主要是由文言／白話，新／舊的衝突來辨識的，

〔註 87〕愚庵（康白情）對胡適詩作的評語為：「在《去國集》和《嘗試集》第一編裏……美國化色彩尤為明白。」（北社：《新詩年選》，第 31 頁，上海：亞東圖書館，1922 年）

〔註 88〕蕭離：《朱自清先生的治學與做人──俞平伯先生訪問記》，1948 年 8 月 26 日《平明日報》。

〔註 89〕吳江散人：《評〈大江集〉》，胡懷琛編：《詩學討論集》，第 106 頁，上海：新文化書社，1934 年再版。

這種「形象」確認呼應了「詩體大解放」的理論，以白話文運動為整體性背景，應當說這是一個相當清晰的呈現。相對於舊詩的解放，就成為新詩主要的合法性來源，後來的文學史敘述也多從這個角度展開，將胡適等人的早期新詩嘗試的價值，定位於工具意義上的歷史變革，即完成了從文言到白話，從古典格律詩體到現代自由詩體的過渡。連胡適新詩「實驗室」裏的同人周作人，在談到胡適的主張時也說：「但那時的意見還很簡單，只是想將文體改變一下，不用文言而用白話，別的再沒有高深的道理。」〔註 90〕但事情恐怕並非如此「簡單」。

從上文的分析看來，新詩在自我敘述的層面，是相對於舊詩的解放，但它不僅是「解放」的，而且還是處於特殊歷史張力之下的，某種現代性的歷史衝動構成了其內在驅力，態度上的實驗／規範、表意方式上的詩／文，與語言形式上的文言／白話，這三重衝突交織在新詩構想中，使它成為一種內部包含辯難的張力結構。由此看來，《嘗試集》對新詩「形象」的呈現，或許包含著一種「清晰化」的過程，即：暗中抹去了上述張力，只將張力投影於白話詩體從舊詩規範中脫繭、解放的歷史線索中。這是一種複雜的確呈現技術，序言、編次中的歷史講述，成集中的「自我淨化」都悄然伴隨了「清晰化」的功能。

當然，「清晰化」不能完全消除形象的含混性，新詩的張力性結構，還是在《嘗試集》中留下了痕跡。比如「嘗試」的實驗態度所指向的，就不僅是對舊詩的解放，「可能性」立場帶來的，還有對「詩」原則本身的衝擊。這種「定位」在後來的文學史敘述中，其實也引發了潛在的批評，一般的意見認為，早期新詩只關注形式的變革，其而對新詩的審美品質無多用心，甚至在一定程度上還構成了對所謂「詩」的偏離。其中，梁實秋的斷言最為著名：當時大家注重的是「白話」，不是「詩」。〔註 91〕後來也有學者以「非詩化」一語，來概括初期新詩的基本特徵。〔註 92〕這其實都進一步強化了這一清晰的歷史「形象」，而最初三個層面間的複雜張力，卻被有意無意忽略了。

〔註 90〕周作人：《中國新文學的源流》，第 57 頁，楊揚校定，上海：華東師範大學出版社，1995 年。

〔註 91〕梁實秋：《新詩的格調及其他》，《詩刊》創刊號，1931 年 1 月。

〔註 92〕龍泉明：《「五四」白話新詩的「非詩化」傾向與歷史局限》，《文學評論》1995年 1 期。

　　值得補充的是，對胡適個人而言，雖然「白話文運動」戲臺裏的叫好，在某種意義上淹沒了胡適對「詩」的小聲嘀咕，但上述層面間的張力，還是貫穿在胡適後來的「新詩」論述裏。1919 年的《談新詩》一文，可以說是白話詩運動初戰告捷後，胡適騰出手來對「新詩」的第一次完整命名（此前胡適一般使用「白話詩」這個稱謂）。〔註93〕在文中，他提出了這樣的說法：「中國近年的新詩運動可算得是一種『詩體的大解放』」，應和了「從文的形式」下手的方案，「詩體大解放」由是成了「新詩」的經典定義。但定義之後，他強調的卻是「解放」帶來的「細密的觀察、曲折的理想」等美學可能性，在文章最後也坦白：詩體的解放「這話說得太籠統了」，轉而提出「詩須用具體的做法」。「具體的做法」與「籠統」的詩體解放，由是顯示了「新詩」內涵的多個層次，「新詩」之「新」不僅體現為音節、體式上的自由，同時還涉及一種寫作風格、策略的自覺。後來，胡適提出「詩的經驗主義」，接續了從「作詩如作文」到「具體的做法」的線索，更是這一意圖更明確的傳達。〔註94〕

〔註93〕此文為《星期評論》「雙十紀念號」而作，編者戴季陶、沈玄廬在 1919 年 9 月 21 日寫給胡適的信中稱：「請你無論如何，給我《星期評論》紀念號做一萬字來……題目請你們自由選擇。」可見，題目是由胡適自定的，在「雙十節」這個特殊的時刻談論「新詩」，本身就有歷史象徵的意味。（《胡適來往書信選》上冊，第 71 頁，北京：中華書局，1979 年）

〔註94〕胡適：《〈夢與詩〉自跋》，《嘗試集》增訂四版，第 92 頁，上海：亞東圖書館，1922 年。

第六章　新詩集對「新詩」的呈現（二）

　　《嘗試集》的出版，為「新詩」提供了第一個歷史樣本，胡適對新詩形象的構造，也成為一種支配性的框架，左右了有關新詩的歷史想像。然而，單靠一本詩集是無法「發明」出歷史，其他新詩集的相繼問世，也參與了「新詩」的形象塑造，不同的構想之間的辯難和對話，就發生於其中。善於「戲臺裏叫好」的胡適，不僅對自己的詩集勤於加工，對其他「戲臺裏」的（合法的）出產，也投以相當的熱忱，這也為本章的討論提供了一個起點。

第一節　胡適眼中的「新詩集」──以《草兒》、
　　　　　《冬夜》、《蕙的風》為中心

　　當「新詩」的正統已經成立，作為開山之人的胡適，除了忙於自我定位，表彰他人，也責無旁貸。像《談新詩》一文，就拉拉雜雜列出周作人、康白情、俞平伯、沈尹默等人的作品，以顯示新詩相對於舊詩的優勢和實績。到了 1920 年代，胡適功德圓滿，其主要精力已轉向了其他方面，但對自己開創的新詩事業，仍喜好品頭論足。查胡適日記，對 1920 年代初新詩的動向，他都保持著密切的關注〔註1〕，尤其對亞東出品的新詩集系列《草兒》、《冬夜》、《蕙的風》，以及自己侄子胡思永的遺詩詩集，更是不遺餘力地向讀者推介。在一般新詩人中，康、俞二人最為胡適器重〔註2〕，1922 年 3 月，《草兒》、《冬

〔註1〕 1920 年代初，胡適日記中提到的新詩集有：謝楚楨《白話詩研究集》（1921
　　　　年 5 月 19 日），《女神》（1921 年 8 月 9 日），《冬夜》（1922 年 3 月 10 日），《草
　　　　兒》（1922 年 3 月 15 日），《渡河》（1923 年 9 月 12 日）。
〔註2〕 在《嘗試集》增訂四版的刪選過程中，胡適還請康、俞二人參與了「刪詩」。

夜》先後出版，胡適當月就在日記中記下了自己的觀感〔註3〕，隨後還在自己主編的《讀書雜誌》上，發表兩篇書評，作具體的展開。汪靜之的《蕙的風》，則直接由胡適聯繫出版，並親自作序，隆重推出這位少年同鄉。書評與序言，在師友、同鄉的關係網絡中，暗中搭築出一個「自家的戲臺」。然而，更爲重要的是，胡適對「新詩」的評價尺度也由此顯露，構成了這個戲臺的「合法性」支撐。

一

在《嘗試集》自我定位中，由舊到新的「詩體大解放」的程度，是胡適主要的論述角度，這種眼光，自然也延伸到其他「新詩集」的評價中。在《嘗試集》再版自序中，胡適就不忘提及：「康白情和別位新詩人的詩體變的比我要快，他們的無韻『自由詩』已狠能成立。」在《草兒》書評中，他更是稱贊：「白情這四年的新詩界，創造最多，影響最大」，「他無意於創造而創造了，無心於解放然而他解放的成績最大。」不僅如此，他還順著詩集的編目，一路談下去，先說康白情的舊詩如何不高明，再勾勒從「工具運用不自如」到「成績確實可驚」的解放過程。〔註4〕與之相對，他對《冬夜》有些不滿：「平伯的詩不如白情的詩；但他得力於舊詩詞的地方卻不少。他的詩不好懂，也許是因爲他太琢煉的原故。」〔註5〕胡適對兩本詩集觀感不同，依據卻是同一尺度，即：新詩與舊詩距離的遠近，「詩體大解放」是前提性的框架。

如果說對《冬夜》、《草兒》的評論，指向的是具體個人寫作的評價，在《蕙的風》序言中，一種代際上的劃分被提了出來：首先是五六年前，「我們的『新詩』實在還不曾做到『解放』兩個字」，繼而是少年詩人康白情、俞平伯，解放比較容易，「但舊詩詞的鬼影」仍時時出現，直至最近一兩年，更新

〔註3〕 在1922年3月10日的日記中，胡適寫到：「白情的詩，富於創作力，富有新鮮味兒，很可愛的。《草兒》附有他的舊詩，幾乎沒有一首好的。這可見詩體解放的重要。」（中國社會科學院近代史研究所中華民國史研究室編：《胡適的日記》上冊，第282頁，北京：中華書局，1985年）同月15日日記中，他又記下對《冬夜》的觀感。

〔註4〕 胡適：《評新詩集〈草兒〉》，《讀書雜誌》，1922年9月3日。

〔註5〕 1922年3月15日胡適日記，《胡適的日記》上冊，第287頁，北京：中華書局1985年。

的詩人解放得更爲徹底了，「靜之就是這些少年詩人中的最有希望的一個」〔註6〕。這種代際劃分在其他地方，胡適屢有重複，「纏足」與「天足」的比喻，更是爲人熟知〔註7〕，但如此清楚的區分，還當屬這篇序言。

　　值得補充的是，「詩體大解放」不僅對「自家的戲臺」有效，對於「戲臺」之外的創制，同樣是胡適觀審的標準。譬如，反對「綺語」、「壯語」、推崇「具體性」的胡適，如何看待郭沫若的狂放又神秘的《女神》，就是一個有趣的問題。他曾在一次酒後說起要爲《女神》做一篇評論，惹得郭沫若大喜過望，這個說法卻一直未兌現。晚年，胡適也說過「郭沫若早期的新詩很不錯」〔註8〕，但給人的印象似乎是，胡適對郭沫若並不十分看好。1923 年，在一場短暫的「筆墨官司」後，胡適與郭沫若還有過一段交遊。〔註9〕在此期間的日記中，胡適提及惠特曼的詩體大解放時，也順帶談到了郭沫若：「沫若是朝著這個方向走的；但《女神》之後，他的詩漸呈『江郎才盡』的現狀。」在詩體大解放的前提下，《女神》狂放的形式活力，某種程度上還是贏得了胡適的讚賞，他眞正不看好的，其實是《女神》之後，郭沫若的那些更具形式感的作品。〔註10〕

　　將新詩發生的歷史，草草劃分成三代，而代際的更替，正是新詩沿著「解放」之路的不斷進化，幾本新詩集拼湊出的似乎成了一部放大的《嘗試集》。這種敘述與死文學／活文學的提法一樣，都是某種粗率的「殺豬式」看法，早期新詩的圖像要遠爲複雜，就連胡適自己的詩作，也與舊詩有著內在的聯繫。但應當看到的是，胡適的談論，表達的其實是他對新詩「合法性」的一

〔註 6〕　胡適：《〈蕙的風〉序》，《胡適文存二集》卷四，第 298 頁，上海：亞東圖書館，1924 年。

〔註 7〕　用「纏足」與「天足」的比較，來形容「少年詩人」的進步，這個說法出自胡適的《〈嘗試集〉四版自序》。

〔註 8〕　唐德剛：《胡適雜憶》，第 81 頁，臺北：傳記文學出版社，1987 年。

〔註 9〕　胡適曾因翻譯問題與創造社發生了一場衝突，1923 年 5 月 25 日日記中，胡適寫道：「出門，訪郭沫若、郁達夫、成仿吾，結束了一場小小的筆墨官司。」後來，他與創造社成員還有數次來往，10 月 13 日日記中寫道：「沫若來談。前夜我作的詩，有兩句，我覺得不好，今天沫若也覺得不好。此可見我們三個人對於詩的主張雖不同，然自有同處。」（《胡適的日記》手稿本，第四冊，臺北遠流出版事業股份有限公司，1990 年）

〔註 10〕　徐志摩 1923 年 10 月 11 日記：「適之翻示沫若新作小詩，陳義體格詞采皆見謁蹶，豈《女神》之遂永逝。」（徐志摩：《西湖記》，陸小曼編：《志摩的日記》，第 18 頁，北京：書目文獻出版社，1992 年）

貫認識，似乎只有在新／舊、文言／白話的對峙中，新詩的歷史形象才能清晰地顯露。因而，「詩體大解放」的故事不僅描述了新詩的發生軌跡，從效果上看，它也是一種爲了掙脫傳統而採取的特定話語，胡適等新詩人眼裏，還是一種審視「新詩壇」的尺度，或者說一種「場域」邊界的鑒別尺度。對康白情的贊揚，對俞平伯的批評，以及對胡懷琛、吳芳吉等人另外一種「新詩」的拒斥，都是這一尺度作用的結果，誰被接納入「正統」，誰被當作守舊者排斥在外，都取決於這一尺度。與此相關的是，代際關係（「三代」）的劃定，也是一個「場」穩固的基礎，穩固性（或言「正統」）正是呈現於「前輩」／「新手」、「前提」／「展開」、「創始者」／「追隨者」之間。換而言之，「新／舊」的衝突，不僅是觀念的問題，而且也是新詩「場域空間」的劃分邏輯，藉此新詩的合法性才能浮出歷史。

二

　　這一論述策略產生了深遠的影響，日後很多文學史描述，都照搬了這種解放的線索，歷史與個體間的鏡像關係，也由此形成。在爲新詩提供一種歷史形象的同時，胡適自身的形象也隨之確立，在後人的眼裏，胡適只關心「工具」變革的「唯新」者形象，也根深蒂固。然而，事情並非如此簡單，如果具體分析，胡適的評價尺度還是呈現出一定的雙重性：一方面，與舊體詩詞形式上的距離，是其主要的判斷標準；但另一方面，「詩體大解放」後，對新詩特殊的美學可能性的考慮，也納入到他的關照中。

　　在美學趣味上，胡適的立場是十分特殊的，文學表意的具體性、清晰性，是他強調的重點。一般說來，含蓄朦朧，曲折隱晦，應當是詩歌美學特質所在，但胡適抱定「做文學必須叫人懂」的宗旨〔註 11〕，認爲「說得越具體越好，說得越抽象越不好」是文學美感的「一條極重要的規律」〔註 12〕。這種趣味顯然有悖於公共的文學期待，對於現代詩的晦澀美學也缺乏基本的同情。〔註 13〕但換個角度說，胡適的主張也是一種特殊的美學追求，蘇雪林曾

〔註 11〕　胡適：《四十自述・在上海》，第 123 頁，上海：亞東圖書館，1947 年 8 版。
〔註 12〕　胡適：《答張效敏並追答李濂堂》，《新青年》5 卷 2 號，1918 年 11 月。
〔註 13〕　比如，胡適在讀到艾略特的詩作時，就因爲費解而「不覺得是詩」（1931 年 3 月 5 日日記，《胡適的日記》手稿本，臺北：遠流出版事業股份有限公司，1990 年）；對陳夢家的詩歌意義「不很明白」，他也進行過指謫。（《復陳夢家》，《新月》3 卷 5、6 期，1931 年 2 月 9 日）；他與梁實秋一唱一和，對「看不懂」的新詩的抨擊更是著名。

爲他辯護：「要知道詩家的派別是非常之多的，你可以象徵派的詩，我也可以做非象徵派的詩，你說詩以『不明白』爲美，我也可以說詩以『明白』爲美。」〔註14〕在新詩集的評價中，他的個人趣味也表露無遺：對俞平伯略顯艱深的詩風，他就有所批評：「平伯的毛病在於深入而深出」，《冬夜》中的傷害「具體性」的抽象說理也讓他大爲不滿。爲《蕙的風》作序時，喜歡在事物中尋找演變軌跡的胡適，發現了汪靜之的「進化」方向，只不過「進化」不是新／舊之間的詩體解放，而是朝向某種美學風格的趨近：從「淺入淺出」到「深入深出」，最後是「深入淺出」〔註15〕。當然，個人趣味無法與「詩體大解放」的宏大框架一樣，成爲普遍有效的標準，最終落實爲對「胡適之體」的解說〔註16〕。胡適後來自己也承認，那只是他「自己走的路」〔註17〕。

　　在個人趣味之外，其實胡適更爲看中的，是「新詩集」中展現的活潑可能性。《草兒》中，他最推崇的是《日光紀遊》、《廬山紀遊》這樣的長篇紀遊詩，不僅欣賞語言的清新之美，還對詩人包容多種因素的能力表示贊賞：「這裡面有行程的紀述，有景色的描寫，有長篇的談話：但全篇只是一大篇《廬山紀遊》。」在早期新詩人中，康白情的寫作以自由著稱，而「自由」的一個主要表現，就是打破文類界限的對多種語體的運用，以及對大量日常經驗的接納。這種取向，呼應的正是新詩發生的歷史衝動，即在與當下經驗的廣泛關聯中，「實地試驗」新的可能。這種無拘無束的嘗試所帶來的衝擊力，也構成了後人對《草兒》毀譽的焦點。梁實秋就指責《草兒》中的詩作是小說、演說詞、新的美學紀事文，不是詩〔註18〕；廢名卻認爲《嘗試集》之後，《草兒》與《湖畔》最有歷史意義，因爲「他們眞是無所爲而爲的做詩了」，「從舊小說中取得文字的活潑」恰恰是其活力所在〔註

〔註14〕蘇雪林：《嘗試集》，沈暉編：《蘇雪林文集》3卷，第102頁，安徽文藝出版社1996年。

〔註15〕這三種美學階段的區分，胡適有過專門的論述，見1919年6月10日胡適致沈尹默信（《胡適文存》卷一，上海：亞東圖書館，1921年）。

〔註16〕在《序〈胡思永的遺詩〉》中，胡適將「胡適之派」的詩歌特徵，歸納爲「明白清楚」，「注重意境」，「能剪裁」，「有組織，有格式」這四項。（《努力週報》，1923年4月22日）

〔註17〕胡適：《談談「胡適之體」的詩》，《自由評論》，1936年第12期。

〔註18〕梁實秋：《〈草兒〉評論》，諸孝正、陳卓團編：《康白情新詩全編》，廣州：花城出版社，1990年。

〔註19〕廢名：《談新詩·〈湖畔〉》，《論新詩及其他》，第96頁，瀋陽：遼寧教育出版社，1998年。

19〕。對《草兒》，胡適青眼有加，聯繫他早年的散文化實驗，可以揣測的是，在康白情身上，胡適或許看到了自己的某種投影。朱自清就曾說，當時與胡適「同調的卻只有康白情一人」，雖然他所說的「同調」，指的是「樂觀主義」的精神取向〔註20〕。

有趣的是，朱自清還說「靜之底詩頗有些像康白情君」〔註21〕。對康白情十分偏愛的胡適，自然也在汪靜之的《蕙的風》中有所發現，這一點被他表述成「新鮮風味」。「新鮮」似乎是一個模糊的印象式說法，但胡適關注的，仍是在傳統慣習之外的自由可能，他「盼望國內讀詩的人不要讓腦中的成見埋沒了這本小冊子」〔註22〕。在序言最後，胡適呼喚一種「容忍」的態度，出於「社會的多方面發達起見」，容忍文學、美術、生活的嘗試者。在這裡，對詩集本身的評價不是最重要的，胡適重申起「嘗試」的立場，表達的實際上是一種對文化的現代理解。

1922 年 3 月 10 日，胡適在日記中記下《草兒》的出版，就在同一天，他還爲第四版《嘗試集》寫了序言：「現在新詩的討論時期，漸漸地過去」。〔註23〕在此之前，對胡適及《嘗試集》大加攻擊的《學衡》出版時，胡適也不願理睬，只在日記裏留下一首譏諷的打油詩。〔註24〕當新舊之爭的大局已定，爲「白話」爭取合法性的論戰，也已硝煙散盡。此時，胡適「新詩」構想中的其他層面，似乎能更自如地展現出來。相比於《嘗試集》定位中單一的「解放」立場，他在幾本新詩集中看到的，便不只是「白話」的應用和「舊詩詞的鬼影」的消退，他還關注到清新美學可能性的浮現。在他的眼中，「新詩」不只是白話的，而且還要是「新鮮」的，「清晰具體」的。雖然這些個人的美學趣味被不適當地張揚了，但更重要的是，一種打破詩歌「成見」的開放性，成爲胡適留給新詩的歷史期待。這種期待與「詩體大解放」的眼光雖有所重疊，但還是有所區別的：新詩的活力不僅源自對於舊詩詩體的解放，而且還

〔註20〕朱自清：《〈中國新文學大系・詩集〉導言》，第 2 頁，上海：良友圖書出版印刷公司，1935 年。

〔註21〕朱自清：《〈蕙的風〉序》，朱喬森編：《朱自清全集》4 卷，第 52 頁，南京：江蘇教育出版社，1996 年 8 月。

〔註22〕胡適：《〈蕙的風〉序》，《胡適文存二集》卷四，第 306 頁，上海：亞東圖書館，1924 年。

〔註23〕胡適：《〈嘗試集〉四版自序》，《胡適文存二集》卷四，第 289 頁。

〔註24〕1922 年 2 月 4 日胡適日記，《胡適的日記》上冊，中國社會科學院近代史研究所中華民國史研究室編，第 260 頁，北京：中華書局，1985 年。

與既有詩歌「成見」的打破相關。胡適最初新詩構想中的「實驗」態度，在這裡得到了某種迴響。

第二節　「詩話語」的凸顯：《冬夜》、《草兒》序言的考察

在胡適眼中，新詩集的價值一方面定位於新舊之間的進化鏈條；另一方面，線性的評價之中也暗含了對詩歌可能性的更多期待。然而，胡適的眼光不能替代其他新詩人對「新詩」的構想，《草兒》、《冬夜》等詩集對「新詩」的呈現，似乎偏離了胡適的單一尺度，帶出了另外的評價視野。

在早期新詩集中，《冬夜》、《草兒》可以說是一對孿生兄弟。俞平伯、康白情是北大的同學，又同是新潮社的骨幹，在北大期間還常有詩藝上的切磋〔註25〕。1922 年 3 月，兩本詩集同時由亞東推出，《草兒》的序言也出自俞平伯之手。在早期新詩壇上，這兩本詩集的影響力相當可觀，梁實秋 1922 年就說：「即以我國新詩壇而論，幾乎無一人心中無《草兒》《冬夜》者。」〔註26〕他和聞一多分別評論《草兒》《冬夜》，採用的就是「擒賊先擒王」的辦法，恰好構成了對胡適的兩篇《評〈新詩集〉》的回應。

一

《草兒》的籌畫，從 1920 年就已經開始。這段時間，正是康白情創作的高峰期，收入《草兒》的 117 首新詩，幾乎全部寫於 1919 到 1920 年間，康白情也是當時新詩版面上最常見名字〔註27〕。1920 年底，康白情漂洋過海赴美留學，意氣風發地預備「做一個少年中國底新詩人。」〔註28〕然而，到美後

〔註25〕　在《〈草兒〉序》中，俞平伯回憶在北大時和康白情「談論新詩底高興：有時白情念著，我聽著；有時我念著，他也聽著。這樣談笑的生涯，自然地過去了」。（《俞平伯全集》3 卷，第 526 頁，石家莊：花山文藝出版社，1997 年）

〔註26〕　梁實秋：《〈草兒〉評論》，諸孝正、陳卓團編：《康白情新詩全編》，第 256 頁，廣州：花城出版社，1990 年。

〔註27〕　據諸孝正、陳卓團統計，在《新潮》、《少年中國》兩刊上，康白情發表新詩的數量首屈一指。在 1920 年出版的《新詩集》中，康白情詩作入選數量排在第三位，而同年出版的《分類白話詩選》中，除了胡適，入選詩作最多的就是康白情。（諸孝正、陳卓團：《論康白情在新詩史上的地位》，《康白情新詩全編》，第 11～12 頁）

〔註28〕　康白情：《致少年中國學會同志信》，《少年中國》3 卷 2 期，1921 年 9 月。

他一度十分苦悶,「半年來思想激變」〔註29〕,奇怪地放棄了新詩,轉而寫起了舊詩,他的新詩生涯也就此漸漸終止了〔註30〕。對新詩熱情的驟然冷卻,也影響到了《草兒》的呈現。雖然,詩集的編次也是依照時間的先後,還模仿《嘗試集》將舊詩作附錄編入,似乎在暗示新詩的進化方向(這正是胡適讀後的觀感)。但與其他冠以長序的詩集有所不同,《草兒》自序十分簡短,說自己「隨興寫聲,不知所云」,除了自謙地表白:「我不過剪裁時代的東西,表個人的衝動罷了」,沒有多少詩學闡發,更沒有涉及新舊間的蛻變,態度相當低調。在短序中,康白情也提到曾有一篇長序,後因「思想激變,深不以付印爲然」,沒有採用。

寥寥數語的短序,暗示了康白情對「新詩」態度的轉移,但詩集前俞平伯的序文和詩後附錄的一篇大文《新詩短論》,客觀上還是爲整部詩集提供了某種閱讀的參照。俞平伯的《草兒》序,作於1920年12月15日〔註31〕。開篇就交待了序言的目的:「一則把我近來的意見,質之於一年沒見面底白情,二則略盡我介紹《草兒》到讀者底一點責任。」此文也相應地分成了兩個部分:在後面詩集「介紹」的部分中,俞平伯對具體詩作一字未提,但挑出一條「創造」精神盡力發揮,他與胡適一樣,看重的是《草兒》打破陳規的自由活力〔註32〕。而在序言的起始部分中,一種新的談論方式出現了。

「若要判斷詩底好壞,第一要明白詩底性質」,俞平伯的序言開宗明義立下了談論的標準,一下子繞開了新/舊、白話/文言的關係,將發言立場轉移到所謂的「詩底性質」上。由此出發,胡適眼中的線性尺度被拋開了,俞平伯轉而在「詩」的普遍意義上發表自己的見解,大談發生學意義上的主客交融:「好的文學好的詩,都是把作者底自我和一切物觀界——自然和人生——同化而成的!」。談論角度的轉換,同樣顯現在《草兒》後附錄的《新詩短

〔註29〕康白情:《〈草兒〉自序》,諸孝正、陳卓圓編:《康白情新詩全編》,第207頁。

〔註30〕康白情在美的舊詩寫作,還在國內引起了一翻討論:在《文學旬刊》與南高「詩學研究專號」的論戰中,舊詩的辯護者就抓住康白情的舊詩寫作爲口實,而在新詩的擁護者看來,「對於康君,我很覺得既經做了白話,接受了『說什麼,寫什麼』的原則,而尚要做古文,是不可解的事」。(赤:《由「一條瘋狗」而來的感想》,《文學旬刊》21號,1921年12月)

〔註31〕在1920年3月《草儿》初版中,該文寫作時間誤署爲「1919年12月15日」。

〔註32〕俞平伯在《草兒》序中說:「我最佩服的是他敢於用勇往的精神,一洗數千年來詩人底頭巾氣,脂粉氣。他不怕人家說他too mystic,也不怕人家罵他荒謬可憐,他依然興高采烈地直直地去。」(《俞平伯全集》3卷,第528頁,石家莊:花山文藝出版社,1997年)

論》中。此文原名《新詩底我見》，洋洋萬言，在《少年中國》1卷9期上發表後贏得好評〔註33〕，收入《草兒》時訂正爲《新詩短論》，在時間上，恰與那篇未採用的長序的寫作同步〔註34〕。兩篇文章在觀點、角度上肯定有所重疊，《新詩短論》或許也可以當作那篇刪掉的長序來看。與俞序相仿，《新詩短論》開宗明義就提出「詩究竟是什麼呢」這個問題，隨後從「詩」的系統定義出發，圍繞「新詩」展開了多方面的知識建構。當胡適仍用某種進化的歷史眼光打量「新詩」的時候，他所器重的新詩人們已改換了角度，對所謂「詩」的定義，成了他們論說的起點。

二

　　如果說在《草兒》序言、附錄中，談論方式的轉換還停留在理論層面，在《冬夜》中，這種轉換已影響到了作品的編次和評價。首先，《冬夜》也按照時間的先後，分成了四輯，但其中的演變線索並不與胡適設定的「詩體大解放」吻合，而是代表著「善變」的俞平伯詩學立場的不斷更替〔註35〕，《詩的進化還原論》一文中呼喚的具有普遍感染性的「平民風格」是演變的終點。雖然同樣是「進化」，但不同於胡適眼中詩體解放的邏輯，俞平伯的「進化」是受制於某種倫理觀念的，是一種有「目的」的進化，胡適在

〔註33〕 「少中」成員李思純在給宗白華的信中說：「白情一篇，可算『美的白話文』，雖是議論批評體的 prose，其中卻大有詩意，我是愛讀得了不得。」（《少年中國》2卷3期，1920年9月），又在給康白情信中說：「詩學研究號『新詩的我見』一篇，可算一種『有詩意的散文』。意義的曲達，體裁的優美，確是稀見之作。」（《少年中國》2卷7號，1921年1月）

〔註34〕 《草兒》自序作於1921年10月，其中提到：「春天得平伯寄來的序，才不得不編出來，且作了篇很長的序。」《新詩短論》是1920年3月25日所作《新詩底我見》（發表於《少年中國》1卷9期，1920年3月）的訂正版，訂正時間是1921年4月5日，恰好是那年春天，與「長序」的撰寫應在同一時期。

〔註35〕 在早期新詩人中，俞平伯的觀點變化最爲頻繁，大致說來在短短兩年裏，發生過三次轉變：首先，是在北大畢業後檢討前期寫作「太於偏於描寫」，主張主客觀的融合（《與新潮社諸兄談詩》，《新潮》2卷4號，1920年5月1日；《做詩的一點經驗》，《新青年》8卷4號，1920年12月）；其次，從英國回國到南方任教後，受平民主義思潮和托爾斯泰的影響，1920年底開始關注詩歌的普遍性和平民性（《詩底自由與普遍》，《新潮》3卷1號，1921年10月）；在一系列論爭後，1922年又在《常識的文藝談》中修正了前面的觀點，承認文藝是「無鵠的」的。（《小說月報》14卷4號，1923年4月）

《冬夜》評論中對此也有批評〔註 36〕。普遍而眞摯的平民風格,是俞平伯這一時期的文學理想,在詩集自序中,他先撇開詩集,大談「眞實」「自由」的信念,隨後對四輯之間的差異,進行了專門解說。這篇序言寫於 1922 年 1 月 25 日,此前的一年裏,俞平伯正處於頻繁的論爭中,主張「創造民眾化的詩」也最爲堅決〔註 37〕。《冬夜》自序中的自我說明,似乎是爲了進一步與他人論辯。〔註 38〕

　　相對於俞平伯個人觀念的表達,朱自清爲《冬夜》所作序言,則較多地回到了詩集本身的評價,不僅新／舊的演進邏輯在文中被冷落,也沒有過多涉入理論性的詩學討論。朱自清從細膩的文本分析開始,將俞平伯的詩風概括爲:精練的詞句和音律,多方面的風格,迫切的人的感情。他還爲俞詩的艱深辯護,認爲那是因爲「他的藝術精練些,表現得經濟些,有彈性些」。這種技藝上的稱許,還連綴了對早期新詩的批評:新詩雖有一時之盛,但「信手拈來,隨筆塗出,潦草敷衍的,也眞不少」。在胡適眼裏,妨礙新詩解放的舊因素,如俞平伯詩中極多的「偶句」,在朱自清眼裏,成了新詩品質的標誌,而胡適看重的「解放」,在朱的潛臺詞裏,則可能是無度的氾濫。結論被翻轉了,立論的前提也有所不同。在「民眾化」問題上,朱自清與俞平伯的觀點迥異,但在新詩的評價上,二人卻很相似。在早期新詩人當中,俞平伯是最早關注新詩修辭性問題的一個,他的詩歌認識中也更多「文人」趣味,曾多次對早期新詩的「描摹」傾向提出批評。在《草兒》序中,他這樣寫道:「籠統迷離的空氣自然不妙;不過包含隱曲卻未嘗和這個有同一意義。一覽無餘

〔註 36〕 胡適稱:「平伯主張『努力創造民眾化的詩』。假如我們拿這個標準來讀他的詩,那就不能不說他失敗了。」(《評新詩集〈冬夜〉》,《讀書雜誌》2 期,1922年 10 月 1 日)

〔註 37〕 1921 年 6 月俞平伯就新詩壇的評價問題,撰文與周作人辯論(《秋蟬的辯解》,1921 年 6 月 12 日《晨報》);10 月,他寫下《詩底進化的還原論》一文,引發與周作人、楊振聲、梁實秋等人有關「貴族化」與「平民化」的爭論(1922年 1 月,《詩》1 卷 1 號);年底,他又與朱自清等人討論「民眾文學」問題。(見《與佩弦討論「民眾文學」》,《文學旬刊》19 期,1921 年 1 月 2 日;《民眾文學的討論》,《文學旬刊》26 期,1922 年 1 月 21 日)

〔註 38〕 俞平伯對《冬夜》的期待,在讀者那裏沒有得到認同,除胡適外,周作人也說過:「我覺得你的抒情之作實在要比《打鐵》爲勝。」(周作人 1922 年 3 月27 日致俞平伯信,《俞平伯全集》3 卷,第 564 頁,石家莊:花山文藝出版社,1997 年)

的文字，在散文尚且不可，何況於詩。」這段話指向了早期新詩的淺白，但聽起來，又像是俞平伯的自我辯白。

當然，《草兒》、《冬夜》兩本詩集中的作品，更爲有效地顯示了新詩的文本形象，但在這幾篇序言中，康、俞、朱等新詩人對「新詩」的構想，也較完整地表達出來。相對於胡適詩體解放的線性標準，他們的談論方式無疑更複雜了，在新／舊之間的演進之外，一種有關「詩」的講述越來越清晰，新詩的合法性似乎要由「新」之外的東西——即所謂的「詩底性質」來提供。有關這一偏移，前人多有論述，一般認爲是對早期白話詩的直白淺陋的一種糾正。可以當討論的是，「糾正」不只呈現於氾濫／節制、非詩／詩、工具／審美之間，在某種意義上，它還是有關「新詩合法性」構想間辯難的產物。爲了揭示這一辯難，有必要考察一下有關新詩的種種構想，《冬夜》、《草兒》對「新詩」的塑造就產生在這一背景中。

<h2 style="text-align:center">三</h2>

本書上一章已討論到，在胡適對「新詩」的構想中，除了「詩體大解放」這個面向外，還包含了對一種嶄新的經驗能力的嚮往，具體表現爲他對詩歌表意方式散文化的青睞。然而，詩人和讀者之間固有的「詩美」期待，仍具有強大的規範作用。不僅有新詩的局外人強調「詩是一種技術，而且是一種美的技術」〔註 39〕，連新詩人自己對此也相當在乎。俞平伯在其第一篇詩論中就稱：「但詩歌一種，確是發抒美感的文學，雖力主寫實，亦必力求其遣詞命篇之完密優美。」〔註 40〕這就形成了早期新詩理論中一種潛在的對話：一方面，是對新銳可能性和寬廣經驗領域的嚮往；另一方面是普遍的詩美期待。雖說是「美的範圍遊移不定」，但音節辭藻的精美，詩境的含蓄朦朧，卻都是現成的標準，胡適對《冬夜》的批評以及朱自清的辯護，就發生於這種對話之中。

上述潛在的對話之外，更爲重要的轉換，或許發生在談論問題的方式上。本書第三章中已述及，如果說胡適等新詩宣導者們，主要是從一種特殊的歷史意識出發，去論述「新詩」的合法性的，那麼，隨著現代純文學觀念的擴

〔註39〕梁啓超：《〈晚清兩大家詩鈔〉題辭》，《飲冰室合集・文集》15 冊，第 72 頁，上海中華書局，1931 年。

〔註40〕俞平伯：《白話詩的三大條件》，《新青年》6 卷 3 號，1919 年 3 月。

張，在後起的一代新詩人那裏，對「詩」進行現代知識闡述的要求，越來越突出了。當「詩」成為專門研究的對象，某種對「詩」的本質進行系統論述的訴求（而非新與舊的衝突）上升為中心，胡適自己也說：「後來做詩的人多了，有些有受了英美民族文學的影響比較多的，於是新詩的理論也就特別多了。」〔註41〕翻看 1920 年代的詩歌論文，會發現許多文章都「如植物學家或地理學家研究蘋果或湖水似的去研究詩歌」〔註42〕，引述溫徹斯特、韓德、莫爾頓等西方教授的文論，在「文學」定義的基礎上建立「詩」的科學規定和知識邊界。康白情的《新詩的我見》、宗白華的《新詩略談》、俞平伯的《詩的自由與普遍》，發表在《學燈》上的郭沫若與宗白華的論詩通信、葉聖陶《詩的源泉》、王統照的《對於詩壇批評者的我見》、鄭振鐸的《論散文詩》《何謂詩》等，都是其中代表。流風所及，就連許多詩歌論爭也往往從爭奪「詩」的定義開始〔註43〕。另外，在西洋文學理論的譯介過程中，有關「詩」的專門著作也相繼問世，僅以商務印書館 1920 年代就出品了 6 種詩學理論專著。〔註44〕

應該說，「詩」話語的激增，與新詩的發生，是有內在聯繫的。只有借助現代的詩歌觀念，「無韻無體」的新詩才能獲得知識上的依據，普遍「詩美」期待與新詩歷史衝動之間的對話，也由此獲得另一種形態：「新詩」的形象，不僅要靠與「舊詩」的區分來呈現，而且還要在現代的「詩」觀念中找到知識上的依據。《草兒》附錄的《新詩短論》，俞平伯的《冬夜》序言，都不同程度地體現了這種變化。《新詩短論》就是康白情「斟酌各家底說法」、經過一番科學研究後的產物〔註45〕，從詩的定義、新詩的定義、到詩與文的區分、

〔註41〕 胡適：《〈中國新文學大系・建設理論集〉導言》，第 31 頁，上海：良友圖書出版印刷公司，1935 年。

〔註42〕 鄭振鐸：《何謂詩》，《文學》84 期，1923 年 8 月 20 日。

〔註43〕 郁達夫譏笑說：「近來科學發達到了高度，無論研究什麽學問，都用了 scientific method 來研究的傾向，所以各種批評家，每為了一定義 What is art 之故，生出許多爭論來。」（《藝文私見》，《創造季刊》1 卷 1 期，1922 年 3 月）

〔註44〕 《詩之研究》（勃利司・潘萊著，傅東華、金兆梓譯，1923 年），《西洋詩學淺說》（王希和著，1924 年），《詩學原理》（王希和編，1924 年），《詩的原理》（小說月報社編，1925 年），《新詩做法講義》（孫俍工編，1925 年），《詩歌原理》（汪靜之著，1927 年）。

〔註45〕 在《新詩底我見》小引中，康白情自稱「早就有個野心要系統的著一篇『詩底研究』」，這篇「新詩底研究」是範圍縮小後的產物，雖然寫得很匆忙，「卻是自以為都有科學的根據」。（《少年中國》1 卷 9 期，1920 年 3 月）

新詩的方法、再到詩人的修養，建立起有關「詩與新詩」一整套「格式化」論述。

然而，在現代知識譜系中，確立一種「詩」的定義，這種努力似乎又與新詩的「可能性」追求，形成暗中牴觸。對於「定義」的規範作用，許多新詩人也持有懷疑，周作人就說：「文學固然可以成為科學的研究，但中是已往事實的綜合分析，不能作為未來的無限發展的軌範。」〔註46〕這種自覺，同樣表現在康白情《新詩短論》中，在建立「格式化」定義的同時，一種反「格式化」的語調又貫穿全篇，其引言就進行了自我的消解：「即如這篇所要說的，都是些『什麼是什麼』，『為什麼』或『怎麼樣』，僅足以給我們一些抽象的觀念，而不能直接助我們產生真正的作品。」在文中，康白情又將新詩的精神表述為「端在創造」：「至於我們底作品究竟該屬於那一格，留給後來的文學史家作分類底材料好了。」即使是在對「詩」十分較真的俞平伯那裏，「格式化」與「反格式化」的張力，也似乎隱約存在。《冬夜》序言中，俞平伯詩論中的兩個核心概念再次出現：「自由」與「真實」，二者相互銜接於主體的表現中：「我只願隨隨便便的，活活潑潑的，借當代的語言，去表現自我。」「自由」的表達帶來「真實」的自我，文體的「規範」顯然不是重點：「至於是詩不是詩；這都和我底本意無關。」「無意於詩」的態度，似乎接近於胡適「實地試驗」的嘗試立場，只不過其背後的詩學支撐，換做了對內在主體自由的信賴。

對「規範」、「格式」的有意衝撞，的確帶來寫作的過度自由，初期白話詩的粗糙，也一直受到後人的批評。然而，其中的張力性結構往往被忽視：一方面是借助知識化的定義，建立起「詩」的現代論述；另一方面，又在定義、規範外，保持探索、實驗的興趣。由此，「新詩」的形象複雜起來，除了「白話」這一外在的形式特徵，它還凸顯於現代知識規劃與「反規範」寫作活力的張力中，「新」和「詩」構成了它的兩張面孔。

第三節　選本中的新詩想像：對「分類」的揚棄

有關早期新詩的選本情況，本書第四章已有簡要的交代，並從閱讀的角

〔註46〕周作人：《文藝上的寬容》，《自己的園地》，第 9 頁，《自己的園地‧雨天的書》，
北京：人民文學出版社，1988 年。

度，分析了《新詩年選》的內在歧義。與這本由新詩人編選、評語按語兼備的「精選本」相比，較早出現的《新詩集》（1920 年 1 月），《分類白話詩選》（1920 年 8 月），顯得有些粗糙。編者在新文壇上默默無名〔註47〕，在新詩的整體把握上，好像也有點力不從心〔註48〕，再加上作品收集的龐雜，選家的目光似乎不夠鮮明，朱自清後來就說，這兩個選本「大約只是雜湊而成，說不上『選』字；難怪當時沒人提及」〔註49〕。由此看來，在早期新詩的史料存留之外，這兩本選集似乏善可陳。但有一點值得注意，那就是它們有一個共同之處，都採用了寫實、寫景、寫情、寫意的分類法。

一

詩文分類，在中國有漫長的傳統，推究起來十分繁瑣，從題材角度著手的分類，與那些從功能、體式上的精密分類相比，無疑是一種寬泛的方式。採用這種方式編選新詩，對於編者來說，可能是因爲操作上的簡便。劉半農就認爲西人詩歌倘以性質分類，無一定標準可言，「較之吾華以說理，言情，寫景，記事分類者，其煩備徙」〔註50〕。《新詩集》編者也說：「用歸納方法，分類編列，翻閱起來，便利得多。」〔註51〕這樣的分類一旦採用，也就成了現成的模式，許德鄰在《分類白話詩選》自序中坦言：「至於分門別類的編制，

〔註47〕 譬如，編選《新詩集》的「新詩社」，大概就有名無實，只是一個方便出版的虛名。爲了出版書刊，虛擬一個社團，是新文學史上常見的現象，譬如 1922年出版的《詩》雜誌，署名爲「中國新詩社」，但據俞平伯的回憶「其實並沒有眞正組織起來，不過這麼寫著罷了」。（《五四憶往──談〈詩〉雜誌》，孫玉蓉編：《俞平伯研究資料》，第 113 頁，天津：天津人民出版社，1986 年）

〔註48〕 《分類白話詩選》的編者許德鄰說：「我前面雖做了這篇序文，自己覺得學識很淺」，所以兩集都附有當時一批時賢的詩論，惟恐自己說得不夠周全。他的自序，就搬用胡適的套路，從文學史的角度講述白話詩的歷史合理性，而對新詩原則──「純潔、眞實、自然」──的闡發，就明顯襲用了劉半農的說法。在自序之後，許德鄰還截取劉半農《詩與小說精神之革新》中的一段，改名爲《劉半農序》，在文後附言：「我讀了這一篇論詩的文，覺得有無限的感觸。」除此之外，他還在《白話詩研究》題下收錄胡適《嘗試集》序（節選），宗白華《新詩略談》，朱執信《詩的音節》三文。另一本詩選《新詩集》後，也附錄胡適的《我爲什麼要做白話詩》，《談新詩》以及劉半農的《詩的精神上之革新》三篇文章。

〔註49〕 朱自清：《選詩雜記》，朱喬森編：《朱自清全集》4 卷，第 379 頁，南京：江蘇教育出版社，1996 年 8 月。

〔註50〕 劉半農：《靈霞館筆記》，《新青年》3 卷 2 號，1917 年 4 月。

〔註51〕 《吾們爲什麼要印新詩集》，《新詩集》，上海新詩社，1920 年 1 月。

原不是我的初心，因爲熱心提倡新詩的諸君子，恰好有這一個模範。」〔註52〕寫實、寫景、寫情、寫意的分類，這樣看來，只是機緣湊合的產物，但在新詩的發生期，這種分類方式貌似無心，其實還是暗合了某種新詩合法性的想像。

　　本書一再提到，在急遽變動的歷史中把握時代經驗，是內在於「新詩」的一種現代性衝動。在晚清詩界革命中，書寫「古人未有之境」以及包容「新名物」的努力，就導致了詩歌寫作中認知、敘述因素的強化，胡適「作詩如作文」的主張，也發生在這樣的脈絡中。另外，隨著現代文學觀念的確立，文類之間的等級關係，又發生新的位移，當小說、戲劇上升爲「文學」的正宗，詩歌的文體界限勢必受到一定的擠壓，尚眞、寫實的訴求也會滲透到新詩美學的建構過程中〔註53〕，擴大詩歌表意的空間。無拘束地說理、寫實、廣泛地介入社會生活，由是成爲早期新詩的突出特徵〔註54〕。即便如此，當時還有論者批評：「一二年來的新詩，寫景的多，敘事的少。實寫社會事象，只見於貧富階級的片面，而未嘗措意於其他各方面的繁複事象。精密觀察自然的作品還莫有，表現哲學的意境的詩也莫有。神秘的象徵的作品，自然太少，便是羅曼的作品，也不多見。」〔註55〕在這位論者看來，早期新詩的手腳還未放開，新詩的前途應該寄託於表意空間的不斷拓展。在這個意義上，寫實、寫景、寫情、寫意的分類，雖然只是一時之便，卻也吻合了早期新詩開放的文體想像。

　　有意味的是，倘若與胡適在《談新詩》中提到的「豐富的材料，精密的觀察，高深的理想，複雜的情感」相比照，寫實、寫景、寫情、寫意的分類，分別對應社會、自然、情感與理智，恰恰指向了現代語境下「經驗」範疇的

〔註52〕許德臨：《〈分類白話詩選〉自序》，《分類白話詩選》，上海：崇文書局，1920年8月。

〔註53〕陳獨秀從進化論的角度將「寫實」頒佈爲「吾國文藝」的整體方向（《致胡適信》，《新青年》2卷2號，1916年10月），胡適也稱「而惟實寫今日社會之情狀，故能成爲眞文學」（《文學改良芻議》，《新青年》2卷5號，1917年1月）；劉半農則在批評「文以載道」與「文章有飾美之意」兩類文學觀的基礎上，標舉「眞實」爲詩的精神上之革新的準則。（《我之文學改良觀》與《詩與小說精神上之革新》，《新青年》3卷2號與5號，1917年4月與7月）

〔註54〕余冠英的《新詩的前後兩期》（《文學月刊》2卷3期，1932年2月），就以說理寫景／敘事抒情的對立，表示新詩前後兩期的變化。

〔註55〕李思純：《詩體革新之形式及我的意見》，《少年中國》2卷6號，1920年12月。

各個方面。值得注意的是，在兩本詩選中，寫實、寫景兩類都被編排在寫情、寫意之前，某種隱含的價值等級，似乎可以揣摩到。在尚眞、寫實的美學壓力下，早期新詩更多呈現出一種外向性特徵，羅家倫就說：「又如新詩，以中國目前的社會，苟眞有比較眼光的詩人，沒有一種材料不可供給他做成沉痛哀惋，寫實抒情的長詩的。」〔註 56〕這就解釋了爲何「材料」問題，當時詩學探討的重點，能否「消化」廣泛的社會經驗〔註 57〕，似乎是新詩當時面對的一大挑戰。周作人《畫家》一詩的定位，或許是一個佐證。此詩以一種近乎純客觀的手筆，描繪了幾種現實圖景（溪邊的小兒，秋雨中耕作的農夫，胡同口的菜擔，路邊睡著的人），並在結尾寫到：

> 這種種平凡的眞實的印象，
>
> 永久鮮明的留在心上；
>
> 可惜我並非畫家，
>
> 不能用這枝毛筆，
>
> 將他明白寫出。

詩中流露的情緒，不乏平凡人生的關懷，但以視覺印象的呈現爲主，鮮明具體，甚至有「逼人的影像」之感。按理說，《畫家》應是一首風景詩，但在上面兩種選本中，都列入寫實類。事實上，「寫實」與「寫景」具有內在的勾連性，外向的觀察視角，都離不開一個內在自我的出現。用筆寫出「種種平凡的眞實的印象」，這似乎是早期新詩的共同追求，此詩在當時影響也很大，康白情就評價：「這首詩可算首標準的好詩，其藝術在具體的描寫。」〔註 58〕這個判斷體現了別樣的趣味，早期新詩的一批名作，如康白情的《草兒》、胡適《鴿子》等，在經驗傳達方式上與《畫家》十分近似，都寫出了鮮明、逼人的影像。

〔註 56〕 羅家倫：《近代中國文學思想的變遷》，《新潮》2 卷 5 號，1920 年 6 月。

〔註 57〕 俞平伯在《社會上對於新詩的各種心理觀》（《新潮》2 卷 1 號，1919 年 10 月）中，提出的增加「詩」的重量的方法，第一條就是「多取材料，少用材料」；在藝術方面，提出的見解也以「注重實地描寫」「使用材料調和」爲首要。1920 年在赴英途中，他在《與新潮社諸兄談詩》（《新潮》2 卷 4 號，1920 年 5 月）表明了自己詩歌觀念的轉換，但還是說「這次旅行雖收集許多材料，但是太飽了些，有些運化不來」。

〔註 58〕 《新詩年選》，第 86 頁，上海：亞東圖書館，1922 年 8 月。

二

　　分類的編選方式及其中的先後順序，暗合於早期新詩的外向性特徵，某種程度上，也體現了一種新詩自我的構想。但這兩種詩選均產生於「中心詩壇」之外，分類的方式，也多半出於方便。1922 年出版的《新詩年選》，在編選上更爲精當，還有一個很大的變化，就是放棄了分類，改以「詩人」爲中心。當然，從「選詩」向「選人」的轉變，與一批新詩人確立了文壇地位相關，有人就批評《年選》：「所選的都是幾位常在報章裏看見的名字」〔註59〕。但更重要的是，分類的放棄出於一種觀念的自覺：「我們覺得詩是很不容易分類的。」〔註60〕「詩很不容易分類」，暗示了某種特殊的、完整的詩歌本體的存在，新詩構想方式的轉換也就發生在其間。

　　上文已述及，新詩的發生與現代「詩」觀念的擴張是兩個既有纏繞又有區分的過程，後者對前者產生著潛在的影響，發生學意義上的情感與想像，往往被論述爲詩之爲詩的根本所在。比如，在早期新詩人中，俞平伯是對「新詩」所謂「詩」的一面，給予過多關注的一位，但他對「詩」的考慮，最初集中於修辭的層面。1920 年從北大畢業後，他的詩歌見解發生了轉變，自悔過去太偏重於「純粹客觀描寫」，開始強調詩應以「主觀的情緒想像做骨子」〔註61〕。後來，這種觀念得到了更系統的闡述，即便是受了托爾斯泰藝術論的影響，俞平伯又一次改弦更張，拋出《詩的自由與普遍》、《詩的進化還原論》等文，強調詩歌的平民性，但他立論的前提，仍不脫發生學、心理學意義上情感的普遍性。〔註62〕

　　如果說寫實、寫景、寫情、寫意的分類，主要涉及的是經驗的範圍，所謂「詩」的文體邊界在分類中並不鮮明。當詩被定義爲源於遊戲衝動的主情

〔註59〕猛濟：《〈湖海詩傳〉式底〈新詩年選〉》，《民國日報・覺悟》，1922 年 9 月 18 日。

〔註60〕《新詩年選・弁言》，北社編：《新詩年選》，上海：亞東圖書館，1922 年 8 月。

〔註61〕俞平伯：《與新潮社諸兄談詩》，《新潮》2 卷 4 號，1920 年 5 月。

〔註62〕俞平伯對詩歌普遍「感染性」的強調，是基於以下這種心理學假設：「詩不但是自感，並且還能感人：一方是把自己底心靈，獨立自存的表現出來；一方又要傳達我底心靈，到同時同地，以至於不同時不同地人類。這種同感（sympathy）的要求，在社會心理學上看來，是很明顯而且重要的。」（《詩底自由和普遍》，《新潮》3 卷 1 號，1921 年 10 月）

的文學〔註63〕，作爲完整、自足的情感外射，它當然要排斥外在的區分。俞平伯就說：「我們要知道文學上底分類，都只爲學者研究底便利如此」，但無論怎樣區分，「依然不失他們的共相，就是人們底情感和意志」。〔註64〕代替含混的題材分類，一種更符合文學原理的分類方式，也亟待推廣。對於介紹「文學常識」最爲熱心的鄭振鐸，就發表《文學的分類》、《詩歌的分類》等文，介紹抒情詩、史詩、劇詩等西方文類體系〔註65〕，不同類型之間的等級差別也同時被強調。因爲「詩歌本是最豐富於情緒的」，「所以抒情詩在一切詩歌之中，雖然算是後起者，卻是占著詩歌國裏的正統星座，說不定抒情詩也許竟要成爲詩國中惟一的居民呢！」〔註66〕重要的不是具體詩歌寫作中，抒情因素占多大的比重，重要的是從觀念的層面，將「抒情」當作詩歌的文類規範。到了朱自清編選《中國新文學大系‧詩集》時，以「詩人」爲中心的編選方式同樣被採用，對分類的迴避其實包含了對某一特定類型的強調：「本集所收，以抒情詩爲主，也選敘事詩」。〔註67〕抒情、敘事的劃分，較之寫實、寫景、寫情、寫意的提法，無疑更符合現代的文學原理。當「抒情」被確立爲選詩的首要原則，「新詩」形象也隨之在現代「詩」觀念中得到了某種「純化」。

第四節　《女神》成書與新詩的重塑

　　上面論及的幾本新詩集，在某種意義上，大多屬於胡適「自家戲臺」裏的出品，對新詩的呈現雖有一定差異，但胡適提出的一系列「金科玉律」，仍然有相當的支配性。眞正打破早期新詩的總體性框架，嘗試塑造另外一種形象的，是異軍突起的《女神》。

〔註63〕康白情：《新詩短論》，諸孝正、陳卓園編：《康白情新詩全編》，第 217 頁，廣州：花城出版社，1990 年。

〔註64〕俞平伯：《詩底進化的還原論》，《詩》1 卷 1 號，1922 年 1 月。

〔註65〕兩文分別發表於 1923 年 8 月 6 日《文學》82 期，1923 年 8 月 27 日《文學》85 期。

〔註66〕鄭振鐸：《抒情詩》，《鄭振鐸全集》卷 3，第 479 頁，石家莊：花山文藝出版社，1998 年。

〔註67〕朱自清：《編選凡例》，趙家璧主編、朱自清編選：《中國新文學大系‧詩集》，上海：良友圖書出版印刷公司 1935 年。

一、從日本到上海：作爲出路的「新詩」

在描述五四一代知識分子時，微拉・施瓦支所借用卡爾・曼海姆的說法，認爲他們雖是同時代的人，但卻是不同「時代位置」的產物，每個人都是被家庭環境、教育機會以及一系列歷史事件所塑造，並由這些事件和同時代人相聯〔註68〕。這一關照角度，對早期新詩人同樣適用，像鄭伯奇解釋在創造社成員的浪漫主義傾向時，就將「在外國住得久」列爲首要原因，〔註69〕其實，異域的生活經歷不僅塑造了浪漫的情感趨向，還決定這另一種新文學的起點。

1919 年，爲許多現代知識分子提供了登上歷史舞臺的難得機遇。這一年，後來演出一段「文壇佳話」的宗白華、田漢與郭沫若三人，也以各自的方式展開了社會活動和文學實踐，但個人境遇卻不盡相同。1919 年，宗白華 22 歲，田漢也只有 21 歲，雖如此年輕，但加入最具影響力的團體、主持新文化的核心副刊、大量的寫作與發表、以及參與廣泛的社會活動，這使得宗、田二人在 1919 年已脫穎而出，在初立的「新文壇」上發出了自己的聲音，有了一席之地〔註70〕，同時也確認各自的「志業」取向〔註71〕。

〔註68〕微拉・施瓦支：《中國的啓蒙運動——知識分子與五四遺產》，李國英等譯，第 29 頁，太原：山西人民出版社，1989 年。

〔註69〕鄭伯奇：《〈中國新文學大系・小說三集〉導言》，第 12 頁，趙家璧主編、鄭伯奇編選：《中國新文學大系・小說三集》，上海：良友圖書出版印刷公司，1935 年。

〔註70〕郭沫若在《創造十年》的回憶，就不乏豔羨之情：「田壽昌和宗白華都是當時少年中國學會的會員，是五四運動後產生出的新人。」（《學生時代》，第 59 頁，北京：人民文學出版社，1979 年）

〔註71〕1920 年，宗白華與其他幾位友人，建議少年中國學會進行會員「終身志業調查」，並率先作出了表率。此項調查於 1920 年 10 月開始，至次年 11 月完成。在調查表上，「少中」的幾位詩人是這樣填寫的：

	終身學術	終身事業	時間地點	終身謀生方法
宗白華	哲學、心理、生物學	教　育	13 年，上海，南京，北京	教　育
康白情	社會制度	農工教育	1925 年，四川安徽縣或其他	教員或農人
田　漢	Art	Play, Write Poetry-expression, Painting	Now Here	Playwriter Poet, Painter

見《少年中國學會會員終身志業調查表》，張允侯編：《五四時期的社團》（一），第 421～435 頁，北京：三聯書店，1979 年。

與宗白華、田漢相比，1919 年的郭沫若，卻在日本的海濱爲生活壓力和精神苦悶而掙扎。後來，當他在《少年中國》上讀到舊日同學的名字，曾感慨萬千，寫下這樣的詩句：

> 我讀《少年中國》的時候。
>
> 我看見我同學底少年們，
>
> 一個個如明星在天。
>
> 我獨陷沒在這 Stryx 的 amoeba，
>
> 只有些無意識的蠕動。〔註72〕

從這樣自怨自艾的詩句中，不難想像他當時的自我感受。在 1919 年 6 月組織「夏社」以前，除了參加過一次反日運動外（另一次則因有了日本老婆被當作「漢奸」排斥在外）〔註73〕，郭沫若基本上沒有太多的社會活動。〔註74〕對國內新文學的提倡，似乎也只是聽聞而已：「國內的新聞雜誌少有機會看見，而且也可以說是不屑於看的。」〔註75〕比如《新青年》，他雖然在 1918 年曾與張資平談論過，但眞正看到「是在民九回上海以後」〔註76〕。可以說，相對枯寂的生活和信息的閉鎖，使得 1919 年底之前的郭沫若，在某種意義上，還是新文化運動的局外人。

正是 1919 年 9 月，郭沫若的生活發生了重大的轉折，他的詩作投稿《學燈》成功，一段時間以來「棄醫從文」的念頭，有了一線可能。作爲一種「志業」轉向，「棄醫從文」已經成爲一個整體性的「寓言」，魯迅在《吶喊》自序中奠定了它的內涵。然而，在郭沫若這裡，「棄醫從文」卻很難從「民族國家」的高度予以解釋，雖然後來他有過類似的說法，但「文學」對他而言，更多的是「專業」遭受挫折後的選擇。郭沫若的時代，是個鄙棄虛文強調實

〔註72〕郭沫若、宗白華、田漢：《三葉集》，第 11 頁，上海：亞東圖書館，1923 年。

〔註73〕郭沫若：《創造十年》，《學生時代》，第 32〜33 頁，北京：人民文學出版社，1979 年。

〔註74〕雖然在 1918 年，他與張資平談起了結社的計劃，但基本上還是一個空洞的構想。當張邀他加入丙辰學社時，他又因過于謹愼而拒絕了。（張資平：《曙新期的創造社》，饒鴻兢等編：《創造社資料》，第 711 頁，福州：福建人民出版社，1985 年）

〔註75〕郭沫若：《創造十年》，《學生時代》，第 37 頁，北京：人民文學出版社，1979 年。

〔註76〕郭沫若：《我的作詩的經過》，王訓昭編：《郭沫若研究資料》上冊，第 281 頁，北京：中國社會科學出版社，1986 年。

學的時代，實業救國、科學救國是知識階級的口頭禪。〔註77〕雖然在氣質上
傾向於文學，但郭沫若最初將個人的前途寄託在了醫學上〔註78〕，對自己的
專業也表現出相當的執著。與沉浸於近代都市情調的田漢、在感官世界裏放
縱的郁達夫、混跡於咖啡廳的王獨清等人不同，他與「專業」的破裂，主要
是由於身體上的疾患。由於患上耳疾，聽力下降，影響到了學業，郭沫若陷
入到一場精神危機中，這方面的記載有很多，這裡不再引述。重要的是，「耳
聾」引發了「志業」的轉向：「因為我耳聾，我就拼命用眼睛，我把力量用到
文學上去。」〔註79〕這種說法似乎表明，「學業」的困境導致了「文學」興趣
的復蘇。另外，在文學的熱情背後，其實還隱藏著一種焦灼：這一年，來日6
年的郭沫若已經28歲，相比國內的同代人，由於教育時間的拖長，已經延誤
了走向社會成就事業的時機（可以比較的是，宗白華、田漢比他小六七歲，
而暴得大名的胡適也才 29 歲），再加上耳疾影響著學業，畢業遙遙無期〔註
80〕，對前途的憂慮是可想而知的。1918 年在寫給弟弟的信中，他坦言：「且
如兄之不肖，已入壯年，隔居異域，窅然索處，所志所業，尚未萌芽，日暮
途遙，瞻前恐後。」〔註81〕在這個意義上，「文學」已不僅是個人旨趣問題，
它還關涉到出路、前途。〔註82〕

〔註77〕有關「志業」與「旨趣」間衝突的講述，在早期留學生中屢見不鮮，在留日
　　　　的創造社成員那裏，顯現得更為明顯。田漢起初，隨舅父易梅園來到日本的，
　　　　在舅父的影響下，一度關注社會政治問題，但自易梅園回國後，便將興趣轉
　　　　向了文學。對於成仿吾、郭沫若、郁達夫等人來說，專業的選擇（工科、醫
　　　　科）也都與其兄長有關。「兄」（前輩）對「弟」（後輩）的引領，以及後者對
　　　　前者意願的背離，似乎成了一個反覆發生的故事，以至有了一種「文化原型」
　　　　的味道。
〔註78〕1914 年 9 月 6 日在致父母信中，郭沫若寫到：「男現立志學醫，無復他顧，以
　　　　醫學一道，近日頗為重要。」同月，在寫給少儀三哥的信中也說：「弟現係學
　　　　醫，將來業成歸來，只是手把刀來勉糊口腹耳。」（唐明中、黃高斌編注：《櫻
　　　　花書簡》，第 33 頁，成都：四川人民出版社，1981 年）
〔註79〕1946 年 4 月 29 日在重慶社會大學放學典禮上的發言，轉引自陳辛：《郭老為
　　　　什麼棄醫從文》，《新文學史料》五輯，1979 年。
〔註80〕郭沫若在致父母的信中，曾作過一個估計：在日學醫，要想大學畢業，至少
　　　　10 年以上。（唐明中、黃高斌編注：《櫻花書簡》，第 170 頁，成都：四川人民
　　　　出版社，1981 年）
〔註81〕唐明中、黃高斌編注：《櫻花書簡》，第 152 頁，成都：四川人民出版社，1981
　　　　年。
〔註82〕有意味的是，創造社其他元老們的「文學」選擇，在某種程度上，都與「專
　　　　業」前途的黯淡相關。陶晶孫就說：「使得這一批同人結合，第一在他們的沒

其實，在日期間，郭沫若早已開始寫作試練，並嘗試投稿，但兩篇小說《骷髏》、《牧羊哀話》都先後失利，不僅文學才華得不到展現，「文學」的志業構想也似乎遭遇了挫折。到了 1919 年夏秋之際，在「夏社」訂閱的《時事新報・學燈》上，他讀到了康白情的《送慕韓往巴黎》一詩：「這就是中國的新詩嗎？那嗎我從前做過的一些詩也未嘗不可發表了。」〔註 83〕這是郭沫若與新詩的第一次接觸。「新詩」的自由、平白，讓他吃了一驚，但有趣的是第二個反應：「那嗎我從前做過的一些詩也未嘗不可發表了」。新詩引起他關注的原因，似乎主要不是因爲它取代舊詩的歷史價值，而是意味著一個新的「發表」機遇。果然，郭沫若一炮打響，《鷺鷥》、《抱和兒浴博多灣》兩首「新詩」刊載於 1919 年 9 月 11 日的《學燈》上，文學作爲一種人生出路，終於顯露出生機。武繼平曾考察日本九州大學學生修業記錄，1920 年 1 月 25 日至 4 月 25 日，郭沫若提出了休學申請，休學在家，在時間上恰好與他詩歌寫作的高潮期大致吻合。「休學」與「寫詩」的同步，似乎戲劇性地說明了志業取向的變化。〔註 84〕「新詩」的成功，讓郭沫若的文學熱情全面復蘇，有關最早投寄的一批新詩《死的誘惑》、《新月與白雲》，他自己有兩種說法：一說寫於 1918 年（《創造十年》）；一說寫於 1916 年（《我的作詩的經過》）。圍繞這個問題，後來還出現過一系列論辯或考證。相關研究顯示：郭沫若最早的一批口語詩，存在「將從前的舊體詩改寫爲口語詩發表的創作傾向」〔註 85〕。這暗示，在 1919 年 9 月，郭沫若很有可能爲了發表，將從前的舊詩（「從前做過的一些詩」）

出息。」（《創造三年》，饒鴻兢等編：《創造社資料》，第 770 頁，福州：福建人民出版社，1985 年）「沒出息」在陶晶孫那裏，表現在「不務正業」上，雖然每個人的情況不同，但在荒廢專業、耽擱「前途」方面，大家是一致的。穆木天的情況更與郭沫若類似，在日本他因眼睛不好，不能學習理工科，只好改行，「覺得幹文學也是一條出路，雖非自己之所長，也就不得不轉入這一途了」。（穆木天：《我的詩歌創作之回顧》，《現代》4 卷 4 期，1934 年 2 月）

〔註 83〕郭沫若：《創造十年》，《學生時代》，第 56 頁，北京：人民文學出版社，1979 年。

〔註 84〕武繼平：《郭沫若留日十年》，第 135 頁，重慶出版社，2001 年 3 月。

〔註 85〕海英通過對郭沫若在日創作的 19 首舊詩的分析，得出過這樣的結論：「我們可以說，1919～1920《女神》爆發期中的好些白話詩，簡直就是 1914～1918 年文言詩的翻譯吧」。（《郭沫若留學日本初期的詩》，《中國現代文藝資料叢刊》三輯，1963 年）最近，還有學者從考察詩中呈現的日本風物的角度入手，得出相似的論斷，包括《死的誘惑》在內幾首新詩不可能是 1916 年之作，但與這一時期的舊體詩卻有著一定的瓜葛。（武繼平：《郭沫若留日十年》，第 170～174 頁，重慶出版社，2001 年 3 月）

改寫爲口語體，是「發表欲」推動了由「舊」到「新」的轉化。

　　總而言之，在日 8 年的郭沫若，與北京教授們在新詩實驗的起點上是極爲不同的。遠離「白話文運動」、「文學革命」的歷史現場，那種新與舊、白話與文言間峻急的姿態在他這裡是不存在的。對於新詩最初的「場域」規則，他並一定眞心認同，文白之間的相互排斥，在他看來「這都是見理不全各執一偏的現象。文白只是工具，工具求甚利便而已」〔註 86〕。對他而言，一方面，對於泰戈爾及德國文學的閱讀使他的「新詩」有另外的資源，另一方面，在小說投稿失利後，「新詩」成爲一條通向「文學」志業的新途徑。起點的不同，也使郭沫若對「新詩」的構想與胡適們的呈現出差異，這一點在他此一時期的言論中已經表現出來。

　　這一年，初獲成功的郭沫若開始正面發表自己的詩歌見解。在與宗白華、田漢通信過程中，他就詩歌問題發表的長篇大論早已是人們耳熟能詳的詩論經典。這些詩論大部源自他對 19 世紀西方紀浪漫詩學的閱讀，針對於一種普遍的、本體意義上的詩歌存在，作爲特殊歷史形態的「新詩」並不是他關注的重點。雖然，他偶而也對新舊問題發表見解，比如在信中對弟弟說：寫詩「總之要新就新，要舊就舊，不要新舊雜糅」。「新」與「舊」的界限要劃清，但其間並無高下之分，這種建議更像是一個成功者的經驗之談。在他列出的七條原則中，處處體現對創新精神和詩歌美學品質的重視，比如第 7 條爲「要有餘韻，有含蓄」〔註 87〕，這似乎更多傳達了古典詩歌的一般性趣味。與此同時，他對國內的「新詩」已開始不滿了，在給陳建雷的信中，就抱怨：「我對於詩，近來很起了一種反抗的意趣。我想中國現在最多的人物，怕就是蠻都軍的手兵和假新詩名士了！」〔註 88〕話鋒所指，耐人尋味。

二、《女神》編次中的自我定位

　　由於郭沫若的「商品價值還不壞」〔註 89〕，1921 年春與成仿吾一同回國

〔註 86〕郭沫若：《偉大的精神生活者王陽明》（附論二），《文藝論集》（匯校本），第 68 頁，長沙：湖南人民出版社，1984 年。

〔註 87〕1921 年 12 月 15 日致父母信，唐明中、黃高斌編注：《櫻花書簡》，第 165～166 頁，成都：四川人民出版社，1981 年。

〔註 88〕郭沫若致陳建雷信：《新的小說》2 卷 2 期，1920 年 10 月 1 日。

〔註 89〕郭沫若：《創造十年》，《學生時代》，第 83 頁，北京：人民文學出版社，1979 年。

的郭沫若，隻身留在了上海泰東圖書局，親自編定了「戲劇詩歌集」《女神》。在回憶錄《創造十年》中，郭沫若花費大量筆墨描述了老闆趙南公對他的剝削，但對《女神》的編定過程，卻匆匆略過。事實上，如果細查一下《女神》的編選體例，會發現郭沫若還是費了一翻苦心。

首先，《女神》無序，只有序詩，這一點在早期新詩集中相當特殊。最早出版的幾部個人新詩集，均由亞東圖書館出版，詩作者與作序者之間存在顯而易見的人事關聯，一個以胡適及北大為中心、向外發散的詩人群落由此浮現。處身在這一「詩壇」之外，與名流也「無師友關係」，《女神》無序與此或許有關。但郭沫若對自己的詩歌抱有充足的自信，無需闡釋自己的革命價值，更無需在新與舊之間定位，序詩中稱：

> 《女神》呦！／你去，去尋找與我的振動數相同的人，／你去，
> 去尋找那與我燃燒點相等的人，／你去，去在我可愛的青年的兄弟
> 姊妹胸中，／把他們的心弦撥動，／把他們的智光點燃吧！

與其他詩集序言中大段的自我闡述不同，這段序詩流露了一種鮮明的讀者意識，似乎表明「詩集」無需外在的歷史定位，它召喚著讀者的直接參與。此詩在《女神》出版之前，曾在報紙上發表。〔註 90〕周而復回憶說，當年他在報上讀到此詩，就留下了深刻難忘的印象，甚至可以背誦〔註 91〕，其影響力可想而知。值得注意的是，在「正統詩壇」之外，掙脫「詩體大解放」的自我定位，相信詩歌本身就可贏得讀者，這何嘗不是另一種「定位」。

在編次方式上，《女神》也很有特色，56 首詩作按照風格、體式被分為三輯：第一輯取材於古代傳說或歷史，採用詩劇形式；第二輯收錄的是詩情爆發時期的激昂揚厲之作，它們後來被認為是「女神」體的代表；第三輯則是小詩的彙集，有的「沖淡、樸素」，有的「飄渺迷離」。這種編次依照的不是寫作的時間順序，而是美學風格的分類。對於詩集的編次，俞平伯有過這樣的評論：「詩集編次之方，隨好尚而殊，或編年，或分類，或以篇軼之鉅細而分先後，三者未盡適用。」〔註 92〕三種編次，雖各有弊端，但這種挑剔也說明了「編次之方」的特殊功能。早期出版的幾部新詩集，一般都是採用編年

〔註 90〕該詩曾發表於 1921 年 8 月 26 日《學燈》。
〔註 91〕周而復：《緬懷郭老》，《新文學史料》，1980 年第 2 期。
〔註 92〕俞平伯：《〈西還〉書後》，《俞平伯全集》2 卷，第 295 頁，石家莊：花山文藝出版社，1997 年。

方式，按時間來編次，並非只是圖一時方便，背後隱含的往往是「詩體大解
放」的框架，詩輯排序所顯露的正是新詩從舊詩中一步一步脫繭的過程。胡
適的《嘗試集》確立了這樣的範例，《草兒》等集也緊隨其後，俞平伯對此就
表示懷疑：「非今日之我畫然於去歲昨日之我」。與「編年體」相比，《女神》
的從詩體、風格角度進行的分類編次，目的在於淋漓盡致地展現詩風的多個
面向，是否從傳統中解放出來，並不是重點。

　　《女神》確立了郭沫若詩風的基本特徵，其中二、三兩輯，奠定後來人
們對郭詩「雄奇」、「秀麗」兩種風格的認識。事實上，這種風格造型不僅是
分類編次的結果，實際上也與某種自我的篩選相關。眾所周知，郭沫若喜歡
自我刪改，《女神》版本的流變就是文學史上一個著名的案例，而在《女神》
成書之時，篩選就已然發生。《女神》收詩 56 首，未收錄的詩作其實還有很
多，郭沫若自己選詩的標準，也值得在這裡稍作討論。一般說來，郭沫若的
新詩寫作從一開始就與國內的白話詩風格迥異，全以抒情為本，書寫神秘的
自然體驗或廣闊的世界想像，詩境醇美、豪放，沒有散文化、敘事性因素的
滲入。這種印象也不斷為他自己的言論強化：「我的見解是：詩歌的形式當用
以抒情，至於刻描現實宜用散文的形式」，而「諷刺的表現」，更是「宜用散
文，用詩難於討好」。〔註93〕然而，如果考察為編入《女神》的部分詩作，會
發現詩人的風格未見得那麼統一。

　　從 1919 年 9 月到 1920 年 1 月，郭沫若發表在《學燈》上的詩作中，共
有 10 首未收入《女神》，有些顯然是因藝術上的粗糙，但《兩對兒女》、《某
禮拜日》、《嗚咽》、《晚飯過後》等詩〔註94〕，則顯示了另外一種樣態。這幾
首詩多描述具體生活的場景，以日常感受為中心，在風格上納入許多散文化
的因素，比如《某禮拜日》中這樣的詩句：「我同仿吾，我的好朋友，一路兒
往郊外去……」。在詩中摻入現實的人名與事件，是初期白話詩散文化風格的
表徵之一，胡適、劉半農等人詩中多有出現，也招致過一些責難〔註95〕，但

〔註93〕蒲風記：《郭沫若詩作談》，《文學叢報》4 期，1936 年 7 月；引自王訓昭編：
　　　《郭沫若研究資料》上冊，第 208 頁，北京：中國社會科學出版社，1986 年。
〔註94〕這四詩分別發表於 1919 年 10 月 18、20 日與 1920 年 1 月 8、9 日的《時事新
　　　報・學燈》。
〔註95〕1917 年 6 月 24 日，任鴻雋在致胡適信中提到，胡適 4 月 25 日夜詩與他的一
　　　首詩同意，「唯吾月詩中無王充，仲長統……等耳」。（《胡適來往書信選》上
　　　冊，中國社會科學院近代史研究所中華民國史組編，第 13 頁，北京：中華書

在郭沫若激昂又高蹈的詩中卻十分罕見。再如《嗚咽》中的一段：「我的白話詩／把我的憤怒兒也漸漸平了……／白話詩！白話詩！／你如今當做個光明的凱旋歌！」「白話詩」三個字的出現，起到了寫作上的「間離效果」，某種自我解嘲的意趣，似乎與詩人一任抒情的立場不太協調。

《學燈》上郭沫若新詩的發表，是從 1919 年 9 月開始的。在「新詩」欄還未被他包攬之前，《學燈》其他露面較多的「新詩」作者，還有黃仲蘇、王志瑞、沈炳魁等，他們的詩作在風格上，分享了白話詩初起時的散文化、日常化趨向，有些作品還有模仿胡適的明顯痕跡〔註 96〕。在這樣的發表環境中，郭沫若的風格似乎也不太穩定，是否有意嘗試一下「非詩化」的新鮮，迎合「新文藝」欄的整體取向，現在不得而知。但這至少說明，他早期的詩風並不是同質的，與國內的「白話詩」風尚也並非毫無瓜葛的。從這個角度看，編選《女神》，刪除其中「非詩」因素，本身就是一個自我純化的過程，無論「明麗」還是「雄壯」，以抒情為本的詩歌面貌得到更完整的呈現。

簡言之，不同的寫作起點，不僅決定郭沫若對「新詩」的構想，與胡適們迥然不同，在詩集的編選方式上，《女神》已扭轉了《嘗試集》所設定的新詩塑形框架，新／舊之間的「詩體大解放」邏輯，以及對「新」的可能性的嚮往，似乎不再是支配性因素，以「詩」的本體話語為前提的美學風格，被推向了前臺。無形之中，《女神》似乎成了「新詩」另外一個起點，新詩發生空間的「場域」格局也有了內在轉換。對郭沫若佩服得「五體投地」的聞一多，在籌備處女作《紅燭》時，就將已經出版的新詩集，作為參照的範本〔註 97〕，《女神》更是主要的模仿對象，他自己就說：「紙張字體我想都照《女神》樣子。」〔註 98〕《紅燭》1923 年 9 月由泰東圖書局出版，收錄了 1920 年至

局，1979 年）趙景深在評劉半農《丁巳除夕》一詩時，認為這是一首好詩，但「可惜其中『在紹興縣館裏』和『主人周氏兄弟』等過於『散文的』字句，倘把此等寫另作一小序，當更生色」。(《揚鞭集》(上卷)，第 6～7 頁，趙景深原評、楊揚輯補：《半農詩歌集評》，北京：書目文獻出版社，1984 年)

〔註 96〕10 月 26 日《時事新報·學燈》發表王志瑞的《偏是》，其中詩句：「我原不想見著／偏是夢裏見著／既然夢裏見著／偏是夜鳥叫著」，從結構到押韻的方式，都見出胡適的影子。

〔註 97〕聞一多曾曾拜託家人，「到亞東就問《草兒》、《冬夜》、《蕙的風》是什麼辦法；到泰東就問《女神》是什麼辦法。」(聞一多：《致父母親》，孫黨伯、袁謇正：《聞一多全集·書信》，第 120 頁，武漢：湖北人民出版社，1993)

〔註 98〕聞一多：《致吳景超、梁實秋》，孫黨伯、袁謇正：《聞一多全集·書信》，第 110 頁。

1923 年間的 103 首詩作，是一本分量很重的詩集。除裝幀方面的借鑒外，還分爲四個小集：《雨夜之什》，《宇宙之什》，《孤雁之什》，《李白之死》，編次方式以及各集的標題，都與《女神》十分近似。另外，由於「找不到一位有身價的人物替我們講幾句話」，原來擬請好友梁實秋作序。〔註 99〕最終，《紅燭》還是無序，只是以《紅燭》一詩爲序詩，從編次、標題到序詩，整本詩集的似乎就是《女神》的一個翻版。從某個角度看，這不只是編選體例方面的模仿，更關鍵的是，聞一多的《紅燭》在亞東新詩集系列之外，似乎有意靠近了新詩的另外一個起點。《女神》編次體例的影響一直延續到後來，邵詢美的詩集《詩二十五首》分爲兩輯，也模仿《女神》取名爲「天堂之什」，「五月之什」。「名不副實」的生硬模仿，還招來了批評家的嘲諷。〔註 100〕

〔註99〕聞一多：《致梁實秋》，孫黨伯、袁謇正：《聞一多全集・書信》，第 129 頁。

〔註100〕依趙景深的說法，「什」的意思是「詩之《雅》《頌》，以十篇爲一卷，故曰什」。「天堂之什」卻有十四首，「五月之什」有十九首，這惹來趙景深的一頓奚落。（趙景深：《糟糕的〈天堂與五月〉》，原載《一般》3 卷 3 期，1927 年 11 月 5 日；引自張偉編：《花一般的罪惡──獅吼社作品、評論資料選》，第 279 頁，上海：華東師範大學出版社，2002 年）

第七章 論爭中的「新詩集」：
新詩合法性的辯難

　　在「新詩集」的編撰和定位中，「新詩」的歷史形象得到了一定的呈現。這一形象並不是完全單一、同質性的，其中包含了分歧，處於不斷的確立與重設之中。從新／舊的對話，到現代「詩」話語的凸顯，形象的流變與修正，顯示了新詩歷史合法性的追尋線索，同時也暗示新詩發生空間內的「場域」規則也在悄然轉化。在「新詩集」的呈現中，如果說分野或轉化還是隱含發生的話，那麼在「新詩集」的接受和評價中，合法性的辯難卻激烈地展開了。

　　眾所周知，在新文學的接受過程中，「足以引起反對派底張目與口實的實在要以詩歌爲最」〔註1〕，但「反對派」的情況是各不相同的，俞平伯對此有過細緻的分類：「有根本反對的，有半反對的，也有不反對詩的改造而罵我們個人的。」〔註2〕在反對派中，林紓、黃侃、嚴復、章士釗、章太炎等人對新詩的抵拒，往往與他們對新文學的整體懷疑態度聯繫在一起的，當時「提倡白話已是非聖無法，罪大惡極，何況提倡白話詩」〔註3〕。在一般讀者看來，無韻無體的「分行白話」，更是有違傳統的文體規範和閱讀程式，對「新詩」

<hr>

〔註1〕孫俍工：《最近的中國詩歌》，文學研究會編：《星海》，第 129 頁，上海：商務印書館，1924 年 8 月。

〔註2〕三種態度對應於三類讀者：一類包括一班「遺老」「遺少」和「國粹派」；一類是有外國文學知識背景的「中外合璧的古董家」；一類「不攻擊新詩，是攻擊做新詩的人」。（俞平伯：《社會上對於新詩的各種心理觀》，《新潮》2 卷 1 號，1919 年 10 月）

〔註3〕劉半農：《〈初期白話詩稿〉序》，陳紹偉編：《中國新詩集序跋選》，第 248 頁，長沙：湖南文藝出版社，1986 年。

的反感也集中於詩體形式的層面。新／舊、白話／文言的衝突，構成了新詩合法性辯難的重要部分。然而，除此之外，「新詩」的接受還受到另一重制約，即：從既有審美習慣出發的，對新詩發生期的特殊風格取向的反感，簡單說來，新詩的「美醜」問題，成了形式、語言以外，又一個紛爭的焦點。

誠如本書反覆論及的，在新詩的發生過程中，對固有文類界限、規範的逾越，是一批新詩人共同的體認，無論是引「文之文字」入詩，還是對說理、寫實、白描的偏重，〔註4〕都在一定程度上打破詩意、詩美的閱讀期待，這勢必引起「詩體」層面之外的反感。早在胡適鼓吹「詩國革命」的時期，他的某些「嘗試」就因處理的特定經驗、題材而遭受指責；後來，「白話詩」之所以能得到任鴻雋等人的部分認同，也是因爲「白話」對「詩美」的順應。當錢玄同稱讚胡適在「詩體大解放」的途中更進一步：「今日你給我看的最新的白話詩，非常之好。我以爲比『嘗試集』裏邊有幾篇近文的舊作，自然好多了。」任鴻雋的稱讚卻是：「近作白話詩佳在有詩情。」兩種稱讚，一重「白話」，一重「詩情」，出發點顯然十分不同。〔註5〕

這樣的接受歧義，在新詩的展開時期表現得更爲鮮明：一方面，新詩人們新銳的詩藝追求，也會逐步落實爲一種新的閱讀成規，影響到詩人和讀者的接受，「散文化」、「具體性」都成爲當時常見的評價標準〔註6〕；另一方面，從詩美期待出發的質疑和揀選，也構成了新詩接受的另一個前提。那些能夠與傳統詩境相溝通的寫作，往往更容易受到歡迎〔註7〕，而更多體現新詩歷史衝動的寫作嘗試，也會遇到更多的閱讀障礙。周作人的《小河》曾被胡適譽

〔註4〕 對早期白話詩的這種美學特徵，余冠英、茅盾、朱自清、蘇雪林等人都有所論述和闡發。

〔註5〕 錢玄同1917年10月31日致胡適信，耿雲志主編：《胡適遺稿及秘藏書信》40卷，第252頁，合肥：黃山書社，1994年；1916年8月1日任鴻雋致胡適信，《胡適來往書信選》上冊，中國社會科學院近代史研究所中華民國史組編，第3頁，北京：中華書局，1979年。

〔註6〕 比如，左學訓曾致信康白情，說自己做了一首《願意》，康覆信說：「至於詩呢？大體總是好的；因爲他是具體的寫法。」（《會員通信》，《少年中國》1卷6期，1919年12月15日）對於田漢女友易漱瑜的《雪的三部曲》，康白情的意見則是：「但我總想他音節能夠更諧和，體裁能夠更散文，風格能夠更自然，意思能夠更深刻。」（《少年中國》1卷9期，1920年3月15日）。

〔註7〕 曹聚仁當年就愛讀劉大白的《郵吻》，《秋晚的江上》等詩，因爲「有此情，有此境，言有盡而意有餘，才是第一等好詩。」（曹聚仁：《白屋詩人劉大白》，《我與我的世界》，第167頁，太原：北嶽文藝出版社，2001年）

為新詩成立的第一首傑作，但在當時有的讀者看來，「這作為一篇散文的寓言，還顯得有些囉嗦，怎麼能說是詩的『傑作』」〔註 8〕。

當然，新詩在審美層面激起的反對，與最初創作成績的低劣有關〔註 9〕，詩寫得過濫，當然怪不了讀者。但更重要的是，當新詩人嘗試新的風格和詩藝，讀者卻要求普遍的詩美滿足，二者之間的矛盾，構成了新詩發生時期的潛在困境。即使對初期白話詩頗多辯護的蘇雪林，也不得不稱，白話詩初起，「排斥舊辭藻，不遺餘力。又因胡適說過，真正好詩在乎白描，於是連『渲染』的工夫多不敢講究了。……但詩及美文之一種。安慰心靈的功用以外，官能的刺激，特別視覺，聽覺的刺激，更不可少」〔註 10〕。不僅如此，普遍的詩美訴求，不僅越來越多地介入到閱讀和批評當中，而且逐漸與現代的文學觀念相結合，在後者的襄助下，高派為新詩史上一種強勢的話語，對新詩形象的建構以及新詩壇的分化，都產生了深遠的影響。在新詩寫作與閱讀、批評的對話、衝突中，大大小小的論爭此起彼伏，而「新詩集」又往往是論爭的焦點。

第一節　《評〈嘗試集〉》：「學衡派」的反動

站在「文化守成主義」立場上，「學衡派」對新文化運動的批評，隨著學術思潮的轉移，目前已獲得廣泛的同情，其在思想、文化上的意義也得到了細緻闡發。《學衡》諸君多能為詩，吳宓、吳芳吉、胡先驌等都有詩集行世，在「學衡派」對「新文學」的批評中，對「新詩」的反動似乎也是最為主要的部分。梅光迪、吳宓、吳芳吉、李思純、邵祖平等，都曾對新詩提出過尖銳的批評。然而，作為「學貫中西」的古典派，與一般的守舊派不同，《學衡》諸君與其說是站在「新文化」的對立面，毋寧說他們是對新文化另有設計。〔註

〔註 8〕　馮至：《讀〈中國新詩庫〉第三輯》，《詩刊》1992 年第 9 期。

〔註 9〕　茅盾就曾將《雪朝》，《小說月報》，《詩》，《彌灑》等書刊上的新詩交與一位反對白話詩的朋友看，他的反應是：「壞的比好的多，便是新詩前途的危險，也就是啓人誤會，啓人蔑視的根本原因。」（《自動文藝刊物的需要》，《文學旬刊》72 期，1923 年 5 月）

〔註 10〕　蘇雪林：《徐志摩的詩》，沈暉編：《蘇雪林文集》2 卷，第 130 頁，合肥：安徽文藝出版社，1996 年。

〔註 11〕　吳宓就言及這種立場：「故今有不贊成該運動之所主張者，其人非必反對新學也，非必不歡迎歐美之文化也」（《論新文化運動》，《學衡》4 期，1922 年 4

11）與這種立場相關的是,「學衡派」中吳宓、吳芳吉等人對詩的構想,也以某種峻急的「歷史意識」爲發端的,與新詩發生分享了某種共同的歷史衝動,這一點本書第五章已有所論述。因而,不能將他們的言論,完全視爲與新詩發生無關的批評,某種意義上,「學衡」的聲音,恰恰構成了新詩合法性辯難的重要一環。作爲發難之作,胡先驌的《評〈嘗試集〉》一文,洋洋萬言,被認作「是文學革命自林紓而外所遇之又一勁敵」〔註12〕,自然是本節討論的起點。

一

其實,《學衡》對「新詩」的反對,在「學衡派」聚集之前,早已介入到新詩的發生史中,梅光迪與胡適的論爭,就是「白話詩」方案提出的直接策動。《學衡》諸君與新文學間的衝突,大多在他們留學美國期間已經開始。比如,吳宓在美時對國內情況十分關注,在日記中曾寫下這樣的憂慮:「目前,滄海橫流,豺狼當道。胡適,陳獨秀之倫,盤踞京都,勢焰薰天。專以推鋤異己爲事。宓將來至京,未知能否容身。」〔註13〕胡先驌的《評〈嘗試集〉》同樣產生於這一背景中,而挑起爭端並不是胡先驌,正是胡適本人。

胡適與胡先驌在美已經相識〔註14〕,在《文學改良芻議》一文中,胡適在談到「八事」中「務去爛調套語」一項時,就說「今試舉吾友胡先驌先生一詞以證之」,認爲胡先驌的詞「驟觀之,覺字字句句皆詞也,其實僅一大堆陳套語耳」〔註15〕。言辭犀利,點名批評身爲南社成員的胡先驌,將他設定新的詩歌構想的「假想敵」之一,這無疑爲後來的論辯埋下了伏筆。對此,

---

月）：吳芳吉也稱：「以根本論,我對於今之新文化運動,是極端贊成的。不過,出於今日一般人的叫囂,至以此爲投機事業,則絕不相干」（《答上海民國日報記者邵力子》,賀遠明編：《吳芳吉集》,第 657 頁,成都：巴蜀書社,1994 年）

〔註12〕陳子展：《最近中國三十年之文學》,《中國近代文學之變遷・最近三十年中文學史》,第 293 頁,上海古籍出版社,2000 年。

〔註13〕1920 年 5 月 1 日吳宓日記,《吳宓日記》2 冊,第 161 頁,吳學昭整理注釋,北京：三聯書店,1998。吳宓的《論新文化運動》在《學衡》上發表之前,已在 1920 年 8 卷 1 號的《留美學生季報》上發表,並有「邱君昌渭者……附從新文化者也」,與吳進行辯駁。（《吳宓日記》2 冊,第 224 頁）。

〔註14〕胡適留美時間爲 1910 年至 1917 年,胡先驌爲 1913 年至 1916 年；1914,他們年發起組織「科學社」,胡先驌任《科學》編輯,與胡適熟識。

〔註15〕胡適：《文學改良芻議》,《新青年》2 卷 5 號,1917 年 1 月。

胡先驌當然不滿，反擊文章《中國文學改良論》就是針對《文學改良芻議》
而作，指斥白話詩不是詩，並對劉半農、沈尹默的詩作大加嘲諷〔註16〕。《嘗
試集》出版後，更是「不惜窮兩旬之日力」，傾盡全力進行批評。此文曾多方
投寄，但新的傳播空間中，受到了一定的排斥，當時的報刊都不敢刊用。〔註
17〕直至《學衡》出版，這篇長文才得以連載於《學衡》1、2 號上，可以說是
「學衡派」投向新文壇的一顆重磅炸彈。

　　《評〈嘗試集〉》批評的，雖然是一本詩集，但指向可「新詩」的全面批
判：「評胡君之詩，即可評胡君論詩之學說，與現實一般新詩之短長，古今中
外名家論詩之學說，以及真正改良中國詩之方法。」這種總體性的視角，支
配了論述的展開，與《嘗試集》的另一個批評者胡懷琛明顯區分開來，後者
拘泥於字句，斤斤計較於音節的好壞。全文共分八個部分，從「《嘗試集》之
性質」到「聲調格律」、「文言白話用典」與「詩」之關係，再到「詩之模仿
與創作」、「古學派與浪漫派之比較」，均從宏觀處著筆，理論的辨析與文學史
的檢討佔據了大部分篇幅。相比之下，對《嘗試集》中具體作品，則一筆帶
過，只是貼上「枯燥無味之教訓主義」、「膚淺之象徵主義」、「肉體之印象主
義」等標籤匆匆打發。這就形成了一種內在的不平衡現象，如有的論者指出：
「理論上體大精深、鏗鏘有力與論據的稀少形成了鮮明的對比」，有「空洞的
立論」之感。〔註 18〕具體的觀點如何，暫且不論，這種不重作品批評，而著
力於「原理」演繹的展開方式，確是「學衡派」論文的共同特徵，也是他們
立論的特殊之處。

　　「學衡派」雖然力主「昌明國粹」，但舊學根底並不如想像中的深厚〔註
19〕，他們時常矜誇的還是西洋的知識背景。在批駁白話文學時，胡先驌自稱：
「某不佞。亦曾留學外國。寢饋於英國文學。略知世界文學之源流。」〔註20〕
吳宓也說：「蓋自新文化運動之起，國內人士競談『新文學』，而真能確實講

〔註16〕此文原載《東南高師日刊》，1919 年《東方雜誌》16 卷 3 號予以轉載，羅家
　　　　倫撰寫了《駁胡先驌君的中國文學改良論》(《新潮》1 卷 5 號，1919 年 12 月)
　　　　進行反駁。
〔註17〕《吳宓自編年譜》，第 229 頁，吳學昭整理，北京：三聯書店，1995 年。
〔註18〕李怡：《論「學衡派」與五四新文學運動》，《中國社會科學》1998 年 6 期。
〔註19〕魯迅《估〈學衡〉》一文就抓住這一點，盡情奚落，說「學衡」諸公「可惜的
　　　　是於舊學並無門徑，並主張也還不配」。(《魯迅全集》1 卷，第 379 頁，北京：
　　　　人民文學出版社，1981 年)
〔註20〕胡先驌：《中國文學改良論》，《東方雜誌》16 卷 3 期。

述《西洋文學》內容與實質者則絕少」，認爲自己與梅光迪等，在「此三數年間，談說西洋文學，乃甚合時機者也。」〔註 21〕在文章中，大量引述西方名家的學說言論，也是「學衡」諸人與其他反對派的區別所在。〔註 22〕當他們依據這種知識背景，談論中國文學，一種跨文化的比較文學與一種「文化整體主義」的視角，往往構成其基本的發言姿態，即：反對「僅取一偏，失其大體」，力求超越地域、時代之上，尋求人類理性共通性和生活法則的統一性、普遍性。如吳宓所言：「則今欲造成中國之新文化，自當兼取中西文明之精華，而鎔鑄之，貫通之。」〔註 23〕中西比較的眼光，與「整體主義」的態度，共同決定著「學衡」文論、詩論的形態。換言之，他們關注的並非具體的寫作實踐，而是作爲一種知識的，超越文化、語言之上的普遍的「詩學原理」。

《評〈嘗試集〉》一文所遵循的，正是這樣一種論說邏輯，評「嘗試集之短長」目的在於「討論詩之原理」，時刻在中西詩歌的相互參照中，提取標準的「詩」定義。如評《嘗試集》第三部分爲「聲調格律音韻與詩之關係」，在論述「詩之所以異於文者，亦以聲調格律音韻故」時，就稱：「可知在歐美各邦，古今來大詩人大批評家，除少數自謂爲新詩人者外，靡不以整齊之句法爲詩所不能闕之性質。」其他對於詩歌語言、用典諸項的辯駁，也都是從所謂「詩」的角度著眼。吳宓的《詩學總論》、《文學研究法》，胡先驌的《文學的標準》等文，無不在綜觀中西文學特徵的基礎上，將普遍的「文學經驗」當作文學的本質。胡先驌便稱：「文學藝術之標準。誠不能精密如度量衡，然經數百年來現實之名著、與抽象之論文學藝術之著作、之示範與研幾。可謂雖不中不遠矣。」〔註 24〕

二

與普遍性的原理訴求相伴隨的，是「學衡派」新詩批評的另外兩個特徵：其一，是對所謂「詩」的文類界限的維護，其二，是對「新詩」背後的歷史主義傾向的抗拒。

〔註 21〕《吳宓自編年譜》，第 222 頁，吳學昭整理，北京：三聯書店，1995 年。
〔註 22〕鄭振鐸稱：「胡梅葊站在『古典派』的立場來說話了。他們引致了好些西洋的文藝理論來做護身符。聲勢當然和林琴南、張厚載們有些不同。」（《〈中國新文學大系‧文學論爭集〉導言》，第 13 頁，趙家璧主編、鄭振鐸編選：《中國新文學大系‧文學論爭集》，上海：良友圖書出版印刷公司，1935 年）
〔註 23〕吳宓：《論新文化運動》，《學衡》4 期，1922 年 4 月。
〔註 24〕胡先驌：《文學之標準》，《學衡》31 期，1924 年 7 月。

首先，有關詩文界限的劃分，似乎是學衡論詩的另一主旨。吳宓曾言：「今欲論詩，應先確定詩之義。惟詩與文既相對而言。故詩之定義須爾其有別於文之處。」〔註 25〕具體說來，音律的有無，表現方式的差別，經驗領域的不同等等因素，都可以論述爲劃分的標準，但重要的是，對新詩的反動，由此有了一個新的起點：不再是舊詩的威權，而是某種普遍的「詩學原理」約束下的文類規範。《評〈嘗試集〉》中，胡先驌指責集中作品僅爲白話而非白話詩，理由就是：

> 其中雖不無稍有情意之處，然亦平常日用語言之情意，而非詩之情意。夫詩之異於文者，文之意義，重在表現（denote），詩之意義，重在含蓄（counate）與暗示（suggest），文之職責，多在合於理性，詩之職責，則在能動感情。

這段話在早期新詩論爭中，是頗有代表性的。後來，吳芳吉在批評新詩時，也將「詩體辨識」列爲「今之首務」，並以此對「上海某大書館之中學國語一書」上的 10 首詩作進行評判：胡適的《威權》，被認爲「此非詩也」，理由是其材料「不可以爲詩者爲之」；沈尹默的《月夜》也是「非眞詩」，因爲前四章似劇中唱詞，而「詩則不得似劇」；劉半農的《水手》「非詩」，不過「新小說之有韻耳」；傅斯年的《深秋永定門城上晚景》亦「非詩」，不過「一堆濃堆密抹之新派圖畫耳」。很顯然，某種「詩體辨識」的眼光，是吳芳吉的主要評判標準。〔註 26〕

在上述批評中，雖然「舊詩」仍是參照的詩歌典範，但「詩」與「文」（非詩）區分，已代替「文言」與「白話」的衝突，成爲「學衡」批評策略的核心。如果稍稍拓寬一下討論的空間，可以看到，這一點也反映在晚清詩歌的評價上。梁啓超、胡適都曾對晚清詩人鄭珍、金和有過激賞之詞，在胡先驌看來，二人的作品卻有「不啻天壤之別」：鄭珍「最足令人注意之處」在於「善於驅使俗語俗事以入詩也」〔註 27〕。在評《嘗試集》時，胡先驌還舉出鄭的若干詩句，與胡適的詩作比較，以證明使用白話「要必以能入詩者爲限」；對金和之詩，他卻認爲「不中法度。且骨骼凡猥。口吻輕薄」〔註 28〕。尤其對

〔註 25〕吳宓：《詩學總論》，《學衡》9 期，1922 年 9 月。
〔註 26〕吳芳吉：《四論吾人眼中之新舊文學觀》，《學衡》42 期，1925 年 6 月。
〔註 27〕胡先驌：《讀鄭子尹巢經巢詩集》，《學衡》7 期，1922 年 7 月。
〔註 28〕胡先驌：《評金亞匏秋蟪吟館詩》，《學衡》8 期，1922 年 8 月。

胡適認爲其詩「很像是得力於儒林外史」的說法表示不滿,「夫以溫柔敦厚爲教之詩。乃得力於儒林外史。其品格之卑下可想矣」。〔註29〕評價的反差,不是表現於白話與文言之間,對「詩」文類邊界的維護,是問題的關鍵。對「文體界限」的維護,也表現在其他方面,胡先驌就認爲象徵戲劇不重言行,心理小說僅知心理分析,不以言行表現人格,「此皆違背其藝術根本之原則者也。而最甚者莫如所謂自由詩者。」〔註30〕由此看來,不僅是新詩,其他「型類混雜」的文體嘗試,在「學衡派」這裡也很難得到認可,與「學衡派」觀念相近的梁實秋,後來更是將此點破,認爲「型類的混雜」是新文學的一大罪狀。〔註31〕

其次,作爲白壁德的私淑弟子,學衡諸人對晚近的諸多文藝新潮一般頗多反感,白壁德站在「新人文主義」立場對現代文化的批評,被他的中國傳人們直接挪用,來評判新詩。從梅光迪開始,對新詩的批評就與對現代新潮的指斥聯繫在一起:「所謂白話詩者,純拾自由詩 Verslibre 及美國近年來形象主義 Imagism 之唾餘,而自由詩與形象主義,亦墮落派之兩支。」〔註32〕這種說法在其他「學衡派」成員那裏也多有重複,成爲他們批評新詩另一焦點。〔註33〕胡先驌在評《嘗試集》時稱:「吾人可知胡君之詩所代表與胡君論詩之學說所主張者,爲絕對自由主義,而所反對者爲制裁主義、規律主義,以世界文學潮流觀之,則浪漫主義、盧騷主義之流亞。」在《學衡》諸人眼中,「新」非但不是「新詩」的優勢所在,反而「利用青年厭故喜新,畏難趨易,好奇力異,道聽途說之弱點」〔註34〕。

新詩的發生,是受特殊的歷史意識支配的,即要在「現時」的歷史,而非抽象的文學準則中汲取美學的活力。對新異可能性的嚮往,是其內在的衝

〔註29〕 胡先驌:《評胡適五十年來中國之文學》,《學衡》18 期,1923 年 6 月。
〔註30〕 胡先驌:《文學的標準》,《學衡》31 期,1924 年 7 月。
〔註31〕 梁實秋:《現代中國文學之浪漫的趨勢》,徐靜波編:《梁實秋批評文集》,第41 頁,珠海出版社,1998 年。
〔註32〕 梅光迪:《評提倡新文化者》,《學衡》1 期,1922 年 1 月。
〔註33〕 吳宓在美反對白話文運動,曾將「白話文運動」與英美文學史上的新潮流並列,列出十家。(1919 年 12 月 14 日吳宓日記,《吳宓日記》2 冊,第 105 頁,吳學昭整理注釋,北京:三聯書店 1998～1999 年)邵祖平在《論新舊道德與文藝》中也稱「白話詩」暗中模仿美國之自由詩,Free Verse 及 Prosaic Poetry。(《學衡》7 期,1922 年 7 月)
〔註34〕 胡先驌:《論批評家之責任》,《學衡》3 期,1922 年 3 月。

動，而「歷史的文學觀念」正是這一衝動的理論支撐。這種以變化爲核心的歷史主義態度，自然要觸犯《學衡》的新古典主義立場，對「新潮」的反感背後，暗含的正是「普遍原理」與「歷史變化」間的矛盾。易峻曾說：「胡君之倡文學革命論，其根本理論，即淵源於其所謂『文學的歷史進化觀念』」，「一代新文學事業，殆即全由此錯誤觀念出發焉」。〔註35〕這一斷語，可以說抓住了問題的核心。吳芳吉也稱：「歷史的文學觀念既生，於是新派之陷溺以始」〔註36〕，並標舉「文心」一語，與之抗衡。讀到《學衡》上吳宓的文章，他極爲興奮，寫信說：「吾兄文心文律之說，切中實弊，極愜下懷。」〔註37〕所謂「文心」，或許可以看成是超越時間之上永恆的文學本體，其作用「如輪有軸，輪行則軸與俱遠。然軸之所在，終不易也」。對「不易」之文學本體的嚮往，使得《學衡》諸人無法認同新詩背後躍動的歷史創造衝動。與「新」這個字眼一樣，「時代精神」、「現代」與新詩發生密切相關的詞彙，在胡先驌那裏，也都頗成問題〔註38〕。

三

所謂「詩」的普遍原理，從新詩發生之日起，一直是基本的制約力量，早在梅光迪與胡適爭論過程中，「詩」的文類標準就是梅光迪立論的根據〔註39〕。在胡先驌及其他學衡諸人的批評中，這種制約力量不過是得到了現代的知識表達。從文學現代性的角度看，新詩的激進主張，是在變動的「情境的邏輯」獲得激勵的，依照卡林內斯庫的說法：「我們在此要討論的是一個重要的文化轉變，即從一種由來已久的永恆性美學轉變到一種瞬時性與內在性美學，前者是基於對不變的、超驗的美的理想的信念，後者的核心價值觀念是

〔註35〕 易峻：《評文學革命與文學專制》，《學衡》79 期，1933 年 7 月。
〔註36〕 吳芳吉：《三論吾人眼中之新舊文學觀》，《學衡》31 期，1924 年 7 月。
〔註37〕 吳芳吉：《與吳雨僧》，賀遠明編：《吳芳吉集》，第 674 頁，成都：巴蜀書社，1994 年。
〔註38〕 胡先驌在《文學之標準》中勸說：「勿驚於『時代精神』Zeitgeist 之名詞」，「況合乎現代與否，殊無關輕重」。（《學衡》31 期，1924 年 7 月）
〔註39〕 梅光迪反對胡適「作詩如作文」的主張，就以「詩」爲發言的根據：「一言以蔽之，吾國求詩界革命，當於詩中求之，與文無涉也」。（致胡適信三十一函，羅崗、陳春艷編：《梅光迪文錄》，第 160 頁，瀋陽：遼寧教育出版社，2001 年）關於「詩之文字」問題，他不願多辯：「蓋此種問題人持一說，在西洋雖已有定義，在吾輩則其說方在萌芽」。（致胡適信三十三函，羅崗、陳春艷編：《梅光迪文錄》，第 162 頁）

變化和新奇。」〔註40〕從這個角度看，「學衡派」的發言包含了一種對此「現代」的抵拒，更多朝向普遍的文學本體，或者說基於「不變的、超驗的美的理想的信念」，知識的推論和演繹，正是這種「信念」的現代表達。

上述差異的形成，除基本觀念的衝突外，與《學衡》諸人的身份是有一定關係的，雖然他們多數人都有寫作的經驗，但對於「新詩」的展開卻缺少基本的同情，更多地是站在一種學院式的立場上，以一個文學知識的習得者，而非具體的創作者身份來發表觀點的。梅光迪很早就自言：「自今以後，大約以文學當一種學問，不敢當一種美術；當自家是一個文學界學生，不是一個文學界作者。」〔註41〕這使得他們主張在理論上往往顯得平正公允，能夠自圓其說，比起新詩人激進的言論更有學理上的說服力，這也是後來引來不斷的「叫好」的原因所在。但由於缺少對「新詩」基本衝動的體認，他們的言論缺乏對具體歷史變化的認同。這一點在他們的美國導師那裏，也有所表現，韋勒克就稱：白璧德領導的新人文主義在美國一度引人注目，但「這個運動之所以未能征服各個大學的原因看來很明顯……他們所主張的嚴謹的道德主義違背文學是一種藝術的本性，他們對當代藝術所抱的敵視態度使他們脫離了作爲一種活生生力量的文學」〔註42〕。拘泥於原理與細節，普遍的「詩歌原理」往往會變爲一套約束性知識，限制批評的有效性。

除發言身份的區分以外，新詩宣導者與「學衡派」間的衝突，還是新詩發生的基本張力的一種顯現。作爲一項新的文學創制，新詩力圖表達現代人的現代情感、思想和經驗，這種追求又時時要面對「詩歌」文類規範的約束，詩歌本體的普遍性與寫作實踐的特殊性間的矛盾，交織在新詩展開的內部。〔註

〔註40〕 馬泰·卡林內斯庫：《現代性的五副面孔》，第 9 頁，顧愛彬、李瑞華譯，北京：商務印書館，2002 年。

〔註41〕 梅光迪致胡適三十三函，羅崗、陳春豔編：《梅光迪文錄》，第 163 頁，瀋陽：遼寧教育出版社，2001 年。

〔註42〕 韋勒克：《美國的文學研究》，《批評的概念》，第 287 頁，張今言譯，杭州：中國美術學院出版社，1999 年 12 月。

〔註43〕 普遍性與特殊性間的有矛盾，即使在認爲「文學之根本道理，以及法術規律，中西均同」(《論新文化運動》，《學衡》4 期，1922 年 4 月) 的吳宓那裏也存在。比如，談到詩文界限時，吳宓一方面認爲中國「有韻爲詩，無韻爲文」的說法片面，因爲西洋詩歌不一定有韻，可改用「音律」的有無作爲標準，但在按語中，還是說「吾國文字之本性，與以上截然不同，即適於用韻行之數千年而已，然經驗可以證明故今仍當存之，決不可強學希臘拉丁古詩或藉口英詩之 blank verse，而倡廢韻也」。(《詩學總論》，《學衡》9 期，1922 年 9 月)

43〕值得參照的是，認為「新體白話之自由詩，其實並非詩，決不可作」的吳宓〔註44〕，日後的態度也有所改變。1931 年後徐志摩遇難後，吳宓在主持《大公報》發表《挽徐志摩君》，強調自己寫詩與志摩體裁有別，但「依新依舊共詩神」，任何派別、體式，只要致力於表現的技術，則「均屬正道，均為美事」。〔註45〕不同寫作向度上的差別，被他論述為柏拉圖「一多之對待」關係：「蓋多者，常主自然，而訓斥人為；主一者，並主規律，而力求統貫」。〔註46〕在這裡，普遍原理與具體寫作間的關係呈現為相反相成的開放狀態。這樣的邏輯，改寫了新與舊之間的對抗、排斥關係，似乎要彌合新、舊兩個詩壇間的距離。但在新詩的發生期，二者間的衝突要多於對話。

　　《學衡》的反動，在新詩人看來，似乎不堪一擊。胡適就說：「現在新詩討論的時期，漸漸的過去了。——現在還有人引了阿狄生，強生，格雷，辜勒律己的話來攻擊新詩的運動，但這種『子曰詩云』的邏輯，便是反對論破產的。」〔註47〕這種傲慢的說法，顯示了某種勝利者的姿態，即便拉來「阿狄生，強生，格雷，辜勒律己」助陣，新詩的「正統」也再難挑戰。然而，從整體上看，「學衡派」的聲音，並非簡單是新詩的歷史反動，某種意義上，這一聲音恰恰是新詩發生的內在張力的顯現。因而「學衡派」或許可以輕易駁倒，但「子曰詩云」的邏輯——「詩」的普遍立場，並沒有消失，反而更為深刻地介入到新詩的合法性辯難中，並在隨後的批評話語中，成為重新揀選「正統」、重設場域規則的「武器」之一。

第二節　《蕙的風》的論爭：對一樁舊案的重審

　　在新詩史上，有關《蕙的風》的論爭是一樁著名的舊案，作為新舊文化衝突的標誌，在文學史敘述中被反覆提及，以說明「新道德」對「舊道德」的勝利。挑起爭端的胡夢華，也隨之被「標本化」，不僅當時就成為「眾矢之

〔註44〕吳宓：《論今日文學創作之正法》，《學衡》15 期，1923 年 3 月。
〔註45〕吳宓：《論詩之創作》，呂效祖主編：《吳宓詩及其詩話》，第 272 頁，西安：陝西人民出版社，1992 年。
〔註46〕吳宓：《詩韻問題之我見》（節錄），呂效祖主編：《吳宓詩及其詩話》，第 269 頁，西安：陝西人民出版社，1992 年。
〔註47〕胡適：《〈嘗試集〉四版自序》，《胡適文存二集》卷四，第 289 頁，上海：亞東圖書館，1924 年。

的」，後來還被魯迅戲稱爲「古衣冠的小丈夫」〔註48〕，在歷史上留下了一個滑稽可笑的形象。《蕙的風》卻因此而暴得大名，所引起的騷動，「是較之陳獨秀對政治上的論文還大」〔註49〕。然而，在新舊文化、道德間的衝突之外，有關《蕙的風》的論爭中其實包含了其他層面，在考察新詩發生期的內在辯難時，對它還有重新討論的必要。

一

作爲論爭的發難者，胡夢華當時是《學衡》大本營——東南大學的一名學生，身份多少有些特殊。首先，胡夢華、與汪靜之、章衣萍等新人一樣，都是胡適安徽績溪的同鄉，還自稱是胡適的遠親，與胡適的侄子胡思永、胡適的戀人曹佩聲都有來往。有點反諷的是，胡夢華同時又是胡適的對手梅光迪、吳宓的學生，他投考東南大學的介紹人卻是胡適。1923 年他結婚時，邀請的證婚人是胡適、介紹人是梅光迪，這恰好說明了他身處的位置。〔註50〕既與胡適沾親帶故，又和《學衡》諸公有所關聯，這樣的曖昧身份對他的發言立場，無疑也會有潛在的影響。

首先，作爲一個熱心新文學的「新青年」，胡夢華不是新詩的反對派，對這個學生，吳宓有如下印象：「胡昭佐最活動。安徽省績溪縣人，自稱爲胡適之足侄，崇拜、宣揚新文學。」〔註51〕對於汪靜之這位同鄉詩人，胡夢華還是很關注的，很早就留心他的作品。從胡思永那裏，讀到汪抄寄北京的詩作《醒後的悲哀》後，還曾經大爲動情。〔註52〕《讀了〈蕙的風〉以後》一文，發表於《蕙的風》出版後的兩個月，的確如後來文學史描述的那樣，其筆鋒指向了「輕薄、墮落」的道德層面。但細讀此文，會發現道德的斥責，其實是與詩藝上的挑剔結合在一起的。

一方面，胡夢華不能容忍汪靜之詩中所謂的「獸性之衝動」，這是後來被人屢屢提及的一點；另一方面，《蕙的風》直白自由、無所拘束的表達，也讓

〔註48〕 魯迅：《故事新編·序言》，《魯迅全集》2 卷，第 341 頁，北京：人民文學出版社，1981 年。

〔註49〕 沈從文：《論汪靜之的〈蕙的風〉》，《文藝月報》1 卷 4 號，1930 年 12 月。

〔註50〕 上述描述參考了沈衛威：《回眸「學衡派」——文化保守主義的現代命運》，第 25～27 頁，北京：人民文學出版社，1999 年。

〔註51〕 吳學昭整理：《吳宓自編年譜》，第 223 頁，北京：三聯書店，1995 年。

〔註52〕 胡夢華：《讀了〈蕙的風〉以後》，《時事新報·學燈》，1922 年 10 月 24 日。

力主「委婉曲折，不是一吐無餘」的胡夢華大爲不滿：「故雖爲自我的表現，
而非活動的表現。雖爲性情的流露，乃爲呆滯的流露」。道德與藝術，這兩個
層面的批評在胡夢華那裏，是合二爲一的。在他看來，因爲「詠愛情之處，
卻流於輕薄，贊美自然之處，卻流於纖巧」，所以「不免有不道德的嫌疑」。
兩種評價尺度（道德的與詩藝的）始終纏夾在一起，最後導致了一個含混的
結論：《蕙的風》是「不道德的」，它的失敗則由於「未有良好的訓練與模仿」。
技巧的欠缺，導致了道德的敗壞，這其中的邏輯多少有些不通。在眾多反擊
者中，似乎只有周作人抓住了其邏輯上的問題：「倘若是因爲欠含蓄，那麼這
是技術上的問題，決不能牽扯到道德上去。」〔註 53〕

　　雖然邏輯上有點纏夾不清，但胡夢華的批評其實不是孤立的，汪靜之的
寫作，在當時一批新詩人眼裏，未必沒有缺陷。爲其作序的朱自清就認爲他
「難成盤根錯節之才」，批評之意隱含其中。即便是汪的好友應修人，也曾私
下對周作人說，他的有些詩「未免太情了（至於俗了），似乎以刪去爲宜」〔註
54〕。遠在美國的聞一多的反應，與胡夢華幾乎完全一致，在信中說「便是我
也要罵他誨淫，……但我並不是罵他誨淫，我罵他只誨淫而無作詩，……沒
有詩只有淫，自然是批評家所不許的」，在另一封信中，又寫道：「這本詩不
是詩。描寫戀愛是合法的，只看藝術手腕如何」。〔註 55〕道德和詩藝上的雙重
不滿，看來不是胡夢華個人的判斷。

　　對於胡夢華的攻擊，第一個回應的，是另一個安徽績溪青年章衣萍，他
與同樣參與論戰爲《蕙的風》辯護的章鐵民，和汪靜之的關係非同一般，「拔
刀相助」自然出於朋友之情。〔註 56〕但這篇回應文字，撇開詩藝的問題不談，

〔註 53〕周作人：《什麼是不道德的文學》，《晨報·副刊》，1922 年 11 月 1 日。
〔註 54〕1922 年 9 月 21 日致周作人信，樓適夷編：《修人集》，第 267 頁，杭州：浙江
　　　　人民出版社，1982 年。
〔註 55〕聞一多：《致梁實秋》、《致聞家駟》，孫黨伯、袁謇正：《聞一多全集·書信》，
　　　　第 127、162 頁，武漢：湖北人民出版社，1993 年。
〔註 56〕章衣萍、章鐵民以及胡適的侄兒胡思永，都與汪靜之關係密切。章鐵民，章
　　　　洪熙等是看了汪靜之發表的新詩和他通信成爲朋友的，而且組織過一個空有
　　　　其名的「明天社」，（汪靜之：《應修人致漠華、雪峰、靜之書簡注釋》，樓適
　　　　夷編：《修人集》，第 249 頁，杭州：浙江人民出版社，1982 年）。對這場爭論，
　　　　周作人曾說其中有同鄉同業的關係，因接觸太近，容易發生私願。私願不知
　　　　有沒有，但私人的關係，對這場爭論的確有一定影響。（周作人：《什麼是不
　　　　道德的文學》，《晨報·副刊》，1922 年 11 月 1 日）

集中辯護「不道德」的問題，這一發言角度，也被後來的參與者延續，在周作人的《什麼是不道德的文學》、魯迅的《反對「含淚」的批評家》中表現得更爲突出。胡適以外，周氏兄弟也是汪靜之的恩師，《蕙的風》由周作人題簽，原稿曾經魯迅審閱、修改，他們出手當然使爭論的「檔次」得到極大提升，「道德」批評的色彩更爲加重了。〔註 57〕在如此攻勢下，胡夢華的自辯也明確了方向，連續幾篇文章都以「道德」問題爲中心，態度決絕地說：他批評的最大動機，「確是因爲他『有不道德的嫌疑』」〔註 58〕。雖然，其他一些發言者也從詩藝的角度立論〔註 59〕，胡夢華也有相應的答覆，在大談道德準則的同時，也騰出手來強調「模仿」的重要〔註 60〕。但無論從篇幅還是態度的激烈程度，顯然不及前一方面。他言論的焦點清晰了，使論爭的方向進一步明確，但態度也隨之被簡化。原來道德與詩藝的雙重指謫，聚焦成單一的道德批判。這也使得胡夢華的批評喪失了原有的「彈性」，顯得越來越僵硬。比如，讓魯迅反感的，並不是那篇邏輯不清的《讀了〈蕙的風〉以後》，魯迅「非常不以爲然」的是胡夢華後來的答辯。〔註 61〕

二

　　胡夢華與章衣萍、周氏兄弟集中「性道德」問題的論戰，後來被引述得很多，形成了基本的文學史印象，「新舊道德的衝突」，也被當作這場論爭的

〔註 57〕 周作人參與論戰，也不乏個人原因，胡夢華此前曾有《譯詩短論與中國譯詩評一文》發在 1922 年 8 月的《學燈》上，其中批評周作人所譯勃萊克的詩不好。周作人的《什麼是不道德的文學》與胡夢華的《〈讀了〈蕙的風〉以後〉之辯護》（一）中都提到了這一點。

〔註 58〕 胡夢華：《〈讀了〈蕙的風〉以後〉之辯護》（一），《時事新報‧學燈》，1922 年 11 月 18 日。

〔註 59〕 譬如，于守璐對胡夢華的反駁，與章衣萍幾乎是同時的，但針對的確是詩藝層面的「模仿」問題，他認爲詩歌是眞情的表露，與模仿無關，還指出胡夢華審美尺度上的教條，伸張「一吐無餘」的詩學合理性，而這也是另一位發言者曦潔的角度。（見于守璐《與胡夢華討論新詩》，《時事新報‧學燈》，1922 年 11 月 3 日；曦潔：《詩的「模仿」的問題》，《時事新報‧學燈》，1922 年 11 月 8 日）

〔註 60〕 胡夢華連續寫過三篇《讀了〈蕙的風〉以後》之辯護，連載於 11 月 18、19、20 日的《時事新報‧學燈》上，只有在第三篇中，談及「模仿」問題。

〔註 61〕 《反對「含淚」的批評家》，原載 1922 年 11 月 17 日《晨報‧副刊》，署名風聲。

關鍵所在。汪靜之的寫作也被定性爲「以健康的愛情詩爲題材，在當時就含有反封建的意義」〔註62〕。但細查《蕙的風》一書，全書收 160 餘首，其中以愛情爲題的只約占四分之一，從統計的角度看，「愛情」並不是詩集的全部，「反封建」也並不是詩人的自覺意圖，汪靜之晚年也曾透露「但我寫詩時根本沒有想到反封建問題」〔註63〕。這表明，由於論爭的作用，汪靜之的寫作和《蕙的風》，都得到了某種文學史的「加工」，一本詩集的思想意義被放大了，有關詩學問題的爭執，卻無形中被忽略了。

在胡適等人眼中，《蕙的風》體現了「詩體大解放」後，展現的「新鮮」的表意活力，汪靜之當年的學長曹聚仁就說：「知堂從性道德這一方面立論，胡適從詩的藝術方面抱腰。」〔註64〕汪靜之等人也自覺遵守新詩的金科玉律，在隨興的書寫中追求著清新、陌生的可能性。這就導致了對固有「詩歌」程式的某種反動。另一位湖畔詩人應修人就對友人說：「我們也正要弄些不像詩的（散文的）句子來。」詩與文界限的打破，旨在維護表現力的開放：「在半路上先立標準，決要絆住腳的。美文和詩底分野，恐怕不是言語文字所能表明的吧。」〔註65〕這樣的姿態，也被汪靜之分享。依靠某種「粗野」的嘗試，冒犯一般的審美規範，在一代新詩人那裏，是他們彰顯自身「新異」形象的策略之一，這也是新詩發生的歷史衝動所在。

胡夢華的批評，指向的正是自由書寫對既有「詩歌規範」的冒犯，他的言論其實呈現於一種持續高漲的呼聲中，即：新詩的可能性似乎必須要在某種普遍的「詩美」規範中獲得合法性。在這一點上，胡夢華與其老師們「學衡派」諸公，在發言角度上倒十分相近，並採用了相似的論述方式。雖然以新詩支持者面目出現，但行文中也是採用「子曰詩云」的普遍性邏輯，除不斷提及西洋名家的作品和言論外，他還曾大段引述梁啓超有關「詩」的談論，作爲自己判斷的依據。對此，于賡虞敏銳地指出：梁啓超的論述誠然不錯，「若是拿著當『藝術論』看，我倒非常贊成，若是以之爲創作文學的『天經地義』，

〔註62〕王瑤：《中國新文學史稿》上冊，第 66 頁，上海：新文藝出版社，1953 年 7月。

〔註63〕汪靜之：《回憶湖畔詩社》，王訓昭編：《湖畔詩社評論資料選》，第 287 頁，上海：華東師範大學出版社，1986 年。

〔註64〕《詩人汪靜之》，同上，第 183 頁。

〔註65〕上述兩段文字出自 1922 年 4 月 15 日、20 日修人致漢華信，樓適夷編：《修人集》，第 206、209 頁，杭州：浙江人民出版社 1982 年 6 月。

恕我不敢贊一詞了！」〔註66〕言下之意，普遍的原理雖然沒錯，但能否規範具體的寫作，則是另外一個問題。

由此可見，在道德問題之外，圍繞《蕙的風》展開的爭論，還涉及到解放的「新詩」與「藝術論」式的詩美期待之間的關係問題。更有意味的是，二者之間張力，不僅引發不同派別間的論戰，它在具體個人的寫作中也有顯現，對汪靜之及其他「湖畔」詩人就產生了微妙的「扭轉」作用。本來，應修人就對自己的「散文化」嘗試抱有懷疑，曾在給周作人信中多次流露。〔註67〕《蕙的風》出版後，汪靜之回憶，他和修人兩人「同時很明白地發現新詩如散文，如說話，太粗糙，太瑣碎，太分散，太雜亂，太不修飾，太沒有藝術性。我和修人兩人明確認定新詩的缺點必須改革，必須稍加修飾」。〔註68〕與此相關，汪靜之還在給胡適的信中，懺悔自己拿「未成熟的詩集出版」，並寫到：「胡夢華君的批評（雖然他不能瞭解我的人格）我並不在意，我只感謝他。」〔註69〕在這段話中，批評者的位置發生了有趣的轉換，胡夢華不僅是《蕙的風》的批評者，他還提早說出了詩人的心裏話。

因而，在《湖畔》、《蕙的風》之後，「湖畔」詩人的自由嘗試都有收斂之勢，只不過這種收斂，表現爲朝向格律的回歸。〔註70〕這似乎是一種「藝術規律」的作用，但普遍的審美規範在提升所謂的「美學價值」之外，是否也有可能鉗制、甚至消縮新詩內在動力，這也是一個需要討論的問題。慚愧「《蕙的風》之淺薄與惡劣」〔註71〕之後，汪靜之的第二部詩集《寂寞的國》，就有

〔註66〕于守璐：《答胡夢華君──關於〈蕙的風〉的批評》，1922年11月29日《時事新報・學燈》。

〔註67〕在1922年7月31日致周作人信中，應修人說自己寫詩「這樣繁冗，這樣明露，竟是文裏的一段」，「自己疑惑這可以稱詩嗎」。（樓適夷編：《修人集》，第261頁，杭州：浙江人民出版社，1982年）同一信中，他還對「舊體詩裏鏗鏘的美」表示認可，談論新詩裏要不要「顧到聽的愉悅」的問題。（《修人集》，第262頁）在8月1日信裏，他認爲自己《百葉窗》，「只可充小說的資料」（《修人集》，第265頁）

〔註68〕汪靜之1993年6月16日致賀聖謨信，引自賀聖謨：《論湖畔詩社》，第89頁，杭州大學出版社，1998年。

〔註69〕耿雲志主編：《胡適遺稿及祕藏書信》27卷，第648頁，合肥：黃山書社，1994年。

〔註70〕對這一轉變的分析，見范亦豪：《論「湖畔」派的詩體探索》，《中國現代文學研究叢刊》1983年第1期。

〔註71〕1923年4月23日汪靜之致胡適信：《胡適來往書信選》上冊，中國社會科學院近代史研究所中華民國史組編，第198頁，北京：中華書局，1979年。

了「一種求形美的傾向」。但讀者似乎並不認同這樣的轉向，趙景深就認爲《寂寞的國》「總覺得不及《蕙的風》有興趣，儘管作者自己說《蕙的風》是要不得的，而《寂寞的國》較爲成熟老練」。〔註72〕言下之意，自由的活力反而在「精進」中消弭。1957 年，汪靜之對《蕙的風》作了大幅度的刪改，重新出版，當年遭胡夢華攻擊的篇、段、句，在新版中或被淘汰，或被砍伐。對此，有論者感慨道：「汪靜之的這一修改，從整個社會歷史的發展進程來看，不能不說是對當年爭論的一個莫大的諷刺；就詩人本人來說則是一個莫大的悲哀。」〔註 73〕「諷刺」或「悲哀」，都可能是言重了，「修改」實際上是承認了當年攻擊的合理性。

第三節　《湖畔》與「經驗範圍」的爭議

　　無論是學衡的反動，還是胡夢華的發難，對「新詩集」的攻擊，從某個角度看，都是來自新詩壇之外，但新詩合法性的辯難，也逐漸演化成新詩壇內部的分歧。《蕙的風》的爭論熱鬧一時，後來也備受關注，在它出版之前，其姊妹集《湖畔》的遭遇，卻是一個沒有被太多談論的個案。

一

　　與《蕙的風》一樣，「自然」和「新鮮」是讀者對《湖畔》的最初印象。周作人就稱：「許多事物映在他們的眼裏，往往結成新鮮的印象。」〔註74〕這一評價指向的，是他們表意方式的新異和獨特，對經驗範圍特殊性的強調，也包含其中，用朱自清的話來說，因爲「不曾和現實相肉搏」，所以「就題材而論，《湖畔》裏的詩大部分是詠自然的」〔註 75〕。由此，「讚頌自然，詠歌戀愛」成了後人對「湖畔詩人」的一般性想像，「愛與美」是湖畔詩人所處理的主要經驗。然而，也正是這種特徵，招致了新詩壇內部的非議。

〔註72〕趙景深：《〈現代詩選〉序》，引自王訓昭編：《湖畔詩社評論資料選》，第 166 頁，上海：華東師範大學出版社，1986 年。

〔註73〕雁雁：《〈蕙的風〉及其引起的爭論》，汪靜之：《六美緣》，第 289 頁，北京：十月文藝出版社，1996 年。

〔註74〕周作人：《介紹小詩集〈湖畔〉》，《晨報·副刊》，1922 年 5 月 18 日。

〔註75〕朱自清：《讀〈湖畔〉詩集》，朱喬森編：《朱自清全集》4 卷，第 57～58 頁，南京：江蘇教育出版社，1996 年。

　　《湖畔》1922 年 5 月出版，在當月 15 日致周作人信中，應修人說：「最近一期《文學旬刊》上有 C.P 先生評我們詩不是詩，更明白提出靜底『花呀……』小詩，尋不出一星點的詩情。」〔註76〕此前，在給漠華信中，應修人也提到了該文，述說了心中怨氣。〔註77〕這篇讓應修人不快的文章，是《文學旬刊》37 期（1922 年 5 月 11 日）發表的 C.P《對於新詩的諍言》一文。此文雖然沒有點出《湖畔》之名，只是對新詩中「流連風景，無病而呻之詩」及「爲作詩而做的詩」提出批評，卻將《湖畔》中汪靜之的詩作當成標靶〔註78〕，譏諷其「不過堆了幾個花字，風字，雨字罷了。」有意味的是，同一期上還發表了王任叔的《對於一個散文詩作者表一些敬意》，對剛剛在詩壇上露面的徐玉諾，大加稱贊，文後還附有西諦的補白，爲之推波助瀾：「只有玉諾是現代的有眞性情的詩人」。同一版面上反差鮮明的評價，指向的其實是同一個問題：作爲體現嶄新歷史可能性的「新詩」，該處理什麼樣的「經驗」。與汪靜之等人以自然、青春爲主題的寫作相比，徐玉諾對社會現實的介入，更得到一部分論者的認可。這樣的反差刺激了應修人，他不僅抱怨 C.P 的批評，在同一天寫給漠華、雪峰、靜之的三封信中，同樣表達了對徐玉諾詩歌的不滿〔註79〕，理由是「倘看了令人煩悶，暴躁的是好詩，玉諾該受尊敬了」。與 C.P 的批評一樣，應修人對徐玉諾的反感，也集中在詩歌處理的題材、經驗上，兩人的觀感雖然對立，但角度卻是一致的。

　　《文學旬刊》上的批評不是偶然的。一年以前，鄭振鐸等人就開始提倡「血與淚」的文學，反對「滿堆上雲，月，樹影，山光，等字」，「吟風嘯月」的文字。〔註80〕徐玉諾的詩歌寫作，廣泛介入社會的動亂現實，可說是新詩中「血與淚」文學的代表〔註81〕；湖畔詩人的詩作「多是由山光水色醞釀出

〔註76〕1922 年 5 月 15 日應修人致周作人，樓適夷編：《修人集》，第 255 頁，杭州：浙江人民出版社，1982 年。

〔註77〕1922 年 5 月致漠華信中，應修人寫道：「可惜他無力把《湖畔》喊明」，「現實太枯燥而煩悶……這類江南式的清閒幽雅，自難合他們的脾胃。所以《草兒》也應爲他們不滿」。（樓適夷編：《修人集》，第 215 頁，杭州：浙江人民出版社，1982 年）

〔註78〕受到抨擊的是汪靜之的《小詩》（六），登載在剛剛出版的《湖畔》上。（潘漠華等：《湖畔·春的歌集》，第 71 頁，北京：人民文學出版社，1983 年）

〔註79〕樓適夷編：《修人集》，第 215、216、217 頁，杭州：浙江人民出版社，1982 年 6 月。

〔註80〕西諦：《血與淚的文學》，《文學旬刊》6 期，1921 年 6 月 30 日。

〔註81〕徐玉諾是文研會詩人中最受推崇的一個，在《雪朝》8 人中，選入徐玉諾詩歌

來的」〔註82〕，在經驗上恰恰以吟詠自然風月爲多，兩種向度在《文學旬刊》上引起的反應自然不同。C.P 的批評發表在《文學旬刊》37 期，而 38 期上，西諦發表了一首名爲《讀了一種小詩集以後》的詩作，其中有這樣的句子：「喋喋的語聲，／漠然的笑，／無謂而虛僞的呻吟，／寂了吧：／心之燈油要停儲些」。對於所謂的「小詩集」，詩中沒有點明，但敏感的讀者還是指出，這「似乎是說《湖畔》的」〔註83〕。隨後的《旬刊》39 期上，又登出葉聖陶長達萬言的評論《玉諾的詩》，集中推介徐玉諾。在接連三期的篇幅中，對《湖畔》的暗中批評與對徐玉諾的大力稱道，形成鮮明對照，應修人反應的強烈不是沒有理由的，他對玉諾的抨擊本身，其實就包含了爲《湖畔》的辯護。

對於湖畔詩人，後來的接受大多強調其共性，但如有學者指出的：「贊美自然，詠歌戀愛」，是一個籠統的說法，並不是對每一個詩人都合適。〔註84〕四詩人中，潘漠華作爲一個「飽嘗人情世態的辛苦人」〔註85〕，其詩作在經驗領域上就十分不同，依照朱自清的說法，表現「人間的悲與愛」是他寫作的重心。這種傾向也反映在他的接受趣味上，當應修人、汪靜之對徐玉諾詩中對社會暴力、陰暗現象的書寫，表示拒斥的時候，他卻覺得玉諾的詩很好，很感人〔註86〕。爲此，他與應修人之間，還發生過一場辯論：查 1922年 5 月間，應修人與漠華的書信，除了討論《湖畔》出版發行的問題，最主要話題，都是圍繞徐玉諾的詩歌評價展開的，爭論的焦點仍是詩歌經驗的合法性問題。

最多（48 首），遠遠多於他人（周作人 27 首，鄭振鐸 34 首，朱自清、葉聖陶、俞平伯、郭紹虞、劉延陵都不足 20 首），《將來的花園》也是「文學研究會叢書」中的第一部個人詩集。

〔註82〕 汪靜之：《出了中學校》，《六美緣》，第 258 頁，北京：十月文藝出版社，1996年。

〔註83〕 何炳奇：《讀〈湖畔〉》，《覺悟》，1922 年 6 月 11 日；對於這首小詩，應修人也十分不滿，認爲在報上發表，會對讀者產生暗示作用。（樓適夷編：《修人集》，第 228 頁，杭州：浙江人民出版社，1982 年）

〔註84〕 賀聖謨：《論湖畔詩社》，第 123 頁，杭州大學出版社，1998 年。

〔註85〕 潘漠華的個人遭遇非常不幸，相關情況見馮雪峰：《秋夜懷若迦》，王訓昭編：《湖畔詩社評論資料選》，第 217～220 頁，上海：華東師範大學出版社，1986年。

〔註86〕 汪靜之：《應修人致漠華、雪峰、靜之書簡注釋》，樓適夷編：《修人集》，第 242 頁，杭州：浙江人民出版社，1982 年。

在潘漠華看來,「一首詩可以引起無論何種風色的人底感興,這就有永久的價值了」〔註87〕,這意味著新詩的可能性,並不能由既定的詩意經驗範圍所限定,徐玉諾對紛亂現實的描摹,也可以構成另一種「感興」。修人則強調詩歌經驗的特殊性,某一類經驗是不宜入詩的,「我們要看醜惡何處找不到,要巴巴地到文學上尋覓,似乎太爲兩支腳勝利了」〔註88〕。玉諾詩中的內容,「只能引起我雜亂乾枯而厭惡的感興來」〔註89〕。一心要做「純粹的詩人」的他,力主以「美」爲寫作的旨歸,雖然後來做出讓步,認可玉諾的部分寫作,但「終不願意詩的領土裏長受男督軍底盤踞」〔註90〕。在應修人的觀念中,使現實美化的「與人以低徊的諷詠」,更應該是詩歌的本質。有意味的是,他還將詩學趣味上的差異,擴展成某種詩集間的關聯:「凡愛好《草兒》和《女神》的朋友,我懸想必有大多數滿意《湖畔》。」〔註91〕對同時出版的具有「爲人生」的總體傾向的《雪朝》,他大加譏諷:「《雪朝》眞不要看,我共總看不中十首。周、劉的好些。朱、俞雕琢,徐、鄭粗笨,郭、葉淺薄;然而我俱犯之。平、振最壞,確的。」〔註92〕換言之,在應修人眼裏,單從「經驗」上看,當時的「新詩集」似乎可以劃分出不同的序列。新詩壇的某種分野,也恰恰顯現於詩集之間的對峙中。

二

應修人與潘漠華態度的差異,暗含的是新詩經驗合法性的爭議。從新詩發展的多元性角度,「血與淚」的提倡,的確造成了一種「主義」對「寫作」的干涉,這也招致了包括周作人在內的很多人的反對〔註93〕。但如果從新詩

〔註87〕 修人致漠華信,樓適夷編:《修人集》,第 220 頁,杭州:浙江人民出版社,1982 年。

〔註88〕 修人致周作人信,樓適夷編:《修人集》,第 226 頁,杭州:浙江人民出版社,1982 年。

〔註89〕 修人致漠華信,樓適夷編:《修人集》,第 222 頁,杭州:浙江人民出版社,1982 年。

〔註90〕 修人致漠華信,樓適夷編:《修人集》,第 222 頁,杭州:浙江人民出版社,1982 年。

〔註91〕 樓適夷編:《修人集》,第 228 頁,杭州:浙江人民出版社,1982 年。

〔註92〕 在 1922 年 9 月 7 日修人致漠華信,樓適夷編:《修人集》236 頁,杭州:浙江人民出版社,1982 年 6 月。

〔註93〕 在 1922 年 8 月 1 日修人致周作人信中說:「《小說月報》《文學旬刊》亂開血的淚的文學,鬧得我膽子小了許多。」(樓適夷編:《修人集》,第 264 頁,杭州:浙江人民出版社,1982 年)

發生歷史衝動的角度看，它還是呈現於從胡適、新潮社詩人開始的特殊思路中，即要在詩歌與歷史現實的關聯中，去構想新詩的合法性。「血與淚」表面上是對特定文學經驗的強調，在功能上卻能打破固有的詩美空間，擴大詩歌的經驗範圍。葉聖陶等人對作爲詩歌泉源的「充實的生活」的重視，其實就是將新詩的前途，寄託在對廣闊人生經驗的容納中〔註94〕。在這樣的追求中，傳統以「自然」爲中心的審美經驗，勢必受到了某種擠壓，這也影響到湖畔詩人中具體的個人評價：在湖畔四人中，應修人年齡最大，經驗最豐富；汪靜之名氣最大，詩歌產量最高；潘漠華的詩歌受到的好評似乎最多。應修人就說：「這裡讀《湖畔》的也有十分之九強說漠華的最好。於是雪峰晦氣了。」〔註95〕其實，晦氣的可能不只雪峰，應修人也會有不快的反應，朱自清在《湖畔》評論中，就認爲「漠華君最是穩練、縝密」，對修人的評價似乎最低「有時不免纖巧與浮淺」。在修人爲《湖畔》辯護中，也不難聽到他自辯的聲音。

　　然而，雖有「血與淚」的歷史擠壓，寫景敘情，吟風弄月，仍是新詩的一個主要經驗領域，批評與辯護交替起伏。〔註96〕當《湖畔》受到責難的時候，遠在美國的聞一多也讀到了。眼光十分挑別的他，對《湖畔》倒有幾分贊賞，認爲修人、雪峰、漠華皆有佳作，並說「湖畔詩人，猶之冰心，有平庸之作，而無惡劣之品」。所謂「惡劣」之品，在聞一多那裏，指的是《冬夜》《草兒》中的過多的日常現實因素：「《冬夜》底《八毛錢一筐》，《草兒》底《如廁是早起後第一件大事》皆不可見於《湖畔》」。〔註97〕對「詩」而言，《湖畔》中的「湖光山色」和「性靈吟詠」是符合詩美的「正當」經驗，而「如廁」等日常瑣事的引入，則是非法的表現。

〔註94〕葉聖陶：《詩的泉源》，《詩》1卷1期，1922年1月。

〔註95〕5月14日修人致漠華信，樓適夷編：《修人集》，第218頁，杭州：浙江人民出版社，1982年。

〔註96〕針對羅家倫《新潮》上對「寫景「的質疑，有人就提出反論：「寫風景的詩，在詩裏自有彼自身底價值！至於『寫實』這二個字，在現在已不是『天經地義』的了。」（月如：《羅家倫底〈近代中國文學思想的變遷〉底批評》，《覺語》1921年4月27日）流連風景之作，在新詩中也數量可觀，後來鄧中夏在《貢獻於新詩人之前》中呼籲新詩人「不專門做『欣賞自然』『謳歌戀愛』『讚頌虛無』這一類沒志氣的勾當」。（《中國青年》，1923年12月22日）

〔註97〕對於馮雪峰的《三隻狗》這樣一首「非詩」題材的作品，聞一多倒很寬容，說或許會有人批評，但它不過有點未來主義的味道，「還不失爲詩」。（聞一多致梁實秋、吳景超信，孫黨伯、袁謇正：《聞一多全集·書信》，第81頁，武漢：湖北人民出版社，1993年）

　　表面上看，上述爭議發生在個人之間，沒有演成公開的爭論，但基本的分歧還是顯示出來，對湖畔詩人的寫作也產生了潛在的影響。在《湖畔》之後，應修人、汪靜之等都有過詩歌「精進」的階段，賀聖謨曾對應修人中期（《春的歌集》）與初期（《湖畔》）的詩歌題材選擇作過比較，結論饒有意味：初期以社會問題和思想、理念爲題的詩作占總量的 44%，描寫自然風光和歌頌青春、愛情的占 56%；中期前一類詩作減至 2%，只有一首，後一類則上升至 98%，結論是：「藝術上的自覺追求以題材範圍的有意收縮爲條件」，這反映了其詩中思想與藝術的不平衡。〔註 98〕爭論是否「強化」了某種傾向，這裡不得而知，但值得追問的是，藝術上的追求與題材的收縮，有無必然關聯？換言之，詩歌題材、經驗的窄化，與其說是思想與藝術的衝突，毋寧說是某種「詩」觀念作用的結果。

三

　　《湖畔》出版三個月後，他的姊妹集《蕙的風》也問世了。與沒有序言、自費出版的《湖畔》不同，由亞東出品的《蕙的風》有胡適、朱自清、劉延陵三人作序，這種盛大的推出，自然使之擁有更多「象徵資本」的保障。如前所述，胡適的序言一如既往地構建「詩體大解放」的神話，相比之下，朱自清、劉延陵的序言，則更有現實針對性。比起其他湖畔詩人，生活優裕的汪靜之，更是偏離人生現實，兩位老師都應知曉《湖畔》的遭遇，所以都擺出了一副辯護的姿態。朱自清說：「我們現在需要最切的，自然是血與淚底文學」，在承認這一「先務之急」的前提下，他還認爲並非「只此一家」，爲「靜之以愛與美爲中心的詩，向現在的文壇稍稍辯解了」。〔註 99〕劉延陵說得更直接：「中國幾千年來的文學是太不人生的，而最近三四年來則有趨於『太人生的』之傾向」，對於靜之的「贊美自然歌詠愛情」，批評者、讀者也不應持太多偏見。〔註 100〕在這裡，序言更類似於提前寫下的辯護。

　　出於對新詩寫作自由向度的維護，朱、劉的序言似乎要在「血與淚」的呼聲中，爲「愛與美」爭奪一種權力，但這在多大程度上代表他們自己的主

〔註98〕賀聖謨：《論湖畔詩社》，第 136～137 頁，杭州大學出版社，1998 年。
〔註99〕朱自清：《〈蕙的風〉序》，朱喬森編：《朱自清全集》4 卷，第 53 頁，南京：江蘇教育出版社，1996 年。
〔註100〕劉延陵：《〈蕙的風〉序》，王訓昭編：《湖畔詩社評論資料選》，第 104 頁，上海：華東師範大學出版社，1986 年。

張，是一個值得考慮的問題。在新詩的歷史衝動與普遍的審美期待的對話中，朱自清等一批新詩人，總希望能找到一種平衡，因而他們的聲音也顯得尤為含混、曖昧。譬如，在所謂的「散文化」與「詩化」間，朱自清的態度就十分遊移，曾對俞平伯說：「兄作散文詩，說是終於失敗，倘不是客氣話，那必是因兄作太詩而不散文，我的作恐也失敗，但失敗的方向正與兄反」〔註101〕。在詩歌經驗範圍問題上，在詩中探索現代複雜體驗也是朱自清詩藝的重點，他的長詩《毀滅》就接續周做人的《小河》開創的散體長詩體式，傳達了現代人繁複曲折的自我認識，對一批詩人「只將他們小範圍的特殊生活反覆的寫個不休」的傾向還提出過批評〔註102〕。因而，對汪靜之的青春吟詠，朱自清內心裏並不一定看好，在序言寫成後一個月，在給俞平伯信中說：「靜之近來似頗浮動，即以文字論，恐亦難成盤根錯節之才。我頗為他可惜。」〔註103〕這樣的評價，與他在《蕙的風》序中的辯護，構成有趣的反差。

第四節　對「新詩集」的整體批判

　　「學衡派」與胡夢華對「新詩集」的批評，在新文學史上是作為某種逆流被提及的；《湖畔》引起的爭議，似乎也被掩飾在新文壇假想的同一性中。但上述辯難，並沒有因「正統」的穩固而漸漸消除，在一代新詩人那裏，辯難以更激烈的方式展開，並構成了他們闖入「新詩壇」的起點。從 1922 年開始，由新的一代詩人發起的，針對早期新詩的「批判」便此起彼伏地展開了，剛剛確立的「正統」似有被傾覆之勢，有讀者驚呼「近來批評新詩的文學，卻也連篇累牘，到處飛舞」〔註104〕。聞一多、梁實秋的《冬夜》《草兒》評論，成仿吾的《詩之防禦戰》，以及《京報·文學週刊》上「星星文學社」的發言，就是其中代表性的事件。這些「批判」雖然與「學衡派」的觀點有所牽連，也是從「詩」的角度出發，對早期新詩進行嚴苛的評判，但卻被後來的文學史欣然接納，被認為是一種有效的「糾正」，構成了新詩合法性辯難的重要環節。

〔註101〕1922 年 4 月 13 日致俞平伯信，朱喬森編：《朱自清全集》11 卷，第 122 頁，南京：江蘇教育出版社，2000 年。

〔註102〕朱自清：《水上》，朱喬森編：《朱自清全集》4 卷，第 135 頁，南京：江蘇教育出版社，1996 年。

〔註103〕1922 年 3 月 26 日致俞平伯信，朱喬森編：《朱自清全集》11 卷，第 120 頁，江蘇教育出版社，2000 年。

〔註104〕素數：《「新詩壇上一顆炸彈」》，《時事新報·學燈》，1923 年 7 月 9 日。

一

在進入具體討論之前，有兩個問題值得在這裡提及。首先，上述批判都不約而同地選取早期「新詩集」，作爲主攻的對象。聞一多、梁實秋的「新詩集」評論，雖然只是以《冬夜》《草兒》兩本爲批評對象，但最初聞一多的設想是作一本《新詩叢論》，「下半本批評《嘗試集》、《女神》、《冬夜》、《草兒》」及其他詩人的作品〔註105〕，「將當代詩壇中已出集的諸作家都加以精愼的批評」就是他的最初方案。〔註106〕文壇「黑旋風」成仿吾的「板斧」劈砍到的，則有《嘗試集》、《草兒》、《冬夜》、《雪朝》、《將來之花園》等五部新詩集，也大有將新詩集一筆掃盡之勢。《京報》所附《文學週刊》一問世，就選擇新詩作爲主攻的對象，第二期上發表的張友鸞的《新詩壇上一顆炸彈》一文列出 12 本詩集——《嘗試集》、《女神》、《草兒》、《冬夜》、《雪朝》、《湖畔》、《將來的花園》、《繁星》、《春水》、《浪花》（張近芬）、《新詩年選》，進行狂轟濫炸。隨後的 15、16、17 三期上，又連續刊出周靈均的《刪詩》一文，洋洋灑灑對早期白話詩集進行了一場大刪選，包括《嘗試集》《女神》、《草兒》、《冬夜》、《將來之公園》、《雪朝》、《蕙的風》、《渡河》八本，魯迅稱作者手執一枝「屠城的筆」〔註107〕，可以說不算過份。由此可見，早期出版的「新詩集」，似乎成爲所有批判指向的標靶。

其次，與「學衡派」反對者的身份不同，這場批判主要是出自新文壇內部，與新文壇「場域關係」的分化和重設，有著直接的關聯。在俞平伯對新詩「反對派」的分類中，他們屬於最後一類：主要反對「我們改造中國詩」，理由是「你們這班人都沒有詩人的天才」。〔註108〕在某種意義上，聞一多、梁實秋、成仿吾、張友鸞、周靈均等人，在姿態上有類似之處，作爲初登文壇的新人，他們針對的不是「新詩」〔註109〕，而是早已壟斷詩壇的那些正統「新

〔註105〕聞一多致聞家駟信，孫黨伯、袁謇正：《聞一多全集・書信》，第 33 頁，武漢：湖北人民出版社，1993 年。

〔註106〕聞一多：《〈冬夜〉評論》，孫黨伯、袁謇正：《聞一多全集》2 卷，第 62 頁，武漢：湖北人民出版社，1993 年。

〔註107〕魯迅：《「說不出」》，《魯迅全集》7 卷，第 39 頁，北京：人民文學出版社，1981 年。

〔註108〕俞平伯：《社會上對於新詩的各種心理觀》，《新潮》2 卷 1 號，1919 年 10 月。

〔註109〕張友鸞的《炸彈》發表後，一位名爲凌寊的讀者來信：「尊文論新詩之應當排除，尤當！」因爲新詩「論詩則無音無韻，空有其名。」顯然是將張友鸞混同於一般的新詩反對派的，張的覆函中就說凌寊「完全誤解」，他並不反對新

詩人」們。在新文壇的初建過程中，一代新文學家借助社團、出版的力量，形成所謂的文壇勢力，已經是一個受到學界關注的文學史現象。〔註110〕在文學「場域」邏輯的驅動下，當文壇或詩壇的基本格局已經形成，新的一代爲了要爭奪自己的位置，另起爐灶式的整體批判，往往是其基本的策略。這驗證了如下論斷：「文學（等）場是一個依據進入者在場中佔據的位置（舉極端一點的例子，也就是成功劇作家的位置和先鋒詩人的位置）以不同的方式對他們發生作用的場，同時也是一個充滿競爭的戰鬥的場，戰鬥是爲了保存或改變這場的力量。」〔註111〕《冬夜》《草兒》評論的問世，就與要「在文壇上只求打出一條道來」，「徑直要領袖一種之文學潮流或派別」的衝動相關〔註112〕。猛烈爆擊「當時築在閘北的中國所謂詩壇」〔註113〕的《詩之防禦戰》，無疑也附屬於創造社「異軍蒼頭突起」的整體戰略。從效果上看，聞、梁與成仿吾的「批判」，雖然當時都是孤軍奮戰，但後來都佔據了文學史上的一席之地。與他們相比，星星文學社的同人，就沒有那麼成功，對於他們的攻擊，似乎也知者寥寥。

「星星文學社」──主要成員有張友鸞、周靈均，黃近春三人，都是當時在校讀書的學生。1923 年 6 月，他們在《京報》上闢出了一份《文學週刊》（1923 年 6 月 16 日），正式以團體形象登上文壇。作爲文壇新人，剛一露面就選擇新詩爲攻擊對象，意圖無非要在文壇發出自己的聲音。從發難文章的標題《新詩壇上的一顆炸彈》，就可看出其強烈的攻擊性質，不知是否模仿了成仿吾的「防禦戰」，也採用一種戰爭想像──「炸彈」來設定發言方式，目的要「將一群魔怪，全趕個乾乾淨淨」。〔註114〕文章發表後，徐志摩致信編者，

詩，而是擔心新詩的前途，「因爲大家都迷信了『成功在嘗試』而忘了『嘗試』
　　之後應有的努力了」。（《詩壇炸彈訴訟案》，《京報・文學週刊》4 號，1923
　　年 6 月 30 日）
〔註110〕王曉明：《一份雜誌和一個「社團」──重評五四傳統》，《刺叢裏的求索》，
　　上海：遠東出版社，1995 年；劉納：《創造社與泰東圖書局》，南寧：廣西教
　　育出版社，1999 年。
〔註111〕皮埃爾・布迪厄：《藝術的法則──文學場的生成和結構》，劉暉譯，第 279
　　～281 頁，北京：中央編譯出版社，2001 年。
〔註112〕孫黨伯、袁謇正主編：《聞一多全集・書信》，第 157 頁、80 頁，武漢：湖北
　　人民出版社，1993 年。
〔註113〕郭沫若：《創造十年》，《學生時代》，第 153 頁，北京：人民文學出版社，1979
　　年。
〔註114〕《京報・文學週刊》2 號，1923 年 6 月 16 日。

建議「不當爲『投炸彈』而投炸彈」。胡夢餘則批評張友鸞僅僅罵人，「至於人家的詩怎樣壞，自己主張一種什麼好的詩，一概不提；籠籠統統」，還將此文與成仿吾的《詩之防禦戰》並舉：「除了罵以外，沒說一句什麼。」〔註115〕

作爲一種文壇攻略，「罵」自然是一種惡劣的手段，後來的新詩史上，這種情況也多有延續，如魯迅所言：「凡是要獨樹一幟的，總打著憎惡『庸俗』的幌子。」〔註116〕但「罵」在執行「場域」劃分，建立新的文學史起點方面的功能，卻是不容忽視的。如果比照胡適等第一代新詩人對待舊詩不加分析，統統罵倒的態度，這一點就更容易體察。有趣的是，這種被「罵」命運，很快也落到了胡適等人自己頭上，有所不同的是，胡適等人是依靠「新／舊」的對立，來追尋一種「正統」，建立一個新詩壇的，在新一代那裏，「詩／非詩」的邏輯，開始成爲重整詩壇格局、重新確立「正統」的新的區分工具。

二

從時間上看，聞一多、梁實秋的發難最早，《冬夜》《草兒》評論，1922年由清華文學社出版。但在此之前，他們與當時新詩壇的摩擦已經開始。

20年代初，在清華讀書的聞一多、梁實秋應該是新詩最早的追隨者。聞一多的新詩寫作從1919年開始，還曾大力標舉：「若要眞做詩，只有新詩這條道走」〔註117〕，對胡適等人的理論也多有留心。〔註118〕然而，這並不等於說他完全服膺早期新詩的向度，據梁實秋回憶，聞一多當時「不能讚同的是胡適之先生以及俞平伯那一套詩的理論。據他看，白話詩必須先是『詩』，至於白話不白話倒是次要的問題。」〔註119〕這意味著，年輕的聞一多與郭沫若等人一樣，是在一個不同的起點上思考「新詩」問題的，「幻象」與「情感」的標準，已經成爲其論詩的宗旨。〔註120〕然而，與郭沫若的異軍突起不同，

〔註115〕《詩壇炸彈訴訟案》，《京報·文學週刊》4號，1923年6月30日。

〔註116〕魯迅：《〈中國新文學大系·小說二集〉導言》，第5頁，趙家璧主編、魯迅遍選：《中國新文學大系·小說二集》，上海：良友圖書出版印刷公司，1935年。

〔註117〕聞一多：《敬告落伍的詩家》，《清華週刊》211期，1921年3月11日。

〔註118〕在上文中，聞一多就列出胡適、康白情等人的詩論，請人參考。在1921年12月2日爲清華文學社作的《詩歌節奏的研究》報告中，列出的23種參考書中，中文部分爲胡適《嘗試集》，《談新詩》。

〔註119〕梁實秋：《談聞一多》，第9頁，臺北：傳記文學出版社，1987年7月。

〔註120〕在《評本學年〈週刊〉裏的新詩》中，聞一多寫道：「詩底眞價值在內的原素，不在外的原素……下面的批語首重幻象，情感，次及聲與色底原素。」（《清華週刊》7次增刊，1921年6月）

雖然有了較爲成熟的詩學見解，但聞一多的聲音除了在清華園內散播外，還未「與國內文壇交換意見」。1922 年，聞一多赴美留學，暫時遠離了「國內文壇」，「交換意見」的任務，則由梁實秋率先完成了，一場有關「醜的字句」的爭論，拉開了《冬夜》、《草兒》評論的序幕。

　　1922 年初，俞平伯在剛剛創刊的《詩》雜誌上，發表了著名的《詩的進化的還原論》一文，引發了一場新詩「貴族化」與「平民化」的大論戰，年輕的梁實秋也加入其中，1922 年 5 月在《晨報》副刊上，連續三天發表長文《讀〈詩的進化的還原論〉》，借批評俞平伯來系統闡發所謂「爲藝術而藝術」的詩學主張。在文中的一段，梁實秋針對詩的内容問題大發議論：

　　　　現在努力作詩的人，大半對於詩的内容問題，太不注意了！他們從沒想過何者是美。何者是醜。西湖邊上的洋樓，洞庭湖裏的小火輪，恐怕不久都要被詩人吟詠了。

依照這一思路，梁實秋指謫《女神》、《草兒》這兩部新詩集中，「革命」、「電報」、「基督教青年會」、「北京電燈公司」等現代詞彙的出現。〔註121〕這段文字露面後，似乎扭轉了「貴族化」與「平民化」之爭的方向，周作人隨即發表《醜的字句》一文，反駁梁實秋對詩中所謂「醜的字句」的排斥，梁實秋再度撰文答辯。一場圍繞「醜的字句」——「如廁」、「小便」等——是否可以入詩的討論，在《晨報·副刊》、《文學旬刊》、《努力》週報、《覺悟》等報刊上沸沸揚揚地展開了。〔註122〕本來，在「貴族化」與「平民化」之爭中，大多數論者都對俞平伯的極端平民化主張持反對或保留的態度，但「戴貴族的面具的批評家」梁實秋的發言，似乎觸怒了整個新詩壇，梁實秋一下子成了眾矢之的，四面八方都傳來反對之聲。

〔註121〕梁實秋：《讀〈詩的進化的還原論〉》（二），《晨報·副刊》，1922 年 5 月 28日。

〔註122〕周作人《醜的字句》一文發表於 1922 年 6 月 2 日《晨報·副刊》，梁實秋的答辯《讀仲密先生的〈醜的字句〉》發表於 6 月 25 日的《晨報·副刊》上，《晨副》上隨後出現的文章有：柏生《關於醜的字句的雜感》（6 月 27 日），束巒《讓我來摻説幾句》（6 月 29 日），梁實秋《讓我來補充幾句》（7 月 5 日），盧生《詩中醜的字句的討論》（7 月 12 日），景超《一封論醜的字句的信》（7月 15 日）；《文學旬刊》上的反應有 C.P《雜譚》（1922 年 6 月 11 日 40 期），俞平伯《評〈讀詩底進化的還原論〉》（6 月 21 日 41 期），以及化魯、西諦的多條《雜譚》（7 月 1 日 42 期）；其他可參見的還有《覺悟》1922 年 7 月 7日發表的拙園的《美醜》，《努力週報》16 期（1922 年 8 月 20 日）上的編輯餘談《詩中醜的字句》等。

　　應當說，是「貴族」與「平民」的論爭引發了「醜的字句」的討論。在一般的認識中，上述論爭體現的是功利與藝術、「唯善」與「唯美」間衝突。有學者就認為，從俞平伯引發的論爭開始，中國現代詩歌分化為兩個方向：「或沿著善的功利主義方向而走向唯善的偏執，或追著美的鵠的而趨於唯美的偏至。」〔註 123〕但梁實秋與他人的分歧，似乎不是「為人生」與「為藝術」的二項對立可以完全說明，其中涉及到的，其實還有對「詩美」的不同理解，「分歧」不僅存在於「善」與「美」之間，也存在於兩種不同的詩歌觀念間的衝突。在梁實秋那裏，詩歌用字問題，與這樣一種認識相關：「詩境即是『仙人境界』，因為都是超脫現實世界以外的──想像的。所以學詩無異於求仙。離開現實世界愈遠愈好」〔註 124〕。這種「詩境」是建立在某種經驗、修辭特殊性的基礎上的，「美」應該顯現為辭藻的詩化和文體的純粹。由此出發，現代生活異質性的非詩經驗才應當排除在外，當「洋樓電報接連不斷的觸動我的眼簾，我忍不住的時候，還是要說那是『醜不堪言』的」〔註 125〕。在梁實秋眾多的反對者那裏，「美」首先是一個不確定的概念，並沒有本質的規定。俞平伯在《評讀詩底進化的還原論》就稱：「美底概念底遊移……梁君始終沒有說出美是什麼，只是交付給那些治美學者作為遁詞……梁君要知道，美學還是很幼稚的科學，要給我們一個滿意，美底定義，想怕一時還談不到。」〔註 126〕在俞平伯看來，「美」是可以被不斷改寫的，從「非詩的經驗」中依然可以提取。另一位發言者從心理學的角度，論說有些字不美，「我們也很可以承認他。但是這種不美，不屬於本質，不過受感覺的影響。現在如果有幾個有天才的人，大膽拿來應用，歲月既久，聯感已成，一定又可以成美的資料」。〔註 127〕周作人則這個問題與現代經驗的表現聯繫起來：「現在倘有人坐著小火輪忽然有感，做成一詩，如不准他用小火輪這個字，那麼叫他用什麼字去寫：夷舶，方舟，瓜皮小艇麼？」〔註 128〕在周作人看來，重要的不是所謂「美」

〔註 123〕解志熙：《美的偏至》，第 263 頁，上海：上海文藝出版社，1997 年 8 月。
〔註 124〕梁實秋：《讓我來補充幾句》，《晨報·副刊》，1922 年 7 月 5 日。
〔註 125〕梁實秋：《讀仲密先生的〈醜的字句〉》，《晨報·副刊》，1922 年 6 月 25 日。
〔註 126〕《評〈讀詩底進化的還原論〉》，《文學旬刊》41 期，1922 年 6 月 21 日。
〔註 127〕盧生《詩中醜的字句的討論》。1922 年 7 月 12《晨報》；另外，《努力》週報16 期（1922.8.20）的編輯餘談《詩中醜的字句》也稱：「近來有人主張詩中不可用醜的字句……其實美醜本無定評，在我們眼裏，最醜的莫如從前人認為冠冕典雅的館閣應制詩；而糞堆灰簍裏卻往往有真美存在。」
〔註 128〕《醜的字句》，1922 年 6 月 2 日《晨報·副刊》。

的滿足，「美」存在於某種經驗的眞實和有效上，這一點對現代寫作而言，似乎尤爲重要。

其實，從現代詩歌的發生看，「醜」的字句入詩，是一個必然的現象。本雅明在評論波德賴爾時，專門談及他詩歌語言的混雜性：「《惡之花》是第一本不但在詩裏使用日常生活詞彙而且還使用城市詞彙的書。波德賴爾從不迴避慣用語，它們不受詩的氛圍的約束，以其獨創的光彩震懾了人們。他常常使用 quinquet（油燈），wagon（馬車），omnibus（公共車），bilan（借債單），reverbere（反光鏡），和 voirie（道路網）這類詞也不退縮」，以至克洛代爾說他「把拉辛的風格同一個第二帝國的新聞記者的風格融爲一體了。」〔註 129〕在現代生活經驗中，提取震驚之美，這種寫作觀念，到了三十年代現代派詩人們那裏，已變成自覺的主張：「《現代》中的詩是詩，而且是純然現代的詩。它們是現代人在現代生活中所感受的現代情緒，用現代的詞藻排列成的現代的詩形。」〔註 130〕

梁實秋對「醜的字句」的反動，與當時整體的詩學傾向顯然不符，加之立論的偏激，自然遭到眾人反對，即便其清華好友吳景超也認爲他的觀點欠斟酌〔註 131〕。然而，梁的立場並不孤立，某種意義上，可以看作是梅光迪等區分「詩之文字」與「文之文字」觀念的延續。20 年代初，與新詩分庭抗禮的吳芳吉，因抨擊「寫實主義」詩文有違「文學」的眞美，與《民國日報》的邵力子有過衝突〔註 132〕。胡先驌也將「不問事物之美惡，盡以入詩」，當作新潮流的一個罪證。〔註 133〕梁實秋的主張也不乏同情之人，並投影到後來詩集的編選中，據朱自清稱，徐玉諾的《將來之花園》出版時，商務印書館主人便非將「小便」一詞刪去不可。〔註 134〕從這個角度看，「醜的字句」之爭，與其說是顯現了「唯美」與「唯善」、功利與藝術，寫實與浪漫的矛盾，毋寧說是在美學構想層面，新詩的基本歷史張力的又一次顯現，它發生於普遍的

〔註 129〕本雅明：《發達資本主義時代的抒情詩人》，第 120～121 頁，張旭東譯，北京：三聯書店，1989 年。
〔註 130〕施蟄存：《又關於本刊的詩》，《現代》4 卷 1 期，1933 年 11 月。
〔註 131〕景超：《一封論醜的字句的信》，《晨報・副刊》，1922 年 7 月 15 日。
〔註 132〕吳芳吉：《再論「詩的自然文學」並解釋「春宮的文化運動」》，《新人》1 卷 5 號，1920 年 8 月 28 日。
〔註 133〕胡先驌：《評〈嘗試集〉》（續），《學衡》2 期，1922 年 2 月。
〔註 134〕朱自清：《〈中國新文學大系・詩集〉導言》，第 3 頁，趙家璧主編、朱自清編：《中國新文學大系・詩集》，上海：良友圖書出版印刷公司，1935 年。

「詩美」期待，與「儘量從醜惡的人生提取美麗的詩意」〔註135〕的特殊衝動之間。

三

　　1922 年 6、7 月間，當梁實秋受到「國內文壇」猛烈攻擊時，正漂洋過海、赴美留學的聞一多並沒有參與。然而，他龐大的「新詩集」批評構想中的《冬夜》評論一章，已經在赴美前完成。〔註136〕這篇涉及新詩批判的文章，開始的命運與胡先驌的《評〈嘗試集〉》十分相似，並沒有被新文壇接納。據梁實秋回憶，《冬夜》評論底稿曾交由吳景超抄寫，寄給孫伏園主編的《晨報》副刊，不料石沉大海〔註137〕。聞一多也自知，「我之《評冬夜》因與一般之意見多所出入，遂感依歸無所之苦。《小說月報》與《詩》必不歡迎也」，《創造》與他的眼光也終有分別。〔註138〕在「無所依歸」之時，剛剛與「新詩壇」交手的梁實秋，索性寫下《〈草兒〉評論》，二稿合一，自費出版。〔註139〕《〈冬夜〉〈草兒〉評論》的出版，只是聞一多原初計劃一部分，但恰好與胡適的《評〈新詩集〉》（評《冬夜》與《草兒》）構成鮮明對照，依照梁實秋所稱的「擒賊先擒王」的邏輯，目標指向了新詩整體的「重新估定」〔註140〕。

　　從文章本身看，《〈冬夜〉〈草兒〉評論》的確是精心構撰之作，不僅有清晰的評價尺度，還有具體的作品分析，與「學衡派」的放言高論完全不同，對於早期新詩的批評也切中要害。聞一多認爲：「現今詩人，除了極少數的——郭沫若君同幾位『豹隱』的詩人梁實秋君等——以外，都有一種極沉痼的

〔註135〕此語爲李健吾對早期新詩一種基本傾向的概括，見《新詩的演變》，郭宏安編：《李健吾批評文集》，第 24 頁，珠海：珠海出版社，1998 年。

〔註136〕1922 年 5 月 7 日致聞家駟信中，聞一多言：「《冬夜》底批評現在已作完。但這只一章，全書共有十章。」（孫黨伯、袁謇正：《聞一多全集·書信》，第 33 頁，武漢：湖北人民出版社，1993 年）

〔註137〕梁實秋：《談聞一多》，第 9 頁，臺北：傳記文學出版社，1987 年 7 月。

〔註138〕致梁實秋、吳景超信，孫黨伯、袁謇正：《聞一多全集·書信》，第 81 頁，武漢：湖北人民出版社，1993 年。

〔註139〕梁實秋《草兒評論》完成於 1922 年 8 月 31 日，由梁私人出資，交北京琉璃廠公記印書局排印，列爲「清華文學社叢書第一種」，於 11 月 1 日出版。

〔註140〕在《〈草兒〉評論》的開篇，梁實秋就稱「以我國詩壇而論，幾無一人心目中無《草兒》《冬夜》者」，評論兩本詩集，「實在又是擒賊先擒王的最經濟的方法了。」（諸孝正、陳卓圍編：《康白情新詩全編》，第 256 頁，廣州：花城出版社，1990 年月）

通病，那就是弱於或者竟完全缺乏幻想力，因此他們詩中很少濃麗繁密而且具體的意象。」〔註141〕表面上看，聞一多、梁實秋批評的是新詩藝術品質的低劣，顯示的是一般「詩美」期待對新詩發展的規約，但值得注意的，還有新一代詩人態度的轉變。由於詩學起點的不同，也因在新詩壇所處位置的差異，打破詩歌規範、嘗試可能性的衝動，在他們這裡並不很明顯，新／舊的衝突，已讓位於詩／非詩的區分，成了他們主要的觀審視角。比如，讓聞一多最爲不滿的是《冬夜》自序中「是詩不是詩，這都和我的本意無關」的表述，梁實秋也認爲《草兒》的失敗，恰恰是因爲被別人反覆稱許的「創造的精神」，它造成了「創作的太濫」。

立論角度的不同，使得聞、梁的發言，似乎包含了對胡適等人新詩合法性論述的反動，這種反動滲透在具體的作品評價中，表現爲一整套以區分、排斥爲主要功能的詩學話語。聞一多將「情感」與「幻象」作爲詩的界說尺度，並引述奈爾孫（William Allen Nelson）有關「情感」與「情操」的區分：後者是「第二等的情感」，「用於較和柔的情感，同思想相連屬的，由觀念而發生的情感之上，以與熱情比較爲直接地依賴於感覺的情感相對待」，而《冬夜》裏的「大部分的情感是用理智底方法強造的，所以是第二流底情感」。〔註142〕梁實秋在《草兒》批判中，更是引出一連串的結論：「我們不能承認演說詞是詩」，「我們不能承認小說是詩」，「總之：我們不能承認記事文是詩」。如果說聞一多、梁實秋的不滿，一定程度上代表了當時讀者對早期新詩的普遍觀感，那麼排斥性、區分性話語的採用，則屬於一種新創，暗示出純粹的、具有嚴格邊界的「詩」本體的出場，它要求詩歌經驗的特殊（沒有理智介入的純粹情感）和表達方式的特殊（排除說理、敘事，一任抒情）。其實，在「醜的字句」論爭中，梁實秋對純粹「詩體」的要求已經顯露〔註143〕，在《冬夜》《草兒》評論，這種要求得到了更爲全面的知識化表達。在隨後發表的書評

〔註141〕聞一多：《〈冬夜〉評論》，孫黨伯、袁謇正：《聞一多全集》2卷，第69頁，武漢：湖北人民出版社，1993年。

〔註142〕聞一多：《〈冬夜〉評論》，孫黨伯、袁謇正：《聞一多全集》2卷，第89～89頁，武漢：湖北人民出版社，1993年。

〔註143〕在《讀仲密先生的〈醜的字句〉》（《晨報·副刊》，1922年6月25日）一文中，梁實秋說「小火輪」一類現代日常經驗不能入詩，是因爲「紀事詩（Epic）算不得詩的正宗」，上述經驗只能寫在遊記裏，詩中並不歡迎。吳景超在致實秋的信中，就糾正說：「我們平常對於詩的概念不限於抒情的詩，史詩和劇詩，也是詩的一種。」

中，吳景超也指出：「《〈冬夜〉〈草兒〉評論》的功用就在於能指示給大眾什麼是詩，什麼不是詩」。〔註144〕

在討論文類的界限時，韋勒克認爲文學類型的編組，建立在兩個根據之上的：「一個是外在形式（如特殊的格律或結構等），一個是內在形式（如態度、情調、目的等以及較爲粗糙的題材和讀者觀眾範圍等）。」〔註145〕從這個角度看，爲了給新詩提供知識上的依據，以內在情感、想像替換外在的格律，正是以後一個「根據」挑戰前一個「根據」，由此產生的規約力量，在新詩史上同樣不容忽視。

四

設置一種純粹的「詩」本體，在捍衛「詩／非詩」（詩／文）界限的前提下，重新估價新詩的方向，類似的說法在 20 年代的詩壇上屢見不鮮，而且也和新／舊的衝突尺度一樣，很快被運用於新詩空間的劃分與排斥，成爲詩壇論戰中最有效的武器。在 1923 年成仿吾的《詩之防禦戰》，張友鸞的《新詩壇上一顆炸彈》，周靈均的《刪詩》等文中，這一方式得到了某種「過度」的使用。

《詩之防禦戰》一文以「文學是直訴於我們的感情，而不是刺激我們的理智的創造」爲標準，在五本新詩集中挑揀出一些段落，不加分析，就當即宣判：「《嘗試集》裏本來沒有一首是詩」；《草兒》中的作品「實是一篇演說詞，康君把他分成『行子』便算是詩了」；周作人的《所見》「這不說是詩，只能說是所見」等等，「不是詩」爲主要的判詞。考慮到《〈冬夜〉〈草兒〉評論》出版後，曾得到了創造社諸君的認同，此文從語氣到具體實例都有借鑒後者的痕跡〔註146〕，只不過行文更爲簡捷、明快，更具殺傷力罷了。

成仿吾的「爆擊」發生不久，「星星文學社」的攻擊便開始展開，兩次「戰役」間的關聯，當時就被有的讀者指出〔註147〕。二者在戰法上自然十分相似：

〔註144〕吳景超：《讀〈冬夜〉〈草兒〉評論》，《清華週刊》264 期所附《文藝增刊》第 2 期。

〔註145〕韋勒克、沃倫：《文學理論》，劉象愚等譯，第 263 頁，北京：三聯書店，1984 年 11 月。

〔註146〕談到康白情的《西湖雜詩》時，成仿吾便稱「這確如梁實秋所說是一個點名錄。」（《詩之防禦戰》，《創造週報》1 號，1923 年 5 月 13 日）

〔註147〕《詩壇炸彈訴訟案》中胡夢餘的來信，《京報・文學週刊》4 期，1923 年 6 月 30 日。

張友鸞的《炸彈》一文談及胡適，便說「旁人硬加上詩人兩字到他身上，倒反冤曲了他；他所作原算不了詩吁！」《冬夜》《草兒》也算不了詩，「只是一堆野草」。周靈均以「永久性作品」爲口號的「刪詩」，也只是無理的漫罵，但還是貫穿了基本的尺度，與舊詩距離的遠近之外〔註148〕，最多的評語仍是「不是詩」、「非詩」：像《孔丘》「以哲理入詩，我以爲這詩可以不作，作者可以在《讀書雜誌》內，記下這一段的議論」；「草兒裏的寫景詩，是遊記，不是詩」，《安靜的綿羊》「這是小說，不是詩」，《醉人的荷風》「我承認這是一篇散文，不是詩」；對《冬夜》及其他詩集的批評也與此相似，如評周作人的《兩個掃雪的人》：「這不是詩，可以做日記的材料。我們雖說宇宙的事事物物，都是詩料，但是不能隨便取用，當然要有個選擇」。〔註149〕

　　在聞一多、梁實秋、乃至成仿吾之後，上述評斷即使火力全開，也已失去了最初的衝擊力，「詩」與「不是詩」的區分也在「過度」使用中，成了某種特有的攻擊話語，成了一種重構詩壇秩序的工具。有意味的是，在上述新詩的整體批判中，《女神》的位置耐人尋味。一方面，《女神》不在攻擊的範圍之內，另一方面，它又隱隱構成了一種評斷的參照。對《女神》十分佩服的聞一多、梁實秋，在《〈冬夜〉〈草兒〉評論》中就不時引述《女神》的詩句，以襯托俞平伯、康白情的淺露，聞一多隨後又撰寫了《〈女神〉之時代精神》、《〈女神〉之地方色彩》兩篇雄文，確立了《女神》的文學史形象。成仿吾作爲創造社元老，火力自然不會傷及社友，即便對《女神》有所挑剔的張友鸞，也不得不說「郭詩可勉強算詩」。這表明，在新一代詩人的筆下，整體的批判同時也是「新詩壇」歷史座標系的一次重設。如果說胡適眼中沿著「詩體大解放」線索生成的「三代劃分」，標誌著「正統」的穩固的話，那麼，當「取決於一部分生產者的顛覆欲望和一部分（內部和外部的）公眾的期待之間的契合」的「場域」結構變化成爲可能時〔註150〕，前輩／新手、正統／異端、衰老／年輕等詩壇位置間的差異，就轉化成一種對抗性的、顛覆性的對立，並在「詩／非詩」的知識話語中（取代新／舊）得到全面表達。

〔註148〕如評胡適《十二月五日夜月》：「也是五言絕句，不能算是新詩」；《草兒》中《憶遊雜記》「彷彿小詞，不似新詩」。（周靈均：《刪詩》，《京報・文學週刊》15、16號，1923年11月24日、12月1日）

〔註149〕同上。

〔註150〕皮埃爾・布迪厄：《藝術的法則》，劉暉譯，第281頁，北京：中央編譯出版社，2001年。

第五節　「新詩」與「詩」：合法性辯難的展開

　　從「學衡」的反動，到一代新詩人的整體批判，20 年代初圍繞新詩集展開的一系列爭論，具體發生的情況、語境各有不同，但其間還是存在某種一致性，凸顯了不同新詩構想間的衝突和詩壇的分化。比如，在文學史上，聞一多、梁實秋的新詩人身份與「學衡派」的守成主義形象，有很大差距，可他們對新詩的指謫，立場上卻頗爲相近，都是依據「詩」的普遍尺度，來檢討「新詩」的自由向度。在「醜的字句」論爭中，梁實秋就說：「我很曉得我所說的話是犯著『學衡派』的嫌疑」〔註 151〕，說明他很清楚自己的觀點，與「學衡派」的聯繫。後來，梁實秋還曾到東南大學訪學（由胡夢華介紹），結識了吳宓及《學衡》諸人。回清華後，他在《清華週刊》上發表文章，贊揚《學衡》，回憶中也稱自己當時對他們的主張「也有一點同情」〔註 152〕。

　　另外，《〈冬夜〉〈草兒〉評論》發表後，新詩壇的反應，也可以注意。與「醜的字句」論爭一樣，對於初出茅廬者的批評，「正統」新詩壇是不以爲然的，《努力》週報發表署名「哈」的編輯餘談，諷刺梁實秋對「想像力」的強調，違背了「譬喻」的原理〔註 153〕。《文學旬刊》上也有西諦的短評，反駁「詩的境界即是仙人世界」的說法。〔註 154〕當然，《〈冬夜〉〈草兒〉評論》也不乏同情者，郭沫若讀後致函梁實秋，稱「如在沉黑的夜裏得看見兩顆明星，如在蒸熱的炎天得飲兩杯清水」，這讓聞、梁大爲振奮。有意思的是，另一個來信表示同情的，正是在《蕙的風》論爭中隻身挑戰新文壇的「學衡」弟子胡夢華。〔註 155〕從「學衡派」、胡夢華，再到異軍突起的創造社詩人，某種潛在的「聯合戰線」似乎形成，在「詩」話語的不斷高漲中，對「新詩」的批評

〔註 151〕梁實秋：《讀仲密先生的〈醜的字句〉》，《晨報・副刊》，1922 年 6 月 25 日。

〔註 152〕梁實秋：《清華八年》，《秋室雜憶》，第 41 頁，臺北：傳記文學出版社，1985年。

〔註 153〕《努力》28 期（1922 年 11 月 12 日）的編輯餘談，針對梁實秋舉聞一多《春之末章》中「碎坍了一座琉璃寶塔」一句，以覷出《草兒》想像力的貧弱，「哈」諷刺說：「凡用譬喻，須要曉得譬喻的原理是『以其所知，諭其所不知，而使之知之』……現在試問四萬萬人中，可有一個人聽見過『碎坍了一座琉璃寶塔』？拿一件大家不知道的事來比喻人人都知道的笑，這又是『以其所不知諭其所知了』」。「哈」大概就是編者胡適。

〔註 154〕西諦：《雜譚》，《文學旬刊》55 期，1922 年 11 月 11 日。

〔註 155〕1922 年 12 月 27 日聞一多致父母親信，孫黨伯、袁謇正：《聞一多全集・書信》，第 131 頁，武漢：湖北人民出版社，1993 年。

已由外部的反對，轉化爲不同合法性構想之間的對話，「新詩壇」的內部分化也更爲明顯。

一

　　如果說在胡適們那裏，新詩發生張力性結構中主要的部分──新／舊、文言／白話的對峙，成爲新詩合法性建構以及詩壇劃分的中心邏輯，但當新／舊、文言／白話的衝突獲得了某種象徵的解決，一個自主的新詩壇也得以成立，原來隱含的詩／文、詩／非詩的衝突，隨之凸顯爲新的焦點。用個簡單的說法，即「新詩」不僅是「新」的，它還必須是「詩」的。30 年代，新詩作爲新文學的急先鋒，開始進入大學講堂，廢名在北大講授新詩時提出：「如果要做新詩，一定要這個詩是詩的內容，而寫這個詩的文字要用散文的文字」〔註156〕。這個著名論斷除了表達廢名的詩學理解，也包含了類似邏輯：相對於舊詩成立的「新詩」，其合法性不僅體現在語言形式（「散文的文字」）層面，必須還在普遍的美學標準──「詩」那裏獲得確認，新詩「場域」規則也就這樣悄然轉換了。

　　本書在前面的章節多次述及，在現代性衝動的支配下，對新的表意可能性的嚮往，決定了早期新詩在形式與經驗方面的開放，胡適的「作詩如作文」的主張也多有迴響：康白情的《新詩的我見》就稱：「詩和散文，本沒有形式的分別」，冰心的詩作則打通了《晨報》上的「詩欄」與「文欄」，在周無那裏，這種狀態被比喻爲「各種體裁似乎是擠在一條路上」〔註157〕。在一般的印象中，因爲忽略了「詩」本身的經營，這似乎構成了早期新詩的歷史誤區。但如果考慮到新詩發生的整體性衝動──在急遽變動的現代經驗中，追求新的表意可能性，就會理解「詩／文」的打破，其實包含著對「詩」的重新構想。〔註158〕誠然，對「詩」的打破，或許會帶來審美感受的流失，早期新詩

〔註156〕廢名：《新詩應該是自由詩》，《論新詩及其他》，第 22 頁，瀋陽：遼寧教育出版社，1998 年。

〔註157〕周無：《詩的將來》，《少年中國》1 卷 8 期，1920 年 2 月。

〔註158〕在現代文化中，有關「創造性自我」的想像居於核心的地位，這帶來了一種「新事物的傳統」，如丹尼爾・貝爾所言：「它允許藝術自由發展，破除一切類型限制，去探索各式各樣的經驗和感知方式。」由此，「藝術類型變成了陳舊的概念，它們各自不同的形式在變動個的經驗中受到了忽視或否認。」（丹尼爾・貝爾：《資本主義文化矛盾》，第 80、95 頁，趙一凡等譯，北京：三聯書店，1989 年）

文本的粗劣也與此有關，但新的詩歌構想並不能因此被抹殺。從文學現代性的角度看，這似乎是激發藝術新的活力時，難以避免的代價，如歐・豪在描述現代主義文學的特徵時所表述的那樣：「現代主義文學的新的審美標準——表現力，取代了傳統的審美標準——統一性；或者說得更準確些，它甚至為了粗糙的、片段的表現力而降低統一性的審美價值。」〔註159〕這裡不僅有詩體上「格律」向「自由」的轉化，還有經驗範疇的擴張（「醜的字句」的引入），以及詩歌表意方式的開放。在情感／理智、敘事／抒情等區分性話語不斷高漲的同時，對這種界限的拆除努力也持續不絕〔註160〕。葉聖陶在談論周作人的《小河》時，就說一些新詩人「當他提筆寫詩的時候，彷彿聽到一個聲音，你在寫『詩』啊！這就受了暗示，於是想，總要寫得像詩的東西才行呢。」〔註161〕與此相對照，另一些詩人則以對「詩」的冒犯為榮，《晨報・副刊》就曾發表過子瓏的一首詩作，標題卻是《不是詩》：

　　　　上帝撒播的麵粉／一般污濁的世人不能拿他充饑……門外的乞

　　丐／一天三頓訂不著一頓飯吃……忽然來了一個聲浪／將萬籟俱寂

　　的黑夜打破，「圓宵」／一個人在街上賣圓宵。

後面有記者附識：「作者雖是自謙，以為不是詩，但在我看來，這也頗有一二分詩意，比那些真正不是詩而作者卻自詡為詩者已好的多多了。」〔註162〕從詩歌的標題，到記者的評語，無非在強調：正是在對「詩」界限的冒犯中，新的「詩」向度才能被啟動。

二

　　從「學衡派」到聞一多、梁實秋，再到後來的穆木天，在所謂「詩」的

〔註159〕歐・豪：《現代主義的概念》，袁可嘉主編：《現代主義文學研究》，第189頁，中國社會科學出版社1989年。

〔註160〕針對反對議論哲理入詩的看法，劉大白說：「不過我以為議論文體並非絕對不宜於作詩，如果能使議論抒情化，至於詩中禁談哲理，也未必然」。（《〈舊夢〉付印自序》，蕭賦如編：《劉大白研究資料》，第110頁，天津人民出版社，1986年）俞平伯也強調：「詩應當說理敘事與否是一事，現在的說理敘事是否足以代表這種體裁又是一件事。」（《讀〈毀滅〉》，《小說月報》14卷8號，1923年8月）這樣兩種說法，都意在為新詩的「越軌」辯護。

〔註161〕葉聖陶：《新詩零話》，《葉聖陶集》9卷，第108頁，南京：江蘇教育出版社，1990年。

〔註162〕《晨報・副刊》，1922年12月25日。

話語的不斷規範下，早期新詩揚棄詩／文界限的嘗試，似乎是被整體否定的，新詩的「正統」劃分的標準也被重新改寫。圍繞「新詩集」展開的爭論，正是「新詩」與「詩」話語之間摩擦、碰撞的歷史顯現。從新文學運動的整體趨勢看，它其實包含著有兩個基本的面向：一方面，是白話文的提倡、語言工具的變革過程；另一方面，它還是在藝術、道德、知識各自獨立的分工前提下，現代「純文學」觀念的建立過程。〔註163〕如許多論者所指出的，「文學」作爲一個普遍性的概念，並非一個脫離歷史的本質化概念，它生成於現代知識分化進程中，如喬納森・卡勒所言：「如今我們稱之爲 literature（著述）的是二十五個世紀以來人們撰寫的著作。而 literature 的現代含義：文學，才不過二百年」〔註164〕。即便在這並不漫長的時期捏，「文學」的定義也千差萬別，以至有人抱怨「事實上，就像要把各種運動都有的獨特的、互相區分的特徵統一起來一樣，這是不可能的。根本不存在什麼文學的『本質』。任何一篇作品都可以『非實用地』閱讀——如果那就是把原文讀作文學的意思——這就像任何作品都可以『以詩的方式』來閱讀一樣」〔註165〕。在中國的近現代語境中，「文學」觀念的建立，呈現爲一種「跨語際」的移植過程，其中豐富的變異自不待言，與「文學」觀念移入相伴生的還有「文學」學科的建立、「文學史」著述體例的產生等諸多方面。從話語實踐的角度，對現代「文學」建制的反思在現代文學研究界已逐漸展開，「文學」觀念體制化過程對「文學」可能性本身的抑制，也得到了部分檢討。〔註166〕在這個意義上，無論是郭沫若等對「詩」的解說，還是聞一多、梁實秋們對新詩的整體批判，他們所依據的「詩」立場，並非一個脫離歷史的本質化概念，它的凸顯一方面是普遍審美期待的表現，另一方面，也是現代「純文學」觀念擴張的結果。然而，對於新詩而言，它的發生受到了特殊歷史衝動的支配，這種衝動與現代「文學」觀念的規約，並不總是完全一致。在此，胡適的新詩主張有必要進一步討論。

〔註163〕曠新年：《現代文學觀的發生與形成》，《文學評論》2000 年第 4 期。

〔註164〕喬納森・卡勒：《當代學術入門：文學理論》，第 21 頁，李平譯，瀋陽：遼寧教育出版社，1998 年。

〔註165〕特里・伊格爾頓：《當代西方文學理論》：第 24～25 頁，王逢振譯，北京：中國社會科學出版社，1988 年。

〔註166〕羅崗：《作爲「話語實踐」的文學——一個需要不斷反思的起點》，《現代中國》第二輯，2002 年。

　　由農學轉學哲學的胡適，通常被認爲是個在文學方面素養不高的人，他自己就稱 1916 年以後「哲學史成了我的職業，文學做了我的娛樂」〔註167〕。這種定位實際上是一種自覺的志業取向，在他人眼裏，卻可能成爲攻擊的口實。郭沫若譏笑胡適的言論「根本是不懂文學的外行話」〔註168〕。更有甚者，還對胡適在「文學革命」中的地位提出質疑：「這次文學革命分子中，顧到文學本身的意義，時代思潮的固有，但胡適卻在例外。」〔註169〕其實，對於標榜審美獨立的「純文學」觀念，胡適並非一無所知，早在 1915 年，他就在日記裏寫道：「然文學之優劣，果在其能『濟用』與否乎？」，「是故，文學大別有二：一，有所爲而爲之者；二，無所爲而爲之者」。後者「其所爲，文也，美感也」，自悔少年時「不作無關世道之文字」的志願。〔註170〕這樣的表述在胡適的著述、文章中較爲少見，但他的諸多立論，還是以「文學」的獨立性爲大前提的，「濟用」與否並不是他的核心標準。相反，無論是「做詩如作文」，還是「言之有物」等改良八事，就其本身而言，主要針對的還是文學的表現問題，更多屬於審美的範疇。

　　與一般純文學論者不同的是，胡適對「文學」以及「文學性」，有他特殊的理解。1920 年，胡適曾致信錢玄同，專門談論自己的「文學觀」：「我嘗說：語言文字都是人類達意表情的工具；達意達的好，表情表的妙，便是文學。」〔註171〕這裡，他引用的是自己在《建設的革命文學論》中有關「文學」的定義。〔註172〕在界說上，他又搬出「明白清楚」，「有力能動人」，「美」三條標準，經解說後只剩下了兩條：「明白清楚」與「明白清楚之至」（實際只剩下一條：逼人的影像）。這是一個有趣的闡述，在標準上如此狹隘，在定義上卻相當寬泛，文學的本質就是所謂文字的表意能力。前者，與胡適的個人趣味

〔註167〕胡適：《我的歧路》，《胡適文存二集》卷 3，第 95～96 頁，上海：亞東圖書館，1924 年。

〔註168〕郭沫若：《文學革命之回顧》，王訓昭編：《郭沫若研究資料》上卷，第 257 頁，北京：中國社會科學出版社 1986 年。

〔註169〕譚天：《胡適與郭沫若》，上海：書報論衡社，1933 年。

〔註170〕胡適：《藏暉室札記》，第 737～738 頁，上海：亞東圖書館，1939 年。

〔註171〕胡適：《什麼是文學——答錢玄同》，《胡適文存》卷一，279 頁，上海：亞東圖書館，1921 年。

〔註172〕在《建設的文學革命論》中，胡適有同樣的表述：「一切語言文字的作用在於達意表情；達意達得妙，表情表得好，便是文學。」（《新青年》4 卷 4 號，1918 年 4 月）

以及對「陳言套語」的自覺反動相關；後者，則暗含了對「純文學」觀念的背離〔註173〕。他自己就坦言：「我不承認什麼『純文』與『雜文』」〔註174〕，他對文學的理解，似乎更多延續了清代漢學家們的觀點。譬如，對章太炎的「文者，包絡一切著於竹帛者為言」的觀念，胡適極為推崇，並且在思路上極為相仿，都認為「文」，只是代言的工具。與此參照的是，胡適對那些與「純文學」觀念相近的思想資源，似乎沒有過多的關注，《五十年來中國之文學》就隻字未提王國維。將文學的本質，寄託於文字的表意能力上，這種「泛文學」立場，構成了胡適詩歌旨趣的基礎。

胡適的「泛文學」立場，在新文學的發生期，並不是孤立的。在《新青年》讀者群中，雖然不難聽到「嚴判文史之界」的呼聲〔註175〕，陳獨秀、劉半農等也強調「文學之文」與「應用之文」、「文學」與「文字」區分的必要性，周氏兄弟對「文學」更有精深的體認。但是，「純文學」觀念在《新青年》同仁那裏，並不是一個完全自明的概念，像申明「文學美術自身獨立價值」，反對「文以載道」觀念的陳獨秀，在談到文學本義時，與胡適的認識幾乎完全相同：「竊以為為以代語而已，達意狀物，為其本義」〔註176〕。作為章太炎弟子，錢玄同更是抱怨「純文學」「雜文學」的劃分：「給他們諸公吵得有些令人頭痛」〔註177〕，並在致胡適信中表達了自己的迷惑：

> 不過我對於「文學」的懸義，徘徊彷徨者兩年於前。自從去年逖先發表「純文學」與「雜文學」的話以來，我更覺迷惑。照他所說，「左傳，史記中許多詩文不能稱文學，而遺老遺少和南社詩人的歪詩反可稱文學嗎？」我又看了羅志希的《什麼是文學》，也有引起莫名其妙。……我想「新文學」「文學革命」之聲浪雖然鬧了四五年，畢竟「什麼是文學」這個問題，像我這樣徘徊彷徨的人一定很多。
> 〔註178〕

〔註173〕胡適曾三解「白話」，後來有人就批評這種定義，「其最大缺點，即將語言學上之標準與一派文學評價之標準混亂為一。」（張萌麟：《評胡適白話文學史（上卷）》，《大公報・文學副刊》，1928 年 12 月 2 日）

〔註174〕胡適：《什麼是文學——答錢玄同》，《胡適文存》卷一，第 301 頁，上海：亞東圖書館，1921 年。

〔註175〕常乃惪：《通信》，《新青年》2 卷 4 號，1916 年 12 月。

〔註176〕陳獨秀：《答曾毅》，《新青年》3 卷 2 號，1917 年 4 月。

〔註177〕1923 年 7 月 17 日致周作人信，《中國現代文藝資料叢刊》5 輯。

〔註178〕耿雲志主編：《胡適遺稿及秘藏書信選》40 卷，第 26～28 頁，合肥：黃山書社，1994 年。

「純文學」觀念的發生及展開，呈現於西方特定的歷史背景和知識脈絡中的，有其具體、特殊的針對性。同樣，在「跨語際」的移植過程中，新的「文學」觀念要在特殊的文化、歷史語境中得到新的塑形。對於胡適一輩人，現代的自律性文學觀念並不是一個難以接受的事物，關鍵在於新舊文化的衝突更是他們關注的焦點，如茅盾所說：「《新青年》社的主要人物也大多是文化批判者，或以文化批判者的立場發表他們對於文學的議論」〔註 179〕。另外，建立在「表現人生與批評人生」前提下的啓蒙主義立場，與純文學的審美要求還是有一定距離的〔註 180〕。即使在對「文學」有了更多現代自覺的新潮社成員那裏，討論「文學」的重點也放在廣泛的文化關聯性上，它與「政治社會風俗學術等同探本於一源，則文學必與政治社會風俗學術等交互之間相聯之關係」，「不容獨自保守」〔註 181〕。在這樣的前提之下，他們自然在關注文學自身價值的同時，並沒有強化一整套排斥性的知識規劃，對於新詩的構想也隨之保持了某種開放。

三

從上面的分析可以看出，新詩發生背後的歷史衝動，與現代的純文學觀念，在相互推動的同時，在本質上是有一定距離的。隨著純文學觀念的擴張，對「詩」的本體性訴求也不斷強勁，並固化爲文學史敘述中的相關結論，比如，胡適等人「能作白話不能作詩」，就逐漸成爲後人的一種常識性的印象。當然，也不斷有人爲胡適辯護：蘇雪林稱胡適的「白描主義」，是一劑詩歌的「消腫藥」〔註 182〕；茅盾從「力求解放而不作怪炫奇」、「音節的和諧」、「寫實精神」這三方面，論述過以胡適爲代表的初期白話詩的價值〔註 183〕。這些言論揭示了早期新詩的獨特美學，但大都指向風格、修辭的層面，與此相較，朱自清的說法則更具洞察力。

〔註 179〕茅盾：《〈中國新文學大系·小說一集〉導言》，第 2 頁，趙家璧主編、茅盾編：《中國新文學大系·小說一集》，上海：良友圖書出版印刷公司，1935 年。

〔註 180〕顧誠吾曾致信傅斯年，認爲傅與羅家倫都傾向於文學，「我有些失望。因爲我們目的是『改造思想』，文學是改造思想的形式。」傅斯年回信說：「思想不是憑空可以改造的，文學就是改造他的利器。」（《答誠吾》，《新潮》1 卷 4 號，1919 年 4 月 1 日）

〔註 181〕傅斯年：《文學革新申議》，《新青年》4 月 1 期，1918 年 1 月。

〔註 182〕蘇雪林：《嘗試集》，沈暉編：《蘇雪林文集》3 卷，103 頁，合肥：安徽文藝出版社，1996 年。

〔註 183〕茅盾：《論初期白話詩》，《文學》8 卷 1 號，1937 年 1 月。

　　在《論「以文爲詩」》一文中，朱自清表達了這樣一種認識：宋代嚴羽的
「詩文界說」，尤其是詩的觀念，與「輸入的西洋種種詩文觀念」即使不甚相
合，也是相近的。初期自由詩被譏爲分行的散文，「還帶著宋代以來詩的傳統
的影響」。〔註184〕在這裡，他明確將對「散文化」的排斥與現代文學觀念的建
立聯繫起來，雖然在他看來傳統的影響可能更大。其實，從30年代開始，朱
自清就對「純文學」、「雜文學」的說法表示懷疑〔註185〕，對於「純文學」觀
念下的「詩文界說」說也頗不認同。他曾從形式、題材、美等方面論證過「詩」
與「文」劃分的不可能性〔註186〕，得出這樣的結論：「我看，比較保險的分法
就是詩的表情比文更強烈一點」〔註187〕。這實際上又回到了胡適當年的「泛
文學」立場。早在1925年的《文學的一個界說》中，朱自清就曾說：有關「什
麼是文學的問題」，「據我的愚見，最切實用的是胡適之先生的。」〔註188〕

　　在對「純文學」或者「詩文界說」懷疑的背後，暗含的是朱自清對詩歌
「散文化」的一貫強調，這裡有詩歌審美的理由，「而後來的格律詩、象徵詩
走上純粹的抒情，便是宋人理想的實現，但路越走越窄」。1941年，在《抗戰
與詩》一文中，朱自清對於新詩史的展開線索，有這樣的描述：「抗戰以前新
詩的發展可以說是從散文化逐漸走向純詩化的路」，抗戰以來新詩的趨勢，則
顯現爲「散文化」的復歸。這個說法並不簡單是客觀的文學史概括，包含了
某種內在的歷史反思：

> 　　從格律詩以後，詩以抒情爲主，回到了它的老家。從象徵詩以後，
> 詩只是抒情，純粹的抒情，可以說鑽進了它的老家。可是這個時代是
> 個散文的時代。中國如此，世界也如此。詩鑽進了老家，訪問的就少
> 了。抗戰以來的詩又走到了散文化的路上，也是自然的。〔註189〕

〔註184〕朱自清：《論「以文爲詩」》，朱喬森編：《朱自清全集》8卷，309頁，南京：
　　　　江蘇教育出版社，1993年。
〔註185〕朱自清：《評郭紹虞〈中國文學批評史〉》，朱喬森編：《朱自清全集》8卷，
　　　　第197頁，南京：江蘇教育出版社，1993年。
〔註186〕朱自清：《詩的語言》，朱喬森編：《朱自清全集》8卷，338～340頁，南京：
　　　　江蘇教育出版社，1993年。
〔註187〕朱自清：《文學與語言》，朱喬森編：《朱自清全集》8卷，355頁，南京：江
　　　　蘇教育出版社，1993年。
〔註188〕朱自清：《文學的一個界說》，朱喬森編：《朱自清全集》4卷，第166頁，南
　　　　京：江蘇教育出版社1996年8月。
〔註189〕朱自清：《抗戰與詩》，《新詩雜話》，第37～38頁，北京：三聯書店，1984
　　　　年。

這是個「散文的時代」，中國如此，世界亦然，這段話傳遞的不只有朱自清對戰時詩歌的期待，還有他對新詩現代性要求的理解，這與新詩發生的基本歷史衝動直接相關，即：它必須忠實於現代經驗，「散文的時代」會給新詩帶來新的活力。胡適當年的構想，在朱自清這裡找到了回應，也說明有關「新詩」合法性的爭執，不是可以輕易化解的，在文學觀念的現代化和具體的寫作衝動的雙重擠壓下，從一種張力性、辯難性結構的角度去理解新詩的本質，似乎更爲恰當。

第八章 「新詩集」與新詩歷史起點的駁議

　　在「新詩集」引起的重重爭論中，新詩歷史合法性的辯難展開了。詩學的交鋒，批評的分歧，在影響新詩發展的同時，也滲透到有關「新詩」發生的歷史想像中，支配了一般文學史圖像的形成。從歷史敘述生成的角度看，要在紛繁的現象之間找到內在線索，講出一個「故事」，離不開一些基本的修辭因素，諸如起點、分期、轉折等。〔註1〕在新詩發生的歷史圖像中，一本本「新詩集」也像一個個座標，標記出新詩的開端、展開和曲折的演變。比如，要描述新詩的不同發展階段，特定的「新詩集」往往被當作分期的標誌。孫作雲曾將《死水》當作「新詩演變中最大樞紐。若無《死水》則新詩也許早就死亡」〔註2〕。朱自清在講授新詩時，認爲陸志韋《渡河》出版這一年，是新詩前後期的分界點〔註3〕。「分期」的想像，要由不同的「詩集」來標記，有關新詩「起點」的確定，更是一個聚訟紛紜的話題。

　　作爲第一部出版問世的新詩集，胡適的《嘗試集》自然是新詩合法的歷

〔註1〕 西方新歷史主義的代表人物海頓・懷特，在描述「歷史著作」的形成時，就認爲由歷史記錄向「敘述」的轉化：「首先歷史範疇內的成分按時間發生時序，組織成編年體；接著編年體被組織成故事，其方式是進一步將事件編次爲可感可知的起、中、結的場面或發生過程。」（海頓・懷特：《〈後設歷史〉引論：歷史詩學》，林凌瀚譯，《文學史》第三輯 355 頁，陳平原、陳國球編，北京大學出版社，1996 年）

〔註2〕 孫作雲：《論「現代派」詩》，《清華週刊》43 卷 1 期，1935 年 5 月。

〔註3〕 余冠英：《新詩的前後兩期》，《文學月刊》2 卷 3 期，1932 年 2 月。

史起點。但在這種判定之外，另外一種說法也時時出現，隱隱構成了對胡適及《嘗試集》的挑戰。1922 年，《女神》出版一週年之際，郁達夫以不容質疑地口吻說：「完全脫離舊詩的羈絆自《女神》始」，這一點「我想誰也該承認的」。〔註4〕同年，聞一多在他著名的《女神》評論中，也有類似評價：「若講新詩，郭沫若君的詩才配稱新呢！」〔註5〕其後錢杏邨、穆木天、焦孚尹、周揚都先後重申了這一觀點。上述兩種說法在文學史上同時並存，此抑彼揚，形成一種潛在的對峙。

　　無庸贅言，政治風雲的變動、時代語境的轉換，胡適、郭沫若二人政治身份的差異，直接影響了後人的態度和他們在文學史上的座次。然而，除了外部歷史與意識形態的影響外，兩部詩集的升沉，還是連綴了對新詩歷史的整體評價。其實，除《嘗試集》和《女神》以外，周作人的《小河》、沈尹默的《月夜》、朱自清的《毀滅》等作品，都曾被當作過新詩成立的標誌〔註6〕，與不同的起點設定相關的，是對新詩歷史合法性的不同構想。當晚出的《女神》被設定爲新詩的眞正起點，某種價值上的優劣相對於時間次序的優先權也建立起來。〔註7〕這意味著新詩不僅是一個歷史形態，完成的只是由文言到白話的工具變革，它包含著特定的美學訴求和文化內涵。換而言之，在《女神》、《嘗試集》升沉的背後，展開的是一種奠基性的話語機制，是對「新詩是如何成立」的這一問題的解答。

　　因而，檢討這兩本詩集歷史定位過程中，讀者的閱讀、批評的生產以及文學史敍述的作用，梳理這一「起點神話」的建構過程，便成了一項饒有意味的工作。考慮到《嘗試集》的接受，前文已多有涉及，作爲必要的參照，《女神》出版前後的接受與闡釋，便成爲本章首先要討論的重點。

〔註4〕郁達夫：《女神之生日》，《時事新報・學燈》，1922 年 8 月 2 日。

〔註5〕聞一多：《〈女神〉之時代精神》，《創造週報》第 4 號，1923 年 6 月 2 日。

〔註6〕參見胡適：《談新詩》，俞平伯：《讀〈毀滅〉》，北社《一九一九詩壇略記》等文。

〔註7〕在上述有關「孰是第一」的爭論中，很多論者都依據郭沫若在《我的作詩的經過》《五十年簡譜》中他作新詩開始於 1916 年的說法，討論他與胡適誰作新詩更早的問題。有論者擺脫了這種爭執，表現出對時間邏輯的揚棄：「僅從出版時間先後一點進行比較，是既不能比出詩的新和舊，更不能比出詩的歷史地位的。」（吳奔星：《〈女神〉與〈嘗試集〉的比較觀》，《郭沫若研究論集》（第二集），四川人民出版社，1984 年）

第一節　作爲新詩合法性起點的《女神》

在早期新詩壇上，《女神》的位置是相當特殊的，從出版之日起，就與胡適的「亞東系列」呈分庭抗禮之勢，對新詩形象的呈現、以及新詩合法性辯難中的位置，也和其他詩集迥然不同，似乎代表了新詩發生的另外一極。這當然與《女神》突出的藝術成就相關，但不能忽略的是，在《女神》的閱讀與闡釋中，新詩歷史合法性的訴求，得到了更全面的滿足，而這恰恰是《女神》被當作新詩發生另一起點的深層原因。

一、最初的接受：「詩美」的滿足

在早期新文學的接受中，《女神》「熱讀」已成爲一個重要的文學史現象，其激昂揚厲的詩歌風格與某種「時代心理」、「文化氛圍」的關聯，已經得到了深入的闡述。本書第二章也從「代際經驗」的角度，對此做出了補充。一個有趣的現象，那些被後人不斷引述回憶，雖出於不同的個人，但大都從詩歌主題、意識的方面，突出郭沫若詩歌的反抗、叛逆精神的影響。這些回憶如此相近，甚至與一般文學史敘述並無太大差異，以至於讓人懷疑，是否經過了某種文學史的「過濾」。比如，茅盾回憶說，最早引起他注意的「是他（郭）在一九一九年底發表的長詩《匪徒頌》……這首詩的叛逆精神是那樣突出，的確深深地打動了我」〔註8〕。《匪徒頌》一詩發表於 1920 年 1 月 23 日的《學燈》，茅盾不大可能在 1919 年底讀到它。這裡，差錯只是出在時間上，但也在一定程度上說明，當時讀者後來的回憶不一定準確。較之大同小異的「事後追溯」，另外一些讀者的反應，值得仔細分析。

《學燈》的編者宗白華，可以說是《女神》的最初讀者。一方面，「自然 Nature 的清芬」，「哲理的骨子」是他的興趣所在，另一方面，擁有美學家雅致口味的宗白華〔註9〕，對郭沫若豪放的「越軌」之作並非完全認同。在讀了《天狗》一詩後，他委婉地批評道：「你的詩又嫌簡單固定了點，還欠點流動曲折」，在稱贊「鳳歌」一類大詩「雄放直率」以外，也指出「但你的小詩意境也都

〔註 8〕 茅盾：《一九二二年的文學論戰》，《我走過的道路》（上），第 195 頁，北京：人民文學出版社，1981 年。

〔註 9〕 1919 年在讀了田漢引文繁多、艱澀冗長的大文後，宗白華就曾有如下忠告：「壽昌兄文如滄海泛瀾，波濤雄健，但竊以爲轉折之處，微覺有破裂之痕，尚須養氣以補之。」（《會員通訊》，《少年中國》1 卷 2 期，1919 年 8 月）

不壞，只是構造方面還要曲折優美一點。」〔註 10〕不難看出，宗白華對郭詩的接受是有所側重的，在「詩境」上關注郭詩中的自然玄思，在「詩形」上則偏愛那些曲折優美的精緻之作。〔註 11〕

這種「偏好」，在郭詩的早期接受中，還是有一定代表性的：郭沫若在《學燈》上露面不久，茅盾的弟弟沈澤民就致信宗白華：「沫若的詩《夜》《死》眞好極了。我希望你多向他要幾首詩」。《夜》與《死》，是兩首風格雋永的小詩，屬於清麗、悠遠的類型，宗白華覆信也說：「沫若的詩，意境最好」〔註 12〕。對於鄭伯奇來說，最初進入他視野的郭詩是翻譯成日文的《死的誘惑》，他讀著很有興味，但讀到《鳳凰涅槃》後，卻說「以後我的興會，斷斷不在作者了，因爲詩形成了我當時的唯一問題，而作者的詩形太非我所想的，所以便再沒有多讀了」〔註 13〕。鄭伯奇關注的「詩形」具體怎樣，現在不得而知，但《死的誘惑》與《鳳凰涅槃》兩者在他眼中的高下，不言自明。

《女神》的出版，無疑讓郭沫若擁有了更多的讀者，其激昂揚厲的詩風自然最引人注目，但還是有一些讀者的反應，與宗白華等人類似。聞一多就是《女神》的崇拜者之一，他的《女神》評論也是經常被提及的接受範例。但事實上，他對《女神》的推崇並不是毫無保留的，自認爲「極端唯美論者」的他曾私下表示：「郭沫若與吾人之眼光終有分別」，「蓋《女神》雖現天才，然其 technique 之粗筵篾以加矣」。〔註 14〕他論及的郭沫若的詩作，也大都是結構複雜、涵義深遠的短詩，而非誇張豪放的一類。對於馮至來說，閱讀《女神》讓他得到了「詩」的啓蒙，他印象最深的，卻不是《天狗》等代表性作品，而是《霽月》一詩：

〔註 10〕宗白華、田漢、郭沫若：《三葉集》，第 26～27 頁，上海：亞東圖書館，1923 年 3 版。

〔註 11〕在晚年的回憶中，他卻提供了另一種說法：「沫若的詩大膽、奔放，充滿火山爆發式的激情，深深地打動了我。」前後的差異顯現了一部作品在閱讀中意義的流動和重塑。(《秋日談往》，林同華主編：《宗白華全集》1 卷 3，第 15 頁，合肥：安徽教育出版社，1994 年)

〔註 12〕《時事新報·學燈》，1920 年 1 月 19 日。

〔註 13〕鄭伯奇：《批評郭沫若的處女詩集〈女神〉》，1921 年 8 月 21、22、23 日《時事新報·學燈》。

〔註 14〕聞一多致梁實秋、吳景超，孫黨伯、袁謇正主編：《聞一多全集·書信》，第 81 頁，武漢：湖北人民出版社，1993 年。

　　　　無論在意境上，或是語言上都是別開生面的，既不同於古代的
　　　　自然詩，也不同於一般的新詩。現在看來，這樣的詩並不能和《女
　　　　神》裏其他強烈的革命的詩篇放在同等的地位上，但在當時，的確
　　　　給我以一種新鮮的感覺。〔註15〕

《霽月》收在《女神》第三輯中，屬於「沖淡」、「秀麗」類型，意象精美，
詩風含蓄。馮至的回憶夾雜著日後的「反省」，但與「強烈的革命的詩篇」的
反差，反而暴露了他當年的口味。

　　從今天的角度看，《女神》無論從主題到風格，都恰好是讀者心目中浪漫
詩歌的典範，有學者給出過這樣的論斷：震撼「五四」時期的中國的，不是
《女神》裏的那些平和、飄渺、清幽的小詩，而是第二輯裏的激情湧溢的詩
篇。〔註16〕然而，宗白華、鄭伯奇、馮至等人的反應，卻可能構成了一種補
充：《女神》中含蓄悠遠，詩境複雜的一類，較之於「單色的想像」，「激情的
噴湧」，似乎更受當時某一部分「專業讀者」的歡迎。對於郭沫若的狂放和肆
意，這些具有一定詩歌素養讀者，並不像普通的青年讀者那樣能順暢接受，
言語之中往往還蘊涵批評之意。

　　作為五四時代自由詩的代表，《女神》中「惠特曼」體的狂放書寫，無疑
最為強烈地衝擊了傳統「詩形」。但還應看到的是，《女神》同時也是一部高
度「非散文化」、甚至是「雕琢粉飾」的作品，在音節、用詞及結構方面，都
是相當考究的。〔註17〕辭藻的華美，大體均齊的格式和韻腳，以及詩歌經驗
的「驚遠性」、「非日常性」〔註18〕，都是其顯著的特徵，迥異與當時流行的
散文化詩風。蘇雪林在30年代就說：白話詩初起，排斥舊辭藻，力主白描，
「但詩乃美文之一種」，「官能的刺激，特別視覺、聽覺的刺激，更不可少」，
郭沫若的詩篇中充滿了「心弦」、「洗禮」、「力泉」、「音雨」、「生命的光波」、

〔註15〕馮至：《我讀〈女神〉的時候》，《詩刊》1959年第4期。

〔註16〕劉納：《論〈女神〉的藝術風格》，《中國現代文學研究叢刊》1982年第4期。

〔註17〕郭沫若雖自言，詩要「寫」不要「做」，但據友人回憶：他在修改詩稿時，「總
　　　要一面改，一面念，一再推敲，力求字句妥帖，音節和諧。」（鄭伯奇：《憶
　　　創造社》，饒鴻兢等編：《創造社資料》，第849，850頁，福州：福建人民出
　　　版社，1985年）

〔註18〕後來朱湘就稱，郭沫若在題材的搜尋上，不僅「有時能取材於現代文明」，還
　　　「從超經驗界中尋求題材」。（《郭君沫若的詩》，《中書集》，第196～198頁，
　　　北京：中國文聯出版公司，據生活書店1934年出版排印）

「永遠的愛」等誇張的歐化辭藻，恰好滿足了了這種期待。〔註 19〕形式上突出的「詩美」特徵，也爲當時的批評者注意。謝康在《女神》評論中，在批評其詩風單調的同時，又稱「其餘的都很精美；音節和諧」〔註20〕。像《死》、《夜》、《死的誘惑》這樣體制短小，充滿象徵色彩的小詩，微妙地溝通了傳統的詩境。《新詩年選》（一九一九年）中，編者愚庵（康白情）對郭沫若的評價是：「筆力雄勁，不拘於藝術上的雕蟲小技，實在是大方之家」，「而我更喜歡讀他的短東西，直當讀屈原的警句一樣。」〔註 21〕筆力雄勁令人驚歎，但小巧警策之作更惹人喜愛，即便是康白情這樣的新詩人，在閱讀中表現出濃鬱的傳統趣味。

　　新詩的發生，是以特殊的歷史衝動爲起點的，最初散文化的新詩創制，往往也會冒犯讀者對所謂「詩美」的期待。對於《女神》的接受來說，無論是對小詩意境的偏愛，還是對「詩形」粗率的挑剔，其實都呈現於這種期待之中。一方面，打破了傳統詩體的形式束縛；另一方面，又在用詞、音節、詩境上「縫合」了讀者「詩美」期待的斷裂，《女神》的位置變得有些曖昧了。更重要的是，在「閱讀期待」的部分滿足中，《女神》開始成爲一個座標，在「詩」的意義上與其他早期白話詩集區分開來。《女神》出版第二天，《學燈》上就發表了鄭伯奇的書評，此文開宗明義就點出：詩集以前也出過兩三部，數量很少，「說句不客氣的話，藝術味也不大豐富」〔註22〕。新與舊的基本矛盾，在這裡已隱沒，代之以「藝術味」的有無。後來，焦尹孚乾脆說，郭沫若的詩歌「仍不失外形與內美，音節之協和，詞語之審梓」，應是「新詩的 Standard」〔註23〕。換言之，在這些批評家的眼裏，《女神》滿足了一般的「詩美」期待，在與流行的散文化風格的比照中，它成了新詩中「詩」的樣本。

〔註19〕蘇雪林：《徐志摩的詩》，沈暉編：《蘇雪林文集》3 卷，第 130 頁，合肥：安徽文藝出版社，1996 年。

〔註20〕謝康：《讀了〈女神〉以後》，《創造季刊》1 卷 2 期，1924 年 2 月 28 日。

〔註21〕北社編：《新詩年選》，第 165 頁，上海：亞東圖書館，1922 年。

〔註22〕鄭伯奇：《批評郭沫若的處女詩集〈女神〉》，1921 年 8 月 21、22、23 日《時事新報·學燈》。

〔註23〕焦尹孚：《讀〈星空〉後片段的回想》，黃人影編：《郭沫若論》，第 145 頁，上海光華書局，1931 年。

二、「激情」的解釋：抒情本體的確立

　　在一部分讀者那裏，《女神》的詩化特徵，縫合了新詩發生期一般「詩美」期待的斷裂，但對於更多讀者而言，《女神》的衝擊力，首先是來自其直抒胸臆的情感強度。這種情感的強度，可以從時代心理的層面解釋，也體現了浪漫主義、表現主義的詩風，但從新詩合法性追尋的角度看，它又與現代知識譜系中「詩」觀念的凸顯，有著密切的關聯。在這個意義上，對《女神》之「激情」的闡釋，恰好吻合了 20 年代初對「詩本體」的知識訴求。

　　本書第四章，已討論了《三葉集》及相關批評爲《女神》構造的「閱讀導引」：《女神》的閱讀必須從某種「主體性」話語開始。還應注意的是，「閱讀程式」的建立過程，同時也是一個意義的賦予過程，當閱讀的興趣焦點由形式、審美移向詩歌背後的主體人格，一整套建構於「主體性」原則上的詩學話語也隨之浮現。具體而言，《三葉集》中，「人格公開」的主調決定著閱讀的方向，郭沫若「頒佈」的「詩的本職專在抒情」的說法，又形成了觀念的支撐，二者相互激蕩，也延伸到《女神》的批評中。當張友鸞批評郭詩「脫不了詞調兒」時，素數反駁他「沒有完全的眞的新詩底觀念」，「近來詩壇上是有這般趨向，想從形式方面來完成新詩。須知形式內容是一致的，不知從自己的心靈上求豐富……」〔註 24〕另一篇對《女神》和《草兒》進行參照評論的評論，指出郭沫若的詩中「字句行間，盡流露著他鮮紅的心血，哀楚的眼淚」，這一點正是詩的本質：詩雖無嚴格規定，「總要有深沉的情緒爲詩底核心」。〔註 25〕這些圍繞《女神》展開的論述，都似乎指向了同一個命題：「抒情」是詩的本質所在。

　　上文已經多次提及，對「詩」的本質主義論述，是 20 年代現代文學觀念知識擴張的產物。當「詩」在現代知識的「包裝」下，成了系統定義的對象，一種特殊的論述方式也形成了，對普遍的詩歌本質的強調，成爲詩人及作品評價的前提。從「本質」中引申出的，是一套更爲常見的區分性、排斥性話語，郭沫若就明確提出：「科學的方法告訴我們：我們要研究一種對象，總要先把那夾雜不純的附加物除掉，然後才能得到它的眞確的，或者近於眞確的，

〔註 24〕素數：《「新詩壇上一顆炸彈」》，《時事新報・學燈》，1923 年 7 月 9 日。
〔註 25〕蕙聲、玫聲、沙華：《讀〈女神〉與〈草兒〉》，《時事新報・學燈》，1922 年 3 月 15 日。

本來的性質。」一整套「科學」的知識,也由此被建立起來:詩是文學的本質,即節奏的情緒的世界,小說戲劇則是「本質」的分化〔註 26〕。這種「區分性」話語,在《女神》的批評闡釋中時常顯露出來。

　　本來在《三葉集》中,宗白華的「泛神論」解說與田漢的「人格公開」,已形成微妙的「雙聲」現象,「雙聲」背後隱含的正是「情感」與「理智」的對立,而隨著田漢聲音的高漲,某種「情感」對「理智」的優勢也確立下來。後期創造社成員洪爲法,在一首寫給《女神》的獻詩中便唱到:「女神呀!／我心弦早被你撥動,／智慧之燈怎還沒點燃?」〔註 27〕撥動的「心弦」,象徵著情感的衝擊力,點燃「智慧之燈」則似乎不是詩人的責任。鄭伯奇在他的《女神》書評中,也有類似觀點:「理智往往使我們自己懷疑,再不然也要求一個統一的概念。作者的情感可以打倒理智,所以這樣原始的,新鮮的情緒可以保持,可以統一。」〔註 28〕《女神》以抒發感情爲主,不重刻畫描寫,這也形成了基本的文學史印象。後來,當被問及自己的寫作取向,郭沫若明確表示:「詩歌的形式當以抒情,至於刻描現實宜用散文的形式」,對於「諷刺」,他更是大力排斥,「因爲它根本是理智的產品,在純正的詩的立場上,諷刺詩是不受歡迎的。」〔註 29〕

　　情感／理智、抒情／寫實、直覺／理性之間的對立,在 20 年代初是一套司空見慣的論述。它與浪漫主義文學思潮的影響相關,但往往被忽略的是,在純文學觀念擴張的背景中,對詩歌之抒情本質的構想,也是一種現代知識分化、各類知識「場域」追求內在自足性的結果。誠如艾愷所言,這一系列的二分概念,作爲一種完形,代表了一種特殊的價值姿態,「正如現代化一樣,這也是一個空前的現代現象」〔註 30〕。應當省察的是,在詩歌定義的過程中,「特殊性」或「自發性」,往往會借助「知識」的權威,固化爲某種制度化的「文類」想像,對詩歌的歷史可能性產生強大的規範作用。從 20 年代開始,站在所謂「詩」排斥立場上,指斥早期新詩過多說理、寫實,就成爲一種相

〔註 26〕郭沫若:《文學的本質》,《學藝》7 卷 1 號,1925 年 8 月。

〔註 27〕洪爲法:《讀〈女神〉》,《創造季刊》1 卷 2 期,1922 年 9 月。

〔註 28〕鄭伯奇:《批評郭沫若的處女詩集〈女神〉》,1921 年 8 月 21、22、23 日《時事新報・學燈》。

〔註 29〕《郭沫若詩作談》,蒲風記,1936 年 7 月 1 日《文學叢報》4 期;王訓昭編:《郭沫若研究資料》上冊,第 269 頁,北京:中國社會科學出版社,1986 年。

〔註 30〕艾愷:《世界範圍內的反現代化思潮──論文化守成主義》,第 86~90 頁、15 頁,貴陽:貴州人民出版社,1991 年。

當常見的說法，早期「新詩集」幾乎無一幸免，都不同程度曾被攻擊的火力
鎖定。只有《女神》置身「火力網」之外，有趣的是，它又常常以「不在場」
的方式，被引入討論。

　　1922 年，成仿吾在《詩之防禦戰》中，以「中了理智的毒」爲標準，對
早期白話詩進行全面抨擊，唯一的例外就是《女神》，而當初關注郭詩「哲學
意境」的宗白華，他自己的哲理小詩也遭到了成仿吾的批評。《女神》的幸免，
與宗白華的「入選」，不是具體的個人評價問題，它顯示了詩本體話語的「排
斥性」作用。這種定位也出現在梁實秋、聞一多那裏。在有關「醜的字句」
爭論中，當梁實秋認爲詩中的「情感」必須經過一翻刪裁和洗刷時，《女神》
又是一個參照的樣本：「即以現在所謂詩人的詩而論，除一本《女神》以外，
所表現大半是些情操（Sentiment），不是情感。」〔註31〕「情感」與「情操」
的區分，也見於聞一多的詩論，它出自奈爾孫（William Allen Nelson），具體
含義爲：「情操」「用於較和柔的情感，同思想相聯屬的，由觀念而發生的情
感之上，以與熱情比較爲直接地依賴於感覺的情感相對待。」〔註32〕「情操」
與「情感」的區分，不過以更複雜的方式，重申情感／理智、感覺／觀念間
的價值等級，在這一等級的建立中，「專職在抒情」的《女神》成了新詩批評
中排斥性話語的一個重要來源。

三、詩人形象：特殊人格的追尋

　　在《女神》的接受和評價中，對「激情」的知識闡釋，與「人格公開」
的閱讀程式，二者在內部是相互勾聯的。當「詩」的本體性訴求，在《女神》
「專職在抒情」的風格特徵中得到滿足，一個詩人的形象也隨之浮現：「詩人
是情感的寵兒，哲學家是理智底幹家子。」〔註33〕在這樣的主體造型中，絕
對的主觀性是詩人的本質，郭沫若也自言：「我是一個偏於主觀的人……我自
己覺得我的想像力實在比我的觀察力強」〔註34〕。在情感／理智、抒情／刻

〔註31〕梁實秋：《讓我來補充幾句》，《晨報・副刊》，1922 年 7 月 5 日。
〔註32〕聞一多：《〈冬夜〉評論》，孫黨伯、袁謇正主編：《聞一多全集》2 卷，第 89
　　　　頁，武漢：湖北人民出版社，1993 年。
〔註33〕宗白華、田漢、郭沫若：《三葉集》，第 16 頁，上海：亞東圖書館，1923 年 3
　　　　版。
〔註34〕郭沫若：《論國內的評壇及我對於創作上的態度》，《文藝論集》（匯校本），第
　　　　175 頁，長沙：湖南人民出版社，1984 年。

畫的區分中，內在的豐富感性（情感）成爲這一主體的根本所在：「自從《女神》以後，我已經不再是『詩人』了」，原因是那「火山爆發式的內發情感是沒有了。」〔註35〕由此，《女神》的文學史價值，也在於呈現出一個標準的詩人形象，甚至到了八十年代，圍繞「主觀性」是否爲郭沫若的根本藝術個性的問題，還發生了一場學術爭論。〔註36〕這意味著，在《女神》的文學史接受中，詩學觀念的引申之外，另一重「意義生產」，表現爲對一個具體內在特殊感性（主觀性）的詩人形象的塑造。對新詩合法性的確立而言，這一點同樣至關緊要。

以改造「國民性」爲核心的「新人」構想，是五四前後，許多新文化人士共同關注的課題，梁啓超、蔡元培、陳獨秀、胡適、魯迅等人，都從不同的角度切入過這一命題。康白情、宗白華、田漢同屬的「少年中國學會」，更是以此爲宗旨：通過創造一種新型的現代人格，來做建設「少年中國」的基礎。〔註37〕某種意義上，《三葉集》及相關評論爲《女神》塑造的「詩人形象」，正是發生在上述情境中。與郭沫若進行「人格公開」討論的田漢，從 1919 年底開始，就先後拋出一系列論文，全面論述了 19 及 20 世紀西方文藝思潮，有關「人格造型」的關懷始終若隱若現，並圍繞「靈肉調和論」這一話題展開〔註38〕。「靈肉調和」多次出現在田漢的文章中，理論來源是廚川白村的《文藝思潮論》，指向了「新人」的塑造與社會的改造：「我們『老年的中國』因爲靈肉不調和的緣故已經亡了，我們『少年中國』的少年，一方面要從靈中救肉，一方要從肉中救靈。」〔註39〕「靈肉調和」──克服理智與情感、現實與藝術、Good 與 Evil 的對立，在社會規範下重塑內在的感性，可以說是一

〔註35〕 郭沫若：《〈鳳凰〉序》，王訓昭編：《郭沫若研究資料》上冊，第 360 頁，北京：中國社會科學出版社，1986 年。

〔註36〕 論爭是由對郭沫若創作得失的評價而引發的：一種觀點認爲郭後期創作的失敗，是由於他放棄了自己藝術個性（主觀性）所致，另一種觀點則認爲郭沫若的氣質不是專一的，強調其藝術個性的多元。（對此問題的討論參見黃侯興：《郭沫若文學研究管窺》第三章《詩人藝術個性探索》，天津教育出版社，1987 年）

〔註37〕 少年中國學會發起人王光祁曾言：「我們要改造中國便應該先從中國少年下手，有了新少年，然後『少年中國』的運動，才能夠成功。」（《「少年中國」之創造》，《少年中國》1 卷 2 期，1919 年 8 月。）

〔註38〕 黃仲蘇曾致信田漢：「你那『靈肉調和，物心一如』論，確是至理名言，我極以爲然」。（《會員通訊》，《少年中國》，1 卷 9 期，1920 年 3 月）

〔註39〕 田漢：《平民詩人惠特曼的百年祭》，《少年中國》1 卷 1 期，1919 年 7 月。

項現代心理調節術。在這樣的思路中，「我」主要不是從社會／個人、自由／
責任的框架中去理解，也不是魯迅筆下的卡萊爾式的「詩人英雄」，而是確立
於具有內在心理深度的主觀性中。可以說，田漢的「靈肉調和論」延續了由
蔡元培提出的從審美角度進行現代人格建構的總體性方案。〔註40〕對《女神》
中「抒情」自我的塑造，無疑也呈現於這一方案中，感性豐沛的詩人形象，
正是「靈肉調和」的現代人格的典範。然而，可以進一步討論的是，特殊「人
格」構想，不只是思潮紹介和觀念推演的產物，它的發生或許還與某種新的
社會身份相關。

　　眾所周知，科舉制度的廢除，與現代新式教育的普及，使一代新型知識
分子等上歷史舞臺，他們「不再是『士』，或所謂『讀書人』，而變成了『知
識分子』」，「可以選擇多元的職業」〔註41〕。「多元的職業」並不意味著抽象
的「擇業自由」，而是說，他們必須在新的社分工結構中尋找自己的位置。當
大批「知識青年」從校園或海外湧入社會，社會如何「消化」這一特殊群體，
就成為重要的問題。〔註42〕政治、文化、教育、傳媒、出版等領域，都是可
能的選擇，但其間的比重，似乎並不是均等的。有人曾對 1916 年北京 1655
名歸國留學生的就業情況，作過如下統計：政界 1024 人，學界 132 人，報界
16 人，青年會 3 人，醫界 23 人，軍界 56 人，賦閒 399 人。〔註43〕統計結果
顯示，進入「政界」的人數佔了大多數，「讀書」與「做官」之間的距離並不
很遙遠。對此，五四一代「覺悟」的新青年是持反感態度的。當年的茅盾進
入商務印書館，由表叔盧學溥推薦，他母親事先就寫信給「盧表叔」：「請他
不要為我在官場或銀行找職業。」〔註44〕相對於官場、商界，文化界、教育

〔註40〕在《平民詩人惠特曼的百年祭》中，田漢就將自己的「靈肉調和」論與蔡元
　　　培的主張聯繫起來：「蔡孑民先生主張美育代宗教就是希臘肉帝國精神之一
　　　部，因希臘精神是靈肉調和。」

〔註41〕朱自清：《氣節》（1946 年），朱喬森編：《朱自清全集》3 卷，第 153～154 頁，
　　　南京：江蘇教育出版社，1988 年。

〔註42〕蔡元培就回憶：老北大的學生「對於學問上並沒有什麼興會」，只為了得一張
　　　文憑，「他們的目的，不但在畢業，而尤注重在畢業以後的出路」。（《我在北
　　　京大學的經歷》，《五四運動回憶錄》，中國社會科學院近代史所編，第 174～
　　　175 頁，北京：中國社會科學出版社，1979 年）

〔註43〕《青年會與留學生之關係》，《東方雜誌》14 卷 9 期。

〔註44〕茅盾：《商務印書館編譯所》，《我走過的道路》上冊，第 102 頁，北京：人民
　　　文學出版社，1981 年。

界更是一代流動文人的首選。〔註45〕但值得注意的是，早期新文學參與者，鮮有純粹以「文學」爲業的，這一點在新詩人中最爲明顯。比如最早的《新青年》詩人群，就以北大的教授爲主，他們寫詩多少有點「敲邊鼓」的味道。胡適早就認定自己的主業爲「哲學」，文學只是愛好，郭沫若還曾抱怨除魯迅之外，《新青年》裏沒有一個作家〔註46〕。他們的學生《新潮》詩人，也大部分後來從事學術、教育工作，曾一度立志要做少年中國新詩人的康白情，很快也改弦更張，投身於政治。南方的《星期評論》詩人群（沈玄廬、劉大白、戴季陶等），更是由一批活躍的政治文人組成。某雜誌上曾登載劉大白的一則廣告，說他「是革命者，是音韻學者，是文藝批語家，是詩人」〔註47〕。名頭的雜多，恰恰說明早期「新詩人」身份的特殊，與其說他們不是純粹的「詩人」，毋寧說他們與社會生活有廣泛的聯繫。無論擔任編輯、記者，還是置身學院、政壇，在新的社會分工中，他們是擁有自己位置的，「寫詩」並不是「志業」的全部。換言之，他們是處於「社會結構」之中，並非與社會「脫序」後純粹的「流動文人」。

20 年代初，對於剛剛在「新文壇」上打開局面的郭沫若創造社成員來說，他們除了在文學觀念上，與當時一般國內文人有所差異外，其「流動文人」的身份，也有別於在大書局操持一份穩定職業的鄭振鐸、沈雁冰等人。本來，雖然依靠「新詩」初獲名聲，但在郭沫若這裡，「文學」仍是一件風雨飄搖的事業〔註48〕。起初，他設想回國當一名教員，但在上海「寄食」泰東的經歷，

〔註45〕 從 1922 年到 1924 年，北京的大學從 12 座增至 29 座，中學校自 32 座增至 57 座，而其他類型學校（專門學校，職業學校等）都有所減少，小學竟自 239 所減至 121 所。統計者就爲這種「好高驚遠」提供了一種解釋：「中學林立，大學也不少，這都由於當時失業的文人過多，大家都想在教育界混飯，隨便開辦學校。」（《統計數字下的北平》，《社會科學雜誌》2 卷 3 期，第 393 頁）

〔註46〕 郭沫若：《文學革命之回顧》，王訓昭編：《郭沫若研究資料》（上），第 257 頁，北京：中國社會科學出版社，1986 年。

〔註47〕 陳時和：《新錄鬼簿——現代文壇逸話之一》，原載 1944 年 8 月《萬象》；引自蕭賦如編：《劉大白研究資料》，天津人民出版社，1986 年。

〔註48〕 回國之前，郭沫若表達過對以文學爲業的「隱隱的恐怖」：1920 年 9 月，他在致陳建雷的信中說：「我學醫的緣故自己也不深知。我這人是個無目標放場馬的人，走到什麼地方做到什麼地方……不過我對於自己的文學上的資質還在懷疑，我覺得我好像無甚偉大的天稟。」（《新的小說》2 卷 1 期，1920 年 9 月）鄭伯奇也說過：「他曾幾次決心要休學或者轉學，但考慮到家累和職業等問題，又下不了決心。」（《憶創造社》，饒鴻兢等編：《創造社資料》，第 840 頁，福州：福建人民出版社，1985 年）

卻讓他成了一個身份曖昧的文人，做著編輯工作，卻無工資和名分，他與朋友們在上海的困窘經歷，都驗證「文學」並非一個理想的職業選項。誠如許多論者指出的，隨著報刊、出版等現代傳媒的出現，以及稿費制度的確立，現代職業文人的新形象也隨之誕生，上海是一個主要的發生場景，「賣文在上海」，也是郭沫若等人後來受人指謫的一個原因〔註49〕。從某個角度看，「上海」指的或許不是具體的城市，而是一種特殊的身份：寄身書局、報館，以「寫作」為謀生手段，過著動盪無序的文人生活，後來，創造社一行人，被魯迅歸入了「海派」的譜系，更是說明了這一點。〔註50〕

　　然而，創造社成員對這種「身份」想像，也並不一定認同〔註51〕。雖然常以「純文藝家」的口吻指斥別人是文學的「門外漢」，他們也時刻表示對「文人」「文學」的疏遠。郭沫若就說：「我自己雖然在做做詩，寫寫小說之類的東西，然而對於所謂『文學』實在是個外行。我並不曾把文章來當作學問研究過（我學的本是醫學）」。〔註52〕成仿吾也說：「我們創造社的同人，最厭惡一般文人社會的種種劣跡，所以我們都懷有不靠文字吃飯的意志。（因為一靠文字吃飯，就難免不墮落）雖說是偶然的現象，我們同人中差不多各有各的專門科學」。〔註53〕創造社成員們苦苦掙扎，而一有機會就要回歸自己的原來專業：郁達夫北上執經濟學教鞭，郭沫若返回日本完成學業，張資平也在礦山當起了工程師。這當然與對「文人」的傳統輕視相關，「賣文為生」總像是一種羞恥，坦然接受還要經過一翻意識革命。〔註54〕但作為一種人生出路，「文

〔註49〕郭沫若在京都張鳳舉處見到沈尹默時，說起在上海辦純文藝雜誌事，沈的第一個反應：「上海灘上是談不上甚麼文藝的。」（《創造十年》，《學生時代》，第96頁，北京：人民文學出版社，1979年）

〔註50〕魯迅：《上海文藝一瞥》，《魯迅全集》4卷，第295～296頁，北京：人民文學出版社，1981年。

〔註51〕劉半農曾譏笑郭沫若：「上海灘上的詩人，自比歌德」。郭對此大發牢騷：「在『上海』下只消加得一個『灘』字，便深得了《春秋》筆法。」（《創造十年續篇》，《學生時代》，第197～198頁，北京：人民文學出版社，1979年）

〔註52〕郭沫若：《創造十年續篇》，《學生時代》，第174頁，北京：人民文學出版社，1979年。

〔註53〕成仿吾：《創造社與文學研究會》，《創造》季刊1卷4期，1923年2月。

〔註54〕郭沫若自言：「我自己是充分地受過封建式教育的人，把文章來賣錢，在舊時是視為江湖派，是文人中的最下流……由賣文為辱轉為賣文為榮，這是一個社會革命。」（郭沫若：《創造十年續篇》，《學生時代》，第197頁，北京：人民文學出版社，1979年）

學」確實不是理想的營生〔註 55〕，它仍在某種社會整體結構之外，這就形成了一種奇特的「身份」構造：在專業與「文學」間，在個人抱負和謀生現實間，「文學」對於郭沫若等人來說，雖有極大的「作為空間」，但在現實中無法在社會結構中成為一個合理的「職業」。

有關創造社的浪漫傾向，曾有多種解釋，文學思潮的影響外，對「自我」、「主觀」的強調，與他們的社會位置、身份不無關聯。如果在總體的歷史框架下觀察，浪漫主義，其實是一代「自由知識分子」對自己「歷史處境」的反應〔註 56〕，這一邏輯對於五四後的「浪漫一代」，同樣有效。作為新型知識分子，他們脫離了「士」的身份，與傳統的權力精英階層失去了聯繫，在新的社會結構中，又無法找到安身立命之地，一種「疏離感」便產生了，瞿秋白對一代「薄海民」的解說〔註 57〕，就是這種狀態經典的描述。「疏離」之感，也投射出新的身份想像：「詩人」或「文人」，在郭沫若們那裏顯然並不是一種職業（相反，他們厭惡職業化的文人，包括舊式文人，也包括學院、書局裏的新式文人），更多落實在一種特殊的人格或主體造型上。如李歐梵所言，在浪漫性的反應中，他們「所用『邏輯』非常微妙：一個『文人』比世上其他人『敏感』」〔註 58〕。

應當說，現代「文人」身份的確立，離不開職業化的保障，但與此相比，特殊的身份想像，對一代文學青年而言，無疑具有更大的吸引力。文學研究會成員王以仁，就「對郭沫若的詩非常崇拜」，會大段背誦，但在談到鄭振鐸、沈雁冰時，卻沒有這樣的親切感情：「我們的名字掛在文學研究會，我們的作品也發表在文學研究會的刊物上，而我們的精神卻是同創造社有聯繫的。」〔註 59〕在這樣的「詩人」或「文人」的身份想像中，敏感又內在的自我，似乎只有在與社會、秩序和理性的對峙中才能得到辨認，這又在暗中吻合與現代知

〔註 55〕 曹聚仁曾說：創造社朋友在泰東出《創造》，「他們的生活境況並不如我，我呢，也有輕薄文人而不屑做之慨。到了大革命前夕，我便以『史人』自許了。」（《我與我的世界》，《新文學史料》，1981 年 2 期）

〔註 56〕 伍曉明：《浪漫主義的影響與流變》，樂黛雲、王寧編：《西方文藝思潮與二十世紀中國文學》，北京：中國社會科學出版社，1990 年。

〔註 57〕 瞿秋白：《〈魯迅雜感選集〉序言》，《魯迅雜感選集》，上海：青光書局，1933 年。

〔註 58〕 李歐梵：《五四文人的浪漫精神》，王躍、高力克編：《五四：文化的闡釋與評價》，第 185 頁，太原：山西人民出版社，1989 年。

〔註 59〕 王以仁：《坎坷道路上的足跡》（三），《新文學史料》1983 年 3 期。

識分化中的「文學」理解。伊藤虎丸在分析「創造社」與日本「大正」時代
文學關係時，就指出從創造社的感性自我中引申起來，「也就是文學與科學以
及政治的對立」，在這樣的對立中，一種「消費型」形象也隨之出現：藝術家
或詩人，他們是超越於日常邏輯的天才，置身於客觀的工作性「生產」之外。
〔註 60〕可以參照的是，從事教育、出版工作的文學研究會詩人，更多置身於
某種社會結構、組織中，他們的身份想像，更傾向於個人的意志（不只是感
性）與社會責任、秩序的溝通，更接近於與「消費型」相對照的「生產型」（伊
藤虎丸語）。對於特殊的「詩人形象」，他們不怎麼看重，反而時而有意消解，
葉紹君就說：「『詩人』這個名目和『農人』『工人』有別，不配成立而用以指
示一種特異的人」〔註 61〕。當與創造社交好的梁實秋鼓吹「詩人」的高蹈遺
世，茅盾等更是奮力反擊，強調詩人並無特殊規定，也是「人間的產物」〔註
62〕。對「詩人」特殊身份的否認，不過是另一種身份認定，這與文學研究會
同仁的具體社會角色，有某種對應性的關聯。〔註 63〕

　　在上述背景中，「詩人」形象的凸顯，似乎成了《女神》及郭沫若在新詩
史上的另一種定位，從而與那些身份不純的「非詩人」拉開了距離。在很多
人看來，詩人身份的不純，是早期新詩成就不高的原因所在，鄭振鐸就認為
五四時代「作家多為舊日書生，本非專攻文學的人，如胡適是學農學哲學的」
〔註 64〕。後來，譚天在《胡適與郭沫若》中，一邊諷刺胡適不懂文學，一邊
又稱「但郭沫若到底是富於文藝情緒的人」〔註 65〕，將不同的個性、氣質，
當成了文學評價的尺度。李長之在勾勒新詩歷史時認為：中國的新詩運動只

〔註 60〕 伊藤虎丸：《創造社與日本文學》，《魯迅、創造社與日本文學》，孫猛等譯，
　　　　　第 205 頁、210 頁，北京大學出版社，1995 年。
〔註 61〕 《詩的源泉》，《詩》1 卷 1 期，1922 年 1 月。
〔註 62〕 《文學旬刊》55 期（1922 年 11 月 11 日）登載傅東華譯的潘萊的《詩人與
　　　　　非詩人之區別》一文，此文從觀察力、敏銳性、感受力等方面論證了「區別」
　　　　　的不可靠，認為「詩人與非詩人的區別」，與其求之特殊的人格品質，不如
　　　　　求之特殊的寫作、組織能力。配合這篇譯文，《文學旬刊》56 期（1922 年
　　　　　11 月 21 日）又載 M.T.《詩與詩人》一文，主張詩與詩人，「始終是人間的
　　　　　產物」。
〔註 63〕 有學者曾從年齡、學業、就職及家庭等多方面，分析了創造社同人與當時國
　　　　　內文人的身份差異，以及由此文學傾向的不同。（魏建：《「創造社現象」的青
　　　　　年學分析》，《郭沫若研究》第 12 輯，北京：文化藝術出版社，1998 年）
〔註 64〕 鄭振鐸：《新文壇的昨日今日與明日》，陸榮椿編選：《鄭振鐸選集》2 卷，第
　　　　　423 頁，福州：福建人民出版社，1984 年。
〔註 65〕 譚天：《胡適與郭沫若》，上海書店據上海書報論衡社 1933 年版影印。

有胡適、郭沫若、徐志摩三人，胡適的意義是在文學工具上的，「然而他沒有詩人的性格」，徐志摩的價值在於「專門寫詩」，郭沫若是「詩人的性格」的代表。〔註66〕在這裡，「詩人的性格」的有無，又成了詩歌史劃分的依據。

四、從「近代情調」到「時代精神」

讀者「詩美」期待的滿足，「抒情」本體的確立，以及詩人形象的塑造，在上述幾方面有關《女神》的評價和闡釋中，新詩的合法性期待，似乎找到了一個理想的投射對象。另外，《女神》「激昂揚厲」的詩風，反映了五四時代「個性解放」的精神，這也是後人對《女神》的經典認識之一，由於涉及到五四思潮的整體考察，不是這裡要討論的重點。但《女神》與「時代精神」的關聯，不僅是一個外部的問題，它也牽扯著「新詩」合法性的追尋和塑造，這一點同樣是由閱讀、批評完成的「意義生產」來實現的。

在新文學發生期，隨著進化論文學史觀的深入人心，以及泰納式「種族、時代、環境」三要素說的傳播，文學與時代的某種對應性關係，已成爲新文學成立的重要根據。〔註67〕具體到《女神》這裡，依照聞一多的闡述，雖然其與「時代精神」的關係成爲後人討論的重點，但它的早期閱讀，卻很少從這一角度展開，二者間關聯的建立還是有一個過程的。有意味的是，最早從某種時代性出發的閱讀，不是來自國內，卻是來自一海之隔的日本。1919 年9 月之後，郭沫若的第一批新詩發表在《學燈》上，引來國內讀者目光的同時，也被日本的一些報刊注意到了，下面的幾種說法可以爲證。

1920 年2 月29 日，田漢在致郭沫若的信中寫道：「我在《日華公論》上看見日本人譯了你那首《抱兒浴博多灣》和一首《鷺》，我尤愛前者。」〔註68〕鄭伯奇回憶：「我讀沫若君的新詩，最初是那首《死的誘惑》，記得去年（應爲 1920 年）春天某晚，大阪每日新聞的文刊上，標題『支那』，『新體詩』，先有一段小序，說明最近中國新文學發生的歷史，後面便登《死的誘惑》的譯文。」〔註69〕由此可見，《死的誘惑》等作品是作爲新文學的標本被譯介到

〔註66〕李長之：《現代中國新詩壇的厄運》，《晨報·文藝》，1937 年2 月8 日。

〔註67〕傅斯年就提出過以「群類精神」（近似於時代精神）作爲文學表達的規定。（《文學革新申義》，《新青年》4 卷1 號，1918 年1 月）

〔註68〕宗白華、田漢、郭沫若：《三葉集》79 頁，上海：亞東圖書館，1923 年3 版。

〔註69〕鄭伯奇：《批評郭沫若的處女詩集〈女神〉》，1921 年8 月21、22、23 日《時事新報·學燈》。這種說法，後來他又有重複：《死的誘惑》「被大阪《朝日新

日本的。它們不僅被田漢、鄭伯奇等友人讀到，讀者中還包括日本的文藝理論家廚川白村。後來，郭沫若從創造社成員張鳳舉那裏，得知了這個消息：「鳳舉又說到廚川白村（京大的文學教授）稱讚過我那首《死的誘惑》，——因爲大阪的一家日報翻譯過——說是中國的詩已經表現出了那種近代的情調，很是難得。」〔註70〕

　　與普通中國讀者關注字句、音節的閱讀不同，深諳近現代文藝思潮的日本文藝家，一下子就發現了郭詩中所謂的「近代情調」，言語之間，還將它看作是中國新詩中令人驚喜的新質。同時讀到《死的誘惑》的鄭伯奇，正是廚川白村的崇拜者，其「系統」的文學知識多來自廚川〔註71〕。他的反應似乎與自己的「導師」頗爲相近，也疑問：「剛才萌芽的本國的新詩已經進步到這樣程度了嗎？」《死的誘惑》後來被收入《女神》第三輯中，風格上屬於清麗、素樸一類，與郭沫若留學生涯中的精神危機相關，以一種奇異的意象構造，傳達出對「死亡」的嚮往。後來，郭沫若自評《死的誘惑》「只能算是一種過渡時代用畸形的東西」〔註72〕。「過渡」指的是與傳統詩詞體例未完全脫榫，「畸形」意味了頹廢的近代情調。今天看來，「畸形」或「頹廢」，正是20世紀中國文學審美「現代性」的標誌，對於當年的廚川白村、鄭伯奇來說，或許也曾如是觀。根據伊藤虎丸的研究，創造社成員的文學活動與日本「大正」時代的文藝思潮有密切的關聯：一方面是咖啡店、留聲機、電影等摩登事物構成的「都會化」場景，一方面是以一代感性的、「消費型」文學青年的出現，這些都構成了「近代情調」發生的背景〔註73〕。

　　《死的誘惑》，後來被選入《新詩年選》（一九一九）中，在康白情等人

聞》（也許是《每日新聞》吧）當作新詩的標本而首先介紹過去了。」（鄭伯
　　　　奇：《二十年代的一面——郭沫若先生與前期創造社》，饒鴻兢等編：《創造社
　　　　研究資料》，第750頁，福州：福建人民出版社，1985年）
〔註70〕　郭沫若：《創造十年》，《學生時代》，第97頁，北京：人民文學出版社，1979
　　　　年。
〔註71〕　鄭伯奇曾連續多日閱讀廚川的《文藝思潮論》與《近代文學十講》，每天都在
　　　　日記裏寫下「神經頗興奮」，（《鄭伯奇日記選載：（1921年6月1日～6月30
　　　　日）》）；他還在《我的文學經歷》中稱，1918年到日本留學後，「才讀到有系
　　　　統的介紹文學的書籍，如廚川白村的《文藝思潮論》《近代文學十講》等書。」
　　　　（上述材料，見《新文學史料》1995年3期）
〔註72〕　郭沫若：《鳧進文藝的新潮》，《新文學史料》第三輯，1979年5月。
〔註73〕　伊藤虎丸：《創造社與日本文學》，《魯迅、創造社與日本文學》，孫猛等譯，
　　　　北京大學出版社，1995年。

眼裏，它算是郭沫若的代表性作品。這種選擇，可能更多出於審美的偏愛，那種立足於「現代感性」的接受視野是缺乏的，一位讀者表達過這樣的期待：「我們現在很盼望，很需要這些作品，來醫活我們底頹喪，並且注射些光和熱底活力給我們，使我們大家都可以做個新時代底鬥將。」他列舉的符合這種要求的詩人，就是郭沫若。〔註 74〕在五四之後的社會氛圍中，眞正受到關注的是《女神》中誇張的激情，而非頹廢的「近代情調」〔註 75〕。第一個從「時代精神」的高度，爲這種激情提供了一種現代闡釋的，是聞一多著名的文章《〈女神〉之時代精神》〔註 76〕。或許並非巧合的是，不十分起眼的《死的誘惑》也出現在這篇大文中。

爲了撰寫《〈女神〉之時代精神》，聞一多頗費了一翻苦心，從收集材料到最後付郵，寫寫停停，歷時兩個月之久。〔註 77〕文章一開始就高屋建瓴，將《女神》定位爲新詩的眞正起點：「若講新詩，郭沫若君的詩才配稱新呢！不獨藝術上他的作品與舊詩詞相去最遠，最要緊的是他的精神完全是時代的精神」。在聞一多這裡，此前《女神》擁躉們的態度，更明確地變爲一種文學史表達，更關鍵的是，他也提供了一種新的談論方式：「新詩」的合法性基礎被放置在一種「現代性」的精神氣質上（時代精神），它產生於總體性的現代進程中，並體現在五個方面：20 世紀「動」的本能、反抗的精神、科學的成分與世界意識等，都應對於「現代性」的宏大表徵。往往被人忽略的，是其中第五個方面，聞一多還將「時代精神」與特殊的內心狀態相連——「絕望與消極」，它發生於以矛盾爲情感內核的「經驗共同體」之中：「現代的青年是血與淚的青年，懺悔與興奮的青年」。在聞一多這裡，「絕望與消極」引發的不是頹廢的「近代情調」，它是作爲一種消極狀態被否定、克服的，取而代之的，是一種掙扎的，求生的意志。他還引用《三葉集》中田漢的話「你的淚，你的自序傳，你的懺悔錄」爲佐證。從《三葉集》到聞一多，圍繞《女神》閱讀所塑造的現代「感性主體」的

〔註 74〕《我理想底今後的詩風》（續），《晨報》副刊，1921 年 11 月 14 日。

〔註 75〕30 年代，錢杏邨曾將郭沫若當作了當時「青年心理」上進一派的代表（頹廢一派的代表是郁達夫）。（錢杏邨：《郭沫若及其創作》，黃人影編：《郭沫若論》，第 18～19 頁，上海：光華書局，1931 年）

〔註 76〕《創造週報》4 號，1923 年 6 月 3 日。

〔註 77〕孫黨伯、袁謇正主編：《聞一多全集·書信》，第 81、107、123 頁，武漢：湖北人民出版社，1993 年。

形象愈加清晰，但「他」不是沉溺於頹廢的「死的嚮往」，而是在絕望與興奮中煥發出生的意志。這種「意義生產」也導致了具體作品評價的扭轉，聞一多在文中就對北社的《新詩年選》收入《死的誘惑》一詩，表示不解，認爲編者「非但不懂詩，並且不會觀人」。

　　從廚川白村到聞一多，具體詩作的評價即使有異，但有一點是共同的，那就是在用「現代」的眼光去審視新詩，新詩的合法性必須由某種現代性（「近代情調」或「時代精神」）來提供，這是新詩之「新」的關鍵所在。在這裡，「白話」與「文言」、雕琢與自然、有韻與無韻等「形式」的紛爭退入後臺，「新」的邏輯要由另外的價值來提供。其實，在語言形式之外，謀求新詩合法性的努力，即使在胡適那裏也同樣存在。30 年代在給徐志摩的信中，胡適寫道：「我當時希望——我至今還繼續希望的是用現代中國語言來表現現代中國人的生活，思想，情感的詩。這是我理想中的『新詩』的意義」。〔註78〕「新詩」的意義，不是來自白話，也不是來自某種靜態的審美品質，「現代經驗」成爲它合法性的來源，這與聞一多眼中的「時代精神」在內涵上，當然有較大差異，但立論的出發點，仍有可溝通之處。後來，宗白華在談論郭沫若時，更明確表達了這種認識：「白話詩運動不只是代表一個文學技術上的改變，實是象徵著一個新世界觀，新生命情調，新生活意識，尋找它的新的表現方式。」〔註79〕

　　作爲一種歷史抽象，「時代精神」更多是一種假定性存在〔註80〕，其本身也是處於被詮釋、刪選的過程中。在此過程中，某些非法的因素（畸形的頹廢）被剔除，某些因素（動的，反抗的精神）被合理地張揚。聞一多的文章對後續的《女神》接受，產生了深遠的影響，在朱自清、穆木天、

〔註78〕天津：《大公報‧文學副刊》205 期，1931 年 12 月 14 日。

〔註79〕宗白華：《歡欣的回憶和祝賀——賀郭沫若先生五十生辰》，曾健戎編：《郭沫若在重慶》，第 20 頁，西寧：青海人民出版社，1982 年。

〔註80〕鄭伯奇在評價創造社時，有如下著名的說法：「在五四運動以後，浪漫主義的風潮的確有點風靡全國青年的形式，『狂風暴雨』差不多成了一般青年常習的口號」（鄭伯奇：《〈中國新文學大系‧小說三集〉導言》，第 3 頁，趙家璧主編、鄭伯奇編選：《中國新文學大系‧小說三集》上海：良友圖書出版印刷公司，1935 年）但在茅盾看來，創造社的「現代情調」分有的是「當時的普遍的『彷徨苦悶』的心情」，「只是個人的極狹小的環境，官能的刺激，浮動的感情。」（《讀〈倪煥之〉》，《文學週報》8 卷 12 號，1929 年 5 月 12 日）兩人態度的差異，至少說明「時代精神」不是單數的存在。

錢杏邨、蒲風那裏都可找到回聲，幾乎所有的文章中都會見到「動的」、「反抗的精神」等字樣。然而，這不等於說聞一多提供了「終審」判斷，在聞一多那裏，「時代精神」還是一個相當複雜的概念，對 20 世紀物質力量、科學精神的正面歌頌，與深度的心理掙扎、衝突，是交織在一起的。在後來的不斷引述中，一個可注意的現象是，「時代精神」越來越被單一化（《女神》背後的那個深度的心理學自我，在後來的闡述中已漸漸隱去），並包裝上階級的、意識形態的語義，昇華到有關「五四」及新文化的整體性歷史想像中。

通過上述四個方面的分析，可以看出《女神》的接受和闡釋，其實包含了新詩合法性不斷追求與塑造的線索。在與其他「新詩集」的參照中，《女神》被構想成新詩的另一個起點。四十年代，借助為郭沫若祝壽，重慶文化界一時沸沸揚揚，《女神》又經歷了一次大規模的命名。其中，周揚提供了一個最為經典概括：「他的詩比誰都出色地表現了『五四』精神，那常用『暴躁淩厲之氣』來概括『五四』戰鬥的精神。在內容上，表現自我，張揚個性，完成所謂『人的自覺』，在形式上，擺脫舊時格律的鐐銬而趨向自由詩，這就是當時所要求於新詩的。」〔註81〕從形式解放、到個性自我、再到「時代精神」，早期「新詩」的合法性得到了一次相當完整的重申，有關《女神》及新詩合法性歷史評價的基本框架也這樣確定了下來。〔註82〕

第二節　新詩史上的《嘗試集》和《女神》

在眾多讀者和批評者的簇擁下，新詩的合法性訴求在《女神》那裏，似乎得到了全面的滿足，在與其他新詩集的比照中，它也被想像成新詩成立的「標誌」，隱隱構成了對第一本新詩集──《嘗試集》文學史地位的替代。對峙的關係不僅重構了新詩發生的圖景，還滲透到有關新詩發生的歷史敘述中，從這個角度看，《嘗試集》和《女神》的關係，甚至可以看作是關照新詩歷史的一個有趣框架。

〔註81〕周揚：《郭沫若和他的〈女神〉》，《解放日報》，1941 年 11 月 16 日。

〔註82〕新時期以來，《女神》的研究者也稱：「強烈的時代精神，鮮明的民族特色，突出的獨特風格，以及詩體上達到了當時的最高成就──這些，就是《女神》開一代詩風，成為『五四』新詩奠基作品的原因」（陳永志：《試論〈女神〉》，第 123 頁，上海文藝出版社，1979 年）

一、從「共時」的對峙到「歷時」的進化

在新詩的發生期,《女神》與《嘗試集》其實分享了某種共同的歷史命運。作為影響最大的兩本詩集,它們都擁有眾多的追隨者,是當時新詩寫作兩個最主要的模仿範本〔註 83〕,在對新詩不甚理解的讀者眼裏,它們又都是某種「陌生化」的出品。面對《女神》曾感到困惑的矗紺弩就稱:「要不是曾看過一本《嘗試集》,我想我這時候會發瘋的。」〔註 84〕在他這裡,《嘗試集》彷彿乘客《女神》的閱讀先導,在「詩體大解放」的進程中,二者的關係是連續性的,差異只是「解放」或「陌生化」的程度不同而已。與此相關,詩集的兩位作者郭沫若與胡適,也常作為五四新文化的代言人被同時論及,30 年代有人曾編著一冊《胡適與郭沫若》,嘗試比較式的評傳。〔註 85〕

雖然有上述一致性,但在讀者的接受中,《女神》和《嘗試集》的反差,從一開始明顯表露出來,一種文學史意義上的區分性話語,也由此被引申。馮至回憶:當時「胡適的《嘗試集》,康白情《草兒》,俞平伯《冬夜》,我都買來讀,自己也沒有判斷好壞的能力,認為新詩就是這個樣子。後來郭沫若的《女神》、《星空》和他翻譯的《少年維特之煩惱》相繼出版,才打開我的眼界,漸漸懂得文藝是什麼,詩是什麼東西。」〔註 86〕在馮至這裡,「好」與「壞」,「詩」與「非詩」的區分,顯現於《女神》與「亞東」的新詩集系列之間。施蟄存曾用一個暑假反覆研讀《嘗試集》,結果是對於胡適的新詩起了反對;《女神》出版後,他又讀了三遍,「承認新詩的發展是應當從《女神》出發的。」〔註 87〕戈壁舟的態度比前面兩位更為直接:「我讀了胡適的《嘗試集》,才知道用白話寫新詩;我讀了郭沫若的《女神》,《鳳凰涅槃》,才知道新詩中有好詩。」〔註 88〕在上述反應中,對《嘗試集》的

〔註83〕　葉聖陶就曾將《女神》與《嘗試集》並提,諷刺後者的影響在於「大概是引譬設喻,以見作意,激昂慷慨,以警世眾」,而前者的影響在於「大概是贊美宇宙,倡言大愛,疊章重篇,好為豪放」。(《對鸚鵡的箴言》,《葉聖陶集》9 卷,第 86～87 頁,南京:江蘇教育出版社,1990 年)

〔註84〕　矗紺弩:《〈女神〉的邂逅》,《文藝生活》1 卷 3 期,1941 年 10 月。

〔註85〕　譚天:《胡適與郭沫若》,上海書報論衡社,1933 年。

〔註86〕　馮至:《自傳》,馮姚平編:《馮至全集》12 卷,第 606 頁,石家莊:河北教育出版社,1999 年。

〔註87〕　施蟄存:《我的創作生活之歷程》,《十年創作集》(小說卷),第 800 頁,上海:華東師範大學出版社,1996 年。

〔註88〕　戈壁舟:《戈壁舟文學自傳》,《新文學史料》,1987 年 1 期。

貶抑與對《女神》的推崇,是交織在一起的,構成了一個判斷的正反兩面,它指向的是新詩的歷史起點的確認:在所謂「詩」的前提下,《女神》是新詩合法的起點,而《嘗試集》所代表的,仍是新詩處於歷史遮蔽下的某種未完成狀態。

在讀者的閱讀中,《女神》與《嘗試集》的對峙,已表明新詩歷史「座標系」的轉換。當然,隨著新詩的歷史展開,《女神》和《嘗試集》都被漸漸推向時間深處,不再是關注的焦點,甚至受到後來者的冷落。30 年代的現代詩人邵洵美就坦言:「我們要談新詩,最好先把胡適之來冷淡。(他自身的成就是另外一件事情)」,理由是「當新詩的技巧已經進步到有建設的意義的現在,他在藝術上的地位顯然是不重要的了」。﹝註89﹞儘管如此,對起點的不斷回溯,仍是文學史的基本邏輯,兩本詩集的投影也在新詩討論中時隱時現。作爲開山之作,《嘗試集》的影響無疑十分深遠,在某種意義上,它奠定了新詩的基本向度,﹝註 90﹞這種影響的一個突出表現,就是多新詩人在確立自己詩歌起點時,似乎都要向前回溯,以咒罵《嘗試集》爲開端,這恰恰從反面驗證了「起點神話」重要。成仿吾說:「《嘗試集》裏本來沒有一首詩。」﹝註 91﹞朱湘認爲《嘗試集》中「沒有一首不是平庸的」。﹝註 92﹞穆木天乾脆將胡適宣判爲中國新詩運動中「最大的罪人」。﹝註 93﹞這些發言後來被廣泛引用,共同塑造了《嘗試集》的基本形象,它們依據的標準雖各有不同,但都是從所謂「詩」的角度,廢黜《嘗試集》作爲起點的合法性,從而重設新詩的方向。

與《嘗試集》備受責難的命運相比,《女神》則聲譽愈隆,將其看作是新詩另一起點的觀念,後來也多有迴響。除上文引述的郁達夫、聞一多 20 年代初的說法,對《嘗試集》毫不留情的朱湘,看重郭沫若對「詩」的特殊拓展,認爲「他的這種貢獻不僅限於新詩,就是舊詩與西詩裏面也向來沒有看見過

﹝註89﹞ 邵洵美:《〈詩二十五首〉自序》,《詩二十五首》,第 4 頁,上海書店據上海時代圖書公司 1936 年 4 月版影印。

﹝註90﹞ 曹聚仁就說:「我們無論從《嘗試集》的角度看新詩,或是從新詩的角度來看《嘗試集》,新詩的風格還是朝著胡適所開的路子走的。」(曹聚仁:《嘗試集》,《文壇五十年》,第 142 頁,上海:東方出版中心,1997 年)

﹝註91﹞ 成仿吾:《詩之防禦戰》,《創造週報》1 期,1923 年 5 月 13 日。

﹝註92﹞ 朱湘:《嘗試集》,《中書集》,第 192 頁,中國文聯出版公司據生活書店 1934 年出版排印。

﹝註93﹞ 穆木天:《譚詩》,《創造月刊》1 卷 1 期,1926 年 3 月。

這種東西的」〔註94〕。在《中國新文學大系・史料》卷中，阿英對《女神》的評語是：「是中國新詩有最大影響的詩集」〔註95〕，而《大系・詩集》最初的編者人選，並不是朱自清，而是詩壇上「人氣最旺」的郭沫若，因爲「他是五四時代的第一個最有貢獻的詩人」〔註96〕。雖然，批評《女神》的也不乏其人，《女神》和《嘗試集》一樣，在某些新詩史著述中，都被當作是應當超越的存在〔註97〕，但總體上看，在後人眼中《女神》的地位是高於《嘗試集》的。即使胡適的友人陳源，在《新文學運動以來十部著作》中，也將《女神》、《志摩的詩》作爲白話詩的代表，胡適卻僅舉其「文存」，《嘗試集》卻榜上無名。〔註98〕上述種種印象、觀看及判斷，在創造社的後期盟友錢杏邨那裏，凝定爲一個誇張的結論：「《女神》是中國詩壇上僅有的一部詩集，也是中國新詩壇上最先的一部詩集」。〔註99〕在這裡，不僅《嘗試集》「第一」的位置被取代，其他新詩集的地位也被一筆勾銷。

　　上述言論出自不同的立場，與發言者所處的文壇位置、所屬的文學陣營，也有直接的關聯，但它們卻潛移默化影響著文學史圖像的形成〔註100〕，《嘗試集》與《女神》的對峙，也曲折地投射於新詩史線索的勾勒中。作爲新詩的第一本出品，《嘗試集》的開端地位似乎不可動搖，大多文學史敘述，在論及新詩時，都要從《嘗試集》起筆。朱自清在《中國新文學大系詩集導言》中，

〔註94〕　朱湘：《郭君沫若的詩》，《中書集》，第 193 頁，中國文聯出版公司據生活書店 1934 年出版排印。

〔註95〕　阿英：《創作編目：〈女神〉》（編者按語），趙家璧主編、阿英編選：《中國新文學大系・史料》，第 302 頁，上海：良友圖書出版印刷公司，1935 年。

〔註96〕　趙家璧：《話說〈中國新文學大系〉》，《編輯憶舊》，北京：三聯書店，1984 年。

〔註97〕　在草川未雨所著的第一本新詩史《中國新詩壇的昨日今日和明日》（北京：海音書局，1929 年 5 月）中，《嘗試集》的成績被認爲只限於「嘗試」，《女神》也因藝術的不經濟而遭到尖刻的批判。

〔註98〕　陳西瀅：《新文學運動以來的十部著作》，《西瀅閒話》，第 259 頁，石家莊：河北教育出版社，1995 年。

〔註99〕　錢杏邨：《郭沫若及其創作》，黃人影編：《郭沫若論》，第 28 頁，上海：光華書局，1931 年。

〔註100〕　對新詩集的評價，往往會影響到後來的文學史敘述，如朱自清的《新文學研究綱要》就雜採各家評論而成：在論及《嘗試集》時，引用胡先驌、朱湘的評論；論《女神》時，則引用聞一多、朱湘的評論。據吳組湘回憶，朱自清30 年代講授新文學：「他講的大多援引別人的意見，或是詳細的敘述一個新作家的思想與風格。他極少說他自己的意見。」（《敬悼佩弦先生》，朱金順編：《朱自清研究資料》，第 274 頁，北京：北京師範大學，1981 年）

就稱《嘗試集》是「我們第一部新詩集」，直至王瑤《中國新文學史稿》，該說法也未改變〔註101〕。相比之下，有關《女神》的歷史定位卻莫衷一是。相關的評論中，《女神》多次被推為新詩合法的起點，但價值的判定卻無法替代與歷史的實證。圍繞郭沫若和胡適誰是白話新詩「第一人」的問題，雖然有過不少的討論〔註102〕，《女神》晚出的事實，卻決定在一般的文學史描述中，將《女神》作為新詩起點的說法並不多見。常見的描述仍是將《女神》放置於新詩發展的歷史脈絡中定位，具體說來，大致有以下三類：

第一類描述，只是將《女神》當作新詩發生期的一部重要作品，其文學史地位沒有被特別突出，如在譚正璧的《新編中國文學史》中，郭沫若只被當作「無韻詩」作者中的一員，名字與汪靜之、康白情、俞平伯同時出現〔註103〕。與此相關的是，在很多論者眼裏，與《女神》相對峙的不是胡適的《嘗試集》，而是康白情的《草兒》〔註104〕。此類文學史描述，並未將《女神》鼓吹為新詩「另起爐灶」的起點，甚至被忽略到新詩發展的主要線索之外〔註105〕。第二類描述，

〔註101〕《中國新文學史稿》，第 59 頁，上海：新文藝出版社，1954 年重印。

〔註102〕據郭沫若《五十年簡譜》記載，他開始口語新詩寫作是在 1916 年，包括《死的疑惑》、《新月》、《白雲》、《Venus》、《〈辛夷集〉小引》。關於其中的前 4 首，郭沫若還有另外兩種說法：《創造十年》中說它們寫於 1918 年，《我的作詩的經過》卻說是 1916 年為安娜而作。如果後一種說法成立，那胡適作為新詩第一人的地位勢必受到挑戰。後來很多論者也依據這種說法，認定「郭沫若是我國最早試作新詩的詩人之一」。對此，也有研究者進行專門考證，海英通過分析郭沫若在日創作的 19 首舊體詩，認為：「我們可以說，1919～1920 年《女神》爆發期中的好些白話詩，簡直就是 1914～1918 年文言詩的翻譯吧」。（海英：《郭沫若留學日本初期的詩》，《中國現代文藝資料叢刊》三輯，1963 年）最近，還有學者從考察詩中呈現的日本風物的角度入手，得出相似的論斷，包括《死的誘惑》在內幾首新詩不可能是 1916 年之作，但與這一時期的舊體詩有一定的瓜葛。（武繼平：《郭沫若留日十年》，第 170～174 頁，重慶：重慶出版社，2001 年）

〔註103〕譚正璧：《新編中國文學史》，第 433 頁，上海：光明書局，1936 年 2 月再版。

〔註104〕宗白華就將郭沫若與康白情對比：「你詩形式的美同康白情的正相反，他有些詩，形式構造方面嫌過複雜……你的詩又嫌簡單固定了點」。（宗白華、田漢、郭沫若：《三葉集》，第 26 頁，上海：亞東圖書館，1923 年 3 版）蕙聲、玫聲、沙華《讀〈女神〉與〈草兒〉》一文，也對兩本詩集進行了比較論述。（《時事新報·學燈》，1922 年 3 月 15 日）在朱湘那裏，《女神》是和《草兒》相提並論的，二者相同之處在於「反抗的精神與單調的字句」。（朱湘：《草兒》，《中書集》，第 201 頁，中國文聯出版公司，據生活書店 1934 年出版排印）

〔註105〕臧克家在《論新詩》中說新詩第一期的代表「我們可以舉《嘗試集》。第二期給了新詩另一途徑的是徐志摩」。（《文學》3 卷 1 號，1934 年 7 月 1 日）

雖然強調《女神》的獨特地位，但它往往是作爲某種新詩的「異軍」被引入討論的。朱自清在《中國新文學大系·詩集》導言中的說法，最具代表性，他沿著新詩發展的時間線索，從胡適到康白情、「湖畔派」，再到冰心和白采，一路說下去，最後才補充寫道：「和小詩運動差不多同時，一支異軍突起於日本留學界中，這便是郭沫若氏。」〔註106〕言外之意，「以抒情爲本」的《女神》，好像是新詩主線中旁逸出的一條分支。沈從文的看法相似，他認爲新詩「嘗試期」的代表是《嘗試集》、《劉大白的詩》、《揚鞭集》，「創作期」的代表是《草莽集》《死水》《志摩的詩》，《女神》則獨立於這一序列，因爲郭沫若「不受此新詩標準所拘束，另有發展」。〔註107〕無論是「異軍的突起」，還是「不受新詩標準所拘束」，在這類描述中，《女神》的形象寄託於對一般新詩邏輯的掙脫上。值得考慮的是，隨著評價標準的變遷，「異軍」往往能翻身一變，成爲新的「正統」。

　　與前兩類描述相比，最爲常見、也最重要的是第三類描述：將《女神》看成是新詩發展某一階段的代表或開端。這裡有從詩體形式的角度立論的，《嘗試集》到《女神》的過程，就是「詩體大解放」實現的過程，兩本「新詩集」首尾銜接成新詩的進化〔註108〕。另一種論述，則從20年代的詩歌標準出發，把《女神》當作新詩「格律化」階段的起點：余冠英區分新詩爲前、後兩期，後期對西洋詩體的模仿，是「《女神》等集啓其緒」〔註109〕。趙景深、陳子展等也有類似的區分與論斷〔註110〕，楊振聲則跨越時間界限，將郭沫若與徐志摩，並列爲新詩第二期的代表，特點也是用「西洋詩體」。〔註111〕在這樣的分期論述中，《女神》被納入到新詩的主流線索中，標誌的是對早期自由

〔註106〕朱自清：《〈中國新文學大系·詩集〉導言》，第5頁，趙家璧主編、阿英編選：《中國新文學大系·詩集》，上海：良友圖書出版印刷公司，1935年。

〔註107〕沈從文：《我們怎麼樣去讀新詩》，楊匡漢、劉福春編：《中國現代詩論》（上編），第136頁，廣州：花城出版社，1985年。

〔註108〕孫俍工以《嘗試集》出版前後，爲新詩的第一期，特點「是一種由舊詩底強調變來的白話詩」；《女神》出版前後則爲第二期，是「極端的解放的詩歌最盛的時代」。（《最近的中國詩歌》，文學研究會編：《星海》，第171～172頁，上海：商務印書館，1924年）

〔註109〕余冠英：《新詩的前後兩期》，《文學月刊》2卷3期，1932年2月。

〔註110〕趙景深將早期新詩分爲四期：未脫舊詩詞氣息的階段（《嘗試集》），無韻詩的階段（《草兒》，《冬夜》），小詩的階段，西洋詩體階段（「郭沫若《女神》已略開端緒」）。（趙景深：《中國文學小史》，第209頁，上海：光華書局，1928年）陳子展在《最近三十年中國文學史》中，也基本重複了這一說法。

〔註111〕楊振聲：《新文學的將來》，《楊振聲選集》，第273頁，北京：人民文學出版社，1987年。

風格的克服和詩歌「形式」規範的復歸。如果說在這種定位中,「另一起點」的文學史位置已被暗示,那麼最後一種描述,直接將《女神》宣佈爲新詩合法成立的標誌。蒲風在著名的《五四到現在的中國詩壇鳥瞰》中,將早期新詩(1919~1925 年)進一步分爲「嘗試期」和「形成期」,郭沫若被推爲「形成期」的代表詩人:在前一期,新詩只有發生的價值,在後一期,新詩才正式成立。〔註112〕同樣,穆木天也宣稱:「『五四』詩歌,由胡適開始,由郭沫若完成:這是我在過去論沫若詩歌時的結論;這個結論,我始終認爲不錯。」〔註113〕

表面看,最後一種描述代表了一些批評者的個人判斷,可以注意的是,這裡包含了一種微妙的文學史構造策略,即將本來幾乎是「共時」發生的寫作(《嘗試集》與《女神》幾乎同時出版,先後只差一年),拉伸成「歷時性」的分期。蒲風對此就有說明:郭沫若的寫作,雖在「嘗試期」已有驚人成就,「不過正因爲他有過驚人的成就……所以我把他位置在這裡,當作這形成期的代表人之一」。這種策略似乎有意混淆了時間順序和價值等級,其功能則表現爲,對上文提及的價值邏輯與歷史邏輯之間矛盾的解決,將新詩的發生的兩個起點,扭轉成「開端」和「成立」的線性接替。在蒲風等人的描述中,「扭轉」之力是將《女神》推後爲「形成期」的代表,這種「扭轉力」有時也會作用於《嘗試集》上,將其擠到新詩「史前」的位置,比如在孫作雲的區分中,胡適被推爲新詩的啓蒙者,而新詩第一期的代表就成了郭沫若〔註114〕。在這樣的「扭轉力」作用下,一種基本的文學史敘述也得以建立:新詩的發生以及成立,呈現於《嘗試集》與《女神》之間,一爲開端,一爲完成。借助兩本幾乎同時出版的詩集,一種「進化」或「回歸」的時間差被想像出來,如鄭振鐸所說「詩則從《嘗試集》到《女神》,確是進步得多了」〔註115〕。這一文學史敘述似乎被廣爲接受,並延續到了當代。

眾所周知,50 年代以後,隨著對胡適本人的批判,《嘗試集》的名字一度

〔註112〕蒲風:《五四到現在的中國詩壇鳥瞰》,原載《詩歌季刊》1 卷 1~2 期,1934 年 12 月 15 日~1935 年 3 月 25 日;選入楊匡漢、劉福春編:《中國現代詩論》上編,廣州:花城出版社,1985 年。
〔註113〕穆木天:《在風暴中微笑裏》,《詩創造》6 期,1941 年 12 月 15 日。
〔註114〕孫作雲:《論「現代派」詩》,《清華週刊》43 卷 1 期,1935 年 5 月。
〔註115〕鄭振鐸:《新文壇的昨日今日與明日》,陸榮椿編:《鄭振鐸選集》2 卷,第 425 頁,福州:福建人民出版社,1984 年。

被排斥在文學史以來，《女神》卻堂皇地成爲新詩的合法起點，如 80 年代一位學者所說：「《女神》是中國詩壇上最先的一部詩集」的觀點，「在一九五四年批判胡適資產階級唯心主義思想以後，就廣泛流行開來」。他還舉出復旦大學中文系 1978 年《中國現代文學史》中的說法爲例：「《嘗試集》是一本內容反動無聊，形式上非驢非馬的東西。這個集子五花八門，像垃圾堆一樣，名堂甚多，但沒有一首是眞正的詩，更沒有一首是新詩！」把《嘗試集》作爲中國第一本新詩集「也是完全錯誤的。」〔註116〕然而，新時期以來，現代文學研究歷史品質的復歸，無疑又將《嘗試集》帶回研究者的視野，一時間重評《嘗試集》的文章也蔚然成風，圍繞《嘗試集》與《女神》誰是第一本新詩集的問題，還引發了一場不大不小的爭論。〔註117〕具體論爭的內容，這裡不再引述，但最後達成的結論，不過又回到了原來的構圖：《嘗試集》因爲是「第一部」新詩集，被重新確認爲新詩的開端，《女神》則由於其在思想、藝術上的多重成就而被奉爲新詩成立的「豐碑」。〔註118〕

二、張力結構的消除：新詩發生歷史線索的形成

在《嘗試集》和《女神》之間，一種文學史的進化想像被建立起來，梳理這一過程的目的，主要不在滿足「學科史」的需要，而是要關注在這一過程中新詩的合法性辯難得到了怎樣的化解。本書前幾章的討論，已提出這樣一種理論構想，即「新詩」並不是一個不言自明、內涵清晰的概念，

〔註116〕朱光燦：《應當正確評價〈女神〉》，《齊魯學刊》1981 年 2 期。
〔註117〕有關這場爭論，代表性論文有朱光燦：《應當正確評價〈女神〉》（《齊魯學刊》1981 年 2 期）、《再談〈女神〉評價的幾個問題》（《沫若學刊》1 輯，曲阜師範學院《齊魯學刊叢書》，1981 年版。），劉元樹：《論〈女神〉的歷史地位——並同朱光燦同志商榷》（《沫若學刊》1 輯），錢光培：《論郭沫若對新詩發展的獨特貢獻》（《郭沫若研究論集》（第二集），成都：四川人民出版社，1984 年），吳奔星：《〈女神〉與〈嘗試集〉的比較觀》（同上），林植漢：《〈嘗試集〉不是第一部新詩集》（《黃石師範學院學報》，1983 年 2 期），文萬荃：《中國現代文學史上第一部新詩集辯白》（《四川師範學院學報》，1984 年 1 期），刑鐵華：《中國新詩其始駁議》（《中州學刊》，1986 年 2 期）。上述資料的整理，參考了沈衛威：《新時期胡適文學研究述評》（《文學評論》1991 年 1 期）以及黃侯興：《郭沫若文學研究管窺》，第54～56 頁（天津教育出版社，1987 年）
〔註118〕閻煥東：《新詩的基石與豐碑——〈嘗試集〉與〈女神〉比較研究》，《北京社會科學》，1987 年 2 期。

反之，它的內部從一開始就包含了辯難：文言／白話、格律／自由的衝突，只是其中的一個方面；另一方面的衝突，則顯現在新詩的現代性衝動和普遍的「詩歌」規範之間。當「白話」成功取代了「文言」，「詩體大解放」成爲新詩合法的展開路徑，「新詩」與「詩」之間的摩擦，就形成了合法性辯駁的焦點。從現代性的歷史衝動出發，還是要維護純文學觀念支配下的「詩文」界限，兩種構想間的對話和碰撞，一直交織在新詩發生的過程中。這意味著，作爲一種新的寫作方案，新詩的內涵在一種張力結構中把握。《嘗試集》與《女神》在接受和闡釋中形成的對峙，某種意義上，正是這一張力結構的體現。

從一種悖論、張力的結構中去把握「新詩」，這或許是一種特殊的理解方式，但正因爲忽視了這樣的結構，才有可能將某種內在張力，消解於文學史的線性敘述中。這種「消解」正發生在《嘗試集》與《女神》之間的進化想像中，不僅是「共時」的對峙被拉伸、鋪展成歷時的「進化」，更爲重要的是，上述張力結構也在無形中被掩飾了，新詩發生的線索被簡化爲：首先是白話工具的採用，繼而是某種「詩」品質的達成，兩個階段的銜接，構成一種符合藝術「規律」的目的論敘事。早期新詩散文化追求中對「詩」的重新構想，自然會被排除在這種敘事之外。

具體說來，消解、簡化的過程，正是發生在《嘗試集》與《女神》的定位中：當「非散文化」的《女神》，被當作新詩的合法起點，《嘗試集》就被擠壓爲「史前」的開端。一方面認可「最早做白話詩的，要推胡適」，一方面又說「胡適在新詩的創作上並不算是成功」。〔註119〕它的價值似乎只局限在詩體的新舊過渡上，胡適有關「詩體脫縕」的自我定位，正是這種文學史判斷的基礎。有意味的是，譚正璧在《新編中國文學史》討論早期新詩，說「如白話詩提倡者胡適的《嘗試集》，及胡懷琛的《大江集》，以及劉大白、劉復……等所作，都未脫舊詩詞的氣息」。〔註120〕當年胡適等人將「新舊雜糅」的胡懷琛排斥在正統詩壇外，在後人的文學史中，《嘗試集》和《大江集》卻歸入了一類，這似乎是一個諷刺。

上述文學史線索的形成，涉及到的不僅是兩本詩集的命運，它與早期新詩的整體評價、以及新詩合法性的制度化想像，都密不可分。當《嘗試集》

〔註119〕王哲甫：《中國新文學運動史》，第96、100頁，北平：景山書社，1933年。
〔註120〕譚正璧：《新編中國文學史》，第433頁，上海：光明書局，1936年2月再版。

與《女神》之間的「共時」差異被拉伸成「歷時」進化，新詩發生期諸多可
能性紛呈的局面，也隨之被條理化了，張力結構中的「對話」關係，變成了
兩個階段的更替。郭沫若自己就說：「前一期的陳、胡、劉、錢、周，主重在
向舊文學的進攻；這一期的郭、郁、成、張卻都主要在向新文學的建設。」〔註
121〕分期的想像與新文學的整體進程，顯然頗為一致，其歷史客觀性因而有了
更大的保證。〔註122〕在這一「分期表」中，早期新詩與《嘗試集》分享了同
樣的命運：這一時期的意義只體現在語言工具的變革上，而在現代性衝動支
配下對「詩」可能性的拓展，卻沒有得到相應的重視。李健吾曾將早期新詩，
概括為兩種傾向：「第一，廢除整齊的韻律，儘量採用語言自然的節奏」；「第
二，擴大材料選擇的範圍；儘量從醜惡的人生提取美麗的詩意」。在兩種傾向
中，他認為「最引後人注意的，就是音律的破壞。也正是這一點，在他們是
功績，後來者有一部分（最有勢力的一部分）卻視為遺憾」。〔註123〕李健吾道
出了一個接受上的事實，早期新詩的兩種向度（「詩體自由」與「經驗拓展」）
中，「最引後人注意」是詩體形式、語言工具的變革，後人的毀譽，都集中於
這一方面，而後者——對詩歌經驗範圍的拓展，以及詩／文界限打破後的美
學活力，卻很少得到重視和認同。梁實秋的話「新詩運動最早的幾年，大家
注重的是『白話』，不是『詩』」〔註124〕，似乎最為著名，代表了早期新詩的
基本文學史形象。如果說在《嘗試集》對「新詩」形象的呈現過程中，某種
「清晰化」的作用已發生，那麼在新詩史線索的構造中，消解內在張力的「清
晰化」想像，已幾乎成為一個文學史的結論。

　　從新詩合法性辯難的角度看，從《嘗試集》到《女神》「進化」線索的形
成，是一個新詩想像「制度化」的過程，新詩的發生被描述為一種朝向某種
目的運動，比如「從白話詩到新詩」。這一過程有趣地呈現於《嘗試集》與《女
神》之間，後者完成了中國詩歌的脫胎換骨，「『自我』成了『新詩』區別於

〔註121〕郭沫若：《文學革命的回顧》，王訓昭編：《郭沫若研究資料》（中），第 260
　　　　頁，北京：中國社會科學出版社，1986 年。
〔註122〕鄭振鐸在《〈中國新文學大系・文學論爭集〉導言》中，也將文學革命分為兩
　　　　期：第一期是新文化運動，第二個時期是新文學的建設的時代，也就是文學
　　　　研究會和創造社的時代。
〔註123〕李健吾：《新詩的演變》，原載 1935 年 7 月 20 日《大公報》「小公園」，引自
　　　　郭宏安編：《李健吾批評文集》，第 24 頁，珠海出版社，1998 年 10 月。
〔註124〕梁實秋：《新詩的格調及其他》，《詩刊》創刊號，1931 年 1 月。

『舊詩』的旗幟」,「純真底自我表現」也為「自由詩」提供了一元論的理論依據。〔註125〕這種「制度化」想像,不僅關係到文學史的定位,它對新詩的發展產生一定的影響。隨著一代新詩人的興起,早期新詩似乎經歷了一個從「散文化」到「純詩化」的轉變過程〔註126〕。1926 年,周作人在《〈揚鞭集〉序》中提出了一個著名論斷:「新詩的手法我不很佩服白描,也不喜歡嘮叨的敘事,不必說嘮叨的說理,我只認抒情是詩的本分。」〔註127〕果然如他所教訓的,「抒情」也成了新詩後來的主流,依照朱自清的說法,回到「抒情」也就是「回到了它的老家」。某種意義上,這又是一個回歸的過程,從最初對「詩」的冒犯,到「詩」品質的重獲。在「進化」與「迴圈」的交織中,新詩的發展似乎是依據藝術內在規律、向某種「詩」本體趨近的過程。這裡,可以追問的是,對所謂規律、線索的強調,有可能建立在對新詩發展多種可能性「條理化」(簡化)的前提下,導致的結果是早期新詩的特殊抱負——通過逾越「詩」的規範,來恢複寫作與現代經驗間的關聯——也很少被正面討論。當然,這不等於說,新詩內在的張力結構真的被消解,沒有留下痕跡。反之,對「詩」邊界的維護與邊界的打破,兩種力量一直糾葛在新詩發展的內部。

朱自清在《中國新文學大系·詩集》導言中,曾將「新詩」強為三派:自由派,格律派,象徵派。一位朋友對其「按而不斷」的做法不以為然,認為「三派一派比一派強」,這位友人顯然是以某種「進化」的眼光來理解「三派」之分的。朱自清對此表示認同,但原因不在於「一派比一派強」,「進步」並非「進化」,而是表現在新詩空間的不斷拓展中。在「進化」線索的迴避中,就包含了對早期新詩社會人生取向的辯護:「現在似乎有些人不承認這類詩是詩,以為必得表現微妙的情境的才是的……這種爭論原是多少年解不開的舊連環……何不將詩的定義放寬些,將兩類相容並包,放棄了正統觀念,省了些無效果的爭執呢?」〔註128〕如果聯繫到朱自清對「詩文界限」的懷疑,他的辯護與其一貫的包容性立場是相互關聯的。事實上,朱自清他本人早期的

〔註125〕王光明:《現代漢詩:「新詩」的再體認》,《現代漢詩:反思與求索》,現代漢詩百年演變課題組編,北京:作家出版社,1998 年。

〔註126〕這個說法出自朱自清《抗戰與詩》,《新詩雜話》,第 37 頁,北京:三聯書店,1984 年。

〔註127〕周作人:《〈揚鞭集〉序》,陳紹偉編:《中國新詩集序跋選》,第 174 頁,長沙:湖南文藝出版社,1986 年 5 月。

〔註128〕佩弦:《新詩的進步》,《文學》8 卷 1 號,1937 年 1 月。

詩歌寫作，也承續了新詩發生期的散文化風格，著力於「詩」對現代經驗的
開放。他的好友俞平伯，曾將 20 年代新詩分為兩個向度：其一，「用平常的
口語，反覆地說著，風格近於散文」；其二，「夾著一些文言，生硬地湊著韻」，
「句法較為整齊，用韻較為繁多」。《女神》開了第二種向度的先河；朱自清
的《毀滅》代表的是第一種向度，「我承認這是正當的」。〔註 129〕與後來常見
的合法性判定不同，在俞平伯的邏輯中，《毀滅》比起《女神》來，更應成為
新詩的方向。持類似觀點的還有馮至，他 40 年代回憶朱自清時，也稱當時《雪
朝》「裏面的詩有一個共同的趨勢：散文化，樸實，好像有很重的人道主義的
色彩……假如《雪朝》裏的詩能夠在當時成為一種風氣，發展下去，中國的
新詩也許會省卻許多迂途」。〔註 130〕無論是俞平伯還是馮至，在他們眼裏，新
詩發展的圖像複雜起來，早期新詩嘗試的散文化探索、對現代日常經驗的包
容等方案，非但不是工具意義上的過渡，反而似乎是另一條被埋沒的線索。

〔註129〕俞平伯：《讀〈毀滅〉》，《小說月報》14 卷 8 號，1923 年 8 月。
〔註130〕馮至：《憶朱自清先生》，《馮至全集》4 卷，張恬編，第 134 頁，石家莊：河
　　　　北教育出版社，1999 年。

結　語

　　通過以上兩編的敘述，新詩的發生過程中，「新詩集」多方面的功能，得到了一個大致的梳理，其中既包括社會傳播、讀者接受、詩壇劃分、閱讀程式等外部經驗性環節，也與「新詩」的歷史呈現及合法性辯難有複雜的關聯。可以說，外部的社會文化考察，與內部詩學構想的辨析，不僅構成了本書方法論上的二重性，也使具體的討論有了兩個焦點，上下兩編的區分，就是其在論文結構上的表現。然而，從新詩發生的整體性角度看，上述兩個方面並不是相互分離的，二者之間的關係也不只是由「對象的同一」（新詩集）來提供的，某種共同的關注，其實貫穿在論述的不同層面中。

一

　　誠如本文在導言中所強調的，不同於一般的文學史描述，本書將「新詩的發生」當作一個具體的歷史進程來看待，這一進程涉及到的問題相當複雜，遠非一本專著所能窮盡，但其中一個核心的問題是：作爲一種歷史創制的新詩，它的成立離不開一個自足的「另一個空間」的生成。「空間」自足性的生成，發生在變動的社會結構中，首先要落實爲傳播的擴張、讀者的接受以及詩人群落的聚集。其次，新詩形象的塑造及其歷史合法性的確認，同樣是決定性的因素。進一步說，社會性的空間形成與內部的詩學嘗試，其實是同一個歷史進程的兩個方面。如果將「新詩」的發生理解爲一種自足性的追尋，那麼「自足性」的獲得既來自社會、讀者的接受，也來自「新詩」對自身的想像和說明。「新詩集」的傳播和接受，恰好爲討論這一過程，提供了可能的線索，這正是本書所嘗試的第一方面工作。

　　然而，「自足性」的追尋，也只是新詩發生的一個環節，新詩「空間」的出現與其內部的分化，也是同步發生的。對這種分化的描述及闡發，是本書試圖完成的第二方面工作。在這裡，文學社會學層面的「場域」構成，與詩學層面上的不同構想，有一種相互糾纏的關係。具體而言，如果說「新／舊」「詩／非詩」的對話，共同支配了新詩最初的歷史想像，那麼「新詩集」對新詩的不同呈現、以及圍繞「新詩集」發生的論爭，都體現了對話的深入、持久。同時要指出的是，這種「對話」關係也在一定程度上構成了新詩「場域」劃分的原則：當一代新詩人們借「新／舊」之別，建立起與傳統差異和自身形象，在新詩壇的內部，「詩／非詩」的爭執，又成爲不同群落、不同代際間論爭的武器。換言之。新詩形象的呈現、新詩合法性的辯難，與新詩「場域」分化，這三個方面是交織在一起的。

二

　　在上述兩方面工作外，本書也試圖通過歷史的還原，對一般新詩史敘述的前提性標準，即所謂「詩」的話語，做一點辨析。如在「新詩集」的自我呈現與接受評價中顯現的，新／舊、詩／非詩的對話，構成了新詩合法性辯難的內在張力。在總體性的歷史進程中看，這種辯難一方面是文學語言、工具現代變革的產物，一方面也是現代性的寫作衝動與現代純文學觀念擴張之間摩擦的顯現。在這個意義上，作爲一種實驗性的文學方案，新詩的發生，應當從一種辯難的、張力性結構中去理解。「新詩集」對「新詩」的不同呈現，以及圍繞「新詩集」評價展開的爭議，都發生在這種張力結構中，並延伸爲後來文學史定位的歧義。

　　然而，在新詩合法性的辯駁過程中，也存在某種「清晰化」的機制，即：暗中將上述張力擦抹，只將新詩的形象寄託於從文言到白話、從格律到自由的線性「解放」邏輯中，而對新詩背後的歷史衝動（打破詩／文界限，以求包容現代經驗），卻缺乏相應的同情。「清晰化」的機制也投射到文學史敘述中，一個突出的表現就是，在《嘗試集》與《女神》這兩本新詩發生的代表作之間，一種「進化」的發生線索被建立起來：一爲「起點」，一爲「完成」，新詩發生內部的張力由此被巧妙化解，被扭轉成兩個階段的銜接，有關新詩歷史的「制度化」想像也就這樣建立了起來。

　　梳理上述張力的形成及化解，表面上是爲了還原新詩發生的歷史圖像。
然而，在「發生張力」的消除中，某種普遍的「詩」話語（基於一般的審美
期待，也基於現代純文學的約束）成爲了審視、評價新詩史的主要標準，這
也是 80 年代以來新詩研究的一個基本前提。這一「制度化」的審美前提，是
否會遮蔽早期新詩的多種可能性，這正是本書通過討論「新詩集」的接受與
歷史評價，最後試圖質詢的問題。

附錄：新詩的發生及活力的展開：
新詩第一個十年概貌

一、新詩之「新」

　　討論新詩的起點，一般要從 1917 年 2 月說起。在該月出版的《新青年》2 卷 6 號上，發表了胡適的八首白話詩，它們雖未脫五七言的舊格式，但引入了平白的口語，已和一般的舊詩有所差異。隨後，1918 年 1 月的《新青年》4 卷 1 號又刊出白話詩九首，作者為胡適、劉半農、沈尹默三人。這組詩的面貌煥然一新：不僅完全採用白話，而且分行排列，採用標點，舊詩的形式規範被基本打破。由此開始，新詩面向了公共的接受，正式登上歷史的舞臺。

　　當然，新詩的發生不是一蹴而就的，而是經過了一個相當的過程。眾所周知，作為一種高度「成規」化的文學，中國古典詩歌在形式、技巧、情調等方面，擁有一套穩定的模式。雖然內部也有豐富的變化，但萬變不離其宗，在漫長的歷史演變中，其表現力可以說發展到了極至。晚清以降，中國社會進入一個急遽變化的時代，人的思想、意識、語言都處在動盪之中，許多異質的「新名物」與「新經驗」不斷湧現出來。當傳統的詩歌形式不足以充分容納這一切，一些詩人開始思考如何使詩歌煥發出新的活力，書寫出「古人未有之物，未辟之境」，黃遵憲、梁啓超等人宣導的「詩界革命」就代表了這種努力。但「以舊風格含新意境」的做法並未打破古典詩歌的基本規範，「詩界革命」的終點構成了新詩發生的起點，這已經成

爲學界的一般看法。〔註1〕

　　胡適對新的詩歌方式的摸索，最初也是呈現於晚清詩歌改良的脈絡之中。1915 年 9 月，在美留學的他提出的「詩國革命何自始？要須作詩如作文」〔註2〕，就大體未離「詩界革命」的軌範。然而，這一主張卻遭到了力主「詩文兩途」的梅光迪等人的激烈反對，在與友人的一系列論爭中，他的思想後來「起了一個根本的新覺悟」，即：「一部中國文學史只是一部文字形式（工具）新陳代謝的歷史」〔註3〕。在此之後，他才將思路集中在語言工具的層面，提出了「白話作詩」的具體方案，爲「文學革命」找到了最終的突破口。1917 年，胡適從美國回到國內，隨著空間的轉移，美國友人的激烈反對被《新青年》諸公的鼎立支持替代，他的詩歌構想也變得更加明確、自信，「決心把一切枝葉的主張全拋開，只認定這一中心的文學工具革命論是我們作戰的『四十二生的火炮』」〔註4〕。在理論探討的同時，胡適還在寫作中不斷嘗試：最初寫下的一批白話詩，只不過是洗刷過的舊詩；後來雖打破五七言的體式，改用長短不齊的句子，如《鴿子》、《一念》等，但還明顯殘留著詞曲的氣味和聲調。回國以後，在錢玄同等人的激勵下，胡適進一步在語彙、句法、音節等方面徹底擺脫束縛，終於實現了「詩體的大解放」。1919 年 2 月的譯詩《關不住了》（作者是美國女詩人 Sara Teasdale），完全採用自由的散文語式，靈活地傳達出內心迫切的情感，被胡適稱爲「我的『新詩』成立的紀元」〔註5〕。

　　值得注意的是，在胡適和他人的表述中，最初的新詩只是籠統地被稱爲「白話詩」，到了 1919 年 10 月，胡適在《談新詩——八年來一件大事》中，才正式提出了「新詩」的概念：「中國近年的新詩運動可算得上是一種『詩體的大解放』。因爲有了這一層詩體的解放，所以豐富的材料，精密的觀察，高

〔註1〕 朱自清就稱：「這場『革命』雖然失敗了，但對於民七的新詩運動，在觀念上，不是在方法上，卻給予很大的影響。」（朱自清：《〈中國新文學大系・詩集〉導言》，第 1 頁，《中國新文學大系・詩集》，朱自清編選，上海：良友圖書出版印刷公司，1935 年）

〔註2〕 胡適：《藏暉室札記》11 卷 34，第 790 頁，上海：亞東圖書館，1939 年。

〔註3〕 胡適：《逼上梁山》，《中國新文學大系・建設理論集》，胡適編選，第 9 頁，上海：良友圖書出版印刷公司，1935 年。

〔註4〕 胡適：《〈中國新文學大系・建設理論集〉導言》，第 22 頁。

〔註5〕 胡適：《〈嘗試集〉再版自序》，《胡適文存》卷一，第 284 頁，上海：亞東圖書館，1921 年版。

深的理想，複雜的感情，方才能跑到詩裏去。」〔註6〕由此看來，「白話詩」
與「新詩」是一對不應混淆的稱謂，對應著不同的「嘗試」階段：如果說前
者，指稱的是過渡的類型，「白話」入詩只是傳統詩歌的內部調整；那麼，後
者則屬於一種全新的類型。換言之，「白話」構成了新詩的語言特徵，但新詩
的內涵並不是「白話」所能說明。當隱喻性的詩意語言被散文化的日常語言
所替代，當意象性的結構方式被分析性的現代語法所消解，改變不僅發生在
工具的層面，整個詩意生成的前提也從根本上被刷新，誠如有學者指出的：「它
的突出特徵不再是將主體融入物象世界，而是把主觀意念與感受投射到事物
上面，與事物建立主客分明的關係並強調和突出主體的意志與信念」〔註7〕。
在這個意義上，所謂新詩之「新」，不僅對應於一種新的語言、新的形式，更
是對應於一種新的經驗方式和新的世界觀。在「不拘格律，不拘平仄，不拘
長短」的詩體解放背後，一個自由表達、自我反思的現代主體，也隨之浮現。

　　後人稱胡適爲新詩的「老祖宗」，但應該看到，新詩不是由胡適等一班人
憑空創造出來的，它的發生以及「正統以立」與諸多語言的、文學的、歷史
的、社會的因素相關。比如，在文學資源的層面，中國傳統文學內部的差異
性，直接爲胡適的新詩構想提供了歷史依據，來自異域的文學新潮（如美國
的「意象派」）也構成了他的理論參照。再比如，當文學運動與國語運動合流，
在胡適等人對「白話」的鼓吹中，最終引申出來的是對現代民族國家語言的
總體構想，「白話詩」以及「白話文學」的歷史價值由此得到了空前的提升。
同樣不能忽略的是，在中國社會現代轉型的背景中，新詩的出現並非是孤立
的，在某種意義上，它也是一系列社會制度、生活方式、文化結構變遷的產
物。陳獨秀在分析新文學的成功時，曾有這樣的看法：「中國近來產業發達，
人口集中，白話文完全是應這個需要而發生存在的。」對於以一個「最後之
因」解釋歷史的方式，胡適曾提出異議，指出促成白話文學成立的因素還有
很多，至少包括：一千多年白話文學作品的存在，「官話」在全國各地的推行，
海禁的開放與外國文化的湧入，以及科舉的廢除、滿清帝室的顛覆等。〔註8〕
胡適的立論，雖然直接針對著陳獨秀，但兩人無疑都著眼於宏觀的進程，新
文學（包括新詩）產生的現代性背景也被勾勒出來。在這樣的背景中，所謂

〔註6〕　胡適：《談新詩》，《星期評論》1919年10月10日「雙十紀念號」。
〔註7〕　王光明：《現代漢詩的百年演變》，第97頁，石家莊：河北人民出版社，2003
　　　　年。
〔註8〕　胡適：《〈中國新文學大系・建設理論集〉導言》，第15～16頁。

「新詩」之「新」，因而也有了更多的含義，它與古典詩歌的區別，不僅文學內部成規的改變，詩的文化功能、角色，與讀者的關係，乃至閱讀的方式，都發生著潛在的變化。

在中國傳統社會，「詩」作爲最重要的文明方式，並非現代意義上的純粹文學，所謂「興於詩，立於禮，成於樂」，其功用顯現於個人的道德修養以及社會生活的諸多層面。近代以來，科舉的廢除，現代知識分工體系的移植，以及新式教育的興起，改變了傳統文化得以存在條件，報刊媒體的發展，也塑造出新的閱讀、傳播和評價機制。雖然，詩歌與「政教」的關聯並沒有斷絕，在特定的年代甚至還會強化，但從總體上看，「詩歌也不可避免地被視爲一有別於其他現代領域的專門、狹窄、私人性質的活動」〔註9〕，有關詩人形象、詩歌接受等問題的諸多爭議也由此產生。在這個意義上，將《新青年》上的公開「發表」，看作是新詩的起點，似乎具有了某種象徵性的意義，這表明了「新詩」作爲一種「發表」的文學，它的命運將和傳統詩歌迥異，從一開始就捲入了「別樣」的文化空間中。

二、從《嘗試集》到《女神》

自《新青年》刊載白話詩後，「白話詩的實驗室裏的實驗家漸漸多起來了」〔註10〕，初立的新詩脫離「吾黨二、三子」的私人討論階段，進入了擴張的時期，發表刊物也逐漸增多。《新青年》以外，《新潮》、《每週評論》、《少年中國》、《星期評論》、《時事新報・學燈》、《民國日報・覺悟》等，相繼成爲傳播新詩的陣地，一批的新詩人也隨之湧現出來。早期代表性的詩人有：胡適、沈尹默、劉半農、周作人、魯迅、陳衡哲、康白情、俞平伯、劉大白、沈玄廬、傅斯年、羅家倫等。事實上，在 1919 年前後，參與新詩寫作的人數十分眾多，作者身份也十分駁雜，在學者、教授、學生之外，也不乏名流、政客、軍人，流風所及，甚至一些舊派文人也積極回應，寫一兩首白話新詩，以示新潮，在當時已成爲一種普遍的社會風尚〔註11〕。

〔註 9〕 對於這個問題，美國學者奚密在《詩的新向度：從傳統到現代的轉化》中有深入的分析，此文爲《從邊緣出發：現代漢詩的另類傳統》（奚密著，廣州：廣東人民出版社，2000 年）的第二章，引文見該書第 65 頁。

〔註10〕 胡適：《〈嘗試集〉自序》，第 42 頁，《嘗試集》，上海：亞東圖書館，1920 年。

〔註11〕 朱自清在《新詩》一文（《一般》2 卷 2 期）中曾言，在當時報刊上大約總有新詩，「以資點綴，大有飯店裏的『應時小吃』之概」。

這種廣泛的參與性，在新詩的歷史上是相當特殊的，它意味著一個獨立的詩歌「場域」，尚未從文化、政治等諸多「場域」的混雜中分離出來。與此相關的是，這一時期不少詩人的寫作，雖然在體式、音調和趣味上，還保留了「纏過腳後來又放腳」的痕跡，但他們似乎並不刻意去寫「詩」，更多是開放自己的視角，自由地在詩中「說理」、「寫實」，無論是社會生活、自然風景，還是流行的「主義」和觀念，都被無拘無束地納入到寫作中，胡適所強調的「詩須用具體的做法」，也得到廣泛的回應，那些清新自然，又鮮明逼人的作品，被推崇為新的典範〔註12〕。從所謂「詩美」的角度看，這樣的作風可能有違一般讀者的閱讀期待，也在一定程度上導致了寫作的單調和膚泛。因而，從 20 年代初開始，就有不少批評家提出批評，認為由於過度追求形式的自由，忽略了詩歌「本體」的經營，早期新詩的價值只體現在工具變革的層面，其中梁實秋的斷言最為著名：當時大家注重的是「白話」，不是「詩」。〔註 13〕類似的看法，後來不斷被延續，已沉積成了某種文學史的「成見」。

說這是一種「成見」，就暗示它有修正的必要。如果暫時擱置一般「詩美」的標準，回到新詩發生的現場，做更多歷史的同情，對早期新詩的認識，可能會有另外的向度。梁實秋曾提出這樣的質疑：「諾大的一個新詩運動，詩是什麼的問題竟沒有多少人討論」。〔註14〕在梁實秋看來，對詩之「本體」問題的冷落，似乎成了新詩運動先天的不足，早期新詩的諸多問題，或許都與此相關。然而，換個角度看，正是這種不重「原理」只重「嘗試」的態度，恰恰是早期新詩的獨特性所在。當某種詩之「體制」尚未生成，對語言可能性以及廣泛社會關聯的追求，相對於滿足「本體」性的約束，更能激起新詩人寫作的熱情。比如，在胡適那裏，最初「作詩如作文」的提法，以及後來對「詩的經驗主義」的強調，的確模糊了「詩」與「非詩」的界限，胡適也因此被指斥為新詩最大的「罪人」〔註15〕。但這不是一個簡單的風格問題，胡適的目的是將詩歌的表意能力，從封閉的符號世界中解放出來（對「陳言套

〔註12〕周作人的《畫家》一詩，勾繪出幾種鮮明的生活圖景。此詩在收入《新詩年選》時，愚庵（康白情）所做評語為：「這首詩可算首標準的好詩，其藝術在具體的描寫」。（北社編：《新詩年選》，第 86 頁，上海：亞東圖書館，1922年 8 月）

〔註13〕梁實秋：《新詩的格調及其他》，1931 年 1 月《詩刊》創刊號。

〔註14〕同上。

〔註15〕這個說法出自穆木天的《譚詩》，《創造月刊》1 卷 1 期，1926 年 3 月。

語」的反動），以便包容、處理急遽變動的現代經驗，用他自己的話來講：「我的第一條件便是『言之有物』。……故不問所用的文字是詩的文字還是文的文字」。〔註16〕這種潛在的衝動，一直支配了從晚清到五四的詩歌構想，這意味著含蓄優美的情境，不一定就是新詩寫作的理想，不斷刷新主體與外部世界的關聯，從而開掘出新鮮的詩意，或許才是它的活力及有效性的源泉。如果說對某種詩歌「本體」的追求，構成了新詩歷史的內在要求的話，那麼這種不立原則、不斷向世界敞開的可能性立場，同樣是一股強勁的動力，推動著它的展開。上述兩種力量交織在一起，相衝突又對話，形成了新詩內在的基本張力。

在歷史的「同一性」之外，不同的詩人之間也存在著豐富的差異。胡適無疑是此一時期最重要的詩人，他於 1920 年 3 月出版的《嘗試集》，作爲新詩最早的實績，像一片化石，展現了從「舊詩」到「白話詩」、再到「新詩」的脫繭軌跡。胡適的詩歌平實曉暢，雖然有些過於直白，也不乏酬唱之作，但他的《湖上》、《鴿子》、《三溪路上大雪裏一個紅葉》，《一顆星兒》等作品，的確實現了他對「具體性」的追求，有一種逼真的意象之美。胡適之後，《新青年》諸公中曾爲新詩「敲邊鼓」的還有很多，如沈尹默、劉半農、陳獨秀、李大釗、沈兼士、陳衡哲、周氏兄弟等，其中沈尹默與劉半農，被周作人看作是「具有詩人的天分」的兩個〔註17〕。沈尹默的舊詩功底深厚，文字駕馭能力很強，他的《月夜》、《三弦》等作品，在意境、音節方面也屢爲後人稱道。在詩體的嘗試方面，劉半農最爲「活潑」、「勇敢」，在無韻詩、散文詩、以及用方言擬作的民歌之間，不斷花樣翻新。他擅長用平凡的口語，細緻入微寫出現實場景的情境和生趣，對所謂下層社會生活的描摹，也不同於一般的人道主義旁觀，而是能呈現出樸素的詩意。周氏兄弟的文學成就，主要體現在其他方面，但在新詩史上的地位也不容忽視，與其他《新青年》詩人相比，他們的句法更爲「歐化」，「完全擺脫舊詩的鐐銬」，含義也更爲曲折、隱晦。周作人的《小河》被稱爲新詩的「第一首傑作」，以寓言的方式傳達一種古老的隱憂，在立意與形式上都相當獨特。周作人的主要新詩作品後來收入《過去的生命》中，這些詩讀來清淡樸訥，遠離熱動的氣息，往往隱含了詩人內心複雜的不安，在新詩中似乎也能另立一派。廢名就認爲他的新詩「有

〔註16〕 胡適：《〈嘗試集〉自序》，第 25 頁，《嘗試集》，上海：亞東圖書館，1920 年。
〔註17〕 周作人：《〈揚鞭集〉序》，《語絲》82 期，1926 年 6 月。

一個『奠定詩壇』的功勞，」其重要性甚至可與胡適並舉。〔註18〕

在《新青年》「元老們」之外，「新潮社」一批新詩人也幾乎同時出現，康白情、俞平伯其中最重要的兩個。他們於1922年分別出版的詩集《草兒》、《冬夜》，影響很大，呈現了新詩最初的歷史形象。當聞一多、梁實秋計劃對早期新詩進行整體批判時，他們選定的對象就是這兩本詩集，因爲當時詩壇，「幾無一人心目中無《草兒》《冬夜》者」，這樣做「實在又是擒賊先擒王的最經濟的方法了」〔註19〕。康白情的寫作，最充分地體現了新詩的自由，在題材和語體上不拘一格，灑脫隨便，不斷逾越「詩」的文體界限，他的詩作由此也被指謫爲是小說、演說詞、新的美學紀事文，而不是「詩」。〔註20〕相形之下，俞平伯更接近於傳統意義上的詩人，他較早地關注詩歌在修辭層面的美感〔註21〕，在詩歌的音律、情緒、意境上多沿用舊詩的長處，文字更雕琢，詩意也更曲折。這種特點爲他引來了不同的評價，新詩人內部的一些微妙分歧，也由此顯現。〔註22〕

上面幾位詩人，都是北京大學的師生，在新詩的「戲臺」上佔據了好位置，自然在文學史上有更大的影響。然而，誠如上文所述，在五四前後參與新詩寫作的詩人數量眾多，在空間上也呈現從北向南擴張之勢。劉大白、沈玄廬，就是當時南方最有號召力的新詩人，作品多發表在上海的《星期評論》、《民國日報·覺悟》上。由於特定的黨派背景，他們的詩具有一定的政治性，側重書寫勞動階層的痛苦，在形式上沿襲了樂府、歌謠的傳統，更多地將新詩當作一種傳播便利的「韻文」。劉大白的《賣布謠》、沈玄廬的《十五娘》

〔註18〕 廢名在《〈小河〉及其他》一講中說道：「較爲早些日子做新詩的人如果不是受了《嘗試集》的影響就是受了周作人先生的啓發。」他還認爲，「如果不是隨著有周作人先生的新詩做一個先鋒」，新詩革命也會如晚清的詩界革命一樣，「革不了舊詩的命了」。（廢名：《論新詩及其他》，第71頁，瀋陽：遼寧教育出版社，1998年）

〔註19〕 梁實秋：《〈草兒〉評論》，第1頁，《冬夜草兒評論》，聞一多、梁實秋著，清華文學社，1922年版。

〔註20〕 參見梁實秋：《〈草兒〉評論》。

〔註21〕 俞平伯在其發表的第一篇詩論中就稱：「但詩歌一種，確是發抒美感的文學，雖力主寫實，亦必求其遣詞命篇之完密優美」。（俞平伯：《白話詩的三大條件》，《新青年》6卷3號，1919年3月）

〔註22〕 胡適在《俞平伯的〈冬夜〉》（1922年10月1日《讀書雜誌》第2期）一文中，就指出俞平伯詩歌「深入深出」的毛病。但在朱自清在《〈冬夜〉序》（《冬夜》，俞平伯著，上海：亞東圖書館1922年）中，則爲俞詩的艱深進行了辯護。

等，都因體現了這方面的努力，而經常被後人提及。但兩位詩人的風格都並不單一，沈玄廬的詩在關注社會現實的同時，時而也能結合「超現實」的因素，採用上天入地的幻想，境界擴大奇異；劉大白詩中也不乏傳統氣味，敘情寫景，擁有多副筆墨。

大體上說，上述詩人主要活躍於 1919 年前後的詩壇，雖然風格迥異，但的確分享了胡適在《談新詩》中提出的某些「金科玉律」，也形成了新詩壇上的特定空氣。1921 年郭沫若詩集《女神》的出版，則在一定程度上打破了這種空氣，改變了新詩的歷史座標系。郭沫若的新詩寫作，大致開始於 1919 年，那時他正在日本留學，遠離新文學的發生現場，「國內的新聞雜誌少有機會看見，而且也可以說是不屑於看的」〔註23〕。這種「邊緣」的位置，在某種意義上，造成了他新詩起點的獨特性。換句話說，新與舊、文言與白話的衝突，並不是他考慮的問題，詩歌強烈的抒情品質、對自我的眞純表現、以及超越性的哲學境界，更是他關注的重點。他的作品最早發表於《時事新報・學燈》上，在編者宗白華的激勵下，很快進入了創作的「爆發期」，他的《鳳凰涅槃》、《天狗》、《地球，我的母親》、《立在地球邊上放號》、《梅花樹下醉歌》等作品，以激昂揚厲的風格、天馬行空的想像震撼了當時的讀者，呈現出一個大寫的、無拘無束的抒情自我；另外一些詩作，如《夜步十里松原》、《蜜桑索羅普之夜歌》、《新月與白雲》等，則辭藻精美，意象奇警，甚至充滿了唯美的「近代情調」，與一般早期新詩風格的素樸，也形成了強烈反差。

《女神》出版後，贏得了的廣泛讚譽，在詩集問世一週年之際，郁達夫曾以不容置疑的口吻說：「完全脫離舊詩的羈絆自《女神》始」，這一點「我想誰也應該承認的」。〔註24〕類似看法在聞一多那裏，也得到了重申。在《〈女神〉之時代精神》一文中，他開宗明義地寫道：「若講新詩，郭沫若君的詩才配稱新呢，不獨藝術上他的作品與舊詩詞相去最遠，最要緊的是他的精神完全是時代的精神──二十世紀底時代的精神」。〔註25〕聞一多的判斷顯示出高度的概括性，他也確立了一種談論方式，即：將新詩成立的根據與某種獨特的精神氣質聯繫起來（「時代精神」），它產生於現代歷史的總體進程中，並表現在五個方面：動的本能，反抗的精神，科學的成分，世界大同的意識，以

〔註23〕郭沫若：《創造十年》，《學生時代》，第 37 頁，北京：人民文學出版社，1979年。

〔註24〕郁達夫：《女神之生日》，《時事新報・學燈》，1922 年 8 月 2 日。

〔註25〕聞一多：《〈女神〉之時代精神》，《創造週報》第 4 號，1923 年 6 月。

及絕望與消極、悲哀與興奮的情緒。這樣的論述指向的是《女神》，但同時也可看作是新詩現代性內涵的一次自覺的、全面的闡發。有意味的是，在聞一多等人的判斷中，某種文學史的建構機制也包含其中：作為第一本新詩集，《嘗試集》的開端性價值不能抹殺，但它只是開端而已，而晚出的《女神》由於在情感強度、語言形式、精神氣質等諸多方面，滿足了讀者的期待，因而應被看作是新詩真正的起點。這不只關涉到兩本詩集地位的升沉，一整套有關新詩合法性的想像也發生在其間。如果說《嘗試集》代表了可能性的開創，那麼圍繞《女神》展開的批評，則代表一種新的詩歌體制的建立，「詩專職在抒情」等現代觀念，逐漸成為制約新詩歷史的常識性尺度。《女神》之後，郭沫若還有《星空》、《前茅》等出品，在形式上後來的作品或許更為精緻、考究，但那種巨大的震撼力已不可能再有。

三、代際、社團與新詩壇的繁盛

1922 年，胡適在為詩人汪靜之《蕙的風》所作序言中，曾有這樣一段著名的論述：「當我們在五六年前提倡做新詩時，我們的『新詩』實在還不曾做到『解放』兩個字」。不久後，有許多少年的「生力軍」起來了，如康白情、俞平伯等，解放比較容易，「但舊詩詞的鬼影」仍時時出現。「直到最近一兩年，又有一班少年詩人出來；他們受的舊詩詞的影響更薄弱了，故他們的解放也更徹底」。〔註26〕在這段話中，胡適依舊是從詩體的層面，重申了新詩不斷解放的歷史。這種描述或許過於流暢，充滿了「進化」的專斷，但也大致勾勒出他視野裏早期新詩人的代際譜系：《新青年》詩人、《新潮》詩人，以及以汪靜之為代表的更新銳的詩人。

在新詩的發生期，前兩「代」詩人無疑是新詩壇上的主角，但隨著新詩「正統以立」，除了周作人、劉半農、俞平伯等還在持續寫作外，新詩的「元老們」紛紛擱筆，主要精力逐漸轉向其他領域。〔註27〕然而，新詩壇並沒有因此冷落下去，隨著 20 年代初文學研究會、創造社、湖畔社、淺草社、沉鐘社、彌灑社、綠波社等眾多文學社團的湧現，新詩也進入了特殊的歷史繁榮期，吸引了大批屬於「解放的一代」的文學青年，以至有論者指出：「新文化

〔註26〕胡適：《〈蕙的風〉序》，《胡適文存二集》卷四，第 298 頁，上海：亞東圖書館，1924 年。

〔註27〕周作人在 1921 年有感於新詩壇的荒蕪，呼籲老詩人們不要以為大功告成，便即可隱退。（周作人：《新詩》，1921 年 6 月 9 日《晨報副刊》）

運動以後，青年們什麼都不學，只學做新詩」〔註 28〕。與上兩代詩人相比，這批少年詩人很多是在「五四」之後走上文壇的，對他們而言，新詩的合法性無須更多的辯護，「正統以立」的新詩已是一個確定的實體。比起前輩詩人，他們的寫作更單純，沒有那種新舊駁雜的現象，對現代的「純文藝」觀念，他們似乎也有更多的體認。由於新詩作者的數量很大，要想完整把握 20 年代初的詩壇狀況，殊非易事。下面僅選擇若干重要的詩歌群體或詩人，做簡要的評述。

在 20 年代初，文學研究會無疑是最具影響力的社團，會員之中的新詩人也很多，而且也形成了一個較爲清晰的詩歌群落。1922 年 1 月，由劉延陵、葉聖陶編輯的《詩》雜誌誕生，作爲「文學研究會定期刊物之一」，先後發表了近 80 位詩人的四百餘首作品，實現了「新詩提倡已經五六年了，論理至少應該有一個會，或有一種雜誌，專門研究這個問題」〔註 29〕的呼籲。1922 年6 月，詩合集《雪朝》由商務印書館出版，內收八位文學研究會詩人的創作，包括朱自清、周作人、俞平伯、徐玉諾、郭紹虞、葉紹鈞、劉延陵、鄭振鐸。除此之外，由文學研究會主持的《小說月報》、《文學旬刊》等刊物，也成爲最重要的新詩發表機關。從詩人的構成上看，文學研究會詩人群與五四時期的新詩陣營有頗多延續性，周作人、俞平伯的詩名很早確立，朱自清、葉紹鈞等也是新潮社的成員。與此相關的是，早期新詩的一些特點也在他們的寫作中得到了延續。在寬泛的「爲人生」的宗旨之下，一種質樸、穩健、自由的詩風，爲這批詩人大致分享。〔註 30〕

徐玉諾是其中最受矚目的一位〔註 31〕。他經歷過許多人生的磨難和殘酷的場景，經驗構成與寫作風格，都迥異於當時一般的文學青年。談起他的詩歌，

〔註 28〕 中夏：《新詩人的棒喝》，《中國青年》7 期，1923 年 12 月 1 日。

〔註 29〕 周作人：《新詩》，《晨報·副刊》，1921 年 6 月 9 日。

〔註 30〕 馮至後來回憶他 40 年代在回憶朱自清時，也稱當時《雪朝》「裏面的詩有一個共同的趨勢：散文化，樸實，好像有很重的人道主義的色彩⋯⋯假如《雪朝》裏的詩能夠在當時成爲一種風氣，發展下去，中國的新詩也許會省卻許多迂途。」（馮至：《憶朱自清先生》，《馮至全集》4 卷，張恬編，第 134 頁，石家莊：河北教育出版社，1999 年）

〔註 31〕 徐玉諾是「文研會」詩人中最受推崇的一個，在《雪朝》8 人中，選入徐玉諾詩歌最多（48 首），遠遠多於他人（周作人 27 首，鄭振鐸 34 首，朱自清、葉聖陶、俞平伯、郭紹虞、劉延陵都不足 20 首），《將來的花園》也是「文研會叢書」中的第一部個人詩集。

評論者大多會提及他家鄉的慘禍帶來記憶「酸苦」〔註32〕，這決定了他詩歌的色調趨於壓抑、凝重，鄉村慘烈、破敗的生存現實，得到了濃墨重彩地呈現。然而，他的詩不只是社會亂象的反映，而是擴展爲對個體生存處境的拷問。他擅長使用散文化的長句，將自我放置於某種戲劇性的絕境中去審視，結合奇異的想像，在「黑暗」、「死亡」、「鬼」等主題的交替浮現中，日常的事物因而也都成爲命運的象徵。從某個角度說，這種充滿修辭強度的寫作在20年代非常獨特，但似乎並沒有得到充分、深入的討論。朱自清也是文學研究會重要的詩人，他的寫作大體遵循了新詩最初的理念，沒有過於誇張的修辭和想像，風格綿密深長。在他的筆下，自然與人生總能得到細緻刻畫，《小艙中的現代》一詩就歷來爲人稱道，他在詩中將各種雜沓的人聲、紛亂的動作穿插組織，以電影的手法，透視出「現代」的生存處境。《雪朝》之中的其他幾位詩人也各有成就：葉紹鈞準確生動的兒童寫眞，鄭振鐸筆下雋永的小詩，都是值得稱道的佳作；劉延陵的《水手》更是新詩史上的名篇，在短短的數行之中，大海、明月以及遙遠的故鄉交錯迭現，詩人梁宗岱在30年代讀到後這樣感慨：「那麼單純、那麼鮮氣撲人」〔註33〕。在《雪朝》的八位詩人之外，加入文學研究會的詩人還有很多，在這裡值得一提的還有兩位：王統照出版詩集《童心》，他的詩兼備寫實與寫景，《津浦道中》、《煩熱》等作品，均能烘託出特定的氛圍、情境；後來成爲象徵主義詩論家的梁宗岱，在20年代也出版有詩集《晚禱》，在他的詩中多出現暮色中一個虔敬祈禱的自我形象，充滿濃鬱的宗教情懷，他後來對象徵主義的超驗理解，其實已塑形於這些早年的詩中。

　　文學研究會的詩人以編輯、教員、學者爲主，雖然在20年代初的新詩壇上有頗多作爲，但爲新詩帶來一股新鮮風味的，還是胡適所言及的最新的「一班少年詩人」。1922年，應修人、汪靜之、馮雪峰、潘漠華四人，組成了湖畔詩社，先後出版合集《湖畔》、《春的歌集》以及汪靜之個人詩集《蕙的風》、《寂寞的國》等。湖畔詩人屬於眞正「解放的一代」，汪靜之、馮雪峰、潘漠華當時還只是中學生，因爲沒有太多的羈絆，「許多事物映在他們的眼裏，往往結成新鮮的印象」〔註34〕。他們初登詩壇，就受到廣泛的關注，胡適、周作人、魯迅、朱自清、劉延陵、葉聖陶等一批文壇前輩，

〔註32〕葉聖陶：《玉諾的詩》，《文學旬刊》39期，1922年6月1日。
〔註33〕梁宗岱：《論詩》，《詩刊》，1931年4月。
〔註34〕周作人：《介紹小詩集〈湖畔〉》，《晨報‧副刊》，1922年5月18日。

也都熱心支持、獎掖。其中，汪靜之的《蕙的風》，由於大膽的情愛書寫而引起了一場筆墨官司〔註 35〕，在當時頗爲轟動，所引起的騷動「是較之陳獨秀對政治上的論文還大」〔註 36〕。從題材的角度看，如果說徐玉諾的詩歌，代表了 20 年代「血與淚」的文學，那麼湖畔詩人的寫作在一定程度上則體現出「愛與美」追求〔註 37〕，「讚頌自然，詠歌戀愛」成了後人對「湖畔詩人」的一般性想像。但如有學者指出的，這只是一個籠統的印象，並不是對每一個詩人都合適。〔註 38〕比如潘漠華作爲一個「飽嘗人情世態的辛苦人」〔註 39〕，其詩作在經驗領域上就十分不同，更偏重於「人間的悲與愛」。具體到四位詩人的寫作，在共用清新活力的同時，風格也不盡相同。汪靜之的情詩大膽、直白，甚至有過於淺露的問題；應修人的詩有田園情調，《麥隴上》等作品類似於生動的剪影；潘漠華也多寫鄉村、自然風光，不過寄予了更多的悲哀惆悵；馮雪峰的詩則有民歌的風味，如《伊在》、《老三的病》等，將曲折的情愛結合於複沓的敘事中。從作品實績上看，或許不能過高評價湖畔詩人的詩歌成就，但他們的確是 20 年代眾多「少年詩人」的代表，因而在新詩史上一直備受關注。

在上述兩個詩人群體之外，其他的社團中也湧現出很多新詩人，比如「少年中國學會」的田漢、宗白華、周無、黃仲蘇、鄭伯奇、黃日葵、沈澤民，創造社中的成仿吾、鄧均吾、柯仲平，沉鐘社的馮至，狂飆社的高長虹，未名社的韋叢蕪，綠波社的趙景深，等等。值得一提的是被魯迅譽爲「中國最爲傑出的抒情詩人」〔註 40〕的馮至，他也是受「五四」薰陶的一位「少年詩人」，早期作品收入

〔註 35〕 胡夢華：《讀了〈蕙的風〉以後》，《時事新報·學燈》，1922 年 10 月 24 日。

〔註 36〕 沈從文：《論汪靜之的〈蕙的風〉》，《文藝月報》1 卷 4 號，1930 年 12 月。

〔註 37〕 朱自清說：「我們現在需要最切的，自然是血與淚底文學」，在承認這一「先務之急」的前提下，他還認爲並非「只此一家」，從而爲「靜之以愛與美爲中心的詩，向現在的文壇稍稍辯解了」。（朱自清：《〈蕙的風〉序》，第 2～3 頁，《蕙的風》，汪靜之著，上海：亞東圖書館 1922 年）；劉延陵說得更直接：「中國幾千年來的文學是太不人生的，而最近三四年來則有趨於『太人生的』之傾向」，對於靜之的「贊美自然歌詠愛情」，批評者、讀者也不應持太多偏見。（劉延陵：《〈蕙的風〉序》，第 1 頁，《蕙的風》）

〔註 38〕 賀聖謨：《論湖畔詩社》，第 123 頁，杭州：杭州大學出版社，1998 年 6 月。

〔註 39〕 潘漠華的個人遭遇非常不幸，相關情況見馮雪峰：《秋夜懷若迦》，王訓昭編：《湖畔詩社評論資料選》，第 217～220 頁，上海：華東師範大學出版社，1986 年。

〔註 40〕 魯迅：《〈中國新文學大系·小說二集〉導言》，第 5 頁。

詩集《昨日之歌》。從最初的寫作開始，馮至就顯示出成為一位優秀詩人的潛質，他的第一首詩《綠衣人》聚焦於一名平凡的郵差，在舒緩平白的敘述中傳達一種命運的憂患意識，「在日常的境界裏體味出精微的哲理」〔註41〕也成為馮至一貫的詩藝特徵。他其他一些早期作品，如《瞽者的暗示》、《蛇》、《我是一條小河》等，或意象奇警，或從容抒情，預示了他後來詩歌道路的不斷拓展。

四、小詩、長詩及其他

小詩，是五四之後最為風行的一種詩體，小詩作者的數量也極多，除了眾所周知的冰心以外，還有宗白華、何植三、俞平伯、鄭振鐸、朱自清、以及湖畔詩人們。依照周作人的說法，它的來源有二：印度和日本，它們在思想上也迥然不同：一為冥想，一為享樂。〔註42〕前者是指泰戈爾的《飛鳥集》，其特點在於哲理的抒發，後者指的是周作人譯介的日本俳句、短歌，更偏重「現世」的感興。外來的影響固然重要，但小詩的盛行也與詩體解放後一種主體表達的需要相關，誠如周作人所指出的：在我們日常生活中充滿了忽起忽滅的情感，足以代表內心生活的變遷，「這樣小詩頗適於抒寫剎那的印象，正是現代人的一種需要」〔註43〕。在眾多小詩的作者中，冰心無疑是最重要的詩人，她的《繁星》與《春水》在《晨報・副刊》上連載後又結集出版，產生廣泛的影響。她的小詩類似於「零碎的思想」的集合〔註44〕，體現出小詩寫一地的景色、一時的情調的特色，多表現童心、母愛、自然，不僅文字清麗雅潔，也能傳達瞬間的穎悟，具有雋永的哲學意味。但由於同類小詩的數量過多，也可能給人膚泛、雷同之感，其中過於抽象化、觀念化的問題也被當時的批評家指出〔註45〕，這都在一定程度上限制了「冰心體」在新詩史上成長的可能。與冰心同調的，還有少年中國學會的詩人宗白華〔註46〕，《流

〔註41〕 朱自清：《詩與哲理》，《新詩雜話》，第 24 頁，北京：三聯書店 1984 年。

〔註42〕 周作人：《論小詩》，《民國日報・覺悟》，1922 年 6 月 29 日。

〔註43〕 周作人：《日本的小詩》，連載於 1923 年 4 月 3～5 日《晨報副刊》。

〔註44〕 冰心：《繁星・自序》，《繁星》，商務印書館，1923 年。

〔註45〕 梁實秋在《〈繁星〉與〈春水〉》（1923 年 7 月 29 日《創造週報》第 12 號）中對冰心詩中「表現力強而想像力弱」、「理智富而情感分子薄」等問題，提出了批評。

〔註46〕 1922 年 6 月 5 日，宗白華在《時事新報・學燈》發表《流雲（讀冰心女士〈繁星〉詩）》，在詩前寫道：「讀冰心女士《繁星》詩，撥動了久已沉默的心弦，成小詩數首，聊寄共鳴。」

雲》一集也是當時小詩的精品。作爲一個研習哲學的詩人，他的趣味更傾向於超驗的泛神論境界，所謂「黃昏的微步，星夜的默坐，在大庭廣眾中的孤寂」成爲他基本的經驗模式，而「微渺的心」與「遙遠的自然」、「茫茫的廣大的人類」之間的神秘關聯，也爲他著力刻寫。如果說冰心、宗白華的寫作，代表了小詩中冥想的一派，那麼周作人所引入日本小詩，影響雖然很大，「到處作者甚眾，但只剩了短小的形式：不能把捉那刹那的感覺，也不講字句的經濟，只圖容易，失了那曲包的餘味」〔註47〕。在爲數不多的模仿者中，何植三算是較出色的一個，他的小詩以農家生活爲主，後來結成《農家的草紫》一集，風格素樸、清新，從句式到語態，都頗多周作人所譯出的「日本風」。

在 20 年代初，小詩的「氾濫」構成了一種特殊的文學現象，品質的粗糙也引來了眾多的批評。有意味的是，伴隨著對小詩「單調與濫作」的反思，對「長詩」的期待也被提出。依照朱自清的講法，「長詩底好處在能表現情感底發展以及多方面的情感，正和短詩相對待」，與小詩（短詩）表現刹那的感興不同，長詩能夠表現那種「磅礴鬱積」、「盤旋迴蕩」的深厚情感，詩壇上長詩的稀少反映出的是「一般作家底情感底不豐富與不發達！這樣下去，加以現在那種短詩底盛行，情感將有萎縮、乾涸底危險！」〔註48〕朱自清的擔憂不無道理，但在早期新詩的歷史中，也並非沒有曲折頓挫的長篇作品。五四時期周作人的《小河》、劉半農的《敲冰》，在篇幅和體式上都類似於某種「長詩」，將特定的思想情緒放置於寓言或敘事性的框架中展開。在 20 年代，最值得的關注的長詩作品則有兩部：一爲朱自清的《毀滅》，一爲白采的《贏疾者的愛》。朱自清的長詩寫作應和了他自己的理論提倡，1922 年的《毀滅》一詩層次繁複，在錯綜豐富的人生感受中結合嚴肅的自我剖析，詩中所傳達的「刹那主義」，則是動盪歷史中現代知識分子典型心態的表現。白采是位早夭的詩人，他的《贏疾者的愛》長達 700 餘行，採用戲劇化的構架，在不同的場景及人物對話中，塑造出一個尼采式的贏疾者形象，具有很強的心理和象徵的深度。這兩首作品充滿了思辨的緊張，體現出新詩在處理曲折經驗方面的可能。

還有一類篇幅較長的作品，需要分別對待，那就是敘事詩。最初，長篇敘事詩的出現與新詩整體的寫實傾向有關，代表性作品是沈玄廬的《十五

〔註47〕 朱自清：《〈中國新文學大系·詩集〉導言》，第 4 頁。
〔註48〕 朱自清：《短詩與長詩》，《詩》1 卷 4 期，1922 年 4 月。

娘》，此詩敘述一對農民夫婦的悲劇，在語言風格上則帶有樂府、民歌的色彩，與中國詩歌的敘事傳統並不遙遠。在 20 年代，敘事詩寫作的動力後來也有所轉變，比如「敘事詩堪稱獨步」的馮至〔註49〕，相繼寫下《吹簫人的故事》，《帷幔》，《蠶馬》等敘事長詩，所述的故事或出自幻想，或取自典籍，經詩人流麗的抒情文字演繹，傳達浪漫的熱情與悲哀。朱湘是另一位在敘事詩方面頗為自覺的詩人，曾自稱：「要用敘事詩（現在改成史事詩一名字）的體裁來稱述華族民性的各相」〔註50〕，代表作有近千行的《王嬌》以及《貓誥》、《還鄉》等，在化用古代故事之外，也能展開誇張詼諧的幻想，反諷地處理現實，顯示了敘事詩向度的拓展。除了上述兩類，還有一些體制龐大的詩歌，如詩劇（郭沫若的《鳳凰涅槃》）、組詩（韋叢蕪的《君山》）等，這裡暫不討論了。

新詩以「詩體大解放」為前提，推崇「自然的音節」，但對新詩音節、形式的探索並沒有因此被完全放棄。事實上，即便在胡適那裏，如何在保持白話自由的同時，協調聲音的和諧也是他關注的重點，其他一些早期新詩人，尤其是郭沫若、田漢等，都十分重視形式的經營〔註 51〕。陸志韋，應該說是較早在理論和實踐上進行格律化嘗試的詩人，他的詩集《渡河》出版於 1923 年，雖然當時「在讀者不甚發生影響」〔註52〕，但後來得到越來越多的重視。在詩學理念上，他高標詩歌相對於主義、道德的獨立性，強調語言節奏的重要性；通過考察中西各國語言的特點，他還提出「捨平仄而採抑揚」的方案，努力在長短參差的詩行中實現節奏之美。他的寫作在一定程度上也遵循了理論構想，但陸志韋新詩的價值，也不只表現在格律的實踐上，他的詩具有清新的寫實性和畫面感，個人的內省和思辨又能巧妙融入其間，一種活潑的主體意識處處顯現。另外，他駕御不同語言質料的能力，也令人讚歎，除了一般的敘事和抒情，對話、寓言、諷刺、戲擬、乃至艱深的哲學思辨，都被應

〔註49〕 朱自清：《中國新文學大系・詩集・詩話》，《中國新文學大系・詩集》，第 28 頁。

〔註50〕 朱湘給羅皚嵐的書信，羅念生編：《朱湘書信集》，第 16 頁，人生與文學社叢書，1936 年。

〔註51〕 郭沫若雖自言，詩要「寫」不要「做」，但據友人回憶：他在修改詩稿時，「總要一面改，一面念，一再推敲，力求字句妥帖，音節和諧。」（鄭伯奇：《憶創造社》，饒鴻競等編：《創造社資料》，第 849，850 頁，福州：福建人民出版社，1985 年）

〔註52〕 沈從文：《我們怎樣去讀新詩》，1930 年 10 月《現代學生》創刊號。

用於詩中。能將「白話」應用到如此自如的程度，傳達出如此豐富的意識狀態，陸志韋的詩歌成就，似乎遠遠在一般的新詩人之上。

重視音節、詩體建設的詩人還有劉半農，他很早就主張要「破壞舊韻，重造新韻」和「增多詩體」〔註53〕，也在寫作中進行了多方面的實驗。他使用江陰方言以及「四句頭山歌」的聲調寫出的《瓦缶集》，就是新詩歌謠化的代表性嘗試。本來，對民間歌謠的興趣在那一代知識分子當中非常普遍。1920年北京大學還成立了歌謠研究會，開展相關的收集與研究工作，以謀求為新詩的發展提供歷史借鑒。〔註54〕關於「歌謠」能否為新詩提供歷史方向的問題，自然引發了很多爭議〔註55〕，但無論是方言的採納，還是歌謠體式的引入，無疑都帶來了新鮮的可能，並在新詩史上不斷獲得回應。

五、《詩鐫》與新詩的「糾正」

新詩，自發生之日起，就不斷遭遇到來自各方面的質疑〔註56〕。如果說最初的反對者，如梅光迪、胡先驌等，更多是站在旁觀的立場，從整體上否認新詩的歷史可能，那麼隨著新詩「正統」的確立，來自新詩壇內部的批評則愈發強勁：一方面，詩體解放之後隨隨便便、自由書寫的態度，在一定程度上，的確導致了寫作的普遍粗糙、膚泛；另一方面，由於力主「寫實」、「白描」，早期新詩的散文化風格，也疏遠了一般的詩美期待。〔註57〕從20年代

〔註53〕劉半農：《我之文學改良觀》，1917年5月1日《新青年》第3卷第3號。

〔註54〕《歌謠》週刊發刊詞中就稱：「這種工作不僅是在表彰現在隱藏著的光輝，還在引起當來的民族的詩發展」。（《歌謠》第1號，1922年12月17日）

〔註55〕陳泳超：《再論「學術的」與「文藝的」──朱自清與歌謠研究》中的論述，《中國民間文學研究的現代軌轍》，第144～150頁，北京大學出版社，2005年。

〔註56〕對此俞平伯曾有細緻的分析：「有根本反對的，有半反對的，也有不反對詩的改造而罵我們個人的。」三種態度對應於三類讀者：一類包括一班「遺老」「遺少」和「國粹派」；一類是有外國文學知識背景的「中外合璧的古董家」；一類「不攻擊新詩，是攻擊做新詩的人。」（俞平伯：《社會上對於新詩的各種心理觀》，《新潮》2卷1號，1919年10月）

〔註57〕即使對初期白話詩頗多辯護的蘇雪林，也不得不稱：白話詩初起，「排斥舊辭藻，不遺餘力。又因胡適說過，真正好詩在乎白描，於是連『渲染』的工夫多不敢講究了。……但詩與美文之一種。安慰心靈的功用以外，官能的刺激，特別視覺，聽覺的刺激，更不可少。」（蘇雪林：《徐志摩的詩》，沈暉編：《蘇雪林文集》2卷，第130頁，合肥：安徽文藝出版社，1996年。）

初開始，越來越多的批評家開始指謫早期新詩的諸多問題，表達了某種重建新詩本體的要求，就連周作人這樣的新詩「元老」也稱：「我們已經有了新的自由，正當需要新的節制」〔註58〕。在眾多批評者、反思者當中，就包括聞一多、梁實秋等新一代詩人。

20年代初，在清華讀書的聞一多、梁實秋都是新詩最早的追隨者，但他們對新詩的道路有另外的看法，據梁實秋回憶，聞一多當時「不能讚同的是胡適之先生以及俞平伯那一套詩的理論。據他看，白話詩必須先是『詩』，至於白話不白話倒是次要的問題」。〔註59〕爲了申張自己的詩學理念，也爲了要「在文壇上只求打出一條道來」，「徑直要領袖一種之文學潮流或派別」〔註60〕，他們在具體的寫作之外，也進行了一系列的批評實踐，《冬夜評論》、《草兒評論》、《女神之時代精神》、《女神之地方色彩》等文章，可以看成是投向當時新詩壇的重磅炸彈。表面看，聞一多、梁實秋批評的是新詩藝術品質的低劣，如「很少濃麗繁密而且具體的意象」〔註61〕，但在他們的不滿也顯示了新詩評價機制的轉化：當「新與舊」的衝突不再是重點，從現代的純文學觀念出發，爲新詩的發展建立一種本體性規範的要求，取代對表意活力的嚮往，支配了20年代新詩的展開，

1925年，聞一多自美國留學歸來，在北京與一批年輕詩人匯合，包括饒孟侃、朱湘、孫大雨、楊世恩、劉夢葦、蹇先艾、朱大楠、于賡虞等。他們經常在一起切磋詩藝、討論學理，在劉夢葦的提議下，還決定創辦一個專門的詩歌刊物，並且得到了當時《晨報・副刊》編輯徐志摩的支持。由此，在文學研究會主辦的《詩》雜誌之後，新詩史上第二個詩專刊《詩鐫》於1926年4月1日問世了。《詩鐫》存在的時間不長，至1926年6月10日終刊，只出版了11期，前後不過兩個月，但在新詩史上卻佔有及其重要的位置，集中了當時一批專著於詩藝的作者，不僅有具體的寫作實踐，也非常重視理論的建設，按照梁實秋的說法：「第一次一夥人聚集起來誠心誠意的試驗作新詩」〔註62〕。因

〔註58〕周作人：《〈農家的草紫〉序》，《農家的草紫》，上海：亞東圖書館，1929年。

〔註59〕梁實秋：《談聞一多》，第9頁，臺北：傳記文學出版社，1987年7月。

〔註60〕孫黨伯、袁謇正主編：《聞一多全集・書信》，第157頁、80頁，武漢：湖北人民出版社，1993年。

〔註61〕聞一多：《〈冬夜〉評論》，第12～13頁，《冬夜草兒評論》，聞一多、梁實秋著，清華文學社1922年版。

〔註62〕梁實秋：《新詩的格調及其他》，1931年1月《詩刊》創刊號。

而，在後來的新詩史敘述中，《詩鐫》的創辦往往被看作是新詩歷史的分界點。〔註63〕

對於新詩形式的關注，或許是《詩鐫》群體最重要的詩學取向，在創刊號上主編徐志摩就聲稱：「我們的大話是：要把創格的新詩當一件認眞的事情做」，而具體的途徑就是「搏造適當的軀殼」，即：「詩文與各種美術的新格式與新音節的發見」〔註64〕。圍繞新詩的「音節」、「格律」問題，聞一多、劉夢葦、饒孟刊、孫大雨等先後撰寫了多篇文章進行理論闡述，在考察現代漢語特點的基礎上，嘗試「音尺」、「音組」等具體的節奏構成方案。其中，聞一多在《詩的格律》一文提出的「三美」理論最爲著名。所謂「三美」，包括「樂音的美」（音節）、「繪畫的美」（詞藻）、「建築的美」（節的勻稱和句的均齊），從聽覺和視覺兩個方面，奠定了現代格律詩的基礎。〔註65〕有意味的是，《詩鐫》群體對音節、格律的苦心經營，無疑在暗中針對了胡適「詩體大解放」的金科玉律，但「從形式入手」的思路卻與胡適並無二致。由於過多地將「詩」之根據寄託於外在詩形上，對「詩」之內質的忽視，或許構成了他們理論的盲點，其負面的影響後來也不斷得到反省〔註66〕。

然而，應當看到，《詩鐫》的價值不只體現在「格律」的重建上，重視「格律」或許只是手段，目的則在於從形式本體的角度，爲新詩的展開建立一種約束和規範。其實，在音節、格律、詩形之外，他們還嘗試了多方面的探索。比如，爲了糾正「自我表現」帶來的感傷化傾向，對「具體的境遇」的強調，就是部分詩人的詩學旨趣所在。鄧以蟄在《詩與歷史》中所提出的觀點就頗有代表性：「如果只是在感情的漩渦裏沉浮著，旋轉著，而沒有一個具體的境遇以作知覺依皈的根籍」，這樣的詩，「結果不是無病呻吟，便是言之無物了」。〔註67〕基於這樣的認識，從一個現實場景出發，採用戲劇獨白的方式，呈現

〔註63〕余冠英檢討前人的分期，「不過我想如以《晨報》附刊的《詩鐫》的出版（民國十五年四月）做一個關鍵將這十幾年的新詩史分爲前後兩期，則段落最爲顯明，因爲前期的新詩大都受胡適之的影響，後期則受《詩鐫》的影響。」（《新詩的前後兩期》，《文學月刊》2卷3期，1932年2月）

〔註64〕徐志摩：《詩刊弁言》，《晨報・詩鐫》第1號，1926年4月1日。

〔註65〕聞一多：《詩的格律》，《晨報・詩鐫》第7號，1926年5月13日。

〔註66〕《詩鐫》1926年6月10日終刊時，徐志摩在《詩刊放假》中就指出：詩的原則「並不在外形上制定某式不是詩某式才是詩，誰要是拘拘的在行數字句間求字句的整齊，我說他是錯了」。

〔註67〕鄧以蟄：《詩與歷史》，《晨報・詩鐫》第2號，1926年4月8日。

生活與歷史的切片，成為聞一多等人慣常採用的手法，因此他們的詩歌也更為沉實、厚重，迴避了膚泛、感傷的情緒表達。在語言方面，對乾淨、洗練的現代口語的運用，乃至引「土白」入詩，也是這批詩人嘗試的重點。這些實踐擴大了表現的可能，對新詩的主題範圍、語言意識、以及結構方式，都產生了深遠持續的影響。

聞一多，無疑是該群體中領袖性的詩人。他的作品以「苦吟」著稱，在用詞、句法、情境等方面都精於錘鍊，力避爛熟的表達，總是獨出心裁地尋求語言的有力、奇警，如「黃昏裏織滿了蝙蝠的翅膀」（《口供》），「老頭兒和膽子摔一交／滿地是白杏兒紅櫻桃」（《罪過》）等。他第一本詩集《紅燭》，風格唯美、高蹈，自由體居多，充滿了東方藻飾和濃烈的情感，《憶菊》、《秋之末日》等篇章，色彩絢爛，顯露了一位畫家詩人的獨到匠心。他的第二本詩集《死水》，可以看作是自我修正的產物，語言更為洗練，詩形也趨於嚴謹，完整實現了他的格律化主張，《死水》一詩通過「二字尺」與「三字尺」的組合，做到了「節的勻稱和句的均齊」，一直以來被看作現代格律詩的典範。其他作品，如《飛毛腿》、《天安門》、《聞一多先生的書桌》，在新詩戲劇化方面都頗具開創性。

對於新詩格律用力頗深的詩人，還有劉夢葦、朱湘、饒孟侃、孫大雨等：劉夢葦被朱湘稱為「新詩形式運動的總先鋒」〔註68〕，他不僅是《詩鐫》的發起人，也較早開始了詩形與音節的探索，並啓發了聞一多和朱湘等人的寫作。〔註69〕他傳世的作品不多，《鐵道行》一詩將愛情比喻為兩條不能相交的鐵軌，不乏現代詩歌的「玄學」意味。作為《詩鐫》的「大將兼先行」，朱湘的詩歌成就，似乎僅在聞一多之下，在 20 年代出版《夏天》、《草莽集》。他的詩「工穩美麗」，偏向「古典與奢華」，「於外形的完整與音調的柔和上，達到一個為一般詩人所不及的高點」〔註70〕詩人頗為自得的《採蓮曲》一詩，採用民歌的形式，長短錯落的詩行，配合悅耳的音調，有效地模擬出小舟在水中搖擺的動態。饒孟侃，是聞一多之外《詩鐫》中「最賣力氣」的詩人，他撰寫過多篇文章，討論音節及「土白入詩」的問題，他的作品偏重於使用硬朗的口語，與朱湘筆下「歌吟」的調子不同，實現了一種「說話」的節奏。

〔註68〕朱湘：《劉夢葦與新詩形式運動》，《文學週報》第 7 卷，1929 年 1 月。
〔註69〕同上。
〔註70〕沈從文：《論朱湘的詩》，《文藝月刊》2 卷 1 期，1931 年 1 月 30 日。

孫大雨在此一時期還未寫出代表作《自己的寫照》、《決絕》，但已開始實驗「音組」的方案，其盤根錯節、騰挪變化的組織能力，在《夏雲》等詩中也有所顯現。被稱爲「魔鬼詩人」的于賡虞，原本也是《詩鐫》的一員。他喜歡使用繁複的長句，堆砌各種意象和辭藻，以表達孤苦、落寞的情緒，過度感傷傾向也造成了他與《詩鐫》的分離。

在《詩鐫》群體中，徐志摩的位置相當特殊。作爲《晨報‧副刊》的主編，他自然扮演了中心的角色，聞一多等人的詩學理念，對他原本「野性」的寫作產生過不小的規約作用〔註71〕。然而，他的詩歌卻更爲多樣，有泥沙俱下的複雜性和衝擊力，不能作簡單的化約。在後世人的眼裏，徐志摩似乎只是一個浪漫的布爾喬亞詩人，用輕盈、柔美的語言書寫愛情和理想，用陳夢家的話來說，「他的詩，永遠是愉快的空氣，曾不有一些兒傷感或頹廢的調子」〔註72〕。這樣的判斷在《雪花的快樂》、《偶然》、《沙揚娜拉》等作品中，的確會得到印證，但徐志摩的詩還有多種類型。依照朱湘的分類，他的第一本詩集《志摩的詩》中就有「散文詩」、「平民風格的詩」、「哲理詩」、「情詩」、「雜詩」五種類型。〔註73〕他的詩歌有的粗野、暴烈（《灰色的人生》、《毒藥》），有的充滿虔敬宗教體驗（《常州天寧寺禮懺》），有的大膽使用方言（《一條金色的光痕》），閱讀這些風格差異很大的作品，有助於把握他更完整的詩歌形象。在詩體的借鑒與創制上，徐志摩也有相當多的作爲，曾實驗過「散文詩，自由詩，無韻體詩，駢句韻體詩，奇偶韻體詩，章韻體詩」等雜多的形式〔註74〕。《默境》一詩，模仿西洋無韻的素體詩，使用跨行的手法，嚴格限定每行字數，「在吞吐、跌宕的節奏上深得『素體詩』的神味」〔註75〕。

在上述詩人之外，《詩鐫》上的作者還有很多，值得提出的還有楊世恩、

〔註71〕 徐志摩曾言：「我的筆本來是最不受羈勒的一匹野馬，看到了一多的謹嚴的作品我方才懍悟到我自己的野性。」他的第二本詩集《翡冷翠的一夜》曾送給聞一多看，聞的回覆是：「這比『志摩的詩』確乎是進步了——一個絕大的進步」。（《猛虎集》序，第8～9頁，《猛虎集》，徐志摩著，上海：新月書店。1931年）

〔註72〕 陳夢家：《〈新月詩選〉序言》，上海：新月書店1931年。

〔註73〕 朱湘：《評徐君〈志摩的詩〉》，《小說月報》17卷1號，1926年1月。

〔註74〕 西瀅：《閒話》，《現代評論》3卷72期，1926年4月24日。

〔註75〕 卞之琳：《〈徐志摩選集〉序》，《新文學史料》1982年第4期。

蹇先艾、朱大楠等，連以小說聞名的沈從文，也曾是其中活躍的一員。《詩鐫》結束之後，這個群體的探索沒有終結，20 年代後期隨著《新月》、《詩刊》等雜誌的創辦，他們又再度聚集，被稱爲「新月詩派」。

六、「別開生面」的象徵詩風

朱自清在《中國新文學大系・詩集導言》的結尾，曾對第一個十年的新詩做出這樣的概括：「若要強立名目，這十年來的詩壇就不妨分爲三派：自由詩派，格律詩派，象徵詩派。」〔註76〕從某個角度看，這個結論確實有些「勉強」，甚至包含了對歷史複雜性的「簡化」。比如，所謂「象徵詩派」指的是李金髮和後期創造社的穆木天、王獨清、馮乃超等人，但當時李金髮與穆木天等並不相識，彼此之間的詩歌趣味也有很大的差異〔註77〕，並沒有像《詩鐫》群體那樣，構成一個嚴格意義上的「流派」。然而，在 20 年代中期，某種「象徵」詩風的確爲一批年輕詩人所分享，在詩壇上也引起足夠的反響，並爲新詩的展開增添了新質。在這個意義上，所謂「象徵詩派」的命名，雖然出自一種事後的歸納，仍具有相當的說服力。

有「詩怪」之稱的李金髮，是初期象徵詩派的領軍人物。20 年代初，他在法國留學，「受鮑特萊與魏爾倫的影響而做詩」，在不長的時間內寫下《微雨》、《食客與凶年》、《爲幸福而歌》三本詩集。這些作品寄回國內後，受到周作人的好評，並相繼由北新書局和商務印書館出版，震動了當時的新詩壇，被認爲「這種詩是國內所無，別開生面的作品」〔註78〕。在風格、語言、意象、情調等諸方面，李金髮的寫作的確獨樹一幟，迥異當時國內抒情、寫實的詩風。他的詩中遍佈了屍體、墳墓、枯骨、衰草、落葉、孤月、琴聲、魔鬼等頹敗意象，「觸目盡是陰森恐怖的氣氛」，充分體現了波德賴爾以降現代詩歌「審醜」的特點。他使用的語言，也多夾雜偏僻的字詞和文言虛詞，形成一種生澀拗口的陌生化效果，再加上詩行的展開極具跳躍性，意象的銜接十分隨意，給人以支離破碎之感，甚至造成了一定的閱讀障礙，相關的爭議也由此產生。朱自清曾用一個比喻來描述他的寫法：「彷彿大大小小紅紅綠綠

〔註76〕 朱自清：《中國新文學大系・詩集導言》，第 8 頁。
〔註77〕 穆木天在《無聊人的無聊話》（1926 年 5 月 19 日《A・11》）中曾批評李金髮的詩「讀不懂」。
〔註78〕 這是周作人在給李金髮的覆信中對其詩的評價，參見李金髮：《文藝生活的回憶》，《飄零隨筆》，臺北：僑聯出版社，1964 年。

一串珠子，他卻藏起那串兒，你得自己穿著瞧。這是法國象徵詩人的手法」〔註79〕。朱自清無疑是在爲現代詩歌的特定手法及晦澀品質辯護，同時也在呼喚一種新的閱讀機制。但不容否認的是，李金髮的詩歌在修辭上存在的一些問題，如語言雷同、結構鬆散等，也不能被技藝的新異性所掩蓋。當然，他的詩集中也不乏佳作，如《里昂車中》在光線的明暗變化中，捕捉瞬間的內心感觸，並擴展出廣大的世界幻象；《有感》則模擬魏爾倫《秋歌》中「跨行」的寫法，將完整的句子打斷成幾行，短促的節奏帶來一種警句的力度。

如果說李金髮擷取的只是法國象徵主義詩歌的一些皮毛，生澀的語風也與他所追摹的魏爾倫大相徑庭，那麼後期創造社三詩人，似乎更得法國象徵派的眞諦，在理論上也呈現更多覺悟。穆木天、王獨清與創造社友人圍繞詩歌問題進行的通信，就是中國象徵主義詩學的經典文本。他們主張「詩與散文的純粹的分界」，要求「詩是要有大的暗示能」〔註80〕，也在具體的寫作中進行了相應的探索。穆木天著重於語言音樂性的挖掘，他多用疊字、疊句與疊韻，力圖傳達出那些「可感與不可感」的潛在情緒。在《蒼白的鐘聲》中，他甚至取消標點，利用詞語的音響和鋪排方式，在聽覺和視覺兩方面，類比出鐘聲的迴蕩、消散。王獨清的詩最初充滿浪漫色彩，喜愛弔古與詠懷，後來摹習象徵派的詩藝，比如《我從 café 中出來》採用跨行的斷句手法，「用不齊的韻腳來表作者醉後斷續的，起伏的思想」，《玫瑰花》一詩，則寫出所謂「色的聽覺」，帶來「音」「色」交錯的美感。〔註 81〕與上述二人相比，馮乃超似乎更注重意象完整性，《現在》、《紅紗燈》、《古瓶詠》等詩，在營造空靈、飄渺詩境的同時，也都使某個唯美的意象，成爲刻繪的中心。

在新詩的發生及發展中，外國詩歌及文藝思潮的影響有目共睹，梁實秋甚至得出過這樣的結論：「新詩，實際就是中文寫的外國詩」〔註82〕。李金髮等人別開生面的寫作，自然也與以象徵主義爲代表的西方現代文藝潮流密切相關，但值得注意的是，「象徵主義」在他們那裏，更多是作爲一種情調、一種風格、或一種技巧發生著作用，其特定的文學觀念、寫作哲學乃至思想背景，不一定爲這些年輕的中國詩人所把握，在「象徵」的外衣下，或許還是

〔註79〕朱自清：《中國新文學大系‧詩集導言》，第 8 頁。

〔註80〕穆木天：《譚詩》，《創造月刊》1 卷 1 期，1926 年 3 月。

〔註81〕對上述兩詩的解說，見王獨清《再譚詩》，《創造月刊》1 卷 1 期，1926 年 3 月。

〔註82〕梁實秋：《新詩的格調及其他》，1931 年 1 月《詩刊》創刊號。

浪漫的情緒表達。朱自清在評價王獨清的詩時就稱：「還是拜倫式的雨果式的
為多；就是他自認為仿象徵派的詩，也似乎豪勝於幽，顯勝於晦」〔註83〕。
在外來的影響之外，20年代文壇普遍的感傷趨向，也導致了象徵詩風的流行，
眾多飄蕩的文學青年，分享著「世紀末的果汁」，自然會在頹廢、憂鬱的表現
中找到認同。〔註84〕後來，被歸入初期象徵詩派的詩人還有一些，如蓬子、
石民、胡也頻等，他們的詩中也遍佈了各種秋天、枯骨、墳墓、噩夢等衰敗
的意象，這種風格或許受到了李金髮的影響，但也可看作是當時普遍的詩歌
風尚的產物。雖然，這些初期的象徵派詩人，尚未如戴望舒、卞之琳那樣，
更為自如地運用現代詩歌的技巧，寫出真正成熟的作品，但他們寫作體現出
的新質（如「遠取譬」，「音色的交錯」等）、傳達出的詩歌本體意識（如「純
詩」的理念），乃至遭遇到的詰難（如「看不懂」的抱怨），都融入了新詩發
展的進程當中，甚至構成了新詩「傳統」的一部分。

七、結語

　　從早期新詩的「自由散漫」，到20年代中期的「格律化」運動和象徵詩
派的出現，新詩第一個十年的歷史，似乎包含了特定的展開邏輯：先是「詩
體的大解放」帶來了充分的可能，既而是從形式層面建立一種美學規範，其
後是來自異域的「象徵」詩風，又從語言質地、表達方式、意象組織等方面，
更新了內在的感性。因而，在一些批評家眼裏，在所謂「自由詩派」、「格律
詩派」、「象徵詩派」之間，應該存在某種「演進」的線索。這樣一來，從寫
實到抒情、再到象徵，從詩體解放到「詩形」的建構、再到「詩質」的經營，
新詩不斷的「進步」軌跡也清晰可見。朱自清在《中國新文學大系・詩集導
言》中區分了「三派」，但並未突出其間的邏輯關聯。對於這種「按而不斷」
的做法，有一位朋友不以為然，「他說這三派一派比一派強，是在進步著的，
《導言》裏該指出來」。〔註85〕這位朋友似乎比朱自清更具文學史意識，他的

〔註83〕朱自清：《中國新文學大系・詩集導言》，第8頁。

〔註84〕沈從文在《我們怎樣去讀新詩》中討論新詩「第二時期」狀況時，曾將徐志
　　　摩、聞一多等與于賡虞、李金髮等分別為兩段：「第一段幾個作者，在作品中
　　　所顯示的情緒的健康，與技巧的完美，第二段幾個作者是完全缺少的。而那
　　　種詩人的憂鬱氣分，頹廢氣息，卻也正是于賡虞李金髮等揉和在詩中有巧妙
　　　處置而又各不相同的特點！」

〔註85〕朱自清：《新詩的進步》，《新詩雜話》，第7頁，北京：三聯書店，1984年。

說法的確吻合於歷史的實際，也傳達出對新詩「演進」動力的理解。然而，當這樣的論斷固化爲文學史的結論，成爲一種不言自明的「常識」，卻可能帶來某種封閉性，妨礙對歷史複雜性、多樣性的認識。換言之，「自由」、「格律」、「象徵」三派的區分，或許只是一種文學史的抽象，更多的錯雜、纏繞與變異，並不能完全由此說明。當一種目的論的敘述取得了支配地位，新詩內部交織的多重張力是否會被隨之消解，對於新詩可能性的思考是否也會受到限制，這都是需要考慮的問題。

實際上，對於新詩的歷史線索，朱自清並非沒有自己的看法。1941 年，他在《抗戰與詩》中，也曾有過一個經典的概括：「抗戰以前新詩的發展可以說是從散文化逐漸走向純詩化的路」。自由詩派的散文成分很多，「從格律詩以後，詩以抒情爲主，回到了它的老家。從象徵詩以後，詩只是抒情，純粹的抒情，可以說鑽進了它的老家」。表面上看，這段文字是對他以往論斷的一種引申，在「自由」、「格律」、「象徵」三派之間，他也明確地建立起了一種「線索」。然而，朱自清並不只是陳說這一「線索」，在他的話裏同時包含了歷史的檢討：「詩鑽進了老家，訪問的就少了」。〔註 86〕當散文化的新詩變成了「純詩」，這是一種「進步」嗎？抑或是一種「封閉」？或許在朱自清看來，在「散文化」的時代語境中，新詩的前途，不是回到所謂的「老家」，而是能夠敞開自身，獲得處理歷史的能力。在這個意義上，自由、格律、象徵三派的「交替」，不能僅僅看作是一種「進步」，它同時也可看作是新詩內在活力與張力釋放的過程。他當年進行了劃分、但「按而不斷」的做法，比起簡單地凸顯「進步」、強調「演化」，更能體現一種審慎而開放的文學史態度。

〔註86〕朱自清：《抗戰與詩》，《新詩雜話》，第 37～38 頁。

參考文獻

1. 《申報》，上海，1872～1949 年。

2. 《神州日報》，上海，1907～1946 年。

3. 《新青年》，新青年社編輯，1915～1922 年。

4. 《新潮》，北京大學新潮社編，北京大學出版部 1919～1922 年。

5. 《少年中國》，少年中國學會編，1919～1924 年。

6. 《少年世界》，少年中國學會南京分會編，1920 年。

7. 《星期評論》，戴季陶、沈弦盧編，人民出版社 1981 年影印本。

8. 《時事新報·學燈》，上海時事新報館主辦，1918～1926 年。

9. 《晨報·副刊》，北京晨報副刊社主辦，1921～1934 年。

10. 《民國日報·覺悟》，上海民國日報館主辦，1920～1929 年。

11. 《文學旬刊》，鄭振鐸主編，時事新報館發行，1921～1923 年。

12. 《努力週報》，胡適主編，北京努力週報社，1922 年。

13. 《讀書雜誌》，《努力週報》附，北京努力週報社，1922 年。

14. 《詩》，中國新詩社編輯，中國新詩社，1922～1923 年。

15. 《京報·文學週刊》，北京京報社編輯，1924～1925 年。

16. 《學衡》，吳宓主編，上海中華書局，1922～1923 年。

17. 《小說月報》，上海商務印書館，1910～1931 年。

18. 《創造季刊》，創造社編，上海泰東圖書局，1922～1924 年。

19. 《創造週報》，創造社編，上海泰東圖書局，1923～1924 年。

20. 《洪水》，創造社編，上海光華書局，1924～1927 年。

21. 《新人》，王無爲編，上海該月刊社，1920～1921 年。

22. 《新的小說》，上海新潮社張靜盧主編，上海泰東圖書局 1920～1921 年。

23. 《社會科學雜誌》，楊幼炯主編，上海泰東圖書局，1928～1930 年。

24. 《泰東月刊》，泰東月刊社，1927～1929 年。

25. 《新月》，徐志摩主編，上海新月書店，1928～1932 年。

26. 《新詩》，卞之琳編，上海新詩社，1936～1937 年。

27. 《詩刊》，徐志摩編輯，上海新月書店，1931～1932 年。

28. 《文學》，文學社編輯，上海生活書店，1933～1937 年。

29. 《現代》，上海現代書局，1932～1935 年。

30. 《文學雜誌》，朱光潛編輯，上海商務印書館，1937～1948 年。

31. 《新詩集》（第一編），上海：新詩社出版，1920 年 1 月。

32. 《分類白話詩選》，許德臨編，上海：崇文書局，1920 年 8 月。

33. 《新詩年選》（一九一九年），北社編，上海：亞東圖書館，1922 年 8 月。

34. 《〈嘗試集〉批評與討論》，胡懷琛編，上海：泰東圖書局，1922 年 5 月再版。

35. 《詩學討論集》，胡懷琛編，上海：新文化書社，1934 年再版。

36. 《大江集》，胡懷琛著，國家圖書館，1921 年 3 月。

37. 《三葉集》，宗白華、田漢、郭沫若著，上海：亞東圖書館，1923 年 3 版。

38. 《中國新文學大系》，趙家璧主編，上海：良友圖書出版印刷公司，1935 年。

39. 《星海》，《文學》百期紀念，文學研究會編，上海：商務印書館，1924 年 8 月。

40. 《詩二十五首》，邵洵美著，上海書店據上海時代圖書公司 1936 年 4 月版影印。

41. 《郁達夫詩詞抄》，周艾文、于聽編，杭州：浙江人民出版社，1981 年。

42. 《半農詩歌集評》，趙景深原評，楊揚輯補，北京：書目文獻出版社，1984 年。

43. 《中國新詩集序跋選》，陳紹偉編，長沙：湖南文藝出版社，1986 年。

44. 《梁實秋批評文集》，徐靜波編，珠海出版社，1998 年 10 月。

45. 《李健吾批評文集》，郭宏安編，珠海出版社，1998 年 10 月。

46. 《葉公超批評文集》，陳子善編，珠海出版社，1998 年 10 月。

47. 《梅光迪文錄》，羅崗、陳春豔編，瀋陽：遼寧教育出版社，2001 年。

48. 《吳宓詩及其詩話》，吳宓著，呂效祖主編，西安：陝西人民出版社，1992 年。

49. 《康白情新詩全編》，康白情著，諸孝正、陳卓圍編，廣州：花城出版社，1990 年 11 月。

50.《湖畔‧春的歌集》，潘漢華等著，北京：人民文學出版社，1983 年。

51.《中國現代詩論》（上編），楊匡漢、劉福春編，廣州：花城出版社，1985 年 12 月。

52.《國故新知論──學衡派文化論著輯要》，孫尚揚、郭蘭芳編，北京：中國廣播電視出版社，1995 年。

53.《飲冰室合集‧文集》，上海：中華書局，1936 年。

54.《孫中山選集》，北京：人民出版社，1956 年。

55.《毛澤東早期文稿》，長沙：湖南出版社，1990 年。

56.《陳獨秀著作選》，上海人民出版社，1993 年。

57.《胡適文集》，歐陽哲生編，北京大學出版社，1998 年。

58.《朱自清全集》，朱喬森編，南京：江蘇教育出版社，1996 年。

59.《茅盾全集》，《茅盾全集》編輯委員會編，北京：人民文學出版社，1984 年。

60.《郭沫若全集》，郭沫若著作編輯委員會編，北京：人民文學出版社，1982 ～1992 年。

61.《俞平伯全集》，石家莊：花山文藝出版社，1997 年。

62.《宗白華全集》，林同華編，合肥：安徽教育出版社，1994 年。

63.《沈從文全集》，太原：北嶽文藝出版社，2002 年 12 月。

64.《冰心選集》，李保初、李嘉言選編，石家莊：河北教育出版社，1992 年。

65.《田漢文集》，北京：中國戲劇出版社，1983 年。

66.《聞一多全集》，孫黨伯、袁謇正，武漢：湖北人民出版社，1993 年。

67.《馮至全集》，韓耀成編，石家莊：河北教育出版社，1999 年。

68.《馮至選集》，成都：四川文藝出版社，1985 年。

69.《魯迅全集》，北京：人民文學出版社，1981 年。

70.《郁達夫全集》，杭州：浙江文藝出版社，1992 年。

71.《傅斯年全集》，臺北聯經出版事業公司，1980 年。

72.《鄭振鐸全集》，石家莊：花山文藝出版社，1998 年。

73.《鄭振鐸選集》，陸榮椿編，福州：福建人民出版社，1984 年。

74.《王統照文集》，濟南：山東人民出版社，1980～1984 年。

75.《羅家倫先生文存》，國史館中國國民黨中央委員會黨史委員會，1989 年。

76.《葉聖陶集》，葉至善等編，南京：江蘇教育出版社，1987～1994 年。

77.《成仿吾文集》，濟南：山東大學出版社，1985 年。

78.《穆木天詩文集》，蔡清福、穆立立編，長春：時代文藝出版社，1985 年。

79. 《蘇雪林文集》，沈暉編，合肥：安徽文藝出版社，1996 年。

80. 《瞿秋白文集》（文學編），北京：人民文學出版社，1986 年。

81. 《徐志摩全集》，香港：商務印書館，1983 年。

82. 《何其芳文集》，北京：人民文學出版社，1982～1984 年。

83. 《楊振聲選集》，孫昌熙、張華編選，北京：人民文學出版社，1987 年。

84. 《修人集》，樓適夷編，杭州：浙江人民出版社，1982 年。

85. 《漠華集》，應人編，杭州：浙江文藝出版社，1984 年。

86. 《吳芳吉集》，賀遠明編，成都：巴蜀書社，1994 年。

87. 《胡先驌文存》，張大爲等編，南昌：江西高校出版社，1995～1996 年。

88. 《夢苕盦論集》，錢仲聯著，北京：中華書局，1993 年 11 月。

89. 《卞之琳文集》，江若水、青喬編，合肥：安徽教育出版社，2002 年 10 月。

90. 《卞之琳》，張曼儀編，北京：人民文學出版社，1995 年。

91. 《十年創作集》（小說卷），施蟄存著，上海：華東師範大學出版社，1996 年。

92. 《梁啓超年譜長編》，丁文江，趙豐田編，上海人民出版社，1983 年。

93. 《聞一多年譜全編》，聞黎明、侯菊坤編，武漢：湖北人民出版社，1994 年。

94. 《鄭振鐸年譜》，陳福康編著，北京：書目文獻出版社，1988 年。

95. 《朱自清年譜》，姜建、吳爲公編，合肥：安徽教育出版社，1996 年。

96. 《葉聖陶年譜》，商金林編，南京：江蘇教育出版社，1986 年。

97. 《周作人年譜》，張菊香、張鐵榮編著，天津人民出版社，2000 年。

98. 《辛亥革命回憶錄》，中國人民政協全國委員會文史資料研究委員會編，北京：中華書局，1961 年～1982 年。

99. 《五四運動回憶錄》，中國社會科學院近代史所編，北京：中國社會科學出版社，1979 年。

100. 《五四時期的社團》，張允侯編，北京：三聯書店，1979 年。

101. 《五四時期的期刊介紹》，北京：三聯書店，1978 年。

102. 《「一大」前後》，北京：人民出版社，1980 年。

103. 《我的回憶》，張國燾著，北京：東方出版社，2004 年。

104. 《申報五十週年紀念》，申報館編，1922 年。

105. 《中國的新聞紙》，張靜廬著，上海：光華書局，1928 年版。

106. 《晚清文藝報刊述略》，阿英著，上海：古典文學出版社，1958 年 3 月。

107.《最近三十五年之中國教育》，上海：商務印書館，1931 年。

108.《回憶亞東圖書館》，汪原放著，上海：學林出版社 1983 年。

109.《在出版界二十年》，張靜廬著，上海雜誌公司，1938 年。

110.《辛亥革命時期期刊介紹》，丁守和編，北京：人民出版社，1987 年～1987 年。

111.《中國近代出版史料》（初編），張靜廬輯注，北京：中華書局，1957 年。

112.《中國近代出版史料》（二編），張靜廬輯注，上海：群聯出版社，1954 年。

113.《中國現代出版史料》（甲編），張靜廬輯注，北京：中華書局，1954 年。

114.《中國現代出版史料》（乙編），張靜廬輯注，北京：中華書局，1955 年。

115.《中國現代出版史料》（丙編），張靜廬輯注，北京：中華書局，1956 年。

116.《中國現代出版史料》（丁編），張靜廬輯注，北京：中華書局，1959 年。

117.《中國出版史料》補編，張靜廬輯注，北京：中華書局，1957 年。

118.《中國近代報刊史》，方漢奇著，太原：山西人民出版社，1981 年。

119.《中國文藝副刊史》，馮並著，北京：華文出版社 2001 年。

120.《中國近代報刊史參考資料》，中國人民大學新聞系，1980 年 5 月。

121.《清末四十年申報史料》，徐載平、徐瑞芳著，新華出版社，1988 年。

122.《書報逸話》，鄭逸梅著，上海：學林出版社，1983 年。

123.《近現代上海出版業印象記》，朱聯保編撰，上海：學林出版社，1993 年。

127.《商務印書館史及其他——汪家熔出版更研究文集》，汪家熔著，北京：中國書籍出版社，1998 年。

125.《中國編輯出版史》，蕭東發著，瀋陽：遼寧教育出版社，1996 年 12 月。

126.《中國出版簡史》，吉少甫主編，上海：學林出版社，1991 年。

127.《中國出版史料》（現代部分），宋原放主編，濟南：山東教育出版社，2001 年。

128.《北京城市生活史》，吳建雍等著，北京：開明出版社，1997 年。

129.《創造社資料》，饒鴻兢等編，福州：福建人民出版社，1985 年 1 月。

130.《文學研究會資料》，賈植芳編，鄭州：河南人民出版社，1985 年 10 月。

131.《文學研究會評論資料選》，王曉明編，上海：華東師範大學出版社，1986 ～1992 年。

132.《郭沫若研究資料》，王訓昭編，北京：中國社會科學出版社，1986 年。

133.《俞平伯研究資料》，孫玉蓉編，天津人民出版社，1986 年。

134.《劉大白研究資料》，蕭斌如編，天津人民出版社，1986 年。

135. 《郁達夫研究資料》，王自立、陳子善編，天津人民出版社，1982 年。

136. 《朱自清研究資料》，朱金順編，北京師範大學出版社，1981 年。

137. 《聞一多研究資料》，許毓峰等編，太原：北嶽文藝出版社，1986 年。

138. 《成仿吾研究資料》，史若平編，長沙：湖南文藝出版社，1988 年。

139. 《胡適研究資料》，陳金淦編，北京十月文藝出版社，1989 年。

140. 《湖畔詩社評論資料選》，王訓昭編選，上海：華東師範大學出版社，1986 年。

141. 《鴛鴦蝴蝶派文學資料》，芮和師編，福州：福建人民出版社。1984 年。

142. 《劉半農研究資料》，鮑晶編，天津人民出版社，1985 年。

143. 《花一般的罪惡——獅吼社作品、評論資料選》，張偉編，上海：華東師範大學出版社，2002 年 2 月。

144. 《何其芳研究專集》，易明美編，成都：四川文藝出版社，1986 年。

145. 《嘗試集》，胡適著，上海：亞東圖書館，1920 年 3 月。

146. 《嘗試集》，胡適著，增訂四版，上海：亞東圖書館，1922 年。

147. 《胡適文存》，胡適著，上海：亞東圖書館，1921 年。

148. 《胡適文存二集》，胡適著，上海：亞東圖書館，1924 年。

149. 《胡適文存三集》，胡適著，上海：亞東圖書館，1930 年。

150. 《四十自述》，胡適著，上海：亞東圖書館，1933 年。

151. 《藏暉室札記》，胡適著，上海：亞東圖書館，1939 年。

152. 《胡適的日記》（手稿本），臺北遠流出版事業股份有限公司，1990 年。

153. 《胡適的日記》，中國社會科學院近代史研究所中華民國史研究室編，北京：中華書局，1985 年。

154. 《胡適遺稿及秘藏書信》，耿雲志主編，合肥：黃山書社，1994 年。

155. 《胡適來往書信選》，中國社會科學院近代史研究所中華民國史組編，北京：中華書局 1979 年。

156. 《胡適書信集》，耿雲志、歐陽哲生編，北京大學出版社，1996 年。

157. 《胡適學術文集‧新文學運動》，姜義華主編、沈寂編，北京：中華書局，1993 年。

158. 《胡適詩話》，吳奔星、李興華選編，成都：四川文藝出版社，1991 年。

159. 《胡適口述自傳》，唐德剛譯注，上海：華東師範大學出版社，1993 年。

160. 《胡適雜憶》，唐德剛，臺北：傳記文學出版社，1987 年。

161. 《胡適評傳》，李敖，北京：中國友誼出版公司，2000 年。

162. 《胡適之先生年譜長編初稿》，胡頌平編著，臺北聯經出版事業公司，1984 年。

163. 《論學談詩二十年——胡適楊聯陞往來書箚》，胡適紀念館編，安徽教育出版社，2001 年。

164. 《胡適與著名作家》，黃艾仁著，合肥：安徽大學出版社，1998 年。

165. 《胡適與韋蓮司》，周質平著，北京大學出版社，1998 年。

166. 《回憶胡適之先生文集》，李又寧編，紐約：天外出版社，1997 年。

167. 《解析胡適》，歐陽哲生選編，北京：社會科學文獻出版社，2000 年。

168. 《追憶胡適》，歐陽哲生選編，北京：社會科學文獻出版社，2000 年。

169. 《胡適研究叢錄》，顏振武編，北京：三聯書店，1989 年。

170. 《閒話胡適》，石原皋著，合肥：安徽人民出版社，1985 年。

171. 《我的朋友胡適之》，蕭南選編，成都：四川文藝出版社，1995 年。

172. 《現代學術史上的胡適》，耿雲志、聞黎明編，北京：三聯書店，1993 年。

173. 《胡適叢論》，周質平，臺北：三民書局股份有限公司，民國 1992 年。

174. 《魯迅、胡適、郭沫若連環比較評傳》，朱文華著，上海文藝出版社 1991 年。

175. 《胡適與中國的文藝復興》，格里德著，魯奇譯，南京：江蘇人民出版社，1989 年。

176. 《胡適研究叢刊》第一輯，耿雲志編，北京大學出版社 1995 年。

177. 《胡適新論》，耿雲志著，長沙：湖南出版社 1996 年。

178. 《胡適研究論稿》，耿雲志著，成都：四川人民出版社，1985 年。

179. 《胡適著譯繫年目錄》，季維龍編，合肥：安徽教育出版社，1995 年。

180. 《胡適著譯繫年目錄與分類索引》，華東師範大學圖書館編，上海人民出版社，1984 年。

181. 《女神》，郭沫若著，上海：泰東圖書局，1927 年。

182. 《女神》匯校本，郭沫若著，桑逢康校，長沙：湖南人民出版社，1983 年。

183. 《文藝論集》匯校本，郭沫若著，長沙：湖南人民出版社，1984 年。

184. 《學生時代》，郭沫若著，北京：人民文學出版社，1979 年。

185. 《郭沫若在重慶》，曾健戎編，西寧：青海人民出版社，1982 年。

186. 《郭沫若書信集》，黃淳浩編，北京：中國社會科學出版社，1992 年。

187. 《櫻花書簡》，郭沫若著，唐明中、黃高斌編注，成都：四川人民出版社，1987 年。

188. 《郭沫若佚文集：1906～1949》郭沫若著，王錦厚編，成都：四川大學出版社，1988 年。

189. 《郭沫若論》，黃人影編，上海：光華書局，1931 年版。

190.《郭沫若研究論集》（第二集），成都：四川人民出版社，1984 年。

191.《郭沫若與中外作家比較論》，傅正乾著，西安：陝西師範大學出版社，1990 年。

192.《郭沫若在上海——紀念郭沫若誕辰一百週年》，上海社會科學院、上海圖書館主編，上海社會科學院，1994 年。

193.《中國當代文學研究資料：郭沫若專集》，肖斌如等編，成都：四川人民出版社，1984 年。

194.《試論〈女神〉》，陳永志著，上海文藝出版社，1979 年 10 月。

195.《郭沫若青年時代評傳》，李保均著，重慶出版社，1984 年。

196.《忘年交——我與郭沫若、田漢的交往》，陳明遠著，上海：學林出版社，1999 年 12 月。

197.《郭沫若留日十年》，武繼平著，重慶出版社，2001 年 3 月。

198.《郭沫若年譜》，龔濟民、方仁念編，天津人民出版社，1982～1983 年。

199.《郭沫若文學研究管窺》，黃侯興著，天津教育出版社，1987 年。

200.《郭沫若研究資料索引：1919～1990》，于天樂等編，成都：四川大學出版社，1993 年。

201.《郭沫若日記》，陳漱渝編，太原：山西教育出版社，1997 年。

202.《我與文學》，鄭振鐸、傅東華編，上海：生活書店，1934 年。

203.《我走過的道路》，茅盾著，北京：人民文學出版社，1981 年。

204.《釧影樓回憶錄》，包天笑著，香港：大華出版社，1971 年。

205.《釧影樓回憶錄》續篇，包天笑著，香港：大華出版社，1973 年。

206.《六美緣——詩因緣與愛因緣》，汪靜之著，北京：十月文藝出版社，1996 年。

207.《文壇五十年》，曹聚仁著，上海：東方出版中心，1997 年。

208.《我與我的世界》，曹聚仁著，太原：北嶽文藝出版社，2001 年。

209.《知堂回想錄》，周作人著，北京：群眾出版社 1999 年。

210.《懶尋舊夢錄》增補本，夏衍著，北京：三聯書店，2000 年。

211.《自傳兩種》，朱謙之著，龍文出版社，1993 年。

212.《資平自傳》，張資平著，龍文出版社，1989 年。

213.《談聞一多》，梁實秋著，臺北：傳記文學出版社，1987 年。

214.《秋室雜憶》，梁實秋著，臺北：傳記文學出版社，1985 年。

215.《吳芳吉評傳》，施幼貽著，重慶出版社，1988 年。

216.《周作人日記》，魯迅博物館藏，鄭州：大象出版社，1996 年。

217. 《志摩的日記》，陸小曼編，北京：書目文獻出版社，1992 年 8 月。

218. 《吳宓日記》，吳宓著，吳學昭整理注釋，北京：三聯書店，1998～1999年。

219. 《吳宓自編年譜》，吳宓著，吳學昭整理，北京：三聯書店，1995 年。

220. 《近代中國留學史》，舒新城編，上海：中華書局，1927 年。

221. 《國語運動史綱》，黎錦熙著，上海：商務印書館，1934 年。

222. 《清代學術概論》，梁啓超著，上海：商務印書館，1924 年。

223. 《新文藝評論》，俍工編，上海：民智書局，1923 年 11 月。

224. 《詩之研究》，勃利司·潘菜著，傅東華、金兆梓譯，上海：商務印書館，1923 年 11 月。

225. 《西洋詩學淺說》，王希和著，上海：商務印書館，1924 年。

226. 《中國新詩壇的昨日今日和明日》，草川未雨著，北京：海音書局 1929 年 5 月原版，上海書店 1985 年影印。

227. 《魯迅雜感選集》，何凝編，上海：青光書局，1933 年。

228. 《文學百題》，鄭振鐸、傅東華編，上海：生活書店，1935 年。

229. 《自己的園地 雨天的書》，周作人著，北京：人民文學出版社，1988 年。

230. 《中書集》，朱湘著，北京：中國文聯出版公司據生活書店 1934 年出版排印。

231. 《論新詩及其他》，廢名著，瀋陽：遼寧教育出版社，1998 年。

232. 《新詩雜話》，朱自清著，北京：三聯書店，1984 年 10 月。

233. 《西瀅閒話》，陳源著，石家莊：河北教育出版社，1995 年。

234. 《風涼話和登龍術》，章克標著，許道明、馮金牛主編，上海：漢語大詞典出版社，1995 年 2 月。

235. 《論湖畔詩社》，賀聖謨著，杭州大學出版社，1998 年。

236. 《從黃遵憲到白馬湖——近代文學散論》，張堂錡著，臺灣：正中書局，1994 年。

237. 《近代文學的突圍》，袁進著，上海人民出版社，2001 年 10 月。

238. 《中國文論選·近代卷》，王運熙主編，鄔國平、黃霖編，南京：江蘇文藝出版社，1996 年。

239. 《柳亞子選集》，王晶垚等編，北京：人民出版社，1989 年 1 月。

240. 《晚清學堂學生與社會變遷》，桑兵著，上海：學林出版社，1995 年 5 月。

241. 《近代中國教育史料》，舒新城編，上海：中華書局，1928 年。

242. 《近代中國教育史稿選存》，舒新城著，上海：中華書局，1936 年 7 月。

243.《中國近代教育史料》，舒新城編，北京：人民教育出版社，1981 年 3 月版。

244.《從文言文教學到白話文教學——我國近現代語文教育的變革歷程》，鄭國民著，北京師範大學出版社，2000 年 1 月。

245.《中國現代詩論 40 家》，潘頌德著，重慶出版社，1991 年 1 月。

246.《歷史匯流中的抉擇》，羅鋼著，北京：中國社會科學出版社，1993 年。

247.《西方文藝思潮與二十世紀中國文學》，樂黛雲、王寧編，北京：中國社會科學出版社 1990 年。

248.《世紀末思潮與中國現代文學》，肖同慶著，合肥：安徽教育出版社，2000 年。

249.《情緒：創造社的詩學宇宙》，朱壽桐著，上海文藝出版社，1991 年。

250.《創造社：別求新聲於異邦》，黃淳浩著，北京：社會科學文獻出版社，1995 年。

251.《魯迅、創造社與日本文學》，伊藤虎丸著，孫猛等譯，北京大學出版社，1995 年。

252.《魯迅與終末論：近代現實主義的成立》，伊藤虎丸著，李冬木譯，北京：三聯書店，2008 年。

253.《田漢在日本》，劉平、小谷一郎編，伊藤虎丸監修，北京：人民文學出版社，1997 年。

254.《中國現當代文學專題研究》，溫儒敏、趙祖謨編，北京大學出版社，2002 年月。

255.《現代文學批評發生史》，瑪利安·高利克著，陳聖生等譯，北京：社會科學文獻出版社 1997 年。

256.《接受美學與中國現代文學》，王衛平著，長春：吉林教育出版社，1994 年。

257.《日本學者中國文學研究譯叢》，劉柏青等主編，長春：吉林教育出版社，1986～1993 年。

258.《現代漢詩：反思與求索》，現代漢詩百年演變課題組編，北京：作家出版社，1998 年 9 月。

259.《現代詩人及流派瑣談》，錢光培、向遠著，北京：人民文學出版社，1982 年。

260.《二十年代中國各流派詩人論》，陸耀東著，北京：中國社會科學出版社，1985 年。

261.《中國新詩史：1916～1949》第一卷，陸耀東著，武漢：長江文藝出版社，2005 年。

262. 《創造社與泰東圖書局》，劉納著，南寧：廣西教育出版社，1999 年。

263. 《晚清小說史》，阿英著，北京：作家出版社，1955 年 8 月。

264. 《中古文學史論》，王瑤著，北京大學出版社，1986 年。

265. 《嬗變——辛亥革命時期至五四時期的中國文學》，劉納著，北京：中國社會科學出版社 1998 年。

266. 《南社史長編》，楊天石、王學莊編著，北京：中國人民大學出版社，1995 年。

267. 《回眸「學衡派」——文化保守主義的現代命運》，沈衛威著，北京：人民文學出版社，1999 年。

268. 《清末的下層社會啓蒙運動：1901～1911》，李孝悌著，石家莊：河北教育出版社，2001 年 11 月。

269. 《學衡派文化思想研究》，鄭師渠著，北京師範大學出版社，2001 年。

270. 《白馬湖作家群》，陳星著，杭州：浙江文藝出版社，1988 年。

271. 《刺叢裏的求索》，王曉明著，上海遠東出版社，1995 年。

272. 《葉聖陶傳論》，商金林著，合肥：安徽教育出版社，1995 年 10 月。

273. 《文學史的權力》，戴燕著，北京大學出版社 2002 年 3 月。

274. 《美的偏至》，解志熙著，上海文藝出版社，1997 年 8 月。

275. 《比較中的審視：中國早期現代化研究》，章開沅、羅福惠主編，杭州：浙江人民出版社，1993 年 6 月。

276. 《上海近代社會經濟發展概況（1882～1931）——〈海關十年報告〉譯編》，徐雪筠等譯編，上海社會科學出版社，1985 年 3 月。

277. 《五四新文化的源流》，陳萬雄著，北京：三聯書店，1997 年 1 月。

278. 《中國的啓蒙運動——知識分子與五四遺產》，微拉·施瓦支著，李國英等譯，太原：山西人民出版社 1989 年 4 月。

279. 《五四：文化的闡釋與評價——西方學者論五四》，王躍、高力克編，太原：山西人民出版社，1989 年 4 月。

280. 《五四運動史》，周策縱著，周子平譯，南京：江蘇人民出版社，1996 年。

281. 《革命之再起——國民黨改組前對新思潮的回應》，呂芳上著，臺北：中央研究院近代史研究所，1989 年。

282. 《研究系與五四時期新文化運動》，彭鵬著，廣州：中山大學出版社，2003 年。

283. 《傅斯年：中國近代歷史與政治中的個體生命》，王汎森著，北京：三聯書店，2012 年。

284. 《血路：革命中國中的沈定一（玄盧）傳奇》，蕭邦奇著，周武彪譯，南京：江蘇人民出版社，1999 年。

285.《中國知識分子論》，余英時著，鄭州：河南人民出版社，1997 年。

286.《現代性的追求》，李歐梵著，北京：三聯書店，2000 年 12 月。

287.《從傳統到現代》，金耀基著，臺北：時報文化出版企業有限公司，1990 年 10 月。

288.《晚明與晚清：歷史傳承與文化創新》，陳平原、王德威、商偉編，武漢：湖北教育出版社，2002 年 3 月。

289.《上海摩登——一種都市文化在中國》，李歐梵著，毛尖譯，北京大學出版社，2001 年。

290.《歷史、身體、國家：近代中國身體的形成（1895～1937）》，黃金麟著，北京：新星出版社，2006 年。

291.《批評空間的開創》，王曉明主編，上海：東方出版中心，1998 年 7 月。

292.《問題與方法——中國當代文學史研究講稿》，洪子誠著，北京：三聯書店，2002 年 8 月。

293.《新編中國文學史》，譚正璧，上海：光明書局，1936 年 2 月再版。

294.《中國新文學史稿》，王瑤著，上海：新文藝出版社，1954 年 3 月重印。

295.《中國文學小史》，趙景深著，上海：光華書局，1928 年 1 月初版，1931 年 6 月 10 版。

296.《中國新文學運動史》，王哲甫，北平：景山書社，1933 年。

297.《中國現代文學史》，錢基博著，上海：世界書局，1933 年。

298.《五四新詩史》，祝寬著，西安：陝西師範大學出版社，1987 年 12 月。

299.《中國近代文學之變遷·最近三十年中國文學史》，陳子展著，上海古籍書社，2000 年。

300.《中國新文學史編纂史》，黃修己著，北京大學出版社，1995 年。

301.《民國時期總書目》（語言文學），北京圖書館編，北京：書目文獻出版社，1986 年。

302.《民國時期總書目》（文學理論、世界文學、中國文學），北京圖書館編，北京：書目文獻出版社，1992 年。

303.《現代文學總書目》，賈植芳、俞元桂主編，福州：福建教育出版社，1993 年。

304.《五四新文化運動時期的商務印書館》，王中忱著，《中國現代文學研究叢刊》1999 年 3 期。

305.《現代文學觀的發生與形成》，曠新年著，《文學評論》2000 年 4 期。

306.《十五年來新詩研究的回顧與瞻望》，孫玉石著，《中國現代文學研究叢刊》1995 年 1 期。

307.《經典是怎樣形成的——周氏兄弟等爲胡適刪詩考》,陳平原著,《魯迅研究月刊》2001 年 4 期、5 期。

308.《魯迅〈故鄉〉的閱讀史與中華民國公共圈的成熟》,藤井省三著,《中國現代文學研究叢刊》2000 年 1 期。

309.《創造社元老與泰東圖書局——關於趙南公 1921 年日記的研究報告》,陳福康著,《中華文學史料》1991 年第 1 輯。

310.《布狄厄的文學社會學思想》,賀麥曉著,《讀書》1996 年 11 期。

311.《二十年代中國的「文學場」》,賀麥曉著,《學人》13 期。

312.《紀念皮埃爾·布迪厄(1930〜2002)逝世一週年》(專題),陶東風、金元浦、高丙中主編:《文化研究》第 4 輯,北京:中央編譯出版社,2003 年 8 月。

313.《〈嘗試集〉的藝術史價值》,康林著,《文學評論》1990 年 4 期。

314.《文學革命與國語運動之關係》,王風著,《中國現代文學研究叢刊》2001 年 3 期。

315.《「五四」白話新詩的「非詩化」傾向與歷史局限》,龍泉明著,《文學評論》1995 年 1 期。

316.《論「學衡派」與五四新文學運動》,李怡著,《中國社會科學》1998 年 6 期。

317.《詩的新向度:從傳統到現代的轉化》,奚密著,唐曉渡譯,《學術思想評論》第十輯《在歷史的纏繞中解讀知識與思想》,賀照田主編,長春:吉林人民出版社,2003 年 1 月。

318.《近代文學批評史》,韋勒克著,楊自伍譯,上海譯文出版社,1987 年。

319.《小說的興起》,伊恩·瓦特著,高原、董紅鈞譯,北京:三聯書店,1992 年。

320.《結構主義詩學》,喬納森·卡勒著,盛寧譯,北京:中國社會科學出版社,1991 年 11 月。

321.《現代主義》,瑪律科姆·布雷德伯里、詹姆斯·麥克法蘭編,胡家巒等譯,上海外語教育出版社,1992 年 6 月。

322.《現代主義文學研究》,袁可嘉主編,北京:中國社會科學出版社,1989 年。

323.《批評的激情》,奧·帕斯著,趙振江譯,昆明:雲南人民出版社,1995 年。

324.《波德賴爾美學論文選》,波德賴爾著,郭宏安譯,北京:人民文學出版社,1987 年。

325.《想像的共同體——民族主義的起源與散佈》,班納迪克·安德森著,吳叡人譯,臺北:時報文化出版企業股份有限公司,1999 年。

326.《實踐與反思 反思社會學導引》,皮埃爾・布迪厄、華康德著,李猛、李康譯,北京:中央編譯出版社,1998 年。

327.《理念人——一項社會學的考察》,路易斯・科塞著,郭芳等譯,北京:中央編譯出版社,2001 年。

328.《藝術的法則——文學場的生成和結構》,皮埃爾・布迪厄著,劉暉譯,北京:中央編譯出版社,2001 年。

329.《重新解讀偉大傳統》,中國社會科學院外國文學研究所《世界文論》編輯委員會編,北京:社會科學文獻出版社,1993 年。

330.《公共領域的轉型》,哈貝馬斯著,曹衛東等譯,上海:學林出版社,1999 年。

331.《當代西方文學理論》,特里・伊格爾頓著,王逢振譯,北京:中國社會科學出版社 1988 年。

332.《當代學術入門:文學理論》,喬納森・卡勒著,李平譯,瀋陽:遼寧教育出版社,1998 年。

333.《問題與觀點——20 世紀文學理論綜論》,馬克・昂熱諾等著,史忠義、田慶生譯,天津:百花文藝出版社,2000 年。

334.《意識形態與烏托邦》,卡爾曼海姆譯,黎鳴、李書崇譯,北京:商務印書館,2000 年。

335.《批評的概念》,韋勒克著,張今言譯,杭州:中國美術學院出版社,1999 年 12 月。

336.《開放的社會科學》,華勒斯坦等著,劉鋒譯,北京:三聯書店,1997 年。

337.《學科・知識・權力》,華勒斯坦等著,劉健芝等編譯,北京:三聯書店,1999 年。

338.《文學研究的合法化》,斯蒂文・托托西講演,馬瑞奇譯,北京大學出版社,1997 年。

339.《文學研究與文化參與》,佛克馬、蟻布思著,俞國強譯,北京大學出版社,1996 年 6 月。

340.《文學與現代性》,伊夫・瓦岱講演,田慶生譯,北京大學出版社,2001 年。

341.《現代性的五副面孔》,馬泰・卡林内斯庫著,顧愛彬、李瑞華譯,北京:商務印書館,2002 年。

342.《文化研究讀本》,羅鋼、劉象愚編,北京:中國社會科學出版社,2000 年。

343.《文化與公共性》,汪暉、陳燕谷主編,北京:三聯書店,1998 年。

344.《世界範圍內的反現代化思潮——論文化守成主義》,艾愷著,貴陽:貴

州人民出版社，1991 年 4 月。

345.《先鋒派理論》，彼德・比格爾著，高建平譯，北京：商務印書館，2002
年 7 月。

346.《文學社會學》，羅貝爾・埃斯卡皮著，于沛選編，杭州：浙江人民出版
社，1987 年 8 月。

347.《日本現代文學的起源》，柄谷行人著，趙京華譯，北京：三聯書店，2003
年。

348.《現實主義的限制——革命時代的中國小說》，安敏成著，姜濤譯，南京：
江蘇教育出版社，2001 年 8 月。

349.《社會是如何可能的——齊美爾社會學文選》，齊美爾著，林榮遠編譯，
桂林：廣西師範大學出版社，2002 年 12 月。

350.《孤獨的人群》，大衛・理斯曼著，王崑、朱虹譯，南京大學出版社，2002
年 1 月。

351.《文學理論》，韋勒克、沃倫著，劉象愚等譯，北京：三聯書店，1984 年
11 月。

352.《社會學批評概論》，彼埃爾・V・齊馬著，吳嶽添譯，桂林：廣西師範大
學出版社，1993 年 8 月。

353.《資本主義文化矛盾》，丹尼爾・貝爾著，趙一凡等譯，北京：三聯書店，
1989 年 5 月。

354.《馬克思主義與文學批評》，特里・伊格爾頓著，文寶譯，北京：人民文
學出版社，1980 年 3 月。

355.《臨床醫學的誕生》，福柯著，劉北成譯，南京：譯林出版社，2001 年。